ISEGRIM

Dorothea Masal wurde 1991 in Osthessen geboren und ist gelernte Mediengestalterin Bild und Ton. Zurzeit absolviert sie ein Studium im Medienbereich. Sie hat schon als Kind gerne Geschichten geschrieben und liebt es, Welten zu erschaffen, in denen man alles um sich herum vergessen kann. Inspirationen dafür findet sie überall — ob in der Natur, beim Sport oder beim Zähneputzen.

DOROTHEA MASAL

Der goldene KÜRBIS

1. Auflage 2020

© 2020 ISEGRIM VERLAG
in der Spielberg Verlag GmbH, Neumarkt
Covergestaltung: Ria Raven, *www.riaraven.de*
Coverillustrationen: © shutterstock.com
Herstellung: BoD - Books on Demand, Norderstedt
Alle Rechte vorbehalten
Printed in Germany

ISBN: 978-3-95452-969-8

www.isegrim-buecher.de

Für meine Schwester. Danke, dass du immer an mich glaubst.

KAPITEL 1

Es war dunkel. Der Himmel hatte sich zugezogen und nur einzelne Wolkenlücken gaben den Blick auf den Vollmond frei. Doch das Licht des Mondes reichte nicht aus, um die Straßen ausreichend zu beleuchten. Die Umgebung war in ein tiefes Schwarz gehüllt und schien alles zu verschlingen.

Automatisch griff Katie nach dem Reisverschluss ihrer Jacke und schloss ihn bis zum Hals. Ein Schauer lief ihr über den Rücken und sie fröstelte. Dabei hatte es in den letzten Stunden kaum abgekühlt und die Wärme des Tages lag immer noch spürbar in der Luft. Und doch schien es hier draußen auf einmal unnatürlich kalt zu sein.

Katie griff in ihre Jackentasche und zog eine kleine Taschenlampe hervor. Der helle Lichtkegel gab die Sicht auf die umliegenden Blumenbeete und Büsche frei und ihre Anspannung fiel etwas ab. Sie liebte die Dunkelheit, Vollmondnächte und auch Halloween. Aber alles zusammen ließ auch sie erschaudern. Schließlich war Halloween die Nacht, in der alles möglich war.

Einmal tief durchatmend ließ Katie das vertraute Haus ihrer Eltern hinter sich und ging mit eiligen Schritten die Straße entlang. Die Taschenlampe behielt sie fest in der Hand. Als sie sich den benachbarten Grundstücken näherte, verschwand die Dunkelheit etwas. Ausgehöhlte Kürbisse, Plastikskelette und Grabsteine ragten aus den Gärten und illuminierten die Straße in einem schaurigen Licht. Vereinzelt zogen Eltern mit ihren kostümierten Kindern durch die Straßen und warteten geduldig auf den Bürgersteigen, während ihre Sprösslinge mit dem traditionellen »Süßes oder Saures« - Spruch Naschereien bei den Anwohnern der Kleinstadt einforderten.

Der größte Ansturm war jedoch bereits vorbei. Katie bedauerte das. Sie hätte gerne mehr Zeugen bei ihrem Vorhaben gehabt. Aber das konnte sie jetzt nicht mehr ändern. Mit immer schnelleren Schritten lief sie weiter die Straße entlang und erreichte schließlich eine breite Kreuzung. Noch zwei Häuserblocks und sie würde die schützende Kleinstadt hinter sich lassen. Ihre Armbanduhr verriet, dass es schon fast halb acht war. Sie musste sich beeilen.

Ein letzter Blick zurück und Katie betrat eine dunkle Seitenstraße, die Richtung »Gruselvilla« führte. Anfangs hatte sie noch über diesen Namen gelacht. Aber als sie die verlassene und heruntergekommene Villa vor wenigen Tagen das erste Mal gesehen hatte, war sie fasziniert und erschrocken zugleich gewesen. Das Gebäude musste zu seinen Prachtzeiten bezaubernd ausgesehen haben. Schmale Säulen und ein langer Treppenaufstieg wurden von einem großen Garten und mehreren marmornen Statuen umzäunt. Es wirkte eher wie ein kleines Schloss als eine Villa, mit den Rundbogenfenstern, den hohen Mauern und dem großen Giebel auf der Nordseite. Sogar ein Turm ragte auf der vorderen Seite gen Himmel.

Doch die Glanzzeiten waren längst vorbei. Mittlerweile war die Villa stark heruntergekommen, Türen und Fenster vernagelt und das Dach mit klaffenden, dunklen Löchern versehen. Niemand wollte sich der Villa annehmen. Gerüchten zufolge hatte es mehrere Käufer gegeben, die die Villa gerne ihr Eigen genannt hätten. Doch keiner, der einmal einen Fuß hineingesetzt hatte, wollte sie noch ein zweites Mal betreten. Man sagte, es spuke in dem Haus. Einige Bewohner schworen, Musik und Stimmengewirr von dort gehört zu haben. Von außen glich die Villa jedenfalls einer Geisterbahn vom Jahrmarkt. Nur, dass dort die Gespenster aus Pappmaché und das Gebäude TÜV geprüft waren.

Katie überkam ein erneuter Schauer. Bisher hatte sie die Gruselvilla nur bei Tageslicht gesehen. Der Gedanke, ihr bei Nacht zu begegnen, war alles andere als einladend. Sofort ermahnte sie sich. Wie sollte sie die bevorstehende Prüfung schaffen, wenn sie sich bereits auf dem Weg dorthin völlig verrückt machte?

»Nur weiter so, Katie. Jetzt redest du schon mit dir selbst!«

Was hatte sie sich da nur eingebrockt? Eigentlich sollte sie jetzt entspannt auf dem Weg zum Halloween-Ball ihrer neuen Schule sein. Eigentlich!

Vor zwei Wochen war sie mit ihren Eltern in diese kleine, verschlafene Stadt gezogen. Jeglicher Versuch den Umzug zu verhindern, hatte bei ihren Eltern keine Wirkung gezeigt. Der Möbellaster war gekommen und Katie hatte sich eingestehen müssen, dass sie den Kampf und ihr bisheriges Leben verloren hatte.

Den Umzug hatte sie mittlerweile weitestgehend akzeptiert, zumal die Leute hier sehr nett und hilfsbereit waren. Aber sie vermisste ihre alten Freunde und ihre ehemalige Schule. Es war schließlich nicht gerade vorteilhaft, mitten im laufenden Halbjahr die Schule zu wechseln und damit die einzig neue Mitschülerin zu sein. Da war lästiges Tuscheln und Gaffen der anderen vorprogrammiert. Der Halloween-Ball der Schule bot daher die perfekte Gelegenheit, schnellstmöglich neue Leute kennenzulernen und Anschluss zu finden. Doch genau zu diesem würde sie nun zu spät kommen.

Nervös lief Katie weiter den schmalen Weg zwischen den Häusern entlang. Umdrehen kam nicht in Frage. Genau das hofften die anderen und dann würde sie die restliche Schulzeit damit aufgezogen werden.

»Kneifen ist nicht.«

Sie bog um eine weitere Straßenecke und befand sich direkt am Waldrand hinter der Kleinstadt. Die hohen, dunklen Bäume wiegten sich leicht im Abendwind und warfen dabei unheimlich tanzende Schatten auf den Boden. Perfekt für eine kinoreife Mordszene, schoss es Katie durch den Kopf. Eine plötzliche Wolkenlücke ließ das helle Mondlicht an etlichen Stellen durch das dichte Blätterdach fallen und tauchte die Szenerie in ein mystisches Lichtspiel. Was zuvor noch ansatzweise friedlich gewirkt hatte, verwandelte sich nun in einen verfluchten Geisterwald. Katie stöhnte auf. Na klasse! Eine solche Atmosphäre hatte ihr gerade noch gefehlt. Sofort ergriff ihre Fantasie die Oberhand und sie glaubte hinter jedem Baum ein Schattenwesen zu erkennen. Ihr Atem beschleunigte sich und Katie konnte nicht anders, als reglos wie ein verängstigtes Reh dazustehen und die Umgebung zu beobachten. Mit aller Kraft versuchte sie ihre Fantasie zu unterdrücken und einen möglichst ruhigen Kopf zu bewahren.

Rechts neben ihr knackte es. Nur der Wind, beruhigte sie sich. Dann huschte ein Schatten durch ihren Lichtkegel. Nur ein aufgeschrecktes Tier.

Hätte sie gestern Abend bloß nicht diesen Horrorfilm geschaut, bei dem eine Gruppe ahnungsloser Teenager einen Nachtspaziergang im Wald unternahm. Die meisten Szenen waren völlig übertrieben gewesen und für ihren Geschmack absolut unrealistisch dargestellt worden. Man hätte den Film lieber unter dem Genre »Komödie« laufen lassen sollen. Doch jetzt, hier so allein im Dunklen, wirkte die Story auf einmal sehr realistisch.

Aus der Ferne ertönte ein dumpfes Geräusch. Katie zuckte zusammen. Es war so leise, dass sie zuerst glaubte, es sich nur eingebildet zu haben. Sie horchte genauer. Da, ein erneuter Laut. Eindeutig ein klägliches Jaulen. Und viel näher als noch vor wenigen Sekunden.

Wölfe!

Katie gefror das Blut in den Adern. Ihr Herz raste in Highspeed-Geschwindigkeit. Sie warf einen panischen Blick über die Schulter und lauschte angestrengt in die Nacht hinein. Das Jaulen war so schnell verschwunden, wie es gekommen war. Aber das hieß nicht, dass sich nicht irgendetwas unmittelbar in ihrer Nähe befand.

Flach atmend verweilte Katie in ihrer Position. Es rührte sich nichts.

Typisch!

Es spielte mit seiner Beute – ihr.

Aber auch nach zwei weiteren Minuten ertönte das Geräusch nicht noch einmal. Katie war das nur recht. Sie glaubte zwar nicht an Märchen und Fabelwesen, hatte aber auch keine Lust, heute vom Gegenteil überzeugt zu werden.

Schnell rief sie sich den eigentlichen Grund für ihren nächtlichen Ausflug wieder in den Kopf. Es konnte nicht mehr weit bis zur Gruselvilla sein.

Mit zügigen Schritten lief sie weiter. Nicht aber ohne sich immer wieder unbehaglich umzuschauen. Je näher sie ihrem Ziel kam, desto mehr fremdartige Geräusche schien sie in der verlassenen Umgebung zu hören. Da waren der unnatürlich laute Ruf eines Uhus, unheimlich raschelnde Blätter und … eine Art Schleifen.

Das war eben aber noch nicht da gewesen!

Ihre Nackenhaare sträubten sich. Gerne hätte sich Katie umgedreht und nachgesehen, was hinter ihr lauerte. Doch dazu kam sie nicht.

Ein riesiger Schatten tauchte vor ihr auf. Lautes Rascheln und Scharren ertönte und Katie machte einen erschrockenen Satz nach hinten. Das war jedoch ein großer Fehler.

Etwas Kaltes, Knöchernes umklammerte ihren Fuß. Sie schrie auf und versuchte ihren Knöchel zu befreien. Dieser löste sich aber nicht mehr aus dem eisernen Griff. Unerbittlich schnitt die kalte

Hand in ihr Fleisch und verursachte einen brennenden Schmerz in ihrem Bein.

Panisch trat Katie mit dem freien Fuß nach dem Angreifer und verlor dabei ihre Taschenlampe. Mist! Warum hatte sie nicht besser aufgepasst? Mit der Lampe hätte sie sich wenigstens verteidigen können. Nun war sie unbewaffnet.

Lichter in grellen Farben flammten auf und ein Heulen ertönte, das ihr durch Mark und Bein ging.

Werwölfe!

Geblendet riss sie die Arme nach oben. Mit letzter Kraft zerrte sie an ihrem Fuß. Jeden Moment würde sich das Monster auf sie stürzen und zubeißen.

Aber nichts geschah. *Warum greift es nicht an?* Erneut ruckte sie an ihrem Bein. Vergebens. *Warum fluoresziert sein Fell so komisch? Davon habe ich noch nie etwas in Fantasyromanen gelesen.*

Ein hämisches Lachen mischte sich unter das Scharren. Sofort wusste Katie, dass vor ihr weder ein Werwolf noch sonst irgendein Angreifer oder Fabelwesen stand. Leider, wie sie sich bedauernd eingestehen musste. Denn das wäre ihr jetzt gerade deutlich lieber gewesen.

Sie stoppte ihre Befreiungsversuche und öffnete genervt die Augen. Vor ihr standen ihre drei neusten Erzfeindinnen. Zu allem Überfluss erkannte Katie nun auch, dass ihr Fuß nicht wie vermutet von einer eiskalten Knochenhand festgehalten wurde, sondern sich lediglich in einem großen Ast verkeilt hatte. Problemlos löste sie sich daraus und griff nach ihrer Taschenlampe, die direkt neben ihr auf dem Boden gelandet war. Na prima. Wieso hatte sie sich so schnell ins Bockshorn jagen lassen?! Dummer Film! Sie ärgerte sich über ihren Anflug von Angst, wollte sich aber definitiv keine Blöße geben und wandte sich so gelassen wie möglich den anderen zu.

Am Waldrand standen ihr drei kichernde, kostümierte Gestalten gegenüber, die mit großen Taschenlampen und Leuchtbändern ausgestattet waren.

»Du bist ja ganz schön schreckhaft, Williams!«, rief eines der drei Mädchen schnippisch, als Katie in den Schein ihrer Lampen trat. Es war Gina. »Hast du nicht neulich noch behauptet, du hättest vor nichts und niemandem Angst?«

»Das hast DU behauptet.«

Das hochgeschossene, blonde Mädchen schaute herablassend und musterte sie abwertend von oben bis unten. Sie war einen halben Kopf größer als Katie, was unter anderem daran lag, dass sie stets ihr Kinn hochnäsig nach oben reckte und mindestens 10-cm-Absätze trug. Katie wurde wieder einmal bewusst, wie unterschiedlich sie beide doch waren. Ihr eigenes schulterlanges, braunes Haar schien im Gegensatz zu Ginas gewelltem, blondem Schopf eher wild und struppig. Doch obwohl sie beide erst sechzehn Jahre alt waren, wirkte Gina durch ihre Outfits eher wie eine Studentin als eine Schülerin.

Verwirrt schaute sie auf Katies Kleidung. »Wir wollen gleich zum Halloween-Ball und nicht die neue ›Altkleider-Kollektion‹ für den Secondhandshop vorführen. Was bitte willst du darstellen?«

Katie biss vor Empörung die Zähne aufeinander. Bloß nicht reizen lassen. Genau das wollte Gina erreichen.

»Ich bin eine Schattenjägerin«, entgegnete sie daher so neutral wie möglich.

Ginas gezupfte Augenbraue fuhr fragend nach oben. Ihre zwei Freundinnen hatten mittlerweile aufgehört zu lachen und schauten nun ebenfalls neugierig auf ihr Halloweenkostüm.

»Schon mal was von Monstern und Dämonen gehört?!«

Katie konnte sich kaum vorstellen, dass jemand nicht von dem aktuellen Hype über Schatten- und Dämonenjäger gehört hatte.

Es war DAS verkaufsschlagende Thema zurzeit, das sich durch diverse Bücher, Filme, Serien oder Computerspiele zog. Jeder wollte ein Teil der auserwählten Gemeinschaft von jungen Soldaten sein, die mit besonderen Fähigkeiten oder Waffen ausgestattet waren und zur Lebensaufgabe hatten, Monster, Dämonen und bösartige Kreaturen zu bekämpfen, um den Frieden der Menschheit zu verteidigen. Solche Welten, Geschichten und Ableger waren unter den Jugendlichen in ihrer Schule gerade sehr beliebt.

Selbst Gina, die sonst eher nichts mit tagesaktuellen Geschehnissen außerhalb der Modewelt zu tun haben wollte, warf jetzt einen genaueren Blick auf das Outfit. Automatisch strafften sich Katies Schultern und der sanfte Druck ihrer großen Schwerter, die sie an ihrem Rücken befestigt hatte, verstärkte sich. Zwar waren die Waffen nur aus Plastik, aber was war an Monstern und Gestalten zu Halloween schon echt? Die schwarze Lederjacke, das dunkle Top, die Jeans und ihre schwarzen Lederstiefel, die im schimmernden Mondlicht glänzten, rundeten das Outfit ab. Am Gürtel prangte eine große, silberne Schnalle. Eine perfekte Kampfmontur gegen alle bösartigen Kreaturen. Katies größter Stolz war der echte Dolch in ihrem rechten Stiefelschacht. Den hatte sie sich nach viel Überzeugungsarbeit von ihrem Vater ausleihen dürfen.

»Naja, vielleicht erkennt man es beim zweiten Hinsehen. Außerdem ist das doch voll der Fantasy-Mist!«, entgegnete Gina überheblich.

Erst jetzt warf Katie einen Blick auf die Kostüme der anderen. Gina hatte sich als Märchenprinzessin verkleidet, so wie sie es schon die ganze letzte Woche in der Schule herumposaunt hatte. Allerdings trug sie für Katies Geschmack an einigen Stellen etwas zu wenig Stoff, um eine »brave« Märchenprinzessin zu verkörpern. Conny und Trish, ihre zwei Busenfreundinnen, waren als Zofen verkleidet. Wie passend!

»Wir sind nicht zum Reden hier«, bemerkte Katie kühl.

»Du kannst es wohl kaum erwarten, ein … wie sagt man das, wo du herkommst … Abenteuer zu erleben?«

»Bei uns würde man das Erpressung nennen.«

»Ach? Schiss? Wenn du kneifen willst, sag's gleich, dann können wir uns deine Heulanfälle sparen und direkt zur Party gehen. Dass du kneifst, wäre der ideale Gesprächsstoff für so eine Feier.«

Katie spürte, wie ihr Gesicht vor Wut zu glühen anfing. Zum Glück war es so dunkel, dass Gina und die anderen das nicht bemerkten. Langsam löste sie ihre zusammengeballten Fäuste, setzte ein entschlossenes Gesicht auf und nahm ihre Taschenlampe wieder in die rechte Hand.

»Na dann. Nicht, dass ihr noch zu spät zur Party kommt. Und übrigens: Sucht euch besser schon einmal neuen Gesprächsstoff.« Mit diesen Worten marschierte Katie an den drei Mädchen vorbei. Sie spürte die überraschten Blicke in ihrem Rücken und genoss es – zumindest für einen kurzen Moment.

Schon nach wenigen Schritten gelangte sie an ein großes, verrostetes, windschiefes Gartentor. Die dahinterliegende Villa war im Dunkeln nur zu erahnen. Katie hoffte innständig, das Tor wäre abgeschlossen oder über die Jahre so sehr verrostet, dass es sich nicht ohne größeren Aufwand öffnen ließ. Darüber zu klettern war eine aussichtslose Option. Der Zaun war gute zwei Meter hoch und besaß in regelmäßigen Abständen pfeilartige Spitzen, die wenig einladend wirkten.

Doch als Katie vorsichtig ihre Hand auf das Metallschloss legte und leicht ihr Gewicht dagegen drückte, ließ sich das Gartentor problemlos öffnen. Nicht einmal ein Quietschen war zu hören. Es schien fast so, als wollte die Villa, dass sich jemand ihr näherte.

»Das ist ja mal wieder super, wie viel Glück ich doch habe«, murmelte Katie mit zusammengebissenen Zähnen. Nur widerwillig betrat sie den fast völlig zugewucherten Pfad, der zur Villa führte. Tagsüber hatte sie versucht sich den Weg von außen so gut es ging einzuprägen, damit sie das Gebäude möglichst schnell erreichte. Sie wollte keine Sekunde länger hier bleiben als nötig. Das war allerdings einfacher gesagt als getan. Außer schemenhaften Umrissen in unmittelbarer Nähe war von dem weitläufigen Grundstück kaum etwas zu erkennen. Einzig die kleinen Leuchtaccessoires von Gina und ihrer Clique gaben einen klaren Orientierungspunkt und wirkten auf einmal unglaublich einladend. Katie wischte diesen Gedanken beiseite. Sie hatte ja schließlich noch ihre eigene Taschenlampe. Eilig schaltete sie diese ein. Sofort erhellte sich ein Teil des zugewucherten Weges und beruhigte ihre angespannten Nerven ein wenig. So vorsichtig wie möglich setzte sie nun einen Fuß vor den anderen. Der Lichtkegel der Taschenlampe zeigte zwar das Gras und Gestrüpp, auf das ihre Stiefel traten, aber ließ nur erahnen, was sich darunter befand.

Ein heißerer Schrei ertönte. Katie zuckte zusammen. Sie richtete die Taschenlampe nach oben. Schemenhaft tauchten die umliegenden Bäume auf und bewegten sich im Schein unruhig hin und her. Hatte sich da nicht gerade etwas gerührt? Katie hatte das merkwürdige Gefühl, beobachtet zu werden. Die Taschenlampe zitterte unkontrolliert in ihrer Hand, was die Bäume im zuckenden Lichtkegel noch gespenstischer erscheinen ließ. Selbst wenn etwas Gefährliches dort lauerte, sie hätte es nicht erkannt.

Wie sollte sie es bis zur Villa schaffen, wenn sie sich jetzt schon völlig verrückt machte? Genau für diesen Fall hatte Katie ihren MP3-Player eingesteckt. Er sollte sie in unheimlichen Situationen mit ihrer Lieblingsmusik beruhigen und vor allem ablenken. Nur leider dachte Katie genau jetzt am allerwenigsten daran, Musik zu hören. Ihre Nackenhaare sträubten sich und sie spürte, wie ihre Muskeln sich schmerzhaft verkrampften. Ganz ruhig. Automatisch ging sie tiefer in die Knie. Das war, so hoffte sie, die perfekte Ausgangsposition für den Fall, dass ein Angreifer sie überraschte und sie sich verteidigen oder fliehen musste.

Noch langsamer als zuvor ging sie weiter, immer die Schatten im Auge behaltend. Alles blieb ruhig. Zu ruhig.

Nach einer gefühlten Ewigkeit tauchte endlich die Fassade der Villa auf. Jetzt nur noch irgendwie in das Gebäude kommen.

Gina hatte darauf bestanden, dass Katie in die Villa einstieg und durch eines der Fenster mit ihrer Taschenlampe ein Lichtsignal gab. Das war der Beweis dafür, dass sie die Mutprobe bestanden hatte.

Katie war bei dem Gedanken, IN die Villa zu müssen, überhaupt nicht wohl. Sie überlegte kurz, einfach von außerhalb des Gebäudes das Lichtsignal zu senden. Aber wie sie ihr Glück kannte, würde das nach hinten losgehen. Sobald sie mit der Taschenlampe wedelte und das vereinbarte Zeichen sendete, würde die Wolkendecke aufreißen und der Vollmond ihren wahren Standort preisgeben. Der Versuch zu schummeln war zu riskant. Sie wollte nicht gleich nach ihrer zweiten Schulwoche als Feigling abgestempelt werden. Also blieb nur die Flucht nach vorne.

Zögerlich setzte Katie einen Fuß auf die verwitterten Steinstufen der Eingangstreppe. Von Nahem sah das Gebäude noch unheimlicher aus. Türen und Fenster bildeten klaffende, dunkle Löcher, die gierig auf sie hinabsahen und nur darauf warteten, abenteuerlustige Dummköpfe in ihr Verderben zu stürzen. Allein die zersprungenen Steinplatten hinauf zur Veranda wirkten alles andere als vertrauenserweckend. Nur weil die erste Stufe ihrem Gewicht standhielt, hieß das nicht, dass das auch die zweite tat.

Katies Blick wanderte zu einem alten, morschen Schild, das scheinbar vor Langem am Geländer angebracht worden war. »Betreten verboten, Lebensgefahr!«. *Es wird ja immer besser!*

So leichtfüßig wie möglich erklomm sie die restliche Treppe, griff mit ihrer freien Hand nach dem verrosteten Türknauf an der großen Holztür und drehte ihn. Nichts. Sie rüttelte fester, aber auch das erzielte keine Wirkung.

»Wirklich?! Das Gartentor ist offen, aber du nicht?!«

Was jetzt? Sie war zu weit gekommen, um einfach wieder umzudrehen und zurück zur Clique zu gehen. Zumal die Aussage, dass
die Tür verschlossen und kein Reinkommen in die Villa möglich
war, mit Sicherheit auf wenig Verständnis stoßen würde. Es musste
einen anderen Weg geben. Einbrecher gaben schließlich auch nicht
vor verschlossenen Türen auf. Da gab es doch noch die Alternative mit dem Fenster …

Langsam ließ Katie ihre Taschenlampe an der Hausfassade ent-
langwandern. Efeu hatte sich über die Jahre am Mauerwerk breit
gemacht und umgab nun einen Großteil des Gemäuers. Einige
Meter entfernt hatte sie Glück. An der rechten Hausseite befand
sich ein mit Brettern vernageltes Fenster, dessen Scheibe eingeschlagen war. Eilig sprang Katie die steinerne Treppe hinunter und
riss mit voller Kraft am untersten Holz. Es knarzte, die Verkleidung gab nach, die Bretter brachen auseinander und eine dunkle
Öffnung tat sich auf.

Plötzlich schoss ihr etwas Weißes entgegen. Mit voller Wucht
schlug es Katie ins Gesicht. Schützend riss sie die Arme nach oben
und versuchte sich zu befreien. Ihre Finger bekamen etwas Stoff-
artiges zu fassen. Sofort kam ihr das weiße Kleid eines Gespenstes
in den Sinn. Instinktiv trat sie einen Schritt zurück. Etwas Hartes
stach in ihr Bein. Wild mit den Armen rudernd versuchte Katie ihr
Gleichgewicht zu halten und einen schmerzhaften Fall zu verhindern. Erst in letzter Sekunde konnte sie sich aus den Fängen des
Unwesens befreien, sich an den Zweigen eines Busches festhalten
und damit ihren Sturz stoppen. Sogleich griff der Stoff ein zweites
Mal an. Erst jetzt erkannte Katie den Angreifer. Ein mottenzer-
fressener Vorhang wurde von einer Windböe durch das Fenster
hinausgeweht. Mit zitternden Händen griff sie danach. Definitiv
keine Horrorfilme mehr!

Verärgert hängte sie den Stoff seitlich an einen verbogenen Nagel am Fenstersims. Unfassbar, dass sie sich schon zum zweiten Mal in etwas hineingesteigert hatte, das in Wirklichkeit völlig harmlos war. Diese Wette setzte ihr scheinbar mehr zu, als sie erwartet hatte.

Ihr gesamter Körper sträubte sich, als sie sich erneut der Öffnung näherte. Dieses Mal jedoch blieb eine unerwünschte Überraschung aus. Zum Glück!

Viel konnte man allerdings im Inneren nicht ausmachen. Das fluoreszierende Display ihrer Armbanduhr leuchtete grün auf.

19:56 Uhr.

Wenn sie noch ansatzweise pünktlich zum Halloween-Ball kommen wollten, musste sie endlich durch das Fenster steigen.

Ein Knacken dicht hinter Katie nahm ihr die Entscheidung ab. Eilig drückte Katie die Gardine komplett zur Seite, griff nach der Fensterbank und zog sich daran hinauf. Mit Schwung setzten ihre Beine über den Sims und landeten in einem stockdunklen Raum. Sofort ließ Katie die Taschenlampe hektisch umherwandern. Ein Ende des weiten Raums war nicht auszumachen. Es musste sich um einen riesigen Saal handeln. Ein alter Kronleuchter, der an der Decke hing, begann im Schein des Lampenlichts wie eine Diskokugel zu reflektieren. Jetzt erkannte Katie mehr Einzelheiten. An den langen Wänden standen in weiße Tücher gehüllte Tische und Stühle, so als ob der Besitzer der Villa jeden Moment zurückkehrte, um hier einen Ball zu veranstalten. Doch die dicke Staubschicht und die zahllosen Spinnweben überall ließen Katie daran zweifeln. Sachte wurden die hellen Laken von einem Luftzug erfasst und bewegten sich geisterhaft. *Einfach schnell das Licht durch das nächstbeste Fenster leuchten und nichts wie weg.*

Dazu musste Katie allerdings erst einmal ein ganzes Stück im Raum weitergehen. Weil sie durch das zerbrochene Fenster eingestiegen war, hatte sie sich zu weit vom Blickfeld des Gartenzauns entfernt. So würden Gina und ihre Clique das Licht niemals von außen sehen. Also blieb Katie nichts anderes übrig, als den Raum zu durchqueren.

Leise und stets darauf bedacht, so wenig Geräusche wie möglich zu machen, schlich sie dicht an der Wand entlang zu den nächstgelegenen Fenstern. Ihr Atem ging nur noch flach, um jedes mögliche Geräusch in der Umgebung besser wahrnehmen zu können. Auch wenn sich wahrscheinlich keine weiteren Menschen in diesem Raum befanden, so konnten doch Tiere hier Unterschlupf gefunden haben und sich durch ihre plötzliche Anwesenheit bedroht fühlen. Außerdem hatte sie keine Lust Geister aufzuwecken. Man wusste ja nie.

Nur noch wenige Schritte trennten Katie vom nächsten Fenster. In der Ferne ertönten leise Glockenschläge des alten Kirchturms der Kleinstadt.

20:00 Uhr.

Die Halloween-Party in der Schule begann.

Katie blickte erleichtert auf die milchige Scheibe vor sich, die nicht mal mehr einen Meter von ihr entfernt war. Gleich hatte sie es geschafft.

Plötzlich nahm sie ein Geräusch wahr: ein leises Summen direkt hinter ihr. Schlagartig erstarrte Katie. Zuerst war es so leise gewesen, dass sie dachte, das rauschende Blut in ihren Ohren spiele ihr einen Streich. Doch allmählich wurde das Summen lauter und der Raum begann in einem schwachen, bläulichen Licht zu leuchten. Katies Gesicht war starr auf das rettende Fenster gerichtet, das unmittelbar vor ihr lag. Sie wollte losrennen und fliehen, Hilfe rufen oder sich zumindest verteidigen. Doch ihre Beine versagten den Dienst. Sie schaffte es nicht einmal mehr, sich umzudrehen. Aber das war auch nicht nötig. Durch die Spiegelung in der Glasscheibe vor sich hatte sie einen perfekten Blick auf das Rauminnere und was sie sah, war alles andere als beruhigend.

Ein immer heller werdender Lichtball begann in der Mitte des

Raums zu glühen. Bedrohlich pulsierten seine Lichtkreise und das Summen begann in Katies Ohren zu schmerzen. Wie in Trance konnte sie von Weitem die letzten Schläge der Kirchturmuhr hören. Angestrengt zählte sie jeden einzelnen Schlag mit und versuchte ihr rasendes Herz dadurch zumindest etwas unter Kontrolle zu bekommen. Das Brummen wurde immer lauter und brachte ihren Kopf zum Schmerzen. Ein Gefühl der Benommenheit machte sich in ihr breit.

Vier, Fünf, … *Was um alles in der Welt passiert hier?*

Sechs, Sieben, … *Renn!*

Mit dem achten Schlag explodierte der Raum. Katie wurde zu Boden geworfen. Schützend warf sie die Arme über den Kopf. Eine Druckwelle durchstob den Saal, traf ihren Körper und presste ihr erbarmungslos die Luft aus der Lunge. Verzweifelt rang sie nach Atem, aber ihr Gehirn schien keinen Sauerstoff mehr aufzunehmen. Ihre Wahrnehmung begann zu schwinden. Dann hörte und sah sie nichts mehr.

KAPITEL 2

Bin ich tot?, war das erste, das Katie durch den Kopf schoss. Reglos verharrte sie in ihrer Position. Ihr Körper tat weh und fühlte sich gleichzeitig seltsam taub an. Was war passiert? Flashbackartig kamen die Erinnerungen an das bläuliche Licht, die Druckwelle und den Sturz zurück. Woher war diese Explosion gekommen? Eine defekte Gasleitung? Ein misslungenes Zündeln von Jugendlichen?

Als sie den Kopf hob, durchfuhr ein stechender Schmerz ihre Schulter und wanderte unangenehm brennend in ihre rechte Hand. Wenn sie tot war, warum spürte sie dann Schmerzen?

Langsam ließ Katie die Hände von ihrem Kopf gleiten, darauf bedacht, ihre Schulter nicht zu sehr zu strapazieren, und nahm im nächsten Moment Klänge klassischer Musik wahr. Na wunderbar. Also war sie doch gestorben und die Musik kam von den Engeln im Himmel, die sie mit Harfen und Trompeten im Reich Gottes willkommen hießen. Am liebsten hätte sie sich geweigert, ihre Augen aufzumachen und damit der Realität entgegen zu treten. Falls man im Himmel überhaupt von Realität sprechen konnte. Doch ihre Neugier siegte. Sie MUSSTE einfach die Augen einen Spaltbreit öffnen.

Ein grelles Licht stach in ihre Pupillen. Schützend riss sie eine Hand vors Gesicht, als etwas ihren Arm ergriff. Erschrocken fuhr sie herum, öffnete erneut die brennenden Lider und blickte in zwei strahlend blaue Augen, die einer Welt aus glänzenden Eisbergen und Kristallen glichen. Katie blinzelte mehrfach, um wieder klare Sicht zu bekommen und erkannte schließlich einen Jungen in ihrem Alter, der über sie gebeugt stand und sie mit einer Mischung aus Überraschung und wachsamen Interesse musterte. Er war groß und hatte fast schulterlanges, dunkelblondes Haar, das er zu einem lockeren Pferdeschwanz zusammengebunden hatte. Zwei Strähnen fielen ihm widerspenstig ins Gesicht. Auf seiner Stirn breitete sich eine besorgte Falte aus. Mit festem Griff umschloss seine Hand Katies Arm.

»Ist Euch etwas passiert? Wartet, ich helfe Euch auf.«

Katie war zu überrumpelt, um zu antworten. Wo um alles in der Welt war sie? Den Himmel hatte sie sich jedenfalls ganz anders vorgestellt. Nicht, dass sie enttäuscht war. Der Junge, der ihr mittlerweile auch seine andere Hand anbot, sah wirklich gut aus und schien nett zu sein. Doch sie hatte eher engelsgleiche Kinder in weißen Seidenhemden erwartet, die Harfe spielend auf einer Wolke saßen. Stattdessen beugte sich nun ein potenzieller Quarterback in einem etwa knielangen Mantel aus schimmerndem, goldblauem Stoff über sie; einem Justaucorps, wenn sie sich richtig an die Betitelung dieses Kleidungsstückes erinnerte. Unter seiner Jacke blitzte eine eng anliegende Weste hervor, die farblich perfekt mit der Knickerbockerhose und den langen Strümpfen harmonierte. Seine schwarzen Lackschuhe glänzten im hellen Licht des Raums und ließen die goldenen Schnallen auf der Oberseite wie Sterne funkeln. Sein Outfit erinnerte Katie an historische Kleidung aus einem Museum oder ihren Geschichtsbüchern.

Sanft, aber bestimmt, zog er jetzt an ihrem Arm und holte sie ein Stück zu sich heran. Neugierig wanderten seine Augen über ihr Kostüm und stoppten bei den zwei Schwertern. Schlagartig verfinsterte sich sein Gesichtsausdruck. Ohne Vorwarnung ließ er Katies Hände los. Diese stürzte zurück auf den harten Boden.

Geht's noch? Will der mich etwa umbringen? Danke, ich bin bereits tot!

Der Junge winkte mit der rechten Hand.

Hat der mich etwa gerade wegen eines Insekts fallen lassen?

Katie hatte das Gefühl, etwas erwidern zu müssen. Etwas Unschönes. Doch da griffen plötzlich erneut Hände nach ihren Armen. Dieses Mal allerdings von hinten. Zwei Männer in dunkler Uniform und mit gefährlich glänzenden Degen zerrten sie unsanft auf die Beine.

»Ich weiß nicht, wer Ihr seid und wer Euch geschickt hat, doch Ihr werdet dieses Anwesen auf der Stelle verlassen. Und wagt es nicht, noch einmal hierher zurückzukommen, sonst lasse ich Euch in den Kerker sperren!«, blaffte der Junge und trat bedrohlich nahe an Katie heran, wobei er ihr mit dem Zeigefinger drohte. Sie schluckte. Wurde man im Himmel etwa so behandelt? Wenn ja, dann wollte sie doch lieber in die Hölle.

»Das ist ein Missverständnis! Ich …«

Weiter kam sie nicht. Unsanft rissen die beiden Soldaten sie nach hinten, von dem Jungen weg, und beendeten damit das Gespräch. Katie wollte protestieren, hielt aber inne, als ihr Blick in den Raum fiel. Wenn sie sich nicht täuschte, dann war das der große Saal der alten Villa! Die Einrichtung glich zwar nur in Grundzügen dem, was sie vor wenigen Minuten noch vor Augen gehabt hatte, aber es gab keinen Zweifel. Der Staub und die weißen Tücher waren verschwunden und die Möbel dekorativ im Raum aufgestellt. Überall im Saal standen und tanzten jetzt bunt gekleidete Frauen und Männer in üppigen Kostümen, die dem des Jungen sehr ähnelten. In einer Ecke saß sogar ein kleines Orchester mit historisch aussehenden Musikinstrumenten. Nun war ihr auch klar, woher die Musik kam.

Ein komisches Gefühl beschlich Katie. Woher kamen auf einmal all diese Leute und wie hatten sie so schnell alles umdekorieren können? Scheinbar war sie doch länger als nur ein paar Minuten bewusstlos gewesen. Aber warum hatte man sie dann nicht ins

Krankenhaus gebracht oder einen Arzt verständigt? Wenn sie es nicht besser wüsste, dann hätte sie geglaubt, in einem dieser Märchenfilme gelandet zu sein, die sie immer zu Weihnachten im Fernsehen sah.

Gerne hätte sie sich genauer umgesehen, doch da wurde sie bereits aus dem Saal gezerrt.

»Verschwindet von hier und wagt es nicht noch einmal zurückzukommen!« Mit diesen Worten gab der blonde Junge den Wachen ein weiteres Zeichen und Katie wurde durch die geöffnete Eingangstür in die Dunkelheit nach draußen bugsiert. Ihr Blick streifte die große Holzvertäfelung. Sie stutzte. Das dunkle, geschnitzte Holz der Tür war völlig unversehrt und auch sonst fehlten jegliche Spuren von Alterserscheinungen und das »Betreten verboten«-Schild. Wie war das möglich?

Mit einem letzten, heftigen Ruck wurde sie über die Türschwelle gestoßen und fiel vorne über. Ein kühler Luftzug wehte ihr entgegen, als die Erdanziehung die Oberhand über ihren fallenden Körper ergriff und sie in die Tiefe stürzte. Schützend streckte Katie die Hände vor sich aus und erwartete jeden Moment Stufe für Stufe die Treppe hinunterzustolpern und unsanft auf dem Kiesboden aufzuschlagen. Doch statt durch die Tür in den Vorgarten zu stürzen, wurde ihr Fall von einem Widerstand aufgehalten. Es fühlte sich an, als ob sie auf eine Art Wand aus Gummi prallte, deren Druck sich immer weiter verstärkte und ihren Fall abbremste.

Katie blickte erschrocken nach vorne. Aber da war nichts! Nur die steinerne Eingangstreppe, die ein gutes Stück entfernt war — von einer Barriere weit und breit keine Spur.

»Was zum Teufel …«

Von hinten ertönte ein Geräusch. Die Eingangstür wurde geschlossen. Schon verengte sich der Lichtspalt aus dem Inneren und drohte jeden Moment ganz zu verschwinden.

Katie hatte aufgehört zu fallen und hing jetzt in einer komischen

Schräglage halb schwebend über dem Boden. Das war physikalisch gesehen völlig unmöglich! Vor ihr befand sich absolut nichts außer Abendluft. Trotzdem drückte ihr Körper gegen eine unsichtbare Wand, die es ihr nicht erlaubte, auch nur einen einzigen Schritt weiter nach vorne zu gehen. Ein schrecklicher Gedanke machte sich in Katie breit. Was war, wenn die unsichtbare Wand sie nicht nach draußen ließ und die Eingangstür hinter ihr vollständig geschlossen wurde? Sie würde eingequetscht werden und wäre gefangen. Panik stieg in Katie auf. Eilig streckte sie ihr Bein soweit sie konnte nach hinten aus und ließ die Zehenspitzen ihres linken Fußes in den Spalt hinter sich schnellen. Nur wenige Zentimeter vor dem Schloss kam die große Tür zum Stoppen.

Niemand schien zu bemerken, dass die Eingangstür nicht komplett geschlossen war. Trotzdem wollte Katie kein Risiko eingehen und verharrte noch einen Moment lang bewegungslos in ihrer Position.

Die unsichtbare Gummiwand zog sich wie vermutet sprungfederartig zurück Richtung Eingangstür und nur mit hohem Kraftaufwand konnte Katie verhindern, nicht mit vollem Schwung durch die Tür ins Innere katapultiert zu werden. Ganz langsam verlagerte sie ihr Gewicht und lehnte sich Stück für Stück nach hinten, um dem Druck der Wand nachzugeben. Die erhoffte Entlastung kam nicht. Im Gegenteil. Nun wurde Katie erbarmungslos gegen die Holzvertäfelung der Eingangstür gepresst. Plötzlich musste sie die Tür nicht nur mit ihrem Fuß einen Spalt breit offen halten, sondern sie auch gleichzeitig mit aller Kraft gegen ihr eigenes Körpergewicht wieder zuziehen.

Das größte Problem war jedoch der drohende Krampf in ihrem Bein. Der Muskel in ihrem Oberschenkel fing vor Anstrengung bereits an zu brennen und unkontrolliert zu zittern. Lange konnte sie diese Position nicht mehr halten. Sie lauschte angestrengt.

Aus der Villa drangen vereinzelte Geräusche. Sie wurden mal

lauter und mal leiser. Es war schwer einzuschätzen, ob sich jemand dem Foyer näherte oder verschwand.

Gerade als sich Katie einen Plan zurechtgelegt hatte, wie sie vorsichtig wieder die Villa betreten und sich unauffällig darin verstecken würde, versagte die Kraft in ihrem Oberschenkel. Ihr Bein fing heftig an zu krampfen und knickte unter der Anspannung ein. Katie entwich ein erstickter Schmerzensschrei. Die Eingangstür flog ungehindert auf, knallte mit Schwung gegen einen Tisch, die gummiartige Barriere gab Katie einen finalen Stoß und sie taumelte über die Türschwelle mitten ins Foyer. Mit Schwung kippte sie nach vorne, machte einen ungalanten Purzelbaum und kam wackelig wieder auf die Füße.

Sie rechnete mit dem Schlimmsten: aufblitzenden Degen, schreienden Wachen und einem blonden Jungen, der nur ein Wort rief: KERKER!

KAPITEL 3

Das Foyer war leer. Lediglich ein Tanzpaar schlenderte eng umschlungen aus dem Ballsaal und schien jeglichen Blick für die Umgebung verloren zu haben. Es war fast schon enttäuschend, dass offenbar niemand diesen bühnenreifen Stunt gesehen hatte. Diesen Gedanken hatte Katie jedoch nur für eine Millisekunde. Sofort kam der Ernst der Lage zurück und sie beeilte sich, in den Schatten eines kleinen Tisches zu huschen, der sich direkt neben einer großen Treppe befand.

»Wo bin ich hier nur gelandet?«

Eine Antwort blieb aus. Nachdenklich wanderte Katies Blick durch die Eingangshalle. Die Villa konnte sie offenbar nicht durch die Tür verlassen, aber auch hier drinnen war sie alles andere als sicher. Man würde sie in ihrem Halloweenkostüm sofort wiedererkennen und einsperren lassen.

Was würde eine Schattenjägerin jetzt tun …?

Sie erinnerte sich an ein Buch, in dem der Protagonist in einer ähnlich verzwickten Lage steckte und nicht erkannt werden durfte, sich aber trotzdem unters Volk mischen musste, um an wichtige Informationen heranzukommen. Anpassen war die beste Methode nicht aufzufallen. Alle Leute im Ballsaal trugen prachtvolle Kleider und Anzüge. Also musste sie auch so aussehen, dann konnte sie sich in Ruhe genauer umsehen.

Ihr Blick fiel auf die große Treppe, die sich links und rechts an der Wand in einem weitläufigen Bogen nach oben erstreckte. Waren nicht oft Schlaf- und Ankleidezimmer in der obersten Etage?

Ohne lange zu zögern, schlich Katie in gebückter Haltung die Treppe nach oben und landete in einem großen Flur, von dessen Wänden unzählige Türen abgingen. Sie griff nach dem ersten bronzenen Knauf auf der linken Seite. Es rührte sich nichts. Eilig schlich sie zum nächsten. Ebenfalls geschlossen. Schritte ertönten. Katie erstarrte mitten in der Bewegung und lauschte. Die Schritte waren kaum hörbar, wurden jedoch zunehmend lauter und kamen eindeutig näher. Ihr Herz begann wie wild zu schlagen. Mit aufgerissenen Augen suchte sie die Umgebung nach einem passenden Versteck ab. Da waren ungefähr tausend verschlossene Türen und vereinzelt herumstehende Tischchen mit Blumenschmuck. Kein einziges Versteck! Blieb noch die Treppe. Völliger Blödsinn. Wer wusste schon, wem sie dort begegnete. Wäre es der blonde Junge, dann hieß es gleich Game Over.

Die Schritte waren nun ganz deutlich am Ende des Flures zu hören. Wer auch immer hier oben herumlief, würde jeden Moment um die Ecke biegen.

So leise es ging, sprintete Katie auf die gegenüberliegende Seite und griff wahllos nach der nächstbesten Tür. Zu ihrer großen Erleichterung ließ sich diese problemlos öffnen. Sie sprang in das dahinter liegende Zimmer und blieb im Stockdunklen stehen. Keine Ahnung, wer oder was sich hier drinnen befand. Die größte Gefahr ging aber momentan vom Flur aus. Katie schloss rasch die Tür so weit wie nötig, um von außen nicht erkannt zu werden und schielte durch den Spalt. Jetzt würde sich zeigen, ob jemand ihren Spurt quer über den Flur bemerkt hatte.

Keine Sekunde später tauchten auch schon zwei Wachoffiziere in ihrem Blickfeld auf. Zügigen Schrittes marschierten sie den Gang entlang. Bei jeder Bewegung schlugen ihre Degen geräuschvoll an die uniformierten Beine. Katie wich instinktiv einen Schritt zurück. Die Männer kamen immer näher, blickten in ihre Richtung … und gingen an dem Raum vorbei.

»… weiß wirklich nicht, was er damit meint. Er glaubt, dass der Kürbis gestohlen werden …«

»Er sagte etwas von …«

Schon waren die Wachen hinter der nächsten Ecke verschwunden. Erleichtert atmete Katie aus. Ihr unerlaubtes Betreten der Villa hatte offenbar niemand bemerkt.

Gerade als sie die Tür öffnen wollte, hörte sie erneut Schritte auf dem Flur. Sofort zog sich Katie zurück in das dunkle Zimmer. Dieses Mal waren die Geräusche viel leiser und unregelmäßiger. Ein schmächtiger Mann und eine Frau in ausladender, rosafarbener Abendgarderobe erschienen. Händchen haltend schlich das Paar den Gang entlang in Richtung der großen Treppe. Während der Mann seine Füße übertrieben vorsichtig auf dem Boden absetzte, hob und senkte sich der große Unterrock der Frau geräuschvoll. Der Anblick glich einem ungelenken Vogel, der durch hohes Gras stakste und durch den lauten raschelnden Stoff genau das Gegenteil des Mannes bezweckte. Dick und Doof ließen grüßen. Katie konnte nicht anders. Sie musste lachen. Panisch schlug sie sich die Hand vor den Mund.

Die Frau hielt abrupt inne. »Was war das?«

»Ich habe nichts gehört.« Der Mann ging unbeirrt weiter und zog unnachgiebig am Arm der Frau. Diese schien allerdings von der Antwort wenig überzeugt. Mit zusammengekniffenen Augen suchte sie die Umgebung ab. Ihr Blick traf den von Katie. Diese zuckte erschrocken zurück, doch es war zu spät. Der Mund der Frau öffnete sich.

»Da ist nichts. Kommt endlich!«, mit einer ruckartigen Bewegung zog der Mann sie von der Tür fort. Widerspenstig reckte sie den Kopf nach hinten, doch Katie hatte sich bereits aus dem Sichtfeld zurückgezogen und kauerte nervös am anderen Ende des Zimmers.

»Hoffentlich hat man unser Verschwinden nicht bemerkt«, vernahm sie die dumpfe Stimme der Frau.

»Habt keine Angst, Liebste. Niemand hat etwas bemerkt.«

Die Schritte wurden leiser und verschwanden schließlich ganz. Katie atmete erleichtert aus und ließ sich erschöpft auf den Boden sinken. Ihre Beine zitterten vor Aufregung. Trotzdem huschte ein Grinsen über ihr Gesicht. Scheinbar war das ein oder andere Liebespärchen hier auf der Suche nach einem ungestörten Platz. Wenn auch die Anschleichmethode der beiden sehr eigenartig gewesen war.

Unfassbar, welch unverschämtes Glück Katie jetzt schon zum zweiten Mal gehabt hatte. In Zukunft hieß es jedoch besser aufzupassen. Ihr Schutzengel würde früher oder später mal eine Pause machen und dann konnte ein Fehltritt verheerende Folgen mit sich bringen.

Erst jetzt fiel Katie auf, dass die Gefahr noch gar nicht vorüber war. Sie befand sich in einem völlig fremden und dazu noch dunklen Zimmer. Die zugezogenen Vorhänge deuteten darauf hin, dass sich jemand zum Schlafen hingelegt hatte und hoffentlich auch jetzt noch brav im Bett lag. Am liebsten wäre Katie direkt zurück in den Flur gerannt, aber sie brauchte dringend eine Verkleidung. Nein, sie musste die Chance nutzen und sich hier zuerst nach einem Kostüm umschauen.

Mit der Hand schützend vor dem Glas, schaltete Katie ihre Taschenlampe ein und durchleuchtete im schwachen Licht vorsichtig das Zimmer. Sofort fiel ihr Blick auf das große Himmelbett auf der rechten Seite. Es war also tatsächlich ein Schlafzimmer.

Erstaunlicherweise war das Bett leer und unbenutzt, wie sie nach einer genaueren Untersuchung feststellte. Ansonsten beinhaltete das Zimmer noch einen Nachttisch, einen Kamin und einen großen, hölzernen Kleiderschrank in der linken Zimmerecke.

»Bingo!«

Eilig durchquerte Katie den Raum und öffnete die linke Schranktür. Ein muffiger Geruch von Stoff und Mottenkugeln schwappte ihr entgegen und breitete sich im Zimmer aus. Katie schnappte angewidert nach Luft und unterdrückte einen aufkommenden Würgereiz. Einen Moment lang krampfte sich ihr Magen zusammen. Angewidert drehte sie den Kopf zur Seite.

Dann verflog die unangenehme Duftwolke und gab den Inhalt des Schrankes frei. Neben allerlei Unterwäsche und Mänteln hingen dort fünf verschiedene Kleider. Die Gewänder leuchteten in den unterschiedlichsten Farben. Ehrfürchtig berührte Katie mit der Hand das erste Kleid und strich über den seidenen Stoff. Im Licht der Taschenlampe blitzten goldglänzende Stickereien und eingewobene Perlen auf. Diese Kleider mussten einer sehr wohlhabenden Dame gehören. Perfekt also, um sich damit auf einen edlen Kostümball zu schleichen.

Mit entschlossener Miene griff Katie nach einem roten Kleid. Die Größe durfte in etwa passen. Zwar war es ein komisches Gefühl so etwas Wertvolles »auszuborgen«, doch in Anbetracht der Kerkeralternative hatte sie wohl kaum eine andere Wahl.

Eilig tauschte sie ihr eigenes Outfit gegen das üppige Gewand. Zumindest war das der Plan.

Das Anziehen des historischen Kleides erwies sich jedoch als große Herausforderung. Überall hingen Schnüre und Bänder, die ohne Hilfe kaum zu schließen waren. Allein das Schnürkorsett bildete eine schier unlösbare Aufgabe, an der Katie nach einigen kläglichen Versuchen endgültig scheiterte. Also beschloss sie, sich lediglich auf die wichtigsten Verschlussstellen zu konzentrieren, sodass das Kleid zumindest ansatzweise Halt hatte und einen respektablen Anblick bot.

Die Haare knotete sie zu einem schlichten Dutt auf dem Hinterkopf zusammen. Nur zwei Strähnen ließ sie links und rechts seitlich ins Gesicht fallen. Sie meinte ähnliche Frisuren bei den anderen weiblichen Gästen gesehen zu haben, wenn nicht sogar aufwendige Perücken. Ein solch kratzendes Flohmonster kam für sie jedoch nicht in Frage.

Übrig blieb ein kleiner Haufen Schnüre und Bänder, die verstreut auf dem Boden lagen. Katie hoffte, dass diese nicht alle zu IHREM Kleid gehörten. Vorsichtshalber griff sie nach einem roten Band und wickelte es sich als Armband ums linke Handgelenk. So hatte sie wenigstens etwas griffbereit, falls sich doch der ein oder andere Verschluss öffnen sollte.

Einige Minuten später war sie schweißnass gebadet, doch das Resultat konnte sich sehen lassen. Ein Blick in den Schrankspiegel ließ Katie andächtig innehalten: Die Schattenjägerin war verschwunden. Stattdessen lächelte ihr nun eine Märchenprinzessin entgegen. Das rote Kleid war nach hinten gefaltet, aufgebauscht und besaß eine farblich passende Schleppe. Der Reifrock sowie das weit ausgeschnittene und aufwendig verzierte Dekolleté verliehen ihr ungewohnt ausgeprägte Kurven. Katie erkannte sich kaum wieder. Ihr Kostüm war zwar etwas zu groß, sollte aber seinen Zweck erfüllen. Nur die ausladende Breite des Reifrockes war gewöhnungsbedürftig.

Katie ging ein paar Mal im Zimmer auf und ab, bis sie zumindest ungefähr wusste, wo das Kleid anfing und wo es endete. Dann verstaute sie ihre Wertgegenstände im Kleid und versteckte ihr eigenes Kostüm in einem Spalt zwischen Schrank und Wand. Die Stiefel mit dem Dolch ihres Vaters behielt sie allerdings an. Der Saum des Kleides reichte zum Glück bis zum Boden, sodass ihre Schuhe darunter komplett verdeckt waren.

Wenn mich jetzt nur Gina mit ihrem Billigkostüm sehen könnte. Beim Gedanken an Gina verschwand der märchenhafte Moment und die Realität kehrte zurück. Sie musste so schnell wie möglich herausfinden, was hier vor sich ging und verschwinden. Die Wette war ihr mittlerweile völlig egal. Das Lichtsignal konnte man bei dieser

Christbaumbeleuchtung sowieso nicht mehr von außen sehen.
Das musste selbst die Zickenclique zugeben.

KAPITEL 4

So selbstbewusst wie möglich schlenderte Katie aus dem Zimmer. Für einen kurzen Moment überlegte sie, dem Gang zu folgen und nachzusehen, wohin er führte. Eine innere Stimme drängte sie jedoch dazu, zuerst herauszufinden, ob sie sich tatsächlich noch in der Gruselvilla befand und woher plötzlich die vielen Leute kamen.

Möglichst anmutig versuchte Katie die Stufen der großen Treppe hinunter zu schreiten, was sich mit dem langen, schweren Kleid aber alles andere als einfach gestaltete. Nach ein paar unsicheren Schritten und einem zum Glück in letzter Sekunde verhinderten Sturz, beließ sie es dabei, den Blick stur geradeaus zu richten und zu versuchen, überhaupt unten anzukommen. Egal wie elegant.

Die Eingangshalle war groß und mit einem prunkvollen, goldenen Kronleuchter geschmückt, der in der Deckenmitte an einer goldenen Kette nach unten hing. Buntgekleidete Menschen wandelten umher und verschwanden in einem Durchgang, der sich zwischen den beiden Treppenaufstiegen befand und weiter ins Innere der Villa führte. Gegenüber lag die hölzerne Eingangstür, durch die Katie schon einmal an diesem Abend nach draußen befördert worden war. Ein besonderes Augenmerk bildete eine große Standuhr auf der rechten Seite des Foyers. Ihr Gehäuse war aufwendig geschnitzt und übersät von Ranken und geometrischen Verzierungen, die sich neben zahlreichen Fabelwesen um das schlichte Ziffernblatt wanden.

20:22 Uhr.

Auf beiden Seiten der Eingangshalle befanden sich jeweils zwei Türen. Während sie auf der rechten Seite verschlossen waren, standen sie auf der linken Raumseite weit offen. Klassische Musik erklang und Katie erkannte das bunte Treiben im Ballsaal. Dutzende farbenfroh gekleidete Tanzpaare bewegten sich im Rhythmus der Musik über das Parkett oder standen in kleinen Gruppen zusammen und unterhielten sich.

Einige Frauen trugen weit ausgeschnittene Kleider und wedelten mit Fächern. Andere protzten mit einer pudelähnlichen, riesigen Perücke und weißen Spitzentaschentüchern.

Die Gewänder der Herren glichen im Wesentlichen dem des blonden Jungen, der Katie noch allzu gut in Erinnerung war.

Der Saal versprühte eine Energie, die die Luft zu elektrisieren schien. Immer wieder eilten Männer in schwarzen Fracks durch die Menge und verteilten Gläser mit gelblicher Flüssigkeit an die Gäste.

An der gegenüberliegenden Wand standen Tische und Stühle, die Katie bekannt vorkamen. Sogar eine Art Minibuffet war daneben aufgebaut. Und egal wo das Auge hinschaute, die Wände waren mit roten, gelben und braunen Blättern, saftig grünen Efeuranken und anderer herbstlicher Deko versehen. Offenbar fand hier eine Motto-Party statt. Thema: Herbst und Halloween. Und es gab keinen Zweifel: Dieser Raum war der gleiche, in den Katie noch vor kurzem durchs Fenster eingestiegen war.

»Verzeiht.« Eine Hand legte sich auf ihren Arm. Katie fuhr herum und befürchtete sofort, dass etwas mit ihrer Verkleidung nicht geklappt hatte. Ganz offensichtlich hatte sie doch noch ein paar wichtige Schnüre am Kleid vergessen und stand jetzt halb nackt da. Schamesröte schoss ihr in die Wangen. Aus dem Augenwinkel heraus beeilte sie sich, die Nahtstellen des Stoffes auf Löcher zu überprüfen.

Ein Räuspern ließ sie aufschrecken. Das freundliche Lächeln eines jungen Mannes strahlte ihr entgegen. Wie der blonde Junge zuvor, trug auch er einen hüftlangen Mantel und Knickerbockerhosen. Allerdings in einem rot schimmernden Stoff, der dem ihres Kleides sehr ähnelte. An seinen Schultern waren kleine goldbestickte Epauletten angebracht und unter seiner schlichten Weste blitzte ein weißes mit Rüschen verziertes Hemd hervor. Der Junge war einen Kopf größer als Katie und schien etwa neunzehn Jahre alt zu sein. Seine braunen Haare trug er zu einem Pferdeschwanz zusammengebunden. Ein paar Strähnen hatten sich daraus gelöst und hingen ihm lässig ins Gesicht. Das Auffälligste waren jedoch seine nussbraunen Augen, die Katie gespannt musterten.

»Verzeiht. Ich wollte Euch nicht erschrecken.« Ein entschuldigendes Schmunzeln huschte über seine Lippen. Er nahm ihre Hand und gab dieser einen flüchtigen Kuss. Katie wurde rot. »Sagt, ich habe Euch hier noch nie zuvor gesehen und dabei sollte ich jeden auf diesem Ball kennen. Erlaubt mir zu fragen, wer Ihr seid.«

Katie riss die Augen auf. Der Junge lächelte erneut. Ein 100-Watt-Lächeln, das nur Rockstars vorbehalten war. Ein kribbelndes Gefühl breitete sich in ihrer Hand aus, dort, wo er eben den Kuss platziert hatte. Katies Kiefer verkrampfte sich zu einem einzigen verspannten Muskel. Sie war unfähig ihren Mund zu öffnen und etwas zu erwidern. Selbst wenn sie eine Notlüge parat gehabt hätte, Prince Charming machte es ihr schier unmöglich zu reagieren.

»Ihr seid eine verschwiegene Frau, das macht Euch noch geheimnisvoller.« Wieder dieses Rockstar-Lächeln. »Dürfte ich um diesen Tanz bitten?« Er deutete mit dem Oberkörper eine Verbeugung an und ergriff Katies Hand, was sie noch mehr erröten ließ.

Immer noch unfähig zu sprechen, schaffte sie es zumindest, anmutig wie eine Prinzessin zu knicksen. Das genügte dem Jungen als Antwort. Sachte zog er sie hinter sich her zur Tanzfläche.

Bunte Farben und süßliche Gerüche strömten auf Katie ein. Der Pulk tanzender Menschen war so dicht, dass sie für einen Moment die Orientierung verlor. Zum Glück hielt der Junge sie immer noch an der Hand. Sein Daumen streifte über ihre Finger. Er legte die andere Hand hinter seinen Rücken und führte Katie in einer ihr völlig fremden Schrittfolge im Kreis um sich herum.

Erst jetzt schaffte es Katie, sich von seinem Blick zu lösen. Wieso hatte sie seine Tanzaufforderung angenommen? Tanzen war eines der Dinge, die sie zwar liebte, aber in Anwesenheit anderer Personen tunlichst vermied. Ganz besonders, wenn ein gutaussehender Junge unmittelbar in der Nähe war und es sich auch noch um einen historischen Tanz handelte, von dem sie überhaupt keine Ahnung hatte.

Der Junge wechselte die Schrittfolge und bewegte sich nun wie ihr Spiegelbild. Katie versuchte sich an den Tanzkurs zu erinnern, zu dem ihre Eltern sie vor einigen Jahren gezwungen hatten. Laut deren Meinung sollte jeder Jugendliche ein paar Standardtänze beherrschen, da eines Tages der Moment kommen würde, in dem man diese Kenntnisse brauchte. Wenn jetzt dieser Moment war, dann hatten ihre Eltern sowas von Unrecht gehabt. Keine der gelernten Walzer- oder Cha Cha Cha-Schrittkombinationen schien hier auch nur ansatzweise brauchbar zu sein.

Katie bemerkte, dass die anderen Paare zwar immer zu zweit tanzten, die Bewegungen aber eher an einen Tanz mit dem eigenen Spiegelbild erinnerten. Dabei hielten sie stets einen gebührenden Abstand zueinander ein und vermieden, bis auf das Berühren der Hände beim Herumführen im Kreis, jeglichen Körperkontakt. Das Ganze war eine Mischung aus Gleiten und Gehen, das durch Neigen des Kopfes vervollständigt wurde. Katie versuchte sich an den Schritten des Jungen zu orientieren und dabei nicht allzu unwissend auszusehen.

»Ihr tanzt gut.«

Das bezweifelte sie.

»Ich muss mich erneut bei Euch entschuldigen. Wie konnte ich nur vergessen, mich Euch vorzustellen: Ich bin Friedrich de Ribera.« Ein stolzes Lächeln trat in sein Gesicht, was Katie schmunzeln ließ. Er trat näher an sie heran und vollführte eine elegante Drehung. »Da Ihr nun meinen Namen kennt, verratet mir den Euren.«

Wieder verschlug es ihr die Sprache. Katie fragte sich ernsthaft, was mit ihr los war. Sie war doch sonst nicht auf den Mund gefallen. Aber Friedrich verströmte eine Vertrautheit und Selbstsicherheit, in der sie sich verrückterweise sowohl geborgen als auch ungewohnt eingeschüchtert fühlte. Sein Lächeln ließ sie rot werden und seine Nähe Schmetterlinge in ihrem Bauch fliegen. Und egal wie schlecht sie tanzte, er machte ihr Komplimente, während sie das komische Gefühl hatte, völlig allein mit ihm auf der Tanzfläche zu stehen. Alles in allem: Friedrich war ein Märchenprinz. Und das allein genügte, um aus ihrem Mund keine zwei Wörter hervorzubringen.

Schließlich schaffte sie es, halbwegs verständlich zu nuscheln: »Katie. Katie Williams.«

»Was für ein reizender Name, Lady Katie. Aber ich behalte Recht, ich kenne Euch nicht. Zum Glück tragt Ihr keine Maske, so wie alle anderen auf diesem Ball. Sonst hätte ich Euch vielleicht nicht bemerkt. Aber bei Eurer Schönheit wärt Ihr mir auch MIT Maske aufgefallen.« Er lachte.

Masken? dachte Katie erschrocken und merkte sofort, dass sie es laut ausgesprochen hatte. Ein dümmliches Lächeln ihrerseits folgte. *Himmel Katie, reiß dich gefälligst mal zusammen!*

Zu allem Überfluss trat genau in diesem Moment jemand von hinten auf ihre Schleppe. Der Reifrock verrutschte. Kein Wunder bei nur halb geschlossenen Ösen und Verschlüssen. Katie stolperte und fiel vorne über. Ihr zu großes Kleid verdrehte sich, sie verlor ihr Gleichgewicht und merkte bereits im Fallen, dass ihr Rock nach oben wanderte und die Stiefel darunter freigab. Sofort spürte sie verlegene Röte in ihr Gesicht steigen. Das stoppte den Fall allerdings auch nicht mehr.

Zum zweiten Mal an diesem Abend stürzte sie.

Millimeter über dem Parkett ergriffen zwei starke Hände ihre Arme und hielten sie fest. Erleichtert atmete Katie aus. So viel zu anpassen und unauffällig sein.

»Habt vielen Dank, Friedrich.«

Als sie zu ihrem Retter aufsah, blickte sie in das Gesicht des hochgeschossenen, blonden Jungen, der sie den Wachen übergeben hatte. *Mist!* Sie schluckte schwer und versuchte ein unschuldiges Lächeln aufzusetzen. Er konnte sie wohl kaum wiedererkennen. Schließlich trug sie jetzt ganz andere Kleidung und vorhin im Flur hatte er ihr ja nicht einmal richtig ins Gesicht gesehen. Ganz zu schweigen davon, dass das Licht hier ja auch nicht das Beste war. Der Junge erwiderte ihr Lächeln, doch es wirkte kühl.

»Geht es Euch gut? Ihr solltet besser auf Euch aufpassen.« Katie nickte zögerlich, stand auf und drehte sich eilig zu Friedrich um, der ihr hilfsbereit eine Hand entgegenstreckte. »Nicht, dass noch etwas aus Eurem Stiefel fällt und Euch ernsthaft verletzt.«

Der Dolch! schoss es Katie durch den Kopf. Er hatte ihn gesehen. Binnen Sekunden brach ihr der Schweiß aus und ihre Augen suchten hektisch den Raum nach Fluchtmöglichkeiten ab. Es gab keine. Der Saal war überfüllt mit Menschen, was ein Entkommen unmöglich machte. Die Wahrheit zu sagen oder eine Geschichte zusammenzulügen war ebenfalls zwecklos. Selbst wenn der Junge ihr ihre Lüge abkaufte, so musste er nur nach ihrer – nicht vorhandenen – Einladung fragen. Spätestens dann war sie geliefert.

Der Junge hatte sein Lächeln gegen eine ernste Miene ausgetauscht. »Ich denke, wir sollten uns unterhalten.«

»Cousin, das ist nicht rechtens.« Friedrich trat einen Schritt vor Katie. »ICH habe sie bereits um diesen Tanz gebeten.«

Der Junge warf ihm einen finsteren Blick zu und schaute dann über dessen Schulter zu Katie hinüber. »Folgt mir!« Mit diesen Worten machte er auf dem Absatz kehrt und marschierte voraus.

Katie überlegte, einfach bei Friedrich zu bleiben. Märchenprinzähnlich wie er war, würde er Edelfrauen in Not bestimmt verteidigen und beschützen. Und genau das war sie ja in gewisser Weise.

Der Gesichtsausdruck, den der Junge ihm entgegengebracht hatte, verdeutlichte aber, dass er keinen Widerstand duldete. Früher oder später würde er sie festnehmen. Vielleicht war es besser, gleich zu kooperieren und auf Strafmilderung zu hoffen. Katie seufzte. Friedrich begann erneut zu protestieren und sie am Gehen zu hindern.

Der blonde Junge wartete mit wachsamer Haltung ein paar Schritte entfernt und beobachtete sie beide genau. Katie murmelte etwas Entschuldigendes in Friedrichs Richtung und folgte dann dem blonden Jungen. Immer wieder warf er im Laufen einen misstrauischen Blick nach hinten, um sich zu vergewissern, dass Katie weiterlief. An Flucht war nicht zu denken. Zu viele Tanzpaare standen vor den Fenstern und Türen. Selbst wenn sie es bis dorthin schaffte, gab es da immer noch die Wachen, die der Junge in kürzester Zeit alarmieren konnte.

Wie um ihre Überlegung zu bestätigen, wurde Katie plötzlich von zwei Männern umzingelt, die sich rechts und links von ihr aufbauten. Es mussten die gleichen Wachen sein, die sie schon einmal aus der Villa geworfen hatten, denn für ihren Geschmack fassten die beiden sie ungewöhnlich fest an den Armen. Gezwungenermaßen musste sie nun zum zweiten Mal an diesem Abend dem Jungen in die Eingangshalle folgen.

KAPITEL 5

Das Ziel war dieses Mal zum Glück nicht wieder die große Eingangstür, sondern ein Raum auf der gegenüberliegenden Wandseite des Foyers. Als die Wachen sie über die Schwelle stießen, schlug ihr ein Schwall heißer Luft entgegen. Katie wusste nicht, woher diese Wärme kam, bis sie stolpernd vor einem großen Kaminfeuer zum Stehen kam. Für einen Moment waren ihre Augen wie hypnotisiert auf das faszinierende, fremde Lichtspiel der Flammen gerichtet, die im Kamin auf und ab züngelten und sich gespenstisch in den zwei hohen Fenstern des Raums widerspiegelten. Das Feuer tauchte alles in ein warmes, freundliches Licht. *Welch trügerischer Eindruck.* Aber immerhin war sie nicht in einem Verließ, sondern in einem Studierzimmer gelandet.

An den Wänden standen mehrere Bücherregale und davor ein großer Schreibtisch mit einem gemütlich aussehenden Ohrensessel. Der Junge nahm jedoch nicht darin Platz, sondern lehnte sich an die Tischkante und bedeutete Katie sich auf einen der weniger einladenden Stühle vor dem Schreibtisch zu setzen. Ein Anflug von Angst stieg in ihr auf. War das eine Falle? Ein mechanischer Stuhl, der sie fesseln würde?

Einer der Wachen stieß sie von hinten in die Rippen. Widerwillig nahm sie Platz. Die Wachen machten kehrt und bezogen grimmig Posten an der Tür. Erneut musterte Katie ihre Umgebung.

Fluchtmöglichkeiten: keine, außer den zwei großen Fenstern

Erfolgswahrscheinlichkeit: sehr gering

Risiko: definitiv einen Versuch wert

»Hatte ich Euch nicht verboten, noch einmal hierher zu kommen?« Der blonde Junge hatte einen finsteren Blick aufgesetzt und starrte sie in Grund und Boden. Seine Arme waren vor der Brust verschränkt und seine Haare glänzten im Licht des Feuers wie ein Heiligenschein. Er musterte sie eingehend von oben bis unten und bearbeitete dabei seinen Kiefer. Katie rückte unwillkürlich ein Stück von ihm ab. »Ich dachte, ich bin an diesem feierlichen Tag einmal großzügig und werfe Euch nicht gleich in den Kerker. Doch wie es mir scheint, legt Ihr großen Wert darauf, Bekanntschaft mit den Ratten zu machen.« Sein Ausdruck hatte etwas Bedrohliches angenommen. Katie schluckte. »Bevor ich Euch aber diesen Wunsch erfülle, würde ich gerne noch wissen, warum Ihr hier seid.«

Das würde mich auch interessieren!

Auf dem Gesicht des Jungen breitete sich Überraschung aus. Sofort erkannte Katie ihren Fehler. Sie war sich nicht bewusst gewesen, ihre Worte laut ausgesprochen zu haben.

Ein kaltes Lachen durchschnitt die Stille und ließ sie schaudern. Der Junge schüttelte amüsiert den Kopf, doch in seinem Gesicht lag keine Freude.

»Ich denke nicht, dass Ihr in der Position seid, meine Fragen nicht zu beantworten.«

Katie war klar: Wenn Blicke töten könnten …

Im Gegensatz zu ihrer ersten Begegnung an diesem Abend strahlten die Augen des Jungen nicht mehr in einem kristallklaren Blau, sondern wirkten jetzt eiskalt wie ein tödlicher Schneesturm. Sein Blick brannte auf ihr.

»Ich höre!«

Ihr Mund wurde trocken. »Wenn ich dir antworten soll, dann musst du mir Fragen stellen, die ich auch beantworten kann.« Die Selbstsicherheit in ihrer Stimme überraschte sie. Eigentlich war ihr mehr als unwohl zumute und ihr Herz vollführte reinste Saltos in der Brust. Nur mit Mühe schaffte sie es, ihre zitternden Hände im Schoß unter Kontrolle zu halten.

Der Junge schien in keiner Weise beeindruckt. Mit einem leichten Ruck löste er sich vom Tisch und steuerte auf sie zu. Seine Schritte waren langsam und bedrohlich, die blauen Augen unentwegt auf Katie gerichtet und ein undurchschaubares Schmunzeln umspielte seine Lippen. Katie wollte ihren Blick von ihm abwenden und ihm möglichst wenig Angriffsfläche bieten, aber seine Präsenz zog ihren Blick unwillkürlich an. Die verschränkten Arme vor der Brust ließen seine Muskeln unter dem eng anliegenden Jackett hervortreten und zeigten sein durchtrainiertes Profil. Einen Schritt von ihrem Stuhl entfernt blieb er stehen.

»Ihr wollt also Spielchen spielen. Von mir aus gerne, aber im Moment habe ich keine Zeit. Also gebe ich Euch noch eine letzte Chance, mir zu antworten: Wer seid Ihr? Wie kommt Ihr hier herein und wer hat Euch geschickt?«

Obwohl ihr Mund mittlerweile mehr als ausgetrocknet war, musste Katie schlucken. Ihre Gedanken drehten sich wie wild im Kreis. Seine plötzliche Nähe machte sie nervös. Wenn er noch einen Schritt vortrat, würde er an ihr Bein stoßen.

Sollte sie ihm jetzt etwa ihre Lebensgeschichte erzählen? Was wollte er denn hören?

»Mein Name ist Katie Williams. Und zuerst würde ich gerne wissen, wer du bist?«

Der Junge grinste. Ein Pokerface-Grinsen. Langsam beugte er seinen Oberkörper zu ihr herunter und griff mit der linken Hand an ihre Stuhllehne. Katies Atem stockte. Sie war gezwungen ihren Blick zu senken. Als er weitersprach, waren seine Worte direkt neben ihrem rechten Ohr. Sein warmer Atem streifte ihren Hals und jagte ihr einen Schauer über den Rücken. Sie rang nach Luft. Der Junge hatte es ebenfalls bemerkt. Er stieß ein leises Lachen aus und sorgte damit für weitere Gänsehaut bei ihr. Katies Hände verkrampften sich und ihr Magen fing an zu kribbeln. Er war ihr nun so nah, dass kaum noch eine Hand zwischen ihre Köpfe passte. Die ideale Chance, ihn zu überwältigen, doch ihr Gehirn setzte aus und ihr Körper verweigerte jeglichen Dienst.

»Ich denke, Ihr wisst sehr genau, wer ich bin und falls nicht, dann werde ich es Euch auch nicht sagen.«

Fassungslos schielte Katie zu ihm hinüber. Meinte er das ernst? Bevor sie jedoch ihre Gedanken auch nur im Geringsten wieder sortieren und etwas erwidern konnte, erklangen von draußen schnelle Schritte. Im nächsten Moment wurde die Tür zum Studierzimmer aufgerissen.

»Nicolas, Euer Vater fragt nach Euch. Er …« Ein dunkelhaariges Mädchen in einem goldgrünen Kleid stürmte ins Zimmer und hielt abrupt inne, als sie die scheinbar innige Situation entdeckte. Der blonde Junge blickte überrascht zur Tür hinüber, verharrte aber wie versteinert in seiner gebeugten Position.

Katie würdigte das Mädchen keines weiteren Blickes, sondern lehnte sich noch ein Stück weiter vor, bis sie das zerzauste blonde Haar des Jungen auf ihrer eigenen Wange spürte. Geradezu zärtlich flüsterte sie ihre Worte in sein Ohr. »Es freut mich, deine Bekanntschaft zu machen, NICOLAS. Ich sehe, unser Gespräch macht Fortschritte.«

Sofort richtete er sich wieder auf, wich mehrere Schritte nach hinten zurück, um eine gesunde Distanz zwischen sie beide zu bringen. Seine Augen funkelten Katie böse an. Ohne den Blick von ihr abzuwenden, gab er den Wachen ein Zeichen und Schritte ertönten. Kurz darauf schloss sich die Tür und sie blieben allein zurück. Katie grinste. Nicolas wandte sich von ihr ab und ging ein paar Schritte auf den Kamin zu.

»Touché, nun wisst Ihr also meinen Namen und ich den Euren.« Katie glaubte ein Schmunzeln in seiner Stimme zu hören, doch als er sich umdrehte, war sein Gesicht ohne jeglichen Ausdruck. »Wie ich bereits erwähnt habe, bin ich heute sehr beschäftigt. So anregend diese Unterhaltung auch sein mag, ich muss Euch nun in den Kerker bringen lassen.«

»Was?!« Entsetzt sprang Katie vom Stuhl auf. Gerade glaubte sie noch, in diesem Gespräch zu dominieren und schon war sie zurück in der Opferrolle. Nicolas schaute sie mit einem fast mitleidigen Blick an, was Katie noch rasender machte. Er wandte sich Richtung Tür und öffnete den Mund, bereit den Wachen einen Befehl zu erteilen.

»Wowowoh. Du kannst mich doch nicht einfach so in den Kerker werfen!« Demonstrativ trat sie einen Schritt zwischen ihn und die Tür. »Ich meine, hallo?! Ich habe ja wohl das Recht auf einen Anwalt, auf eine Anhörung und heißt es nicht immer: Innocent until proven guilty?«

Desinteressiert warf er einen flüchtigen Blick auf sie. »Ich verstehe nicht«, war seine einzige Aussage. Erneut setzte er zu einem Befehl an.

»Eben. Ich verstehe es auch nicht. Ich weiß ja noch nicht einmal, wo ich hier bin. Vermutlich immer noch in der Gruselvilla, aber die sah vor ein paar Minuten noch völlig anders aus. Und jetzt willst du mich auch noch in den Kerker werfen?!« Katie riss die Arme nach oben und wedelte hektisch mit der Hand durch die Luft, so als könnte sie diesen Albtraum dadurch einfach vertreiben. Mehr zu sich selbst fuhr sie fort. »Vielleicht wurde ich überfallen und verschleppt oder man hat mich unter Drogen gesetzt. Ja, das habe ich jetzt davon. Hätte ich mich bloß nicht auf diese blöde Wette eingelassen.«

Nicolas schaute nun ganz zu ihr hinüber. Er wirkte irritiert, beobachtete aber zugleich aufmerksam jede ihrer Bewegungen. »Von welcher Wette sprecht Ihr?«

Katie atmete tief durch. Im Prinzip war es egal, was sie ihm erzählte. Er wollte sie in den Kerker werfen, ob sie nun log oder nicht. Anscheinend hatte er noch wichtigere Dinge zu erledigen. Wenn sie also gefangen genommen werden sollte, dann konnte sie ihm auch alles erzählen, was sie wusste. Vielleicht gab es ja irgendeinen Zusammenhang, den sie bisher übersehen hatte und der ihr verständlich machte, was hier eigentlich vor sich ging. Denn real war das hier nicht.

»Hör zu, alles begann mit der Versetzung meines Dads vor einem Monat. Seine Firma bot ihm hier in der Kleinstadt einen neuen Arbeitsplatz an und dann hieß es sofort Koffer packen. Ich war natürlich dagegen, aber wen interessiert das schon. In der neuen Schule behandelte man mich anfangs wie eine totale Außenseiterin. Ich sei eine ›Großstadttussi‹« Katie spuckte das Wort förmlich aus und spürte eine plötzliche Wut in sich aufsteigen. War das die Angst oder der aufgestaute Ärger wegen des Umzugs? Sie wusste es nicht. »Mittlerweile habe ich zwar neue Freunde gefunden, aber die blöde Mutprobe mit Gina blieb bestehen. Und genau diese findet heute statt. Ich kann mich nicht davor drücken, sonst wird Gina mir künftig das Leben an der Schule zur Hölle machen. Obwohl ich mir mittlerweile nicht mehr so sicher bin, ob sie das nicht sowieso tun wird.«

Sie blickte zu Nicolas hinüber. Dieser verharrte einen Moment zögernd, fasste sich mit der Hand an den Nasenrücken, seufzte und ging zum Schreibtisch hinüber, wo er sich wieder in seine lässig-am-Tisch-anlehn-Position begab. Katie betrachtete ihn verstohlen. Sein Gesicht wirkte angespannt und ließ ihn um Jahre älter aussehen. Leicht dunkle Ringe zeichneten sich unter seinen Augen ab, die auf Schlaflosigkeit und Erschöpfung hindeuteten.

Als er aufsah, beeilte sie sich, aus dem Fenster zu schauen. Er wies auf den Gästestuhl und sie setzte sich. In ruhigem Ton begann er zu sprechen. »Lassen wir den Umzug einmal weg. Was ist mit dieser Wette? Seid Ihr durch sie hier hergekommen oder gibt es doch einen anderen Grund für Eure Anwesenheit?«

»War ja klar, dass du mir nicht glaubst. Ich hätte dir sonst was erzählen können und du denkst immer noch, ich sei eine Spionin der dunklen Seite.«

»Seid Ihr es denn?«

»NEIN!«

Er machte eine besänftigende Handbewegung und bedeutete ihr mit einem auffordernden Blick, seine vorherige Frage zu beantworten.

Katie schnaubte geräuschvoll aus. »Wie bereits gesagt: Ich bin vor zwei Wochen auf eine neue Schule gekommen. Dort gibt es die üblichen Cliquen, Grüppchen und Hierarchien; wie überall. Natürlich auch eine klassische Anführerin, die die Schule dominiert und aufgrund des Wohlstandes ihrer Eltern glaubt, einer besseren Schicht anzugehören. Diese Person ist Gina.«

»Ihr meint, sie ist eine Art Stellvertreterin oder Repräsentantin der Schülerschaft?«

»Nicht wirklich. Sie ist ein wasserstoffblondes, verwöhntes Püppchen, wenn du mich fragst. Als ich vor zwei Wochen meinen ersten Schultag hatte, war sie allerdings die Erste, die mich super freundlich aufgenommen hat. Sie zeigte mir alles, stellte mich den Mitschülern vor und ich war sofort ein Mitglied ihres Freundeskreises. Wir haben zusammen was unternommen und so. Irgendwie kamen wir dann mal auf das Thema ›Angst‹ zu sprechen. Nachdem mir die anderen ihre – wahrscheinlich erfundenen – Ängste erzählt hatten, wollten sie meine wissen. Aber ich habe vor nichts Speziellem Angst. Natürlich glaubt dir das niemand.« Katie zuckte genervt mit den Schultern. »Zum Schluss haben Gina und ihre Clique mir unterstellt, ich sei in Wirklichkeit ein totaler Feigling. Ich habe widersprochen und sie wollten Beweise. Ich weiß überhaupt nicht mehr, warum ich dieser Mutprobe zugestimmt habe.

Sie haben mich provoziert und das wollte ich eben nicht auf mir sitzen lassen. Also habe ich eingewilligt, in der Halloween-Nacht in die Gruselvilla einzusteigen. Ich meine in diese Villa hier – denke ich … Deshalb auch mein bewaffnetes Outfit. Das ist nur ein Halloweenkostüm mit unechten Waffen. Eine Verkleidung. Wie die Leute sie hier auch auf dem Maskenball tragen.« Es war ein komisches Gefühl, die ganzen Ereignisse des letzten Monats zu erzählen. Und das auch noch einem völlig fremden Jungen. Es hieß immer, dass man sich besser fühlt, wenn man sich erst einmal all seinen Frust und die Sorgen von der Seele geredet hatte. Auf Katie traf das jedenfalls nicht zu. Ein komisches Gefühl von ungewohnter Verletzlichkeit breitete sich in ihr aus und nagte an ihren Nerven.

Es folgte ein langes Schweigen im Raum, was ihr ein noch unbehaglicheres Gefühl gab. Sie wusste nicht, wo sie hinschauen sollte: Fenster, Kamin oder Nicolas? Schließlich hielt sie es nicht mehr aus und rutschte ungeduldig auf dem Stuhl herum. »Naja, das war meine Geschichte. Das Letzte, an das ich mich erinnern kann, ist, dass ich hier eingestiegen bin und jetzt nicht mehr rauskomme.«

»Ihr meint, weil ich Euch gefangen halte.« Auf seinem Gesicht breitete sich ein süffisantes Schmunzeln aus.

»Neeeeiiiin.« Am liebsten hätte sie ihm die Zunge rausgestreckt. Um ihre Situation nicht noch weiter zu verschlechtern, beließ sie es bei einem vernichtenden Blick. »Du wirst es mir wahrscheinlich sowieso nicht glauben. Aber bitte, ich zeige es dir.«

Sie stand auf und ging zum Fenster hinüber. Nicolas verfolgte misstrauisch jeden ihrer Schritte. Als sie nach dem Fenstergriff fasste, sprang er ruckartig vom Tisch auf.

»Ruhig Brauner! Du brauchst gar nicht so nervös zu schauen. Ich komme hier sowieso nicht raus.« Sie griff durch das geöffnete Fenster in die Dunkelheit. Weit kam sie mit der ausgestreckten Hand allerdings nicht, da blieb sie bereits an der unsichtbaren Barriere hängen. Nicolas sah sie skeptisch an und setzte wieder sein überhebliches Grinsen auf.

»Verzeiht, wenn ich das sage, aber das beweist gar nichts. Auch ich könnte so tun, als ob meine Hand nicht weiter aus dem Fenster reicht.« Er verschränkte die Arme vor der Brust und schüttelte spöttisch den Kopf. Katie fühlte sich endgültig beleidigt. Glaubte er etwa, sie machte sich hier einen Spaß? Sein Ego ging ihr langsam gewaltig auf die Nerven.

Entschlossen ging sie in die Hocke, holte Schwung und sprang mit voller Kraft aufs Fensterbrett. Sofort fuhr ein Ruck durch Nicolas Körper und er versuchte sie an ihrem Kleid festzuhalten. Zu langsam.

Mit einem Hechtsprung warf sich Katie in die kühle Abendluft hinaus. Für einen Moment glaubte sie an eine gelungene Flucht und spürte den Sog der Erdanziehung. Doch dann kam ein weiteres Gefühl hinzu: der Widerstand der unsichtbaren Barriere.

Katie wurde ruckartig abgebremst, kam zum Stillstand und wurde dann mit voller Wucht zurück ins Zimmer katapultiert. Verzweifelt ruderte sie mit den Armen, um sich irgendwo festhalten zu können. Aber ihre Finger bekamen nichts zu fassen. Sie stürzte zurück ins Zimmer und kam schmerzlich mit dem Rücken auf dem Boden auf. Nur ihr Kopf landete auf etwas Weichem, das dafür sorgte, dass sie sich nicht ernsthaft verletzte. Das stoppte allerdings nicht den Lungenschock, der Katie für einen Moment sämtliche Luft nahm. Sterne tanzten vor ihren Augen und hinterließen grelle Lichtspuren. Der Raum drehte sich.

Als sie wieder ein halbwegs klares Sichtfeld bekam, entdeckte sie Nicolas halb unter sich liegend. Ein Stöhnen erklang und sein Körper zuckte. Langsam wühlte er sich unter ihrem Kopf hervor, stand auf und streckte ihr hilfsbereit eine Hand entgegen.

»Alles in Ordnung bei Euch, Katie?« Hatte sie gerade richtig gehört? Er hatte sie Katie genannt. Trotz ihres schmerzenden Rückens musste sie grinsen.

»Ja danke, alles bestens. Bis auf die Tatsache, dass ich hier gefangen bin und dank dir jetzt einen angeknacksten Rücken habe.« Als ob sie ihren Worten Nachdruck verleihen wollte, knackte ihr Rücken beim Aufstehen laut. Nicolas lachte und fasste sich mit schmerzverzerrtem Gesicht an seinen eigenen Hinterkopf. Katie stellte fest, dass sein Lachen dieses Mal echt und … unbeschwert klang. Er setzte zum Sprechen an, schwieg dann aber. Katie schaute zu ihm hinüber. Für einen Moment hatte sie ihre Angst völlig vergessen und verspürte ein ausgelassenes Gefühl, das sie seit einem Monat vermisst hatte. Nicolas schaute ebenfalls überrascht, räusperte sich dann aber, als er merkte, dass einer der Wachen in der Tür stand und mit besorgtem Blick auf einen Befehl wartete. Er winkte den Wachmann beschwichtigend hinaus und half Katie zurück in den Gästestuhl.

Nicolas nahm dieses Mal auf dem großen Stuhl hinter dem Schreibtisch Platz. Nachdenklich fuhr er mit seinen Händen durch das zerzauste Haar und verstrubbelte es vollkommen. Katie musste neidisch feststellen, dass es dennoch gut aussah. Ihr eigenes dagegen musste mittlerweile einem Vogelnest ähneln, denn spätestens nach ihrem letzten Sturz hatte sich der Knoten ihres Zopfes deutlich gelockert und einige Strähnen freigegeben.

»Wie ich bereits mehrmals sagte, habe ich leider nicht viel Zeit. Aber wahrscheinlich hängt Euer Schicksal genauso von diesem Abend ab wie das meine.«

Katie rollte mit den Augen. Schon wieder diese geschwollene Ausdrucksweise. Unterbewusst hatte sie sich schon die ganze Zeit gewundert, warum Nicolas sie ständig mit »Euch« ansprach. Das klang fast so wie in den historischen Romanen, die man im Literaturunterricht las. »Sorry, aber das klingt ein bisschen melodramatisch. Wieso hängt unser Schicksal von diesem Abend ab? Also meins schon, aber mir droht man ja auch mit dem Kerker.«

Nicolas ging nicht auf die Anspielung ein. Sein Gesicht hatte wieder einen ernsten Ausdruck angenommen. »Passt auf. Wir schreiben das Jahr 1670.«

»1670? Du meinst wohl eher 2020.«

»Nein, Ihr habt mich richtig verstanden.«

»Bin ich etwa in der Vergangenheit?«

Schockiert richtete sich Katie im Stuhl auf. Ein stechender Schmerz fuhr durch ihre Wirbelsäule. Hoffentlich hatte sie sich bei dem Sturz nicht das Steißbein gebrochen oder etwas anderes Schlimmes zugezogen. Wie war überhaupt die medizinische Versorgung im 17. Jahrhundert? Quatsch, jetzt fing sie auch schon damit an. Sie befand sich im 21. Jahrhundert!

»Scheinbar stammt Ihr aus einer anderen Zeit. Das erklärt auch Eure mir ungewohnte Ausdrucksweise. Und die Tatsache, dass Ihr mich nicht meines Standes gemäß mit ›Prinz‹ ansprecht.«

»Du bist ein Prinz?!«, Katie wäre fast vom Stuhl gefallen, hätte sie sich nicht vor Überraschung an der Lehne festgekrallt. Nicolas lachte herzhaft.

»Eigentlich der Sohn des Großherzog von Agravain. Damit bin ich Erbgroßherzog. Aber man spricht mich mit ›Prinz‹ an.«

Sie konnte nicht anders, als Nicolas mit offenem Mund anzustarren.

»Bitte Katie, holt wieder Luft. Ich habe schon seit längerem den Verdacht, dass wir hier in einer Zeitschleife feststecken, während außerhalb der Villa die Zeit weiterläuft. Das hat wahrscheinlich etwas mit dem Verschwinden des goldenen Kürbis zu tun.«

»Moment, was?« Ein völlig verständnisloser Blick ihrerseits reichte diesmal aus, um ihn zum Weitersprechen zu bewegen.

»Na schön. Am besten erzähle ich Euch jetzt meine Geschichte. Wir schreiben das Jahr 1670. Das große Halloween-Jahr, wie alle fünfzig Jahre. Immer dann stehen die Sterne und Planeten am Himmel in einer seltenen Konstellation zueinander. Da Ihr etwas von einem Halloween-Ball an Eurer Schule erzählt habt, könnte das zeitlich passen. Ich gehe davon aus, dass Ihr die Geschichte um Jack O'Latern kennt?«

Sie wischte sich eine Strähne aus den Augen und rückte sich wieder auf dem Stuhl zurecht. »Na klar. Es wird behauptet, dass ein Mann namens Jack zu seinen Lebzeiten den Teufel überlistet hätte. Jack hat einen Handel mit dem Teufel geschlossen, sodass er nie wieder Angst vor ihm haben musste. Als er dann starb, ist er deswegen weder im Himmel noch in der Hölle aufgenommen worden. Der Teufel schenkte ihm ein Stück glühende Kohle, das Jack dann in einer ausgehöhlten Rübe mit sich trug, um den Weg zwischen den Welten zu beleuchten.«

»Genau. Und es wird auch gesagt, dass nur in dieser Nacht die Toten die Möglichkeit haben, von einem Lebenden Besitz zu ergreifen – ihre einzige Chance auf ein Leben nach dem Tod. Deswegen verkleiden sich an Halloween die Menschen, um von den Toten nicht erkannt zu werden.«

»Ja, aber das glaubt doch keiner.«

»Ihr vielleicht nicht. Doch die Tatsache, dass Ihr unsere Villa nicht verlassen könnt, sollte Euch vielleicht stutzig machen.« Er warf ihr einen belehrenden Blick zu. »Es ist Tradition, dass alle fünfzig Jahre der goldene Kürbis, eine Art vergoldete Laterne, mit einer Kerze erleuchtet wird, um an Jack O'Latern zu erinnern. Anstelle von Kostümfesten, wie es das einfache Volk tut, veranstalten wir einen Maskenball. Jedes halbe Jahrhundert wird dazu eine andere Adelsfamilie vom Rat der Zwölf auserwählt, der die große Ehre zuteilwird, diesen Ball auszutragen und den Kürbis gemäß der Tradition zu erleuchten. Im Jahre 1670 wurde meine Familie ernannt. Die Legende besagt: Wenn der goldene Kürbis in der Halloweennacht nicht aufleuchtet, werden uns die Toten finden und ein

Unheil geschieht. Diese Verantwortung lag also dieses Mal in unseren Händen. Als wir den goldenen Kürbis um Mitternacht vor unseren Gästen präsentieren wollten, war er jedoch verschwunden. Unsere Wachen, mein Vater und ich haben nach ihm gesucht, ihn aber nirgendwo gefunden. Der Dieb musste ihn versteckt haben. Was dann passierte, kann ich nur vermuten. Ich schätze, dass der Fluch am nächsten Morgen seinen Lauf genommen hat und wir seitdem in einer Zeitschleife feststecken. Eure Anwesenheit ist der Beweis dafür, dass meine Theorie stimmt. Ich denke, dass wir seit jener Nacht alle fünfzig Jahre erneut diesen Abend durchleben müssen. Vermutlich solange, bis es uns gelingt, den Dieb zu finden und den goldenen Kürbis zu erleuchten.«

»Okay, zum Verständnis: Ihr durchlebt diese Nacht alle fünfzig Jahre?«

»Korrekt.«

»Das heißt, wenn wir jetzt 2020 haben und du angeblich aus dem Jahr 1670 stammst, dann hast du schon … warte … SECHS Mal versucht, den Dieb zu finden?«

»Ja«, sagte Nicolas, »und jedes Mal versagt.« Er senkte seinen Blick und starrte ausdruckslos auf seine Hände.

Eine bedrückende Stille breitete sich im Raum aus. Das Knacken des Kaminfeuers schien auf einmal unnatürlich laut.

»Soll das bedeuten, du bist schon über 350 Jahre alt?! Aber, du siehst noch so jung aus … so durchtrainiert und … gutaussehend … na, du weißt schon …« Katie biss sich auf die Zunge. Was redete sie da für einen Unsinn!

Nicolas grinste sie verschmitzt an und genoss sichtlich ihr plötzliches Unbehagen wegen seines scheinbar attraktiven Äußeren. Katie zwang sich, ihn direkt anzuschauen, die Situation irgendwie zu überspielen und dabei nicht völlig peinlich berührt rot anzulaufen. »Ah, ich verstehe. Das war ein Scherz, richtig? Sehr witzig. Hahaha, ich lache jetzt noch.«

»Definitiv nicht. Aber danke für dieses reizende Kompliment.«
Seine Augen funkelten sie intensiv an und er machte eine kleine
Kunstpause, um sie noch einen Moment länger zappeln zu lassen.
»Doch ich muss Euch enttäuschen. Ich bin nach wie vor siebzehn
Jahre alt.«

»Das verstehe ich nicht.« Katie war nun mehr als verwirrt.

»Passt auf. Alle fünfzig Jahre stehen die Planeten am Himmel in
einer bestimmten Konstellation zueinander. Genau dann erzeugen
sie eine Art unsichtbares, magisches Kraftfeld. Deshalb wird tra-
ditionsgemäß in dieser Nacht der goldene Kürbis erleuchtet. Wird
dies nicht getan, tritt der Fluch in Kraft. Und genau das ist im Jahr
1670 passiert. Der Fluch sorgt dafür, dass die Villa und alle Gäste
darin zeitlich eingefroren wurden. Stellt Euch vor, wir seien Salz-
säulen, die alle fünfzig Jahre für einen einzigen Abend erwachen,
um erneut die Chance zu erhalten, den goldenen Kürbis zu erleuchten. Schaffen wir es nicht, wandern die Planeten weiter, das
Kraftfeld schwindet und wir werden erneut für ein halbes Jahrhundert versteinert.«

»Heißt das etwa, dass ich jetzt mit euch hier in dieser Zeitschleife
gefangen bin? Was passiert, wenn der Dieb in dieser Nacht nicht
gefasst wird? Muss ich dann auch alle fünfzig Jahre wiederkom-
men und diesen Abend erneut durchleben? Moment mal. Kann
ich in der Zwischenzeit überhaupt nach Hause?«

Katie schnappte entsetzt nach Luft. Ihr wurde schwindelig. Eilig
sprang sie vom Stuhl auf und lief ein paar Schritte, um das Blut in
ihrem Körper besser zirkulieren zu lassen. Das durfte nicht wahr
sein. Ihr Kopf begann zu schmerzen und sie presste die Hände
gegen ihre Schläfen. Bestimmt war das Ganze ein Witz von Gina.
Eine Falle mit versteckter Kamera. Wie hatte sie das bloß mit der
unsichtbaren Barriere hinbekommen?

»Leider ist das kein Witz.«

Katie lachte bitter auf. Wieso sollte sie Nicolas glauben? Andererseits klang die Vorstellung, dass Gina hier eine versteckte Kamerashow abzog, noch bescheuerter. Warum sollte sie so einen Aufwand betreiben, während gleichzeitig in der Schule die Party des Jahres stieg? Irgendetwas passte nicht.

»Also gut. Solange ich nicht weiß, was mit meinem Verstand passiert ist, spiele ich einfach mal mit. Gehen wir also einen Moment lang davon aus, dass ich nicht völlig verrückt geworden bin oder mir in der alten Villa meinen Kopf gestoßen habe und als Folge einer Gehirnerschütterung an Wahnvorstellungen leide. Dann sollten wir versuchen, den Dieb zu finden, und zwar, bevor es zu spät ist. Hast du denn irgendeine Vermutung, wer der Täter sein könnte? Was hast du denn überhaupt die letzten Male angestellt, um ihn NICHT zu fassen?« Sie erntete einen strafenden Blick von Nicolas. Den leichten Spott im Tonfall konnte sich Katie einfach nicht verkneifen. Die Vorstellung, 350 Jahre lang einem Dieb hinterher zu rennen und ihn nicht zu fangen, war nicht gerade eine Glanzleistung.

»Wie ich bereits sagte, kann ich mich nicht daran erinnern. Ich weiß lediglich, dass der goldene Kürbis in dieser Nacht gestohlen wird.«

»Na gut, und was hast du heute Nacht schon unternommen, damit wir ihn dieses Mal schnappen?«

»Wir?«, skeptisch wanderte seine linke Augenbraue nach oben.

»Wir?«, äffte Katie ihn nach. »Jetzt fang bitte nicht mit der ›das ist nichts für Frauen – ihr-seid-doch-viel-zu-schwach-und-hilflos‹-Masche an. Falls du es nicht mitbekommen hast, ich komme aus dem weniger frauenfeindlichen 21. Jahrhundert und es geht hier auch um MEIN Leben und MEINE Zukunft. Oder hast du vorhin nicht selbst gesagt, dass unser BEIDER Schicksal davon abhängt. Ich werde dir natürlich helfen, den Dieb zu enttarnen. Also, womit fangen wir an?«

Nicolas musterte sie ausdrucklos. Dieses Mal jedoch hielt sie seinem Blick stand. Er schien mit sich zu ringen, denn erst nach einer gefühlten Ewigkeit nickte er zögerlich. Katie vermutete, dass er sich unsicher war, wie er sie einschätzen sollte. Schließlich war sie eine völlig Fremde, die ohne Einladung auf den Ball geplatzt war. Das machte sie nicht gerade weniger verdächtig.

Vertraute er ihr? Sofort stellte sie sich die Gegenfrage: Vertraute sie ihm denn?

»Schön. Ich vermute, der Dieb ist jemand aus meiner Familie oder unserem engsten Bekanntenkreis. Alle anderen Gäste haben keine Möglichkeit, an den goldenen Kürbis heranzukommen. Der Raum ist mit Wachen gesichert und nur durch eine einzige Tür erreichbar.«

»Bist du dir sicher, dass es keine Möglichkeit gibt, dort auf einem anderen Weg einzusteigen?«

Entschieden schüttelte er den Kopf. »Definitiv.«

»Und warum bleibst du nicht einfach im Raum und bewachst den Kürbis bis Mitternacht? Dann könntest du doch den Dieb beim Eintreffen auf frischer Tat ertappen und dingfest machen.«

Nicolas grummelte unwirsch. »Das habe ich bereits versucht. Da bin ich mir sicher. Aber offensichtlich hat es nicht geklappt. Wir müssen es auf einem anderen Weg probieren. Zumal im Raum bereits die besten Wachen aufgestellt sind. Es hat keinen Sinn, wenn wir uns dazustellen. Statt auf den Dieb zu warten, sollten wir lieber aktiv nach dem Täter suchen und ihn am besten noch vor dem Diebstahl ausfindig machen.«

Katie blickte ihn nachdenklich an. »Wie wäre es, wenn wir den Kürbis an einem anderen Ort verstecken.«

»Das würde mein Vater niemals zulassen. Außer mir glaubt niemand, dass wir uns in einer Zeitschleife befinden. Auch mein Vater nicht. Deshalb weigert er sich den Kürbis an einen anderen Ort zu bringen. Und die Wachen würden niemals zulassen, dass ich den Kürbis ohne seine Erlaubnis aus dem Raum entferne.«

»Warum kann sich außer dir eigentlich niemand an die vorherigen Halloweennächte erinnern?«

»Ich weiß es nicht. Auch meine Erinnerungen sind nur vage. Vielleicht ...«

Seine Worte wurden durch das plötzliche Öffnen der Zimmertür unterbrochen. Ein Wachmann kam herein. Schwer atmend erfasste er mit seinem Blick den Raum in Sekunden und wandte sich an Nicolas. Er salutierte flüchtig und sprach mit rauer Stimme: »Prinz Nicolas, im Dienstbotengang gab es ein Handgemenge. Offenbar versucht ein Eindringling sich Zugang zu den oberen Räumen zu verschaffen.«

Sofort war Nicolas hinter dem Schreibtisch aufgesprungen. Seine Kiefermuskeln spannten sich an und sein Blick verfinsterte sich. »Wo?«

Ohne eine Antwort abzuwarten, rannte er hinter dem Wachmann her. Bevor er endgültig durch die Tür verschwand, blickte er noch einmal zu Katie zurück. Seine Augen hatten ein tiefes, undurchdringliches Blau angenommen und seine Stimme eine Härte, die keinen Widerstand duldete. »Bleibt wo Ihr seid. Ich werde in Kürze zurück sein und erwarte, Euch hier vorzufinden.«

Katie zuckte erschrocken zurück. Die Bedrohlichkeit in seiner Stimme kam so überraschend, dass sie das Gefühl hatte, einen Schlag ins Gesicht zu bekommen. Für einen kurzen Moment war sie wie gelähmt und starrte auf die nun leere Türschwelle.

Ganz klar: Nicolas traute ihr keinesfalls und wollte sie auch definitiv nicht dabei haben.

KAPITEL 6

Klassische Musik drang aus dem Ballsaal ins Studierzimmer und riss Katie aus ihrer Starre.

Was sollte sie tun: *Warten – Nicht warten – Warten – Nicht warten.* Ihr eigenes Schicksal hing von Nicolas Geschicklichkeit ab. Wenn er es wie die letzten Male nicht schaffte, den Täter zu überführen und den Kürbis bis Mitternacht zu schützen, dann …

Es gab nur EINE Antwort: *Nicht warten.*

Eilig raffte Katie ihr Kleid samt Reifrock ein Stück nach oben und eilte den anderen hinterher.

Es war nicht leicht, sich im Getümmel des Foyers einen Überblick zu verschaffen. Die Wachen waren offenbar schnell unterwegs, denn weit und breit war keine Spur von ihnen oder Nicolas zu sehen. Dabei waren sie gerade erst aus dem Raum gegangen.

Fieberhaft suchte Katie die Umgebung ab. Pärchen schlenderten durch die Halle, hielten an, redeten miteinander oder begutachteten irgendwelche Gegenstände und Gemälde. Andere bahnten sich einen Weg zum Flur unter der Treppe. Ihre Bewegungen waren zu gemütlich. Nicolas Trupp konnte dort niemals vorbeigekommen sein. Ansonsten hätte unter den Leuten deutliche Unruhe geherrscht. Also mussten sie direkt aus dem Foyer durch eine der angrenzenden Türen verschwunden sein.

Katie schaute nach links. Die benachbarte Tür des Studierzimmers fiel gerade mit einem leisen »Klick« ins Schloss. Konnte es sein …

Ohne noch mehr Zeit zu verschwenden, huschte Katie darauf zu, schlüpfte hindurch und landete in einem kleinen Zimmer, das mit wenigen Stühlen, zwei schmalen Bänken und zwei Tischchen ausgestattet war. Geblendet hielt Katie inne. Das Zimmer war grün. Grasgrün. Die Wände strahlten in einem solch saftigen Ton, dass der Anblick Katie auf den ersten Blick überwältigte. Im Gegensatz zu den anderen Räumen waren Decke und Tapete prunkvoll in einem auffälligen Gold und Grün geschmückt und mit Fresken verziert. Jagdbilder und Wandteppiche mit Waldmotiven durchzogen das komplette Zimmer. Katie erkannte Kraniche und Hasen, die ihr von überall entgegenstarrten und sie glauben ließen, auf einer weiten Lichtung zu stehen. Es war schwer, den Blick von den Tierstatuen loszureißen. Dieser Raum hatte eine faszinierende und gleichzeitig einschüchternde Wirkung und das, obwohl nicht einmal jemand anderes anwesend war.

»Das ist bestimmt der Empfangsraum für Geschäftspartner … Unheimlich«, murmelte Katie und rannte auf die nächste Tür zu, die ebenfalls gerade ins Schloss fiel. Eilige Schritte waren dahinter auszumachen. Sie lief hinterher, doch wirklich schnell kam sie mit ihrem überdimensionalen Kleid nicht voran. Der Reifrock schlug gegen ihre Beine und machte ein stolperfreies Rennen fast unmöglich. Auch die Schleppe glich in keiner Weise einem Superman-Cape, sondern verursachte einen solchen Luftwiderstand, dass Katie das Gefühl hatte, einen Heißluftballon hinter sich herzuziehen.

»Himmel! So wunderschön du auch bist, ich könnte dich verfluchen. Warum hat man im 17. Jahrhundert noch keine Jeans getragen?«

Wieder ein menschenleerer Raum. Das gleiche saftige Grün, nur die Einrichtung bestand hier aus unterschiedlich großen Stühlen und einem prunkvollen Tisch. Katie brauchte einige Sekunden, um die nächste Tür in diesem »Wald« zu entdecken. Diese bewegte sich nicht. Entweder waren Nicolas und seine Wachen nicht dort hindurchgegangen oder Katie war, wie vermutet, deutlich langsamer durch ihr schweres Kleid und hatte nun den Anschluss verloren. Eine weitere Tür gab es in diesem Raum nicht. Also war sie einfach zu langsam mit diesem Monstrum von Kleid. Fluchend und schnaufend rannte Katie in den nächsten Raum und befand sich nun in einem Schlafzimmer.

»Wie viele Räume haben die denn?«

Zum Glück war das Zimmer ungenutzt. Wieder war weit und breit nichts von Nicolas zu sehen.

»Echt jetzt?! Elender Reifrock.«

Fest entschlossen zog sie am Unterrock. Erneut schlug er gegen ihre Beine und wehrte sich gegen den groben Angriff. Katies Fuß verhedderte sich im Gestänge. Wenn das Ding nicht kooperierte, dann würde es eben zurückbleiben müssen. Sie zog an dem noch vor kurzem so sorgfältig verschnürten Korsett, um sich daraus zu befreien, aber nichts rührte sich. Das Kleid schien regelrecht an ihrem Körper zu kleben und machte keine Anstalten, sie freizugeben. Vergebens zerrte Katie mit aller Kraft an dem Unterrock, als sie auch schon über die nächste Schwelle taumelte und nach oben blickte. Wie angewurzelt blieb sie stehen.

»Wahnsinn!«

Eine riesige Bibliothek mit unzähligen Bücherregalen tat sich vor ihr auf. Zwei alte Ohrensessel mit kleinen Fußschemeln und Tischchen zierten die Längsseite, durch die sie hereingekommen war. Der restliche Raum war kaum auszumachen, da sich ein Bücherregal an das nächste reihte. Dutzende gebundene Rücken säumten die dunklen Regalbretter. Goldene Schriften glänzten im flackernden Kerzenschein und strahlten wie kleine Edelsteine. Katie blieb der Mund offen stehen. Das Studierzimmer besaß bereits eine Unmenge an Büchern, aber es war kein Vergleich hierzu.

»Was hier wohl alles stehen mag?«

Nur zu gerne hätte sie sich ein paar Schinken aus den Regalen geholt und es sich in einem der Sessel gemütlich gemacht. Die Bücher riefen förmlich nach ihr und wollten sämtliches Wissen der Menschheit preisgeben. Aber das ging beim besten Willen nicht. Bereits jetzt hatte sie den Anschluss an die anderen verloren. Wenn sie überhaupt noch etwas von dem Täter mitbekommen wollte, dann musste sie sich beeilen. Das Schlimmste war jedoch, dass sie weit und breit keine weitere Tür erkennen konnte. Vermutlich befand sie sich am anderen Ende des Raums.

So schnell es ihr Kleid zuließ, eilte Katie in das Labyrinth aus Regalen. Fein säuberlich aufgereiht, ragten sie Reihe für Reihe aus dem Boden. Ein Maislabyrinth war ein Witz dagegen. Wie massive Wände türmten sie sich im Raum auf und boten keine Chance auf Abkürzungen. Jegliche Beschriftungen, die es normalerweise in einer Bibliothek gab, fehlten. Offenbar waren die Bände nicht nach Buchstaben, sondern nach Themen sortiert. Die genaue Position und die Themengebiete kannte aber scheinbar nur der Eigentümer. Ein Hinauskommen aus dem endlos wirkenden Wirrwarr an Regalen war für das ungeübte Auge alles andere als ersichtlich. Ein Regal glich dem anderen und zu allem Überfluss waren einzelne Raumecken noch mit Kunstgegenständen und Ritterrüstungen geschmückt, die wohl zur Auflockerung dienen sollten.

Katie hatte nach kurzer Zeit das Gefühl, den Raum bereits zweimal durchquert zu haben. Aber keins der Regale kam ihr bekannt vor. Sie hielt einen Moment inne. Irgendein System musste es doch geben. Dann erkannte sie es.

Die inneren Bauten waren so angeordnet, dass immer abwechselnd ein durchgängig langes Regal auf zwei kleinere folgte, was die Möglichkeit bot, auf die andere Seite zu wechseln. Also achtete

Katie darauf, möglichst viel Strecke in kürzester Zeit zurückzulegen, anstatt wahllos an Kreuzungen abzubiegen. Nach kaum einer Minute erblickte sie das Ende der Bibliothek. Eine weitere Tür fehlte jedoch.

»Habe ich sie übersehen?«

Katie war irritiert. Es musste eine zweite Tür geben. Wohin sollten Nicolas und die Wachen sonst verschwunden sein? Vielleicht hatte sie sie im Durcheinander nicht bemerkt.

Sie war alles andere als begeistert, noch einmal durch das Bücherchaos zu rennen, doch die Zeit drängte. Die nächste Tür musste her.

Erneut machte sich Katie auf den Weg ins Innere des Labyrinths und verfranzte sich sofort.

Hatte die Vase eben schon hier gestanden? War das Buch über alte griechische Mythen nicht gerade noch da vorne gewesen? Und sollte sie jetzt links oder rechts abbiegen? Wo war plötzlich das System von eben hin?

Auf dieser Seite wirkten die Regale völlig anders. Selbst die Holzfarbe kam Katie viel heller vor. Dann eben nach links.

Keine zwei Meter weiter war wieder eine Kreuzung. Dieses Mal versuchte sie es rechts, dann wieder links. Sackgasse. Eine silbrig glänzende Ritterrüstung versperrte ihr den Weg und schien sie mit ihrem geschwungenen Visier regelrecht hämisch anzugrinsen. Katie biss die Zähne zusammen. Der hatte gut lachen, stand nur dumm in der Ecke rum und musste nicht den Ausgang finden.

Ein Laut ertönte: das Geräusch einer Türklinke, dann eilige Schritte, die durch den Raum hallten. Katie horchte auf. Es mussten mindestens zwei Schuhpaare sein. Erleichtert ließ sie die Luft aus ihrer Lunge entweichen. Nicolas und die Wachen betraten die Bibliothek. Katie kam nicht umhin, sich über sich selbst zu ärgern. Wie doof musste man sein, nicht aus diesem dämlichen Labyrinth herauszufinden. Es war ihr peinlich, um Hilfe zu rufen. Aber sie konnte ja nicht ewig weiter hier herumirren. So schaffte sie es weder rechtzeitig zum Tatort noch unbemerkt zurück ins Studierzimmer. Und wenn Nicolas zurückkam und sie verschwunden war, würde er sie sofort in den Kerker werfen lassen. Es nützte nichts, sie musste ihn um Hilfe bitten. Das war außerdem die passende Gelegenheit, sich für ihr »widersetzliches Handeln« gegen seinen »Befehl« zu entschuldigen.

»Nicolas?!«

Die Schritte hielten inne.

»Ich bin's, Katie. Ich brauche Hilfe.«

Keine Reaktion. War ja klar. Wahrscheinlich verfluchte er sich auf der anderen Seite, dass er sie nicht gleich in den Kerker geworfen oder zumindest am Stuhl festgekettet hatte. Jetzt tat er so, als ob sie gar nicht da wäre, um sie zappeln zu lassen. Katie konnte vor ihrem inneren Auge sehen, wie er sich überschwänglich freute, dass sie offensichtlich nicht mehr allein aus dem Bücherlabyrinth fand. Schon verfluchte sie sich selbst, dass sie nicht besser auf den Weg geachtet hatte. Wenn er ihr nicht raushelfen wollte, dann musste sie ihn eben dazu bewegen, es unfreiwillig zu tun.

»Hey, ich habe den Einbrecher gesehen. Ich kenne jetzt sein Gesicht. Könntest du mir kurz hier raushelfen, dann kann ich dir alles erzählen … Nicolas?!«

Noch immer regte sich nichts auf der anderen Seite. War er etwa einfach still und heimlich aus dem Raum geschlichen?

»Du bist schon noch da, oder?«

Schritte ertönten. Langsam schleichende Schritte.

Katie lauschte angestrengt. Sie näherten sich ihr.

Offenbar war Nicolas immer noch beleidigt und versuchte sie jetzt zu erschrecken. Ts, dass könnte ihm so passen.

Leise trat sie hinter eins der Regale und machte sich zum Sprung bereit. Wenn er vorhatte, sie zu überraschen, dann würde sie ihm zuvorkommen. Sie wartete, während sich die Schritte näherten.

Nicolas hat kein einziges Wort gesprochen, wunderte sie sich. Sie hätte eher vermutet, dass er laut lachen oder sie beschimpfen würde? Das hätte besser zu seiner selbstgefälligen Art gepasst. Aber sich anschleichen und Verstecken spielen?

Ein komisches Gefühl beschlich sie.

Irgendetwas stimmte nicht.

Sie horchte genauer.

Welche Schuhe hatte er getragen? Sie meinte sich an schwarze Lackschuhe zu erinnern.

Der Hall der sich nähernden Schritte klang aber viel schwerer und fester. Eher wie Reitstiefel. Wie in einem Westernfilm. Nur das Klingen der Sporen fehlte. Und auch sonst waren die Schritte zu schwerfällig für Nicolas. Niemals würde er sich so behäbig bewegen. Aber wer befand sich dann im Labyrinth?

Katie erschauderte.

Ohne einen Laut zu machen, huschte sie so schnell es ging zurück in die Sackgasse. Da war sie wieder – die grinsende Ritterrüstung.

Katies Hände griffen nach dem Schwert des Ritters, das er eisern zwischen seinen Handschuhen nach unten zu Boden gerichtet hielt. Mühsam öffnete sie die verrosteten Finger so weit, wie es die Scharniere zuließen. Mit einem kräftigen Ruck entriss sie ihm das Schwert. Ein lautes metallisches Quietschen erklang und Katie taumelte unter dem ungewohnten Gewicht ein paar Schritte rückwärts. Obwohl die Rüstung und das Schwert nicht gerade groß waren, brachte die Waffe einige Kilogramm auf die Waage.

Die Schritte des Fremden verstummten für einen Moment. *Wäre auch ein Wunder gewesen, wenn er den Lärm überhört hätte.* Dann ertönten sie erneut und kamen stetig näher. Katies Herz raste. Egal wer hier war – solange er sich nicht zu erkennen gab, war das kein gutes Zeichen.

Vorsichtig wog sie das Schwert in ihrer Hand, balancierte es so gut es ging aus und umfasste es dann mit beiden Händen. Leise reckte sie es nach oben und machte sich angriffsbereit. Keine Sekunde zu spät.

Schon schoss ein dunkler Schatten um die Ecke, direkt auf sie zu. Sofort ließ sie das Schwert nach unten schnellen, traf etwas Hartes und ein Stöhnen erklang. Katie war klar, dass der Mann definitiv nicht Nicolas war. Seine Stimme war viel tiefer und seine Silhouette war zu groß. Der Schwung des Schwertes riss ihre Arme nach unten. Einige Haarsträhnen flogen ihr ins Gesicht. Als sie plötzlich einen heftigen Ruck an ihrem Hinterkopf spürte und das Haargummi riss, versperrte ihr ihr Haarschopf komplett die Sicht. Katie versuchte erneut zum Schlag anzusetzen und erntete einen kräftigen Tritt in den Rücken. Das Schwert fiel nach vorne und sie stolperte hinterher. Trotzdem schaffte sie es, im Flug mit dem rechten Bein nach dem Unbekannten zu treten. Ihre Hand bekam ein Stück Stoff zu fassen, das ihr der Mann aber sofort wieder aus der Hand schlug. Stolpernd kam sie zum Stehen und wirbelte herum. Ihre offenen Haare versperrten ihr vollkommen die Sicht. Nur um Millimeter konnte sie einem Faustschlag in ihr Gesicht ausweichen. Ihr Schwert war immer noch zu tief, um es sinnvoll zum Schlag anzusetzen. Also schwang sie die Klinge flach in der Waagrechten über den Boden auf den Unbekannten zu. Der sprang gekonnt darüber hinweg und verpasste ihr gleichzeitig einen kräftigen Stoß in den Magen. Katie keuchte und taumelte gegen ein Regal. Bücher stürzten hinab. Schützend riss sie den freien Arm nach oben, um nicht am Kopf getroffen zu werden. Für einen Moment verlor sie jegliche Orientierung. Dann ließ der Schauer nach und sie wirbelte erneut herum, riss das Schwert nach oben und konnte es gerade noch vor der Brust eines Mannes mit braunem, schulterlangem Haar stoppen.

Zwei Wachen stürmten um die Regalecke und bauten sich neben

ihm auf. Ihre blitzenden Degen zeigten direkt auf Katie. Automatisch trat sie einen Schritt zurück und stieß erneut einen Bücherregen los. Katie schützte sich nur oberflächlich mit der linken Hand. Den Schwertarm ließ sie unverwandt auf den Mann gerichtet.

»Verhaften sie ihn. ER ist der Dieb!«

Die Wachen traten einen Schritt auf sie zu, stellten sich in Angriffsposition und gaben dem Mann mit ihren Körpern Schutz. Ihre Degen rückten immer näher auf Katie zu, die das blanke Entsetzen packte.

KAPITEL 7

»Was um alles in der Welt ist hier los?«

»Nicolas!«

Der hochgeschossene, blonde Junge trat hinter einem der Regale hervor und hielt abrupt inne. Er starrte auf die ihm dargebotene Szene. Seine Augen wanderten von Katie über ihre Waffe zu dem braunhaarigen Mann und den Wachen, die sie mittlerweile eng umzingelt hatten.

»Nehmt die Waffe runter!«

Richtig Jungs … Moment, was?!

Katie schaute erschrocken auf und erkannte, dass Nicolas den Befehl nicht den Wachen erteilt hatte, sondern ihr. Auffordernd deutete er mit der Hand auf das Schwert in ihrer Rechten und bedachte sie mit einem warnenden Blick.

Hatte er jetzt völlig den Verstand verloren?! Auf keinen Fall würde sie ihre Waffe senken.

Die Wachen um sie herum knirschten missbilligend mit den Zähnen und warteten nur darauf, dass ihre Deckung bröckelte. Dabei war SIE hier das Opfer. Der TÄTER stand unbeirrt mit gelassener Miene keine zwei Meter entfernt und beobachtete das Ganze.

»Nicolas, der Mann dort drüben …«

»Das Schwert, Katie!«

Das konnte ja wohl kaum sein Ernst sein. Merkte denn niemand, dass unmittelbar vor ihnen der Dieb stand? Offenbar glaubten alle

Anwesenden, SIE sei der Eindringling. Aber das stimmte nicht und das wusste Nicolas. Schließlich hatte sie eben mit ihm zusammen im Studierzimmer gesessen, als die Wachen reingeplatzt waren. Wie hätte sie zur gleichen Zeit an zwei Orten sein sollen?

Nicolas jedoch stand reglos am Rand der kleinen Versammlung und durchbohrte sie mit einem eisigen Blick.

»Nicolas …«

Er rührte sich keinen Zentimeter vom Fleck und machte auch sonst keine Anstalten, zu ihrer Verteidigung zu eilen.

Katies Hand fing leicht an zu zittern. Sie umschloss das Schwert fester. Was sollte sie jetzt tun? Ihre Chancen standen schlecht. Ihre Schwertkunst war miserabel und wenn Nicolas nicht auf ihrer Seite war, stand es 4 gegen 1. Und solange er weiter den Ahnungslosen mimte, hatte sie auch kein stichfestes Alibi, das sie zur Rechtfertigung vorbringen konnte und galt damit WIRKLICH als Einbrecher. Unentschlossen wog sie ihre Möglichkeiten ab.

Schließlich senkte sie langsam die Waffe und bereute es sofort.

Kaum, dass die Klinge ihre Hüfte passierte, stürzten die Wachen auch schon nach vorne. Katie zuckte zusammen und zog die Schultern schützend nach oben. In letzter Sekunde ertönte Nicolas Stimme, die die Wachen zurückrief. Sie hielten verärgert inne, gehorchten aber wortlos. Katies Oberkörper kippte erschöpft nach vorne und sie stützte sich schwer atmend auf die Oberschenkel ab.

Nicolas würdigte sie keines weiteren Blickes. Stattdessen wandte er sich an den braunhaarigen Mann und sprach in leisem Ton auf ihn ein.

Katie atmete nur noch stoßweise. Ihre Beine zitterten. Warum redete er jetzt auch noch in vertrautem Tonfall mit dem Mann? Gut, vielleicht kannten sie sich. Aber das änderte nichts an der Tatsache, dass ER der Täter war! Begriff Nicolas das denn nicht?

Unauffällig versuchte sie ihn mit Zeichen auf sich aufmerksam zu machen. Er aber ignorierte sie komplett.

»Seid Ihr Euch sicher, dass sie kein unerlaubter Gast auf dem Ball ist? Ich kenne sie nicht.«

Katie traute ihren Ohren nicht. Versuchte der Mann etwa gerade, Nicolas gegen sie aufzuhetzen?

»Ich versichere Euch, Hektor. Sie wurde eingeladen und ist einer meiner Ehrengäste.«

»Was?«, entfuhr es ihr. Nicolas drehte kaum merklich den Kopf und warf ihr einen Blick zu, der unmissverständlich verdeutlichte, dass es jetzt besser war zu schweigen. Katie biss die Zähne aufeinander.

»Ich werde Euren Vater über den Vorfall unterrichten müssen.«

»Dessen bin ich mir bewusst. Aber ich versichere Euch, dass Lady Katie sehr wahrscheinlich dem Eindringling begegnet ist und sich lediglich zu verteidigen versuchte.«

»Eine Frau mit Waffe?«

Katie klappte die Kinnlade herunter. Hallo? Sie stand direkt neben ihnen! Und außerdem, wenn jemand etwas über den eben stattgefundenen Kampf wusste, dann ja wohl er! Hätte sie sich nicht mit dem Schwert verteidigt, hätte er wahrscheinlich Hackfleisch aus ihr gemacht. Stattdessen machte er jetzt einen auf unschuldig und versuchte sie ins offene Messer laufen zu lassen.

Angewidert kniff Katie die Augen zusammen und ballte die Fäuste. Nur mit Mühe schaffte sie es, ihre Beherrschung nicht zu verlieren und sich auf den Mann zu stürzen, ihm einen Kinnhaken zu verpassen und in Grund und Boden zu schimpfen.

»Sie ist manchmal etwas stürmisch. Befehle zu befolgen, fiel ihr schon immer schwer.« Nicolas beobachtete sie misstrauisch aus dem Augenwinkel, als ob er ihre Gedanken gelesen hätte. Hektor schüttelte zweifelnd den Kopf. Seine Augen wanderten an ihrem Kleid entlang und ruhten dann auf ihrem verschwitzen Gesicht.

»Wenn Ihr meint, Prinz Nicolas. Ich bin mir nicht sicher …«

»Keine Sorge, Hektor. Lady Katie genießt mein vollstes Vertrauen.« *Lügner!* schrie es in ihrem Kopf. *Du bist genauso schlimm wie der Dieb.* »Wir kennen uns schon eine ganze Weile.« *Er wird nicht einmal rot.* »Ich bürge für sie.« Ein Stocken in seiner Stimme ließ Katie verwundert aufschauen. Aber offenbar schien das niemand sonst bemerkt zu haben.

»Wenn das so ist, dann entschuldigt mich bitte!« Hektor machte eine leichte Verbeugung, winkte den Wachen zu und verschwand im Labyrinth. Die Bücherwände verschlangen ihn innerhalb weniger Sekunden vollständig, sodass nur noch das leise tapsende Geräusch der schweren Uniformstiefel zu hören war.

Katie atmete tief ein und aus. Ihr Rücken fühlte sich an, als ob Hektors Fuß immer noch nach ihr trat. Wie konnte Nicolas diesen Mistkerl einfach laufen lassen!

»Bist du verrückt geworden?«, zischte sie, als die Männer um die Ecke verschwunden waren.

»Könntet Ihr mir bitte einmal sagen, was Ihr hier zu suchen habt?«, blaffte Nicolas im genauso leisen Tonfall zurück.

»Helfen.«

Er stieß eine Art unterdrücktes Lachen aus. Katie fühlte sich in das Studierzimmer zurückversetzt. »Helfen? Wobei? Die Bibliothek zu ruinieren?«

»Was?« Sämtliche Farbe wich aus ihrem Gesicht, nur um kurz darauf in Zornesröte wieder aufzutauchen. »Hätte ich mich nicht verteidigt, dann wäre deine Bibliothek zwar unversehrt geblieben, aber um eine Farbe reicher. Nämlich Blutrot.«

»Hatte ich Euch nicht ausdrücklich befohlen, im Studierzimmer zu bleiben?« Er strafte sie mit einem finsteren Blick.

»Ja, aber das stand ja wohl außer Frage. Glaubst du etwa, ich warte dort auf dich bis die Nacht rum ist, der Fluch seinen Lauf nimmt und du schon wieder der falschen Spur hinterhergerannt bist?«

Er wischte ihre Anschuldigungen mit einem Kopfschütteln fort. Sein Blick wanderte über die am Boden verstreuten Bücher. Sie waren das einzige Überbleibsel, das noch an den eben stattgefundenen Kampf in der sonst so friedlichen Bibliothek erinnerte.

»Was hattet Ihr hier zu suchen?« Seine Stimme war tonlos; seine Haltung abweisend. Den Kopf hielt er gesenkt.

»Ich bin spazieren gegangen. Ich musste mir einfach mal die Beine vertreten und bekam plötzlich Lust, etwas zu lesen.« Katies Stimme klang leicht und unbeschwert. Der sarkastische Unterton war dabei allerdings kaum zu überhören. Nicolas warf ihr einen kühlen Blick zu. »Mann, ich bin dir gefolgt und hier vom Dieb überrumpelt worden.«

Er zog die Mundwinkel zu einer spöttischen Grimasse hoch. Wieder erklang ein freudloses Lachen, das Katie einen Schauer über den Rücken jagte. »Euch überrumpeln? Und das in unserer Bibliothek? Wieso?«

»Was weiß ich denn? Mit diesem Monstrum von Kleid habe ich den Anschluss an euch verloren und bin hier gelandet. Da muss mich der Dieb bemerkt haben.«

Ein ungläubiger Blick machte sich auf seinem Gesicht breit. Es war offensichtlich, dass er ihr kein Wort glaubte und ihr nur noch aus Höflichkeit weiter zuhörte.

»Schön, vielleicht habe ich angedeutet, den Eindringling gesehen zu haben und da wollte er mich wohl als Zeugin aus dem Weg räumen. Aber du hast ihn ja schlauerweise gleich wieder auf freien Fuß gesetzt.«

»Wovon redet Ihr?« Sein Blick fixierte etwas hinter ihr im Regal. Hörte er ihr überhaupt noch zu? Wohin starrte er die ganze Zeit? Sie stand direkt vor ihm!

»Na, von diesem Hektor.« Mit dem Arm deutete sie auf die Stelle, an der eben noch der braunhaarige Mann gestanden hatte.

»Hektor ist unser Verwalter.«

»Und deswegen nicht minder verdächtig.«

Er legte den Kopf in den Nacken und verschränkte ablehnend die Arme vor der Brust. Seine Jacke spannte sich unheilvoll unter seinen Armmuskeln. Mit dem Kinn nickte er in Richtung ihrer Hände. »Wieso habt Ihr ein Schwert in der Hand?«

Das war ja wohl mehr als eindeutig. »Um mich gegen den Dieb zu verteidigen. Brot schneiden wollte ich damit wohl kaum. Sag mal, nimmst du mich überhaupt ernst?«

Das plötzliche Schmunzeln auf seinen Lippen traf sie wie eine Ohrfeige. Gereizt blies Katie die Luft aus den Backen, verlagerte das Gewicht neu auf ihre immer noch zitternden Beine und wäre am liebsten wütend aus der Bibliothek marschiert. Aber die Ironie war ja, sie fand allein nicht mehr raus! Und Nicolas wusste das. Sein Anblick ärgerte sie aber genauso viel wie ihre Orientierungsschwäche. Er behandelte sie wie ein kleines Kind, dessen Eltern es nicht für voll nahmen und in einem besserwisserischen Tonfall belehren mussten.

»Und wenn Ihr also mit dem Dieb, laut Eurer Aussage unserem Verwalter Hektor, gekämpft habt, warum war er dann nicht vom Gefecht lädiert und außer Atem so wie Ihr?«

Sie stutzte. Der Verwalter hatte keinerlei Spuren eines Kampfes aufgewiesen. Er hätte zumindest leicht humpeln und außer Atem sein müssen. Auch wenn sie nicht gut mit dem Schwert umgehen konnte, so hatte sie trotzdem einige ordentliche Hiebe ausgeteilt. Wenn Hektor nicht der Dieb war, dann …

Sofort riss Katie den Kopf hoch und suchte panisch die Umgebung nach dem wahren Täter ab. Zur Verteidigung bereit reckte sie das Schwert in die Höhe.

»Es genügt, Katie. Ich weiß Eure Engstirnigkeit und Euer unüberlegtes Handeln wirklich zu schätzen. Aber es reicht.« Mit zwei Schritten stand Nicolas direkt vor ihr und drückte das Schwert bestimmt wieder nach unten. Sie starrte auf seine Hand, die jetzt über ihrer eigenen ruhte. Resolut umschlossen seine Finger ihr Handgelenk. Seine Körperwärme breitete sich auf ihrer Haut aus und hinterließ ein glühendes Gefühl. »So leid es mir tut, ich muss Euch in den Kerker schicken.«

»Was?!« Erschrocken entzog sich Katie seinem Griff, trat einen Schritt zurück und stieß gegen das Regal hinter sich. Zwei weitere Bücher stürzten in die Tiefe und landeten mit aufgeschlagenen Seiten auf den Dielen. »Hier rennt ein Dieb frei herum und mich willst du einsperren? Warum? Weil ich als Einzige hier etwas unternehme?« Katies Augen zuckten verständnislos über Nicolas Statur, auf der Suche nach einer Erklärung für sein absurdes Verhalten.

»Es ist besser für uns alle!«, erwiderte er immer noch tonlos, den Blick weiter auf das Schwert in ihrer Hand gerichtet. Katie nahm kampfbereit die Waffe nach oben.

»Nur wenn ›für ALLE‹ ›für DICH‹ heißt.«

Er wandte sich direkt an sie. »Keine Frau erlaubt es sich, auf einem Ball mit einem Schwert aufzutauchen. Ihr seid viel zu auffällig und gefährdet jede Chance, den Dieb zu fangen. Ihr seid unberechenbar.« Katie warf ihm einen verdutzten Blick zu, doch er sah sie nicht mehr an. »Außerdem: Wenn Euch der Dieb beim Kampf erkannt hat und noch einmal auf Euch trifft, dann wird er nicht davor zurückschrecken, alles zu tun, um Euch zu beseitigen.«

Energisch schüttelte sie den Kopf, sodass ihre offenen Haare wehten. »Er hat mich nicht erkannt. Ich habe ihn hinter dem Regal überrascht, dann hat er mein Zopfgummi zerrissen, sodass mir ständig die Haare ins Gesicht gefallen sind und der anschließende Bücherregen hat sein Übriges getan. Wenn überhaupt, kennt er jetzt meine Kleiderfarbe und glaub mir, rot ist hier offenbar Trend.« Grabesstille hatte sich in der Bibliothek ausgebreitet. Die Schritte der Wachen waren verklungen. »Und überhaupt, tu doch nicht so, als ob du Angst um mich hättest. Du willst mich schließlich in den KERKER werfen.«

Er schwieg. Sein Gesichtsausdruck war nicht zu deuten. Aber Katie entdeckte das Zucken seines Augenlids. »Und selbst wenn, ich kann mich gut allein verteidigen.«

»Ach ja?« Seine Augenbraue wanderte skeptisch nach oben. Er hob den Blick. »Habt Ihr überhaupt eine Ahnung, wie man damit umgeht?« Er nickte in Richtung Schwert, die Arme wieder vor der Brust verschränkt.

»Natürlich.«

Für den Bruchteil einer Sekunde breitete sich ein spöttisches Grinsen auf Nicolas Gesicht aus. Seine Augen funkelten. Unvermittelt trat er vor, riss ein Schwert aus der Wandvertäfelung, die Katie zuvor überhaupt nicht aufgefallen war und griff sie an.

Für einen Moment war sie wie gelähmt. Niemals hätte sie geglaubt, dass er sich so schnell bewegen konnte. Sie sah die Attacke weniger, als dass sie sie fühlte.

Ihr eigenes Schwert nach oben reißend, parierte sie seinen Angriff. Zu langsam. Seine Klinge traf auf ihre. Das Geräusch von aufeinanderschlagendem Metall ertönte und ein beißender Schmerz durchströmte Katies rechtes Handgelenk. Sie war gezwungen, die Waffe in eine andere Position zu bringen. Das nutzte Nicolas sofort aus und schlug erneut zu. Ihre Hand brannte jetzt wie Feuer. Sie wich zur Seite aus und gab für den Bruchteil einer Sekunde ihre Deckung auf. Diesen Fehler erkannte Nicolas. Mit einem großen Schritt schloss er die Lücke zwischen ihnen beiden und schmetterte Katie mit einem einzigen gezielten Schlag die Waffe aus der Hand. Voller Schmerzen taumelte sie nach hinten. Sternchen funkelten vor ihren Augen auf und urplötzlich stand Nicolas dicht vor ihr. Seine starken Hände pressten ihre Schwerthand und ihre linke Schulter nach hinten gegen das Regal. Bücher und Bretter bohrten sich unangenehm in ihren Rücken. Das Blut rauschte in ihren Ohren und über alldem lag Nicolas' gleichmäßiger Atem. Seine Brust, die nur wenige Zentimeter entfernt war, hob und senkte sich erschreckend ruhig, während Katie ein unkontrolliertes Keuchen nicht unterdrücken konnte.

»Euch mangelt es an Kondition.«

Sie versuchte mit der freien Hand nach ihm zu schlagen, doch er wich ihren Händen geschickt aus. Seine Muskeln spannten sich spürbar an und drückten sie fest ans Regal. Nach ein paar Sekunden gab sie ihre Versuche des Widerstands auf und starrte zornig in sein Gesicht.

»Lass mich los!«, knurrte sie mit zusammengebissenen Zähnen.

Sie hatte erwartet, ein wie immer spöttisches und selbstgefälliges Grinsen auf seinen Lippen zu sehen und ein kaltherziges Lachen zu hören. Aber sein Blick war ausdruckslos. Seine Pupillen huschten unruhig über ihr Gesicht, als ob er etwas darin zu entdecken versuchte. Zwiespalt spiegelte sich in seinen Augen wider und ließ Katie innehalten.

»Katie, ich BÜRGE für Euch.« Seine Stimme war leise und rau und seine Brust hob und senkte sich nun in schnellen Zügen, so als ob er einen Marathon gelaufen wäre. »Habt Ihr überhaupt eine Ahnung, was das bedeutet? Ich muss mich auf Euch verlassen können. Zu hundert Prozent. Aber Ihr widersetzt Euch jeglichem Befehl. Was würdet Ihr an meiner Stelle tun?«

Ihr stockte der Atem. Sie wusste nicht, was sie erwidern sollte. Sprachlos starrte sie ihn an, während ihre Lunge nach Sauerstoff schrie. Seine Augen ruhten auf ihren und Katies Herz raste. Einen Moment lang passierte nichts. Dann stieß er sich ab und trat mehrere Schritte nach hinten. Sofort japste Katie nach Luft, beugte sich vor und schloss die Augen. Sachte drehte sie ihr Handgelenk, das immer noch unnatürlich heftig schmerzte. Offenbar war es nicht gebrochen, dafür aber um mindestens eine Sehnenzerrung reicher.

Unsicher schaute sie auf. Nicolas hob sein Schwert und richtete es auf ihre Brust. Erneut brach Panik in ihr aus. Wollte er sie jetzt umbringen?

»Ihr zögert und habt kein Gleichgewicht, weil Ihr nicht weit genug in die Knie geht. Ihr lasst Lücken in Eurer Verteidigung und reagiert wie ein träger Mehlsack. Wenn Ihr wirklich schon einmal in Eurem Leben eine Waffe in der Hand hattet, dann war Euer Lehrer ein Stümper.«

Missbilligend kniff sie die Augen zu kleinen Schlitzen zusammen und spürte den Druck ihrer geballten Fäuste. Eine erneute Welle glühenden Schmerzes durchströmte ihren Arm. Scharf sog sie die Luft ein.

»An Eurer Stelle würde ich das Handgelenk kühlen.« Er hob das Schwert noch ein Stück höher und kam auf sie zu. Katie schreckte zurück. Wenige Zentimeter von ihrem Kopf entfernt steckte er die Waffe zurück in die Wandvertäfelung, machte auf dem Absatz kehrt und lief ins Labyrinth hinein.

Katie war in Versuchung, ihr Schwert vom Boden aufzuheben und es ihm hinterherzuwerfen. DAS hätte ihr Handgelenk allerdings definitiv nicht noch einmal mitgemacht. Also beließ sie es bei einem tödlichen Anstarren.

»Folgt mir!«, war alles, was er sagte, bevor er um die nächste Ecke verschwand.

Katie überlegte einen Moment lang, einfach stehen zu bleiben und sich nach dieser Aktion einfach zu weigern. Doch was würde das bringen? Offenbar hatte sich Nicolas dagegen entschieden, sie in den Kerker zu werfen. Sonst hätte er mit Sicherheit Wachen kommen lassen. Das war immerhin mal ein gutes Zeichen. Wenn sie hier aus dem Labyrinth wieder herauskommen und nach Hause wollte, musste sie den Kürbisdieb fangen und dabei wohl oder übel mit Nicolas zusammenarbeiten.

Genervt schnaubte sie und stieg über das am Boden herrschende

Chaos. Sie griff nach dem Band, das sie sich vorhin um das Handgelenk gewickelt hatte und schnürte damit ihre Haare wieder zu einem Zopf zusammen. Mit erhobenem Kopf und neuer Frisur marschierte sie hinter Nicolas aus dem Labyrinth Richtung Tür.

KAPITEL 8

Tür? Nein. Erst jetzt fiel Katie auf, dass sie nicht durch eine Tür stieg, sondern durch einen Schrank, der als Tür diente. Der Durchgang war sehr schmal und führte in einen grauen, kargen Flur. Dort wartete Nicolas bereits mit zwei Wachen. Er wirkte gelassen. Nichts an ihm erinnerte an ihren gerade stattgefundenen Streit. Katie blickte zurück zur Tür. Nicolas beobachtete sie mit zusammengezogenen Augenbrauen und antwortete nach einem Moment: »Dienstbotentür.«

Sie wandte sich zu ihm um, doch er hatte bereits mit einem der Wachen die Spitze übernommen und führte die Gruppe den Gang entlang. Der verbliebene Soldat starrte sie ausdruckslos an und gab ihr mit einer Handbewegung zu verstehen, dass sie folgen sollte. Langsam setzte sich Katie in Bewegung, während der Wachmann hinter ihr aufschloss.

Der Gang war ein krasser Kontrast zu dem, was die Villa bisher zu bieten gehabt hatte. Weder Bilder noch Vorhänge oder sonstige Verzierungen waren im Flur zu finden. Stattdessen glich eine weißgraue Wand der anderen.

Sie bestiegen eine hölzerne Treppe, die mit wenigen Stufen zu einem circa einen halben Meter höher liegenden Durchgang führte, der nicht weniger eng gebaut war. Wieder die gleiche kahle Ausstattung.

Kurz darauf kamen Nicolas und der Wachmann an der Spitze

zum Stehen. Eine kleine Ansammlung von Menschen hatte sich um eine Schranktür, ähnlich der in der Bibliothek, versammelt. Aufgeregtes Stimmengemurmel war zu hören. Katie gesellte sich näher zur Gruppe und bemerkte eine kleine, zierliche Frau, die etwas jünger als sie selbst war. Sie trug ein einfaches, weißes Gewand mit einer hellen Schürze, die auf die Arbeit in der Küche hindeutete.

»Berichtet mir noch einmal was passiert ist«, bat Nicolas das Mädchen. Nervös nestelte sie an ihrer Schürze, die, wie Katie erst jetzt bemerkte, mit einer gelblichen Flüssigkeit und Gemüsestücken übersäht war.

»Wie ich bereits sagte: Der Küchenchef trug mir auf, die Abendsuppe in den Speisesaal zu bringen, bevor die Festgäste dort eintreffen würden. Ich habe mich sofort auf den Weg gemacht und kam von der Küche hierher. Als ich auf halber Höhe war, wurde ich von hinten gestoßen. Die Suppenterrine drohte hinunterzufallen, doch ich konnte sie gerade noch vor dem Sturz bewahren. Dann wurde ich erneut gestoßen und von den Beinen gerissen. Ich habe das Gleichgewicht verloren und die Suppe …« Die Küchenmagd senkte beschämt ihren Blick.

Katie entdeckte eine weiße, zerbrochene Suppenterrine neben ihr auf dem Fußboden, deren Inhalt sich überall verteilt hatte. Den zweiten Stoß hatte sie wahrlich nicht überlebt. Mit eiligen Kreisbewegungen wischten zwei rundliche Frauen die Flüssigkeit vom Parkett auf.

»Ihr sagtet ›Fremder‹. Woher wisst Ihr, dass es sich um einen Mann gehandelt hat?«

Das Mädchen wand sich unwohl unter Nicolas' Blick. Katie konnte sehen, wie gerne sie der plötzlichen Aufmerksamkeit entfliehen wollte. Nicolas musste dies ebenfalls bemerken, das hoffte sie zumindest. Seine Stimme blieb jedoch weiter beharrlich.

»Verzeiht meinen voreiligen Schluss, Prinz Nicolas. Ich habe etwas Dunkles an mir vorbeilaufen sehen. Da das Gewand schmaler war als ein Kleid, vermutete ich, es sei ein Mann.«

»Wohin lief er?«

»Dort hinüber.« Sie zeigte in die Richtung, aus der die vier eben gekommen waren.

»Wisst Ihr, wohin genau?«

Sie schüttelte den Kopf.

Er blickte vom Gang zurück auf die Küchenmagd. Zwar wischte das umstehende Personal weiter geschäftig die Suppe auf und trug Unmengen an Tabletts in den Speisesaal, aber es war klar, dass sie der Unterhaltung gespannt lauschten.

»Als Euch der Mann umstieß, hatte er da etwas in der Hand?«

Das Mädchen zuckte mit den Schultern und senkte den Blick noch tiefer.

»Hat er etwas gesagt?«

Wieder ein Kopfschütteln.

Katie atmete angestrengt aus. Die Aussagen der Magd waren dürftig. Auf die Beschreibung passte fast jeder Mann im Ballsaal. Auch Hektor, wie sie kritisch feststellte.

Nicolas wischte sich mit der rechten Hand über die blonden Haare und atmete geräuschvoll aus. Katie war verwundert, wie ruhig er blieb. Die arrogante, selbstgefällige und überhebliche Art von gerade eben war komplett verschwunden.

Das Küchenmädchen trat verlegen von einem Fuß auf den anderen und wich den neugierigen Blicken des umstehenden Personals aus. So sehr sich Nicolas auch abmühte und sie immer und immer wieder mit denselben Fragen löcherte, sie blieb weiter vage und verschwiegen. Katie konnte es ihr auch nicht verübeln. Dienstboten im 17. Jahrhundert hatten einen sehr niedrigen Rang und lebten quasi unsichtbar für die obere Gesellschaft. Solch ein Tumult und die plötzliche Aufmerksamkeit der Wachen samt Nicolas schüchterten sie ganz offensichtlich ein. Außerdem beschlich Katie das ungute Gefühl, dass das Mädchen nachher vom Küchenchef wegen der verschütteten Suppe bestimmt eine Standpauke zu hören bekam. Wie Cinderella, die von ihren launischen Stiefschwestern und ihrer bösen Stiefmutter wegen jeder Kleinigkeit zur Schnecke gemacht wurde, dachte Katie. Nur, dass es sich hier nicht um ein Märchen mit Happy End und Rettung durch einen Traumprinzen handelte, sondern um die Realität … naja, … irgendwie zumindest …

Sie traute sich jedoch nicht, Nicolas ins Wort zu fallen und die Situation etwas zu entschärfen. Ihr Handgelenk schmerzte immer noch. Fürs Erste war es klüger, sich nicht einzumischen.

»Noch einmal zu seiner Person: Wie groß war er?«

»Etwas größer als Ihr.«

»Kam er Euch bekannt vor? Hatte er etwas Markantes an sich?«

Das Mädchen zog die Stirn in Falten. »Dunkle Haare?«

Er stieß einen leisen Seufzer aus. Nachdenklich knetete Katie an ihrer schmerzenden Hand. Irgendetwas passte an der Aussage der Magd nicht. Es war mehr ein Bauchgefühl als ein handfestes Indiz.

»War außer Euch sonst noch jemand im Flur, der ihn gesehen haben könnte?«, setzte Nicolas die aussichtslose Befragung fort.

Wieder Achselzucken. Er schaute das restliche Personal im Flur auffordernd an. Offenbar hoffte er auf eine Zeugenaussage der anderen. Niemand rührte sich.

»Na schön, noch einmal von vorn: Der Mann ist aus dieser Richtung gekommen«, er zeigte den langen Flur entlang, »und hat Euch an dieser Stelle gestoßen. Zweimal. Dann …«

»Seid Ihr sicher, dass es sich bei dem Fremden nur um eine Person gehandelt hat?« Diese Frage war aus Katies Mund gekommen. Nicolas riss den Kopf herum und fixierte sie mit einem strengen Blick. Schnell trat Katie aus seiner unmittelbaren Reichweite und beäugte argwöhnisch den Degen, der an seinem Gürtel steckte.

Bei Nicolas Wort »zweimal« war ihr eingefallen, was sie an der Geschichte des Mädchens störte. Diese hob nun überrascht den Kopf und schien erst jetzt Katies Anwesenheit richtig wahrzunehmen. Eilig machte sie einen respektvollen Knicks, als ihr Katies offensichtliche Ranggleichheit mit Nicolas auffiel. Die anderen Angestellten taten es ihr gleich.

»Bitte, nicht doch«, wehrte Katie mit den Händen ab und bedeutete dem Personal aufzuhören. Ihr war es mehr als unangenehm, dass sich andere vor ihr verbeugten. Schließlich waren sie alle Menschen und damit gleichwertig. Sie spürte, wie sich Nicolas bohrender Blick in ihren Rücken brannte. Jetzt hatte sie sich schon eingemischt, da konnte sie auch weitermachen. Unbeirrt fuhr sie fort. »Der Fremde kam durch den Flur, überholte Euch von hinten und stieß Euch dabei um.«

Das Mädchen nickte und blickte unsicher zu ihr hinüber. Unterbewusst bearbeitete Katie weiter ihr Handgelenk. Langsam lief sie um das Mädchen herum und begutachtete den Suppenfleck auf dem Boden genauer. »Beim ersten Mal habt Ihr es geschafft, Euer Gleichgewicht zu halten und die Schüssel vor einem Sturz zu bewahren. Aber dann wurdet Ihr noch einmal von dem Mann gestoßen, richtig?«

»Ja, Herrin.«

Katie zuckte bei dieser Anrede unwillkürlich zusammen und bedachte die Magd mit einem besonders freundlichen Lächeln.

»Ich vermute, das Ausbalancieren der Suppenterrine nach dem ersten Stoß hat einen Moment gedauert. Sagen wir zwei Sekunden?« Die Magd schaute sie verwirrt an, nickte aber zur Bestätigung. »Wie wahrscheinlich ist es, dass jemand durch einen Dienstbotengang eilt und dabei jeden aus dem Weg stößt, der ihm in die Quere kommt und bei einer Person das gleich zweimal tut, obwohl sie ihm ja bereits beim ersten Mal Platz gemacht hat? Ich an seiner Stelle hätte schnellstmöglich den Flur durchquert. Schließlich schien er es sehr eilig zu haben.« Das aufgeregte Treiben des Personals wurde langsamer und lief plötzlich wie in Zeitlupe ab. Katie versuchte vor ihrem inneren Auge die Szene zu rekonstruieren und spielte das komplette Szenario zur Verdeutlichung für die anderen live nach.

»Nehmen wir also einmal an, der Fremde hatte nicht als Priorität, jegliches Personal dieser Villa zu schikanieren, in dem er ihre Arbeit sabotierte und Chaos stiftete, sondern ganz einfach in Eile war.« Sie wusste nicht in wie weit das Personal in den Kürbisdiebstahl eingeweiht war. Da war es besser, dieses Detail auszusparen. Zumal der Täter noch nicht zugeschlagen haben konnte, sonst hätten Nicolas und die Wachen nicht so ruhig hier gestanden. Außerdem hätte das Küchenmädchen einen Sack mit der Beute vom Ausmaß eines Fußballes mit Sicherheit bemerkt. »Wenn er also aus irgendeinem Grund auf der Flucht war oder schlichtweg eine Abkürzung genommen hat, dann würde er doch wohl kaum stehen bleiben und zweimal die gleiche Person aus dem Weg stoßen. Es sei denn, er hat einen bestimmten Grund dafür. Davon gehen wir aber erstmal nicht aus. In zwei Sekunden bringt ein Mensch im Rennen ein gutes Stück Strecke hinter sich. Eine Distanz, die es ihm jedoch wohl kaum möglich macht, ein zweites Mal an der gleichen Stelle jemanden umzustoßen.«

Katie nahm wieder ihren Platz neben Nicolas ein. Sein Blick verriet, dass bei ihm der Groschen fiel. »Daher meine Frage: Seid Ihr Euch sicher, dass Ihr nur eine Person gesehen habt?«

Das Küchenmädchen nickte automatisch, hielt jedoch sogleich wieder inne. Sie zog die Stirn kraus. Dann schüttelte sie heftig den Kopf. Katie schmunzelte. »Nein. Nach dem zweiten Stoß ist mir etwas Helles, Rotes im Gang aufgefallen.«

»Ihr sagtet vorhin, dass Euch die Beine nicht mehr gehalten haben. Gab es dafür vielleicht einen Grund?«

Die Magd nickte aufgeregt. Ihre Augen weiteten sich. »Ja, etwas stieß mich in den Rücken und drückte mir die Beine zur Seite.«

»Vielleicht der breite Reifrock eines Kleides«, murmelte Katie. Einzig Nicolas stand nah genug, um die Bemerkung zu hören. Er nickte anerkennend.

»Habt Dank für Eure Hilfe!« Er bedachte das Mädchen mit einem gutmütigen Nicken. »Ihr dürft Eure Arbeit jetzt fortsetzen.« Schleunigst machte die Magd auf dem Absatz kehrt und verschwand aus dem Flur. Die Umstehenden begannen eilig ihre Arbeit wieder aufzunehmen und der Geräuschpegel stieg schlagartig wieder an.

Nicolas drehte sich zu Katie um. Ein Grinsen breitete sich auf seinem Mund aus und Katie konnte nicht anders als ebenfalls zu lächeln.

Was tat sie da? Nicolas war ein Idiot! Eben noch hatte er sie als leichtgläubigen, trägen Mehlsack bezeichnet. Da half auch sein Prince Charming-Lächeln nichts (das Katie nur für einen winzigen Augenblick lang die Luft verschlug).

Mit den Wachen ins Gespräch vertieft, ging Nicolas zur Schranktür Richtung Speisesaal, durch die etliche Kellner mit Tabletts eilten. Katie nutzte die Chance und wandte sich an die beiden Mägde, die ihre Putzarbeit gerade beendet hatten.

»Haben Sie vielleicht etwas Eis zum Kühlen für mich?« Sie deutete auf das Handgelenk, das durch das viele Kneten einen leichten roten Schimmer angenommen hatte. Die beiden Frauen schauten überrascht auf. Offenbar hatten sie nicht damit gerechnet, von ihr angesprochen zu werden.

»Katie?«, rief Nicolas von der Tür aus. Er war stehen geblieben und schaute zu ihr zurück. Die Küchenmägde warfen neugierige Blicke zwischen ihnen beiden hin und her.

Katie seufzte. »Anscheinend nicht.« Sie ließ von den beiden

Frauen ab und folgte Nicolas hinaus ins Speisezimmer. Wie schon zuvor bezog der zweite Wachmann hinter ihr Stellung.

Der Speisesaal war ein großer Raum mit dezenten Verzierungen an Decke und Wänden. Alles in allem war er in einem hellen cremefarbenen Ton gehalten. Eine lange Tafel mit etlichen aufwendig geschnitzten Stühlen erstreckte sich im Raum und bot ausreichend Platz für mindestens drei Schulklassen. Köstliche Düfte durchströmten die Luft.

Katie warf einen hungrigen Blick auf die gefüllten Teller. Saftiges Obst, gebratenes Gemüse, Fisch und … war das etwa ein Schwan in der Mitte des Tisches? Was zum Teufel hatte er da am Hals?

Grelles Licht und etliche Funken wie tausend Wunderkerzen sprühten aus dem Gefieder. Ein prasselndes Knistern war zu hören. Ein Feuerwerk!

»Ist das abartig!«, entfuhr es Katie, was ihr sofort mürrische Blicke des umstehenden Personals einbrachte. Gäste strömten lachend und jubelnd in den Saal und ergötzten sich an dem Spektakel. Katie roch verbranntes Fleisch und Federn, würgte und richtete stur ihren Blick auf Nicolas' Justaucorps.

Der Speisesaal, wie sie feststellte, lag direkt neben dem großen Ballsaal, der noch immer mit Tanzwütigen gefüllt war. Nicolas strebte jedoch nicht darauf zu. Auch nicht auf das Studierzimmer gegenüber. Er bog zur Treppe ab und führte die kleine Gruppe in das obere Stockwerk.

Katie schlängelte sich durch die Gästeschar, Hauptsache weit weg von dem Schwanfeuerwerk, und erblickte unter den zahlreichen Kostümen im Foyer ein rotes Jackett, das ihrem Kleid in der Farbe sehr ähnlich war. Friedrich.

Die braunen Haare, das einnehmende 100-Watt-Lächeln und der einfach absolut perfekte Body waren unverwechselbar. Sein Gesicht fing an zu strahlen, als er sie erblickte. Katie erwiderte das Lächeln intuitiv. Wieder schoss Röte in ihre Wangen und ließ ihren Kopf wie Feuer glühen. Eine positive Nervosität überwältigte sie.

Friedrich steuerte nun ebenfalls auf die Treppe zu, wobei seine Augen weiter auf sie gerichtet waren. Katie stoppte und überlegte, ob es zu aufdringlich wirkte, wenn sie ihm entgegenlief. Vielleicht war es besser, ganz unverfänglich hier auf der Treppe zu warten und bei seinem Eintreffen ein lässiges »Hi« fallen zu lassen.

Der Wachmann hinter ihr drückte seine Hand rüde in Katies Rücken. Friedrich bemerkte das, zog die Stirn in Falten und schloss zu ihnen auf. Mittlerweile waren Nicolas und der andere Wachmann am oberen Treppenabsatz angelangt.

Erneut stach der Wachmann ihr zwischen die Rippen. Katie zuckte zusammen. Missbilligend warf sie ihm einen Blick über die Schulter zu. »Danke, ich bin durchaus im Stande, allein zu gehen!«

»Dann tut das auch!« Die Wache grunzte etwas Unverständliches, das Katie lieber nicht genauer erfragen wollte.

Friedrich hatte jetzt die Treppe erreicht, legte schützend seinen Arm auf Katies Schulter und zog sie sanft an sich.

»Lady Katie, ist alles in Ordnung mit Euch?« In seinem Blick lag Besorgnis, was bei ihr ein heftiges Kribbeln im Bauch verursachte.

»Habt Dank, Friedrich. Alles ist bestens.«

Er griff nach ihren Händen und schenkte ihr ein weiteres strahlendes Lächeln. Der Wachmann hinter ihnen trippelte angespannt mit den Füßen und drückte Katie unauffällig weiter vorwärts. Immer noch in Friedrichs Armen und somit kaum ausweichfähig, stolperte sie nach vorne und die nächste Stufe hinauf. Sofort griff Friedrich nach ihrer Taille, um sie vor einem Sturz zu bewahren und ließ die andere Hand zu seinem Degen schnellen. In seinen Augen blitzte Zorn auf. Eilig legte Katie ihre Hand auf seine Brust, bevor er die Waffe vollständig ziehen und den Wachmann – zu Recht – in die Schranken weisen konnte.

»Seid unbesorgt. Es ist alles in Ordnung. Nicolas möchte mir nur etwas zeigen.« Sie hatte keine Ahnung, ob das seine wahre Intention war. Aber sie würde es früh genug herausfinden.

Friedrich schien diese Aussage wenig zu begeistern. Seine Hand verweilte auf dem Degen, bereit jederzeit zuzuschlagen. Angriffslustig schürzte er die Lippen. Katie verstärkte ihren Druck auf seine Brust, bis er seine komplette Aufmerksamkeit ihr zuwandte. Sie lächelte besänftigend. Er beugte sich ein Stück vor, strich ihr eine lose Haarsträhne aus den Augen und warf dem Wachmann einen letzten mahnenden Blick zu.

»Lasst mich umgehend wissen, wenn Ihr meine Hilfe benötigt.« Sein Finger strich über ihre Wange bis hin zum Kinn. Dann trat er zurück und gewährte der Wache Durchgang. Katie war für einen Augenblick wie versteinert und schaute apathisch auf Friedrichs Hand, die sie gerade so zärtlich berührt hatte. Ein Kribbeln wie tausend Ameisen breitete sich auf ihrer Haut aus.

Grob stieß der Wachmann ein drittes Mal nach ihren Rippen. Sie unterdrückte einen Fluch, trat dem Soldaten rein zufällig mit Wucht auf den Fuß und genoss dessen erstickten Schmerzensschrei.

KAPITEL 9

Da war er wieder, der lange Gang mit den vielen Türen. Es kam Katie wie eine halbe Ewigkeit vor, als sie das letzte Mal hier oben nach einem Kleid und einem Versteck gesucht hatte. Wie viel Zeit mochte mittlerweile vergangen sein? Die Erinnerungen an ihren Einbruch, das blaue Licht und die Explosion … Sie schienen Tage her zu sein.

Nicolas machte keine Anstalten, eines der Zimmer zu betreten und lotste die kleine Gruppe zielstrebig weiter den Flur entlang bis hin zu einer langen, sich nach oben windenden Treppe aus grob gehauenem Stein. Unverkennbar führte sie hinauf in den Nordturm. Dieser war Katie bereits am frühen Abend bei ihrem nächtlichen Einbruch aufgefallen, aber da hatte sie ihm keine wirkliche Beachtung geschenkt. Wer konnte auch ahnen, dass sie noch unfreiwillig die Villa auskundschaften würde, um ihr eigenes Leben zu retten.

Der Weg hinauf war enger als zunächst gedacht. Das schwere Kleid machte den Aufstieg nicht gerade einfacher. Im Gegenteil. Es dauerte keine halbe Minute, da rasselte Katies Atem bereits wie eine alte Dampflock. *Euch mangelt es an Kondition,* hallten Nicolas spöttische Worte in ihrem Kopf wider.

Der hat gut reden. Er muss ja auch keine Tonne Stoff mit sich herumtragen, sondern nimmt in seiner luftigen Strumpfhose problemlos gleich zwei Stufen auf einmal.

Angestrengt schnaufend erreichte Katie kurze Zeit später ebenfalls die obere Plattform. Zwei Wachen empfingen sie und gaben bei Nicolas Anblick widerstandslos den Weg zu einer großen Holztür frei. Dieser nickte offiziersmäßig und führte die Truppe in den dahinter liegenden Raum.

Andächtig betrat Katie das runde Turmzimmer. Es wirkte bescheiden in seiner Dekoration und glich im Großen und Ganzen den anderen Räumen der Villa. Auffällig waren jedoch die vielen Sterne, die die Zimmerdecke säumten und den Nachthimmel darstellten. Überall waren in feinen goldenen Buchstaben die Namen der Sternbilder eingezeichnet.

Zwei weitere Wachen waren im Zimmer postiert und musterten die Neuankömmlinge skeptisch. Katie merkte, wie ihre Blicke auffällig lang auf ihr verweilten. Auf ein Zeichen von Nicolas hin, salutierten sie und gesellten sich zu den anderen Wachen nach draußen. Nun blieben nur noch Nicolas und sie zurück.

Ein peinliches Schweigen entstand. Das war das erste Mal nach ihrer Auseinandersetzung in der Bibliothek, dass sie wieder ganz unter sich waren. Katie suchte nach Worten, um die Stille zu füllen, doch ihr Kopf war wie leergefegt. Also richtete sie ihre Aufmerksamkeit auf den Raum.

Das Zimmer war viel größer, als man auf den ersten Blick bei einem Turmzimmer vermutet hätte. Kleine Schränke mit Apparaturen, Büchern und Papieren füllten einen Großteil davon. Der Rest bot Platz für einen großen Tisch, in dessen Mitte ein samtenes Kissen lag. Das Beeindruckteste in diesem Raum war allerdings auf den roten Samt gebettet: ein golden schimmernder Kürbis. Er war nicht besonders groß und glich von der Form her eher einem goldlackierten Handball. Bei genauerem Betrachten erkannte Katie jedoch ein fein ausgeschnittenes Gesicht mit fast menschlichen Zügen. Es erinnerte sie an ihre eigenen missglückten Versuche, Kürbisse auszuhöhlen und Gesichter zu schnitzen. Keiner davon war auch nur ansatzweise so gut gelungen wie dieser. Der Glanz des Goldes hatte eine fast magische Wirkung und ließ den restlichen Raum regelrecht verblassen. So etwas Kostbares hatte Katie noch nie gesehen. Selbst die alten Schätze in Museen waren nichts gegen diese Handwerkskunst.

Sie zwang sich, ihren Blick davon zu lösen und bemerkte, dass Nicolas sie beobachtete. »Er ist wirklich schön. Kein Wunder, dass ihn jemand stehlen möchte.«

Er nickte nur und winkte sie zur Wand hinüber. Der große, grüne Wandteppich auf der rechten Seite des Zimmers war Katie beim Reinkommen nicht aufgefallen. Ein verzweigter Stammbaum war darin hineingewoben. Am unteren Ende besaß er dicke Wurzeln, während er nach oben hin in mehrere Zweige auslief. In regelmäßigen Abständen waren kleine Gesichter auf den Ästen eingefügt.

Nicolas zeigte auf einen Kopf an der Baumspitze. In feiner goldschimmernder Schrift stand darunter: Nicolas de Ribera.

»Ihr befindet Euch in unserem Ahnenraum. Auf diesem Wandteppich seht Ihr mich und meine Familie.« Er machte eine ausladende Geste. »Dieser gesamte Raum ist so gut gesichert, dass nur jemand hier hereinkommen kann, der uns nahe steht. Das heißt, einen gewissen Rang hat, um hier Befehle erteilen zu dürfen oder dem engsten Familienkreis angehört. Aber die Wachen habe ich bereits angewiesen, nur auf Anweisungen von mir und meinem Vater zu reagieren und niemanden außer uns hineinzulassen. Trotzdem hat es der Dieb die letzten Male geschafft, zum Kürbis vorzudringen.«

»Wahrscheinlich durch den Dienstboteneingang.«

»Wohl kaum.«

»Warum nicht?« Fragend schaute Katie sich um.

»Die Flure der Dienstboten führen überall dorthin, wo man schnell das Personal benötigt. Nur in das Turmzimmer führt kein Weg außer der Wendeltreppe. Es ist quasi ein Geheimzimmer.«

»Schön. Was ist mit den Wachen?«

»Was soll mit ihnen sein?«, entgegnete Nicolas.

Katie blickte zur Tür hinüber, die nach wie vor offen stand. Im Vorraum hatten sich die Wachen in zwei kleine Grüppchen aufgeteilt und sprachen leise miteinander.

»Sind sie … nun ja, bestechlich?«

Nicolas zeigte keine Regung. »Nein. Ich habe nur die besten und treuesten Wachen hier aufgestellt. Ich kenne sie seit ich ein kleiner Junge war und mein Vater noch deutlich länger. Sie haben im Krieg neben ihm gekämpft. Ihnen würde ich mein Leben anvertrauen.«

Katie verdrehte die Augen. Schon wieder diese geschwollene Ausdrucksweise. Trotzdem bekam sie bei seinen Worten eine Gänsehaut. Falls die Wachen wirklich so vertrauenswürdig waren wie Nicolas behauptete, dann musste es eine andere Möglichkeit geben, in den Raum einzusteigen. Was war mit den zwei kleinen Turmfenstern, die sich direkt gegenüber der Tür befanden?

Mit wenigen Schritten stand sie vor dem Glas und blickte hinaus in die Dunkelheit. Nach unten hin war nicht viel zu erkennen, aber es war klar, dass es hier steil bergab ging. Es gab keine Chance, von außen an das Fenster heranzukommen. Nicht einmal eine Leiter hätte ausgereicht. Es sei denn, es war eine spezielle Feuerwehrleiter. Gab es die überhaupt schon im 17. Jahrhundert? Wohl kaum.

17. Jahrhundert? Wieso glaubte sie eigentlich die ganze Zeit in der Vergangenheit zu sein? Gut, die letzte Stunde war wirklich mehr als merkwürdig gewesen und alles deutete auf die Barockzeit hin. Aber bitte, wie unrealistisch war Zeitreisen?! Ganz offensichtlich befand sie sich in einem halluzinierenden Zustand. Ihr regloser Körper lag vermutlich einsam und verlassen in der Villa und wartete nur darauf, dass sie endlich wieder aufwachte. Komisch war nur: Wenn sie wirklich träumte, wieso tat dann ihr Handgelenk weh?

Die einzige Lichtquelle im Zimmer bildeten zwei große Kerzenhalter mit je drei weißen, dicken Kerzen, die rechts und links neben dem Wandteppich befestigt waren. Das Flackern der Flammen warf ein unruhiges Lichtspiel an die Wand.

»Woher wusstet Ihr, dass die Küchenmagd von zwei Personen umgestoßen wurde?«, unterbrach Nicolas ihre Gedanken.

»Ich habe es nicht gewusst; lediglich vermutet. Irgendetwas kam mir seltsam vor.«

»Das ist alles?«

»Was willst du damit sagen?«

»Ihr wirktet wenig überrascht, als Eure Vermutung bestätigt wurde.«

»Naja … Als ich vorhin dir und den Wachen gefolgt bin, habe ich mich in der Bibliothek … umgesehen. Als ich im hinteren Teil der Regale war, habe ich Schritte von mindestens zwei Personen gehört. Zuerst dachte ich, du wärst es mit den Wachen. Erst als wir mit dem Küchenmädchen gesprochen haben, fiel mir auf, dass sich aber nur ein Schuhpaar zu mir ins Labyrinth begeben hat. Da DU es aber nicht warst und laut deiner Aussage auch nicht euer Verwalter, muss es sehr wahrscheinlich der Dieb gewesen sein. Ich habe gegen einen Mann gekämpft. Das heißt, wenn das Mädchen das zweite Mal wirklich von einer Frau im Flur umgestoßen wurde, dann muss diese sich irgendwo in der Nähe versteckt haben oder bereits geflohen sein. Der Mann kam dann später hinzu.«

»Dann haben wir es also mit zwei Dieben zu tun.«

»Vielleicht.« Katie war sich da nicht so sicher, ging aber vorerst nicht weiter darauf ein. »Wir sollten einmal alle Verdächtigen durchgehen und schauen, ob einer zu unseren Beschreibungen passt.«

Er zeigte auf den Wandteppich. »Wie gesagt, es kommen sechs Personen in Frage: mein Onkel und meine Tante, meine zwei Cousins, meine Cousine und unser Verwalter.« Bis auf den Verwalter waren alle Personen mit Köpfen darauf abgebildet. »Ich kann mir allerdings bei keinem von ihnen vorstellen, dass er oder sie den goldenen Kürbis stiehlt.«

»Schwarze Schafe erkennt man nicht immer sofort. Das solltest du eigentlich aus meiner Geschichte mit Gina gelernt haben.« Katie warf ihm einen tadelnden Blick zu. Nicolas schaute sie schweigend an. »Wir müssen sie auf jeden Fall überprüfen. Vielleicht verraten sie sich oder wir erhalten zumindest einen wichtigen Anhaltspunkt. Etwas, das wir bisher nicht bedacht haben.«

»Dann sollten wir uns beeilen. Es ist schon fast halb zehn und wir haben nur bis Mitternacht Zeit. Dann beginnt traditionell die Zeremonie. Der Kürbis muss bis Sonnenaufgang erleuchtet sein, sonst greift der Fluch erneut.«

Ihnen blieben also nur noch zweieinhalb Stunden, um den Dieb zu fangen.

»Wahrscheinlich ist es am besten, wenn wir uns aufteilen. Ihr übernehmt meine Cousine und meine zwei Cousins. Ich befrage die restlichen drei.«

Das leuchtete Katie ein, auch wenn der Gedanke, sich aufzuteilen, ein ungutes Gefühl in ihr weckte. Dieses Vorgehen kannte sie. In allen Gruselfilmen teilte sich die ahnungslose Gruppe unschuldiger Menschen aus rein optimistischem Tatendrang auf und jeder wusste, wie das am Ende ausging. Nicht gut. Aber sie befanden sich hier ja in keinem Horrorstreifen … oder?

Ein ganz anderer Gedanke machte sich plötzlich in ihrem Kopf breit. Wie sollte sie Nicolas Verwandte schnellstmöglich in den Menschenmassen finden? Sie wusste ja nicht einmal, wie sie aussahen, geschweige denn, welche Kleidung sie trugen. Ihr kam eine Idee.

Sie hob ihren Rock ein Stück an und fingerte darunter herum. Nicolas betrachtete argwöhnisch ihren Lederstiefel mit dem Dolch, während sie ihr Handy aus dem linken Schaft zog. Erleichtert stellte sie fest, dass der Akku noch fast voll war. Mit gespitztem Finger tippte sie auf das »Fotoapparat«-Icon, ging näher an den Wandteppich heran und fotografierte die fünf Verdächtigen ab. Jetzt fehlte nur noch das Gesicht des Verwalters. Aber sie hatte ja schon das Vergnügen gehabt, ihn kennen zu lernen.

Nicolas hob zögerlich einen Finger, um vorsichtig nach dem Handy zu fassen.

Katie lachte laut auf. »Ach stimmt ja, du weißt ja gar nicht, was ein Handy ist. Oh man, ich würde sterben, wenn ich nicht regelmäßig mit meinen alten Freunden Nachrichten schreiben oder Musik hören könnte, weil ich gerade mal wieder meinen MP3-Player vergessen habe.«

»Was ist das für ein Teufelsding?« Argwöhnisch beäugte er das Handy. Katie konnte sehen, wie seine Hand über dem Degenknauf zuckte. Sie musste noch lauter lachen. »Was kann dieses Ding?«

»Zu viel, um es dir jetzt zu erklären. Aber es kann Fotos machen. Also quasi Bilder malen.« Sie tippte auf den Button »Galerie«. Ein Foto ihrer Eltern erschien. Ein mulmiges Gefühl breitete sich in ihrer Brust aus. Schnell wischte Katie mit dem Finger über das Display und ihre geschossenen Bilder vom Wandteppich tauchten auf.

»Also habt Ihr einen eigenen Maler dort drin?«

»Jaaaaa. Nur, dass er viel kleiner und schneller ist als euer Hausmaler.« Sie konnte sich einen besserwisserischen Tonfall nicht verkneifen. Es war einfach zu komisch, wie Nicolas mit gebührendem Abstand auf das Handy starrte und dabei verwirrt den Kopf schüttelte.

»Aber ein Problem gibt es trotz deines H-A-N-D-Ys.« Dabei sprach er das Wort so aus, dass er jeden Buchstaben einzeln betonte.

»Ach und das wäre?«

»Es ist ein Maskenball. Also helfen Euch die Gesichter auch nicht viel.«

Verflixt! Daran hatte sie nicht gedacht.

Nicolas schien ihren Gedanken zu lesen, denn er sagte: »Meine Cousine Elizabeth habt Ihr vorhin schon kennengelernt. Sie war so frei, unser Gespräch im Studierzimmer zu stören und Euch meinen Namen zu verraten. Auch wenn ich immer noch nicht glaube, dass Ihr ihn nicht vorher schon kanntet. Elizabeth hat braune, schulterlange Haare, trägt ein goldgrünes Kleid und eine dazu passende Maske. Außerdem liebt sie auffallende Schleifen und Fächer, was Euch die Suche erleichtern dürfte. Mein ältester Cousin ist ebenfalls kaum zu übersehen. Vermutlich trägt er wieder eines seiner uralten Festgewänder, sitzt allein in einer Ecke und studiert ein dickes Buch. Und meinen anderen Cousin habt Ihr ja bereits näher kennengelernt.« Die letzten Worte sagte er mit einem Grinsen, das vor Anzüglichkeit triefte.

»Was soll das jetzt schon wieder?«, fragte Katie verständnislos.

»Ich meine ja nur, dass ihr euch vorhin bereits angeregt unterhalten habt. Er schien nur Augen für Euch zu haben und Ihr offenbar nur für ihn.« Er machte einen auffälligen Augenaufschlag.

»Jetzt hör mal zu …« Schockiert hielt sie inne. Heute Nacht hatte sie neben Nicolas nur noch mit einem anderen Jungen gesprochen und in dessen Anwesenheit schien sie förmlich zu verdummen.

»Macht Euch nichts daraus. Seinem Charme sind schon weitaus weniger intelligente Mädchen verfallen.«

War das jetzt ein Kompliment oder eine Beleidigung? Scheinbar war Friedrichs Anziehungskraft auf sie nicht unbemerkt geblieben. War ja klar, dass Nicolas das jetzt zu seinem Vorteil nutzte.

»Ach, Ihr haltet mich also für intelligent?«, entgegnete sie möglichst gelassen.

Er schaute sie herausfordernd an und trat etwas näher heran. »Ich kann es zumindest nur hoffen. Schließlich hängt unser aller Schicksal nun auch von Euch ab.«

Verflixt, war der gut. Katie schluckte, behielt aber ihr gewinnendes Lächeln bei. Seine Augen musterten ihre amüsiert und sie spürte, wie er ihren verbalen Zugzwang genoss.

»Na, dann wollen wir doch mal sehen, wie intelligent ich wirklich bin.« Sie wandte sich von ihm ab und stiefelte auf die große Holztür zu. Dabei verpasste sie ihm absichtlich einen kräftigen Stoß gegen die Schulter, was für Außenstehende jedoch lediglich wie eine kleine Ungeschicktheit aussah. *1:1 würde ich mal sagen.*

Auf der Schwelle machte sie noch einmal Halt. »Weißt du, was ich mich schon die ganze Zeit frage?«

Nicolas hatte unverändert in seiner Position verharrt und zog fragend eine Augenbraue hoch.

»Wir verdächtigen all deine Verwandten und Bekannten. Doch könnte es nicht auch sein, dass DU den goldenen Kürbis stehlen willst und mich mit der ganzen Suche nur benutzt, um ein Alibi zu haben? Vielleicht sind deine ganzen Geschichten nur erfunden und du willst mich auf eine falsche Fährte führen, um später freie Bahn zu haben. Woher soll ich wissen, dass nicht DU der Dieb bist?«

Mit fast schlendernden Schritten und einem unlesbaren Lächeln auf den Lippen kam Nicolas auf sie zu, bis sein Kopf wieder nur noch wenige Zentimeter von ihrem entfernt war. Sofort fühlte sich Katie an die plötzliche Nähe im Studierzimmer erinnert. Als er nun leise zu sprechen begann, musste sie sich leicht vorbeugen, um sein Flüstern zu verstehen. Erneut spürte sie seinen warmen Atem an ihrem Hals und erschauderte. »Tja, das ist ganz einfach. Ihr MÜSST mir vertrauen! Und zwar aus demselben Grund, warum ich EUCH vertrauen muss.«

Er richtete sich wieder auf und ging zur Tür. Dabei touchierte er ihre Schulter, zwinkerte ihr vielsagend zu und marschierte gelassen die Treppe in den Flur hinunter. Katie fasste sich nachdenklich an die Stelle, wo Nicolas sie eben berührt hatte. Es stimmte, sie hatte keine andere Wahl. Sie musste ihm vorerst vertrauen. Aber nicht blind.

Eilig rannte sie hinter ihm her. »Nicolas, warte!«

Am Treppenabsatz blieb er stehen und lächelte amüsiert.

»Na schön, ich vertraue dir. Aber du musst mir einen Gefallen tun. Ich brauche Mehl.«

»Mehl?«, verwundert schaute er auf. »Katie, wir haben keine Zeit zum Backen.«

»Ich will gar nichts backen. Und fang jetzt nicht wieder mit deinen dummen Bemerkungen an, dass Frauen an den Herd gehören. Ich brauche es aus anderen Gründen. Außerdem dachte ich, du vertraust mir?« Die letzten Worte sprach sie bewusst betont aus und grinste sarkastisch.

Nicolas Gesicht nahm eine verärgerte Rotfärbung an. Er befahl ihr, hier zu warten und kam wenig später mit einem weißen Leinenbeutel voll Mehl zurück. Als sie es dankend entgegennahm, blickte er nur noch kurz zu ihr herüber. »Was auch immer Ihr vorhabt, beeilt Euch! Wir haben nicht mehr viel Zeit.«

Dann verschwand er so schnell in Richtung Ballsaal, dass Katie ihm nur verdutzt hinterherschauen konnte. *Beeilt Euch! Mal was ganz Neues.*

Kopfschüttelnd marschierte sie zurück zum Ahnenraum. Die Wachen hatten ihre Posten vor der Tür wieder eingenommen. Argwöhnisch beäugten sie Katie, als diese ihnen ihren Plan in Kurzversion erklärte. Zwar traute sie den beiden Männern in Uniform trotz Nicolas Worten nicht, doch sie konnte wohl kaum einfach das Mehl vor ihre Füße schütten.

»Bitte passen Sie auf, dass niemand von Ihnen hier hineintritt. Nur der Täter soll seinen Fußabdruck darin hinterlassen. So können wir ihn anhand seiner Schuhsohle entlarven.«

Die beiden Männer nickten dümmlich und grinsten sich vielsagend an. Es war klar, sie hielten sie für völlig bescheuert. Aber das war Katie egal. Solange die beiden sie nicht daran hinderten, das Mehl auf dem Boden zu verteilen, sollten sie denken, was sie wollten.

Als der Eingangsbereich mit einer dezenten, weißen Staubdecke überzogen war, zeigte die Armbanduhr 21:30 Uhr an. Katie musste nun endlich mit den Befragungen anfangen. Sehr wahrscheinlich befanden sich die Verdächtigen im Ballsaal … oder schon auf dem Weg zum Kürbis …

Sicherheitshalber nahm sie das restliche Mehl in dem kleinen Beutel mit sich. Nicht, dass der Dieb es entdeckte und den Trick durchschaute.

Im Erdgeschoss angekommen war die Frage: Wohin mit dem Mehl? Es einfach in die Eingangshalle zu stellen, war zu auffällig. Dann schon lieber irgendwo verstecken, sodass der Dieb es nicht sofort sehen konnte. Katie wusste nicht genau, wo die Küche lag, also fiel diese Option auch flach.

Sie ging ein paar Schritte in den angrenzenden Gang unter der Treppe. Neben einer großen Pflanze konnte man problemlos den Beutel verschwinden lassen.

Gerade als sie sich bückte, um ihn hinter dem Blumentopf zu verstauen, wurde sie von hinten angesprochen. Entsetzt ließ sie den Mehlbeutel fallen. Ein großer weißer Fleck breitete sich auf dem Boden dicht an der Wand aus. Ihr blieb keine Zeit mehr, das Mehl aufzukehren, denn Katie kannte die Stimme. Und genau dieser Person wollte sie ausgerechnet jetzt am wenigsten über den Weg laufen.

KAPITEL 10

Es MUSSTE natürlich Friedrich sein. Warum er?! Warum jetzt?! Sie war überhaupt nicht auf eine Begegnung mit ihm vorbereitet. Panisch schaute sie umher. Was sollte sie jetzt nur tun? Sobald sie sich umdrehte und ihm in die wunderschönen, nussbraunen Augen schaute, würde sie wieder völlig ihren Verstand verlieren und das durfte nicht passieren. Zum einen, weil sie Friedrich dann nicht richtig aushorchen konnte – *er war sowieso nicht der Dieb – Hallo? Märchenprinz!* – und zum anderen, weil sie immer noch Nicolas' hämisches Grinsen und seine blöden Kommentare im Kopf widerhallen hörte.

»Idiot!«

»Lady Katie, seid Ihr das?«

Ein Einfall! Jetzt!!!

»Verzeiht, habe ich Euch erschreckt?«

Die magische Anziehungskraft von Friedrich zeigte bereits ihre Wirkung. Seine weiche Stimme ließ Katies Herz wie Butter schmelzen. Er sorgte sich – um SIE.

»Ich komme gerade aus dem Ballsaal und habe Euch hier entlanggehen sehen.«

»Habt Ihr?« Ein Seufzen entwich ihrer Kehle. *Echt jetzt?!*

Plötzlich kam ihr eine Idee. Mit zitternden Fingern griff sie in ihren Ausschnitt und holte den MP3-Player daraus hervor. Einen Ohrstöpsel steckte sie sich ins rechte Ohr, den anderen versteckte sie unter einer langen Haarsträhne, die sie glücklicherweise nicht mit in den Zopf gebunden hatte. Als Friedrich verstummte, blieb ihr keine Zeit mehr, einen geeigneten Song auszuwählen. Um ehrlich zu sein, hätte sie auch nicht gewusst, welches Lied half, einen klaren Kopf zu bewahren. Also drückte sie auf Play und drehte sich unschuldig lächelnd um.

»Entschuldigt, Prinz Friedrich!« War das die richtige Betitelung? Wenn Nicolas Erbgroßherzog war, was war dann Friedrich? Wieso stellte sie sich ausgerechnet JETZT diese Frage? Gegen seinen Charme anzukämpfen, machte sie offenbar noch dümmer.

Friedrich strahlte ihr mit seinem Rockstar-Lächeln entgegen, das Katie noch mehr dahinschmelzen ließ. Er nahm ihre Hand und hauchte einen Kuss darauf.

Ein heißeres Quieken entwich ihrer Kehle. »Ihhhhpppp. Äh. Mir war nur etwas … schwindelig vom Tanzen. Aber es geht mir schon wieder besser.«

»Ihr seid zurück. Ich bin erfreut. Mein Cousin schien gewillt zu sein, Euch absichtlich von mir fern zu halten.«

»Das würde er niemals schaffen«, hauchte Katie. *Himmel, hätte er es besser mal.*

Friedrich strahlte, nahm ihren Arm und legte seinen eigenen darunter. Genau in diesem Moment setzte die Musik ein und Katie zuckte erschrocken zusammen. Da sie ihren MP3-Player zuletzt im Auto benutzt hatte, plärrte ihr nun die Musik mit voller Lautstärke ins Ohr.

»Das darf doch nicht wahr sein!«, murmelte sie genervt zwischen den Zähnen hindurch.

»Was meint Ihr? Ist Euch nicht wohl?« Sein Griff um ihren Arm wurde sanfter und er schaute besorgt auf sie hinab.

»Nein, nein, es geht mir gut. Ich bin nur umgeknickt!«, antwortete sie viel zu laut. Durch die dröhnende Musik fühlte sie sich für ihre Umgebung völlig taub.

Wenn Nicolas mich jetzt beobachtet, amüsiert er sich ganz gewiss köstlich über diese peinliche Szene, die jeden kitschigen Hollywoodfilm in den Schatten stellt. Möge er am Popcorn ersticken!

»Ihr solltet besser auf Euch aufpassen. Das letzte Mal, als Ihr in meiner Anwesenheit gestolpert seid, habe ich Euch an meinen Cousin verloren. Aber keine Angst, das wird dieses Mal nicht passieren.«

War das nun eine Drohung oder eine nette Geste? Katie wusste es nicht. Doch was sie eindeutig bemerkte, war, dass Friedrichs Griff um ihren Arm nun wesentlich fester wurde. Normalerweise hätte sie das kein bisschen gestört und sie hätte sich regelrecht an seinen Arm gekuschelt. Aber spätestens dann hätte sie keinen klaren Gedanken mehr fassen können und das Verhör wäre gelaufen.

Unauffällig spannte sie daher ihre Arme an, wie das Zauberer in ihren Shows machten, um sich bei einem Knotenfesseltrick anschließend leichter wieder daraus befreien zu können. Das Dumme war, dass Friedrich gezielt nur EINEN Arm festhielt. Sachte versuchte Katie ihn zurückzuziehen, aber er sorgte dafür, dass sie sich nicht aus seinem Griff befreien konnte.

»Es tut mir wirklich sehr leid, Euch enttäuschen zu müssen, aber ich müsste kurz …«

»Egal, was es ist. Ich bin mir sicher, es kann warten.« Mit diesen Worten zog er sie mit sich den Gang entlang. *Glanzleistung Katie, alle mal einen kräftigen Applaus!*

»Wo waren wir vorhin stehen geblieben? Hatte ich Euch nicht nach Eurer Herkunft gefragt?«

Es musste eine andere Möglichkeit geben, Friedrich auf Distanz zu halten. Sein Arm war warm auf ihrer Haut und diese Wärme durchströmte ihren Körper mit einer Intensität, die Katie einen Schauer über den Rücken laufen ließ. Ihr Atem beschleunigte sich und der Drang, sich einfach in seinen Augen zu verlieren, wurde immer größer. Nussbraune, leuchtende Augen. Sie reflektierten den Schein der Kerzen und glänzten wie geschliffene Bernsteine.

Friedrich warf ihr einen fragenden Blick zu.

Er hatte etwas gefragt. Was wollte er?, überlegte Katie zerstreut. *Ach so, Herkunft.*

Die Musik dröhnte unerbittlich weiter in ihr Ohr.

»Aus der Stadt«, kam es aus ihrem Mund geschossen. Sofort bereute sie ihre Unachtsamkeit. »Ich meine, von sehr weit her.«

Die Musik machte sie wahnsinnig. Aber einfach den Ohrstöpsel rausziehen, ging nicht. Sie merkte bereits, wie der andere ungeschickt verrutschte. Wenn sie ihn jetzt herausnahm, würde Friedrich die Kopfhörer vollends um ihren Hals hängen sehen. Also blieb ihr vorerst nur die Suche nach dem Lautstärkeregler.

»Was wollte mein Cousin vorhin von Euch? Er schien es sehr eilig zu haben, in den ersten Stock zu gelangen. Und Ihr solltet ihm folgen. Nachdem, wie Euch die Wachen behandelt haben, hättet Ihr besser bei mir bleiben sollen. Ich hätte Euch beschützt.«

Katie sah, wie sich seine Lippen bewegten. Aber die Musik machte es kaum möglich, seine Worte akustisch zu verstehen. Verkrampft versuchte sie sich in Windeseile etwas Schlüssiges aus den einzelnen Wortfetzen, die sie mitbekommen hatte, zusammenzureimen.

»Ich wurde von Euch so herzlich willkommen geheißen. Aber ich hatte noch anderweitige Verpflichtungen. Nicolas war so freundlich, mich daran zu erinnern. Es eilte. Entschuldigt.« Sie ärgerte sich sofort wieder, als Nicolas' Name fiel.

Der Rhythmus der Musik in ihrem Ohr wechselte schlagartig in eine andere Taktart. Eigentlich eine spannende Entwicklung, aber gerade jetzt brachte es Katie einfach nur aus dem Konzept.

Mit der rechten Hand fingerte sie vorsichtig am Ausschnitt ihres Kleides. Hoffentlich blickte Friedrich nicht ausgerechnet JETZT zu ihr hinüber.

Ihre Fingerspitzen erspürten den MP3-Player. Endlich konnte sie die Musik leiser stellen. Auch, wenn sie eben noch zu laut und unpassend gewesen war, so half sie ihr erstaunlich gut, in Friedrichs Anwesenheit einen klaren Kopf zu behalten. Katie nutzte das kurze Schweigen.

»Sprechen wir nicht über mich, sondern lieber über Euch und dieses wunderbare Fest. Ich habe schon so viel davon gehört und mich sehr auf diesen Abend gefreut. Aber sagt, ist die sagenumwobene Geschichte um den goldenen Kürbis wirklich wahr?« Mit einem engelsgleichen Augenaufschlag verlieh sie ihren Worten den gewünschten Nachdruck und Friedrich begann sofort, die Geschichte des goldenen Kürbisses in den prächtigsten Farben zu erzählen. Katie konnte sich gar nicht daran erinnern, dass Nicolas auch so detailliert darüber berichtet hatte. Aufmerksam lauschte sie ihm und hatte am Ende das Gefühl, dass Friedrich versucht hatte zu erklären, dass der goldene Kürbis eigentlich von ihm geschaffen worden sei und er genau wissen würde, wo er sich im Moment befände und er sie jederzeit dort hinführen könne. Ihr fiel auf, dass Friedrich wohl dazu neigte, stark zu übertreiben, wenn es um das Beeindrucken junger Frauen ging.

»Das ist wirklich unglaublich«, beendete sie seine Geschichte. »Beschreibt mir den Kürbis genauer. Hat er wirklich zehn Löcher, durch die man das entzündete Feuer von außen sehen kann und die ihm so das bestmögliche Leuchten ermöglichen?«

Sie studierte seinen Gesichtsausdruck genau, doch er zeigte keinerlei Unsicherheit oder Unkenntnis.

»Ihr wisst wahrlich gut Bescheid. Tatsächlich befinden sich zehn Schlitze in dem Gold, die dafür sorgen, dass das Licht gleichmäßig um den Kürbis verteilt wird. Doch, wenn ich Euch ein Geheimnis anvertrauen darf: Die Proportionen am Mund des Kürbisses stimmen nicht. Sein linker Mundwinkel ist etwas höher als der rechte. Aber das ist wirklich ein Geheimnis, das ich nur Euch anvertraue.«

Er schmunzelte verschmitzt. Als er ihren überraschten Gesichtsausruck sah, wurde sein Lächeln verlegener und sie glaubte, einen Anflug von Röte auf seinen Wangen zu erkennen. Ihre Augen ruhten für einen Moment fasziniert auf seinen. Die Musik in ihrem Ohr wurde leiser und rückte in weite Ferne. Sie spürte, wie sie selbst an Gesichtsfarbe zunahm und wandte eilig den Blick von ihm ab.

Konzentration, Katie! rügte sie sich.

»Euer Geheimnis ist bei mir sicher«, sprach sie laut weiter. »Ein offenes Geheimnis ist allerdings, was für ein wahrlich guter Mann Euer Vater zu sein scheint. Hilft den Armen und rettet sie aus der Not.« Sie hatte keine Ahnung, was sie da von sich gab. Inständig hoffte sie, nicht völligen Stuss zu reden und damit in ein gewaltiges Fettnäpfchen zu treten. Irgendwie musste sie schließlich ihr Verhör weiterführen. Friedrich hatte den Kürbis so ausführlich und so glaubhaft beschrieben, dass es wirklich den Eindruck erweckte, er hätte ihn bereits in Händen gehalten. Sie konnte sich aber beim besten Willen nicht vorstellen, dass Nicolas den Kürbis groß zur Schau gestellt hatte. Woher wusste er also so gut Bescheid? Vielleicht durch seinen Vater? Schließlich war er der Bruder des Großherzogs, der die Zeremonie dieses Jahr veranstaltete.

»Ja, Vater ist ein ehrenwerter Mann und ich freue mich, ihm bei seiner Arbeit zu helfen.«

Ha, sie haben also eine enge Beziehung zueinander.

»Verzeiht meine Nachfrage, aber wird die jedes halbe Jahrhundert stattfindende traditionelle Zeremonie nicht immer von dem Familienzweig ausgetragen, der eine besondere Leistung erbracht hat? Wurde deshalb dieses Mal Euer Familienzweig erwählt?«

»Das ist aufgrund unserer besonderen Leistungen gegen Krieg und Leid im Land. Mein Vater und mein Onkel, Nicolas' Vater, haben in den letzten Jahren viel für das Land getan: Zölle und Steuern gesenkt, neue Handelswege geschaffen … Ich habe ihnen dabei geholfen, wann immer ich konnte, und mit Rat und Tat zur Seite gestanden. Da war es nur selbstverständlich, dass wir dieses Jahr die Zeremonie abhalten dürfen.«

»Wäre es nicht aufregend, wenn Ihr selbst den goldenen Kürbis entzünden dürftet? Oder Euer Vater anstatt Eures Onkels?« Jetzt kamen sie zur Sache.

»Durchaus.« Ein Funkeln in seinen Augen breitete sich aus. »Wen würde diese Ehre nicht freuen. Es ist schließlich eine Auszeichnung für Fleiß, Selbstlosigkeit und das Streben nach einer besseren Welt. Aber mich düngt es nicht nach Ruhm und Ansehen. Außerdem ist Nicolas' Vater unser Familienvertreter im Rat der Zwölf. So, wie es unser Großvater bei seinem Tode im Testament bestimmt hat. Da ist es selbstverständlich, dass ER die Zeremonie austrägt. Eines Tages werden Nicolas oder ich das Amt im Rat übernehmen und dann wird einem von uns die Ehre zuteil. Aber lasst Euch sagen, Lady Katie, nur weil ich dieses Jahr noch zu jung bin, um den Kürbis zu entzünden, heißt das nicht, dass ich ihn nicht bereits in Händen gehalten habe.«

»Ach, nicht?« Friedrichs Offenheit überraschte sie. Entweder war sein Vertrauen in sie unglaublich groß oder er war ein Schwätzer. Egal, es versetzte ihr einen Stich, dass sie ihn so heimtückisch aushorchte und jedes seiner Geheimnisse dankend aufsaugte, während er ihr persönliche Dinge offenbarte. *Alles nur wegen Nicolas' Misstrauen ihm gegenüber!*

»Das heißt, Nicolas hat ihn Euch gezeigt?«

»Nicolas? Nein, er ist sehr darauf bedacht, den goldenen Kürbis von der Öffentlichkeit fernzuhalten.« Ganz wie sie es vermutet hatte. Friedrichs Stimme nahm einen dezent bissigen Unterton an. »Die Sicherheit geht schließlich vor, da macht er keine Ausnahme. Nicht einmal bei seiner eigenen Familie. Ich kann mir nicht vorstellen, dass er irgendjemandem diesen kostbaren Schatz freiwillig zeigen würde.«

Katie schaute schuldbewusst zur Seite. »Das klingt, als seid Ihr nicht gut auf Euren Cousin zu sprechen.«

Er machte eine beschwichtigende Handbewegung. »So würde ich das nicht sagen. Es ist normal unter Männern, ein paar kleine Streitigkeiten aufrecht zu erhalten. Und unter Cousins erst recht. Dass er Euch mir schon zweimal entrissen hat, nehme ich ihm allerdings sehr übel.« Er drückte ihre Hand noch etwas fester und lächelte dabei geheimnisvoll.

»Aber wie seid Ihr dann an den Kürbis gekommen?« Seine Schritte wurden langsamer und Friedrich drehte sich zu ihr um. Mit dem Daumen hob er sanft Katies Kinn an. Ihr stockte der Atem.

»Katie, habe ich Euch heute Abend eigentlich schon gesagt, dass Ihr bezaubernd ausseht?« Er lächelte verschmitzt. Seine Zähne waren strahlend weiß. *Welche Zahnpasta er wohl benutzt?*

Katie lächelte schüchtern. Seine Hand strich zärtlich über ihren Unterarm. Einem Impuls folgend, beugte sie sich vor und begann bereits die Augen zu schließen, als etwas gegen ihr Bein drückte. Durch halb geschlossene Lider nahm sie wahr, dass Friedrich auf eine große geöffnete Glastür zugesteuert war, die vermutlich in den Garten hinausführte. *Oh nein, die unsichtbare Barriere!*

Zu allem Übel entgegnete er ihre Kussaufforderung nicht. Katie wäre am liebsten im Erdboden versunken. Wie oberpeinlich war das denn! 1.) Mit gespitzten Lippen auf einen Jungen zuzufallen, der kein Interesse daran hatte, sie zu küssen. 2.) Dabei von einer imaginären Wand zur Seite gedrückt zu werden. Auf keinen Fall durfte sie einen Schritt weiter hinausgehen.

Sie beeilte sich, ein paar harmlose Gesichtsmuskelübungen zu simulieren, um von der Kussaktion abzulenken und verlagerte unauffällig ihr Gewicht ein Stück weg von der Terrassentür. Friedrichs Griff wurde wieder stärker.

»Gebt mir die Ehre und begleitet mich hinaus in den Rosengarten. Die Sterne und Planeten stehen heute in einer seltenen Konstellation und erhellen die Erdoberfläche in einem einzigartigen Lichtspiel. Es wird Euch gefallen.«

»Ach wisst Ihr, Friedrich, mir ist etwas kalt geworden. Ich würde einen Rundgang durch die Villa bevorzugen. Vielleicht könntet Ihr mir den goldenen Kürbis zeigen, so wie ihr es vorhin versprochen habt.«

Katie war darauf bedacht, keinen Schritt weiter aus der Tür zu gehen. Sie spürte bereits den leichten Widerstand an ihrem Kleid. Die unsichtbare Wand war also nach wie vor da und würde sie nicht aus der Villa lassen.

Friedrich lachte leise auf und zwinkerte ihr zu. »Das können wir gerne zu einem späteren Zeitpunkt machen. Der Mond scheint nur zu dieser Stunde in einem umwerfend hellen Rot. Und ich versichere Euch, Ihr werdet in meiner Anwesenheit nicht frieren.«

Instinktiv wanderten Katies Augen zurück zu seinen Lippen. *Schluss jetzt!* Wenigstens einmal musste sie einen klaren Kopf bewahren. Schließlich war das hier immer noch ein Verhör und kein romantisches Date aus einem Liebesroman.

Hatte Friedrich gelogen und er kannte den Kürbis doch nicht so gut, wie er behauptet hatte? Oder steckte sogar Nicolas dahinter und wollte sie einfach nur ein bisschen foppen? Friedrichs Aussage über die Mundproportionen musste auf jeden Fall überprüft werden. Vielleicht machte er ja auch gemeinsame Sache mit Nicolas und hatte den Auftrag, sie abzulenken, während dieser den Kürbis in Ruhe stahl, sie aber im Glauben ließ, er führe in Wahrheit ebenfalls Verhöre durch? Warum sonst hatte Friedrich sie eben nicht geküsst? Katie fühlte sich miserabel bei dem Gedanken, dass er seine Zuneigung vielleicht nur vorspielte. Aus dem Augenwinkel musterte sie ihn verstohlen. Er war ein absoluter Hottie! Sichere Körperhaltung, magnetisch anziehendes Lachen, ein unfassbar gut sitzendes Outfit, das ihn zu einer Mischung aus Barbies Freund Ken und Cinderellas Prinzen machte, der muskulöse Oberkörper eines Schwimmers und die zärtlichsten Berührungen, die ein Junge ihr jemals entgegengebracht hatte. Er war der ideale Traumtyp jedes sechzehnjährigen Mädchens. Er war perfekt. Vielleicht zu perfekt, um wahr zu sein?

Die Barriere drückte mittlerweile heftig gegen Katies Bein, sodass sie Angst bekam, jeden Moment wie ein Eishockeyspieler bei einem Bodycheck umgeworfen zu werden. Dieser Mondspaziergang musste verhindert werden. Eigentlich hätte sie sich gerne etwas in der kalten Abendluft abgekühlt. Aber die Barriere ließ das nicht zu.

Ihr fiel auf, dass ihr MP3-Player immer noch lief. Gerade wechselte die Playlist zu einem Heavy Metall Stück. Ein erneuter Blick zu Friedrich ließ sie plötzlich schon viel kühler werden. Überrascht musste sie feststellen, dass Heavy Metall wohl ein gutes Mittel zu sein schien, um dem Charme barocker Jungs zu widerstehen.

»Habe ich da nicht eben Elizabeth, Eure Schwester, gesehen? Ich wollte mich dringend mit ihr unterhalten.« Sie nutzte Friedrichs Unachtsamkeit und entzog sich seinem Griff.

»Seid Ihr sicher, dass Ihr nicht auch mit mir darüber reden könnt?«

»Jap, es geht nämlich … um die perfekte Fächerhaltung. Also, bis später.« Eilig ließ sie sich von den aus dem Garten hereinströmenden Menschenmassen mitziehen und vermied es tunlichst, zurückzuschauen. Wenn sie jetzt nachgab und bei ihm blieb, wie sich ihr Herz das wünschte, würde sie in ernste Schwierigkeiten geraten. Insgeheim wusste sie aber, dass Friedrich bereits hinter ihr die Menge durchstob, um ihr zu folgen.

KAPITEL 11

Die beste Methode war Haken zu schlagen und Friedrich so auf eine falsche Fährte zu locken. Denn mit der Menge an Stoff um sie herum, war es lediglich eine Frage der Zeit, bis er sie einholte.

Verbissen kämpfte Katie sich durch die tanzende Meute im Ballsaal. Trotz zahlreicher böser Blicke und für das Jahrhundert erstaunlich unfreundlicher Beschimpfungen, traute sie sich nicht, das Tempo zu drosseln. Gläser klirrten, als sie einen Kellner anrempelte.

Erst am Ende des Saals erlaubte sie sich, stehen zu bleiben. Von Friedrich keine Spur. Der Menschenauflauf war hier weniger dicht. Nur vereinzelte Gäste hatten an den Tischen und Stühlen Platz genommen, die diesen Raumabschnitt füllten. Auf einer langen Tafel war ein kleines Büfett aufgebaut, an dem man sich frei bedienen konnte. Obst und Kuchen waren dicht gereiht neben Fleisch und Milchprodukten. Das Ganze war ähnlich dem im Speisesaal drapiert, nur, dass der Feuerwerksschwan fehlte, wie Katie erleichtert feststellte.

Ihr Magen knurrte hungrig. Wann hatte sie das letzte Mal etwas gegessen? Das war zu Hause, kurz vor ihrem Aufbruch, gewesen. Kein Wunder, dass sie bei dem köstlichen Anblick fast zu sabbern begann. Gierig griff sie nach einem kleinen Törtchen und biss beherzt hinein. Ein Geschmack nach Beeren und Lavendel breitete sich an ihrem Gaumen aus und entlockte ihr ein genussvolles Stöhnen. Es schmeckte fantastisch.

Plötzlich stieß jemand von hinten gegen Katie. Das angebissene Kuchenstück rutschte aus ihrer Hand und flog in hohem Bogen drei Tische weiter, vor die Füße zweier kräftiger Damen. Empört drehten die sich zum Buffet. Katie lächelte unschuldig und griff eilig nach einem zweiten Törtchen, mit dem sie demonstrativ herumwedelte, um zu verdeutlichen, dass sie keine Ahnung hatte, wie jemand ein solch unschuldiges Gebäck umherwerfen konnte. Skeptisch beäugten die Frauen ihr Gefuchtel und wandten sich dann wieder ihrer Konversation zu. Eine Stimme hinter Katie meldete sich zu Wort.

»Oh, verzeiht, ich habe einen Moment nicht auf den Weg geachtet.«

Katie drehte sich um und stand vor einem dunkelhaarigen Mädchen in einem goldgrünen Kleid. Sie glaubte, sie schon einmal gesehen zu haben. Die feingewobene Maske vor ihren Augen machte es jedoch unmöglich, einen genaueren Blick auf ihr Gesicht zu werfen.

»Nichts passiert«, antwortete Katie wie aus der Pistole geschossen, doch ihr Magen knurrte immer noch. Heimlich schnappte sie sich noch ein drittes Törtchen und hielt es dieses Mal lieber übertrieben stark fest. Sicher war sicher.

»Das sieht aber lecker aus.« Das Mädchen beäugte sehnsüchtig den Kuchen in Katies Hand.

»Die schmecken auch echt klasse. Hier nimm dir eins.« Sie trat zur Seite, um das Mädchen näher an das Buffet heran zu lassen. Erschrocken machte diese einen Satz nach hinten und rempelte erneut einen Gast an. Katie fand das Mädchen auf Anhieb sympathisch. Sie war genauso tollpatschig wie sie selbst. Außerdem mochte sie die große goldene Schleife an ihrem Kleid, die auf Bauchhöhe seitlich zusammengebunden war und das Kostüm gekonnt abrundete.

»Habt Dank, aber ich darf nicht so viel Zucker essen.« Schuldbewusst schaute das Mädchen an sich hinab. Katie konnte beim besten Willen nicht verstehen, was sie damit meinte. Ihre Figur ähnelte einem Rechenstiel. Ihre Arme waren so dünn, dass Katie sogar Angst bekam, sie durch bloßes Anschauen zu zerbrechen. War es früher nicht üblich gewesen, mehr Pfunde am Leib zu haben?

Mit einer für ihre Statur ungewöhnlichen Kraft, zog sie Katie zu zwei freien Stühlen. »Wollen wir uns nicht kurz setzen?«

Katie nickte bloß zur Antwort und kaute weiter an ihrem Kuchen.

»Ihr wart vorhin mit Prinz Nicolas im Studierzimmer, nicht wahr?«

Katie verschluckte sich an ihrem letzten Stück Törtchen und hustete so heftig, dass Tränen in ihre Augen traten. Natürlich, das Mädchen war Elizabeth de Ribera, Nicolas' Cousine. Scheinbar hatte die Unterzuckerung bereits ihrem Gehirn zugesetzt, dass sie sie nicht sofort wiedererkannt hatte.

Katie war beeindruckt. Obwohl Elizabeth sie im Studierzimmer lediglich von hinten gesehen hatte und das nur für einen kurzen Augenblick, konnte sie Katie problemlos wiedererkennen. Diese Beobachtungsgabe konnte ihr eventuell noch von Vorteil sein. Das Gespräch hingegen verlief weniger vorteilhaft. Wenn Elizabeth sie auf die angespannte Situation von vorhin ansprach, musste sie sich schleunigst eine plausible Ausrede einfallen lassen. Zu ihrem Erstaunen lehnte sich das Mädchen jedoch verträumt im Stuhl zurück und betrachtete die tanzenden Paare auf dem Parkett, ohne weiter auf Nicolas einzugehen.

»Ich habe Euch vorhin mit meinem Bruder Friedrich reden sehen. Er ist nett.«

Er ist ein absoluter Traumprinz, wollte Katie schon antworten. »Ja, sehr nett! Wir haben uns über den goldenen Kürbis unterhalten.« Von der Seite beobachtete sie Elizabeths Reaktion. Sie schien in Gedanken versunken zu sein.

»Äh, du hast übrigens einen wirklich schönen Fächer«, ergänzte Katie. Ihr fiel auf die Schnelle einfach kein besseres Thema für einen guten Gesprächsanfang ein und über das Wetter konnte sie wohl kaum sprechen. Was wusste sie schließlich schon darüber, ob die Sonne im Jahr 1670 öfter schien als im 21. Jahrhundert.

»Habt vielen Dank. Das ist lieb von Euch.« Wieder schwieg Elizabeth gedankenverloren.

Na, das fing ja super an, dachte Katie. Als sie gerade krampfhaft überlegte, wie sie das Gespräch am Laufen halten konnte, redete Elizabeth plötzlich weiter.

»Wisst Ihr, ich liebe Fächer. Mit ihnen kann man seine Gefühle ausdrücken. Meine Mutter hat es mir beigebracht.«

»Wirklich? Ich dachte, damit kann man sich Luft zufächeln.« Sie schaute verwirrt auf Elizabeths Hände, in denen sie ihren goldenen Fächer hin und her drehte. Bedeutete das jetzt, Elizabeth war gelangweilt oder zu erschöpft, um zu fächeln?

»Passt auf, ich werde es Euch zeigen. Seht Ihr den blonden Jungen mit den himmelblauen Kleidern? Ich werde ihn allein durch meine Fächerhaltung auf mich aufmerksam machen und ihm damit signalisieren, dass ich ihn interessant finde.«

Schwungvoll nahm Elizabeth ihre Hände nach oben und richtete gekonnt ihren Oberkörper auf, indem sie ihren Rücken durchdrückte und die Brust leicht anhob. Galant klappte sie den Fächer auf und verdeckte dabei fast ihr komplettes Gesicht. Nur noch ihre Augen und die Stirn schauten dahinter hervor. Doch anstelle eines verführerischen Augenaufschlags, wie Katie es erwartet hatte, starrte sie den Jungen förmlich in Grund und Boden. Katie musste sich ein Lachen verkneifen. Falls der Angebetete tatsächlich herüberschaute, dann würde er vermutlich die Flucht ergreifen. Sie räusperte sich.

»Weißt du«, fing sie vorsichtig an, »das ist wirklich faszinierend, aber dort, wo ich herkomme, und das ist ziemlich weit weg, da benutzen wir gar keine Fächer mehr. Wenn du den Jungen nett findest, dann sprich ihn doch einfach an.«

Elizabeth starrte sie verstört an, als hätte Katie vorgeschlagen, in einen krokodilverseuchten Tümpel zu springen.

»Es ist nicht schlimm, wenn du dich nicht traust. Dann schickt man einfach eine Freundin vor. Pass auf. Wenn ich dir ein Zeichen gebe, dann kommst du zu mir, okay?« Sie stand auf und ließ eine schockiert aussehende Elizabeth an ihrem Tisch zurück. Zielstrebig ging sie auf den Jungen im himmelblauen Kostüm zu, der den aufwendigen Fächeraufruf wie erwartet nicht bemerkt hatte. Der Junge war ein ganzes Stück größer als sie, hatte lange, blonde Haare und ein nettes Lächeln. Katie fand ihn sofort sympathisch. Unter anderen Umständen hätte sie vielleicht nicht nein zu einem Tanz mit ihm gesagt. Aber jetzt hatte Elizabeth Vorrang. Zu ihrer Freude stand er allein etwas abseits der Tanzfläche und schaute interessiert den tanzenden Paaren zu. Das vereinfachte die Sache.

Katie räusperte sich und der Junge drehte sich überrascht zu ihr um. »Entschuldigt, wenn ich Euch störe. Aber ich dachte, Ihr wollt vielleicht tanzen.«

»Ihr stört nicht. Im Gegenteil, es wäre mir ein Vergnügen.« Er hob seine Hand und wartete darauf, dass sie ihre eigene hineinlegte. Während Katie ihre rechte Hand langsam hob, winkte sie unauffällig mit der linken hinter ihrem Rücken. Der Junge lächelte freundlich und führte sie mit großen Schritten auf die Tanzfläche. Da hörte Katie hinter sich Elizabeths nervösen Atem. Katie stolperte absichtlich und blieb mit schmerzverzerrtem Gesicht stehen. Sofort hielt der Junge sie an den Schultern fest, als könne sie jeden Moment wie ein Kartenhaus zusammenbrechen.

»Ist alles in Ordnung mit Euch?«, fragte er beunruhigt.

»Ich bin gestolpert und habe mir den Fuß umgeknickt. Wie ungeschickt von mir. Es tut mir wirklich leid, aber ich denke, ich sollte diesen Tanz aussetzen.«

»Dann begleite ich Euch zu einem Stuhl.«

»Das ist nicht nötig. Ich denke, für den nächsten Tanz bin ich wieder bereit, aber solange solltet Ihr schon einmal mit dem Tanzen anfangen. Elizabeth würde sich bestimmt freuen, mich solange zu vertreten.« Katie machte eine einladende Geste zu Elizabeth, die etwas unsicher lächelte.

»Wenn Ihr meint?« Der Junge ließ zögerlich von ihr ab und machte eine leichte Verbeugung in Elizabeths Richtung. »Darf ich Euch um diesen Tanz bitten, Prinzessin Elizabeth?«

Als diese dem Jungen die Hand gab und von ihm auf die Tanzfläche geführt wurde, warf Elizabeth Katie einen dankbaren Blick zu. Diese hob den Daumen und lächelte verschmitzt zurück. Das war geschafft. Elizabeth war erst einmal abgelenkt. So konnte sie nicht einfach unbemerkt verschwinden und den goldenen Kürbis stehlen – falls SIE die Diebin war.

Katie beneidete sie mittlerweile um ihren Fächer. Im Ballsaal war es warm und stickig, sodass sie erneut in dem ungewohnt schweren Kleid zu schwitzen begann. Bevor sie ihre nächste Befragung durchführte, musste sie dringend Frischluft schnappen. Gedanken an Deo, fließendes Wasser und eine moderne Dusche machten sich breit und ließen Katie laut aufseufzen. Was hätte sie jetzt für eins dieser Dinge gegeben. Wahrscheinlich konnte man im 17. Jahrhundert gerade mal mit einem kratzigen Schwamm die Haut abreiben und hoffen, dass das Fleisch am Knochen hängen blieb. Aber noch war ja überhaupt nicht bewiesen, dass sie sich wirklich in der Vergangenheit befand. Manchmal wirkten Albträume sehr real und ließen den Schlafenden den Traum aktiv im Bett durch Schwitzen und Bewegen durchleben. Klar, dass sie sich deshalb auch so erschöpft und lädiert fühlte. Bestimmt zappelte sie gerade in der alten Villa auf dem dreckigen Fußboden wie eine Verrückte und schlug mit den Armen nach imaginären Feinden.

Nichtsdestotrotz fragte sich Katie langsam wirklich, wie lange ihr Körper noch schlafen wollte? Gina und ihre Clique mussten sie doch schon längst gefunden haben. Warum wachte sie dann nicht auf, sondern irrte weiter hier herum? Vielleicht schlief sie aber auch gar nicht.

Wieder kam ihr die Theorie in den Kopf, dass Gina hier eine versteckte Kamerashow abzog. Möglicherweise wurde diese live auf dem Halloween-Ball gestreamt und alle lachten sich über die Neue kaputt, die nicht merkte, dass sie sich hier an einem riesigen Filmset befand. Ein sehr kostspieliges Filmset wohlgemerkt. Allein die ganzen Statisten, Kostüme, Deko …Aber Ginas Familie schwamm im Geld, da machten ein paar Scheine mehr oder weniger wahrscheinlich nichts aus.

Katie warf ihren Kopf nach hinten und sah sich suchend nach Kameras und verkleideten Moderatoren um. Doch unter den maskierten Gästen hätte sich ein Walross verstecken können. Man hätte es nicht erkannt. Trotzdem versuchte sie so cool und fotogen wie möglich den Ballsaal zu verlassen. Nur für den Fall, dass diese Szene im Film vorkam.

Sich immer noch charmant lächelnd umschauend übersah Katie eine Frau, die sich links an ihr zur Tür vorbeidrängte und sichtlich verärgert über Katies gemütlichen Schritt zu sein schien. Sie hüstelte, um auf sich aufmerksam zu machen und Katie schaute verwirrt zu ihr rüber. Das schien der Frau jedoch ebenfalls zu lange zu dauern, denn ruckartig schnitt sie Katies Weg und rempelte sie dabei frech an. Katie stolperte halb zur Seite, halb nach hinten und rammte mit dem rechten Stiefel an das hölzerne Bein eines im Foyer aufgestellten Schränkchens. Die Vase darauf begann bedrohlich zu wanken. Mit einem Reaktionsvermögen, um das sie jeder Kampfsportler beneidet hätte, warf sich Katie nach vorne und ergriff das Porzellanstück im letzten Moment, bevor die Schwerkraft es endgültig nach unten reißen konnte.

»Können Sie nicht aufpassen, Sie Nilpferd!« Die letzten Worte knurrte Katie allerdings nur sehr leise. Es half nichts, einen Streit anzufangen. Auch wenn es die Zuschauer bestimmt geliebt hätten.

Wieder ein strahlendes Lächeln Richtung mögliche Kameras. Katie konnte es sich nicht nehmen lassen, auch die linke Hand zu heben und mit Zeigefinger und Daumen ein »Okay«-Zeichen zu geben, so wie es Taucher unter Wasser taten.

Vorsichtig stellte sie die Vase zurück an ihren Platz. Es fehlte noch, dass sie zu Bruch ging, von ihrem kostbaren Dolch im Stiefel mal ganz abgesehen. Ihr Vater würde sie eigenhändig umbringen, wenn dieser morgen früh nicht wieder sicher zu Hause in der Vitrine lag. Vorsichtshalber tastete Katie nach ihrem Stiefel. Dem Dolch schien nichts passiert zu sein. Weich drückte er gegen ihr Bein …

Moment, weich?

KAPITEL 12

Katie überkam eine Hitzewelle, die ihr für einen Moment den Atem stocken ließ. Ein Dolch war nicht weich und fühlte sich auch bestimmt nicht wie Leder an. Panisch raffte sie das Kleid nach oben. Zum Glück stand sie direkt neben dem Schränkchen, sodass keine Gäste auf ihr merkwürdiges Verhalten aufmerksam wurden. Es schickte sich bestimmt nicht, auf einer vornehmen Party den Reifrock seines Kleides nach oben zu wühlen und damit alles Darunterliegende freizugeben. Auch die Kameras waren vergessen. Katie versuchte sich zu erinnern. Sie hatte den Dolch am Abend nach dem Umziehen in den rechten Stiefelschaft gesteckt. Doch zwischen dem Leder und ihrem Bein klaffte eine Lücke.

Okay, keine Panik, vielleicht war es ja doch der linke.

Aber auch dort befand sich kein Dolch. Tiefer in den Schuh konnte er wohl kaum gerutscht sein, das war physikalisch unmöglich. Nervös fingerte Katie an ihren Beinen und dem Innengehäuse des Kleides. Der Dolch blieb verschwunden.

Das darf nicht wahr sein!

Sie musste ihn verloren haben. Aber wo? Nicolas hatte sie aufgrund des Dolches beim Sturz im Tanzsaal wiedererkannt. Das hieß, dort hatte sie ihn definitiv noch gehabt. Danach war sie im Studierzimmer gewesen und anschließend Nicolas samt Wachen in die Bibliothek gefolgt und ... Natürlich, wahrscheinlich hatte sie ihn während des Kampfes in der Bibliothek verloren. Das war zumindest die einzig sinnvolle Erklärung. Hinausfallen konnte der Dolch schlecht und ein Diebstahl war auszuschließen. Sie hätte es mit Sicherheit bemerkt, wenn ihr jemand unter den Rock gefasst hätte. Nein, er musste in der Bibliothek liegen. Aber allein durchs Labyrinth irren war zwecklos. Wahrscheinlich würde sie sich sofort wieder verlaufen und musste den restlichen Abend damit verbringen, den Ausgang zu suchen. Nicolas musste mitkommen. Dann konnte er sie auch gleich in den Ahnenraum begleiten, damit sie Friedrichs Behauptungen über die Proportionen des Kürbisses überprüfen konnte. Denn allein würden die Wachen sie wohl kaum zum Kürbis spazieren lassen. Das Betreten des Ahnenraums war ausschließlich Nicolas und seinem Vater vorbehalten, das hatte er ausdrücklich befohlen. Das Problem war nur: Wo steckte Nicolas?

Allein bei dem Gedanken wieder zurück in den stickigen Ballsaal zu müssen, brach Katie der Schweiß aus. Ihr Blick wanderte hilfesuchend durch die Eingangshalle. Vielleicht meinte es Fortuna ja gut mit ihr und Nicolas stand keine zwei Meter entfernt. Fehlanzeige. Keine blonden, strubbeligen Haare weit und breit. Dafür blieb Katies Blick an zwei Wachsoldaten hängen, die gerade die große Treppe hinunterschritten. Die Wachen waren bisher immer in Nicolas' Nähe gewesen. Vielleicht wussten sie, wo er sich befand und ersparten ihr eine zeitaufwendige Suche in der Villa.

Sie eilte auf die Männer zu und rief nach ihnen. Mit festem Schritt kamen sie ihr entgegen, würdigten sie keines Blickes und lösten die anderen Wachen am Eingang des Ballsaals ab. Katie blieb empört stehen. Unverschämt ignorierten sie alle ihre weiteren Versuche, eine Frage zu stellen und starrten unbeirrt geradeaus ins Foyer. Aber so schnell würde sich Katie nicht geschlagen geben. Wenn dein Gegenüber dich nicht leiden konnte, war es am besten, ihn mit extremer Freundlichkeit zu erschlagen. Höflich lächelnd wandte sie sich an den Mann zur Linken.

»Entschuldigen Sie bitte, Sir. Ich bin auf der Suche nach Prinz Nicolas de Ribera. Wissen Sie zufällig, wo er sich gerade aufhält?«

Der Wachmann mit den buschigen Augenbrauen antwortete nicht. Kerzengerade, die Hand über dem Degen ruhend, verweilte er reglos in seiner Position.

»Nein?«, schlussfolgerte Katie. »Nun gut. Haben Sie ihn wenigstens vor kurzem gesehen, damit ich zumindest weiß, wo ich suchen kann?«

Keine Antwort, keine Bewegung. Seine Pupillen waren auf einen Punkt knapp über ihrem Kopf fixiert. Verstand er ihre Sprache nicht?

Katie wiederholte noch einmal ganz langsam ihr Anliegen und unterstützte es mit sehr einfachen Handzeichen. Wieder nichts. Offensichtlich war er zu schüchtern, um zu sprechen oder einfach von Natur aus ein schweigsamer Typ. Einer von Elizabeths Fächern hätte wahrscheinlich mehr Aufschluss gegeben als diese Salzsäule hier.

Katie probierte ihr Glück bei dem anderen Wachmann auf der rechten Türseite. Aber auch er rührte sich nicht und beließ es bei einem desinteressierten Blick.

Vielleicht sind die beiden hier so etwas wie die britische Leibwache vor dem Buckingham Palace.

Katie konnte sich noch gut an die Soldaten mit den roten Jacketts und Bärenfellmützen erinnern, die Wache vor der Residenz der Queen gehalten hatten, als sie vor zwei Jahren mit ihrer Klasse einen Trip nach London gemacht hatte. Ihre Freundinnen wollten es sich nicht nehmen lassen und hatten alles versucht, um den Wachen ein Lachen zu entlocken. Das steigerte sich von Witze erzählen über wirklich verrücktes Grimassenschneiden bis hin zu vorgetäuschten Ohnmachtsanfällen. Die Garde hatte sich tapfer geschlagen und nicht einmal mit der Wimper gezuckt.

Katie betrachtete die beiden diszipliniert stramm stehenden Männer genauer. Ihre dunkelblaue Uniform glich überhaupt nicht der des britischen Garde-Kavallerieregiments. Aber das hieß nichts. Schließlich befanden sie sich hier ja angeblich im 17. Jahrhundert. Damals sah die Uniform vermutlich noch ganz anders aus. Vielleicht waren ihre Urururururururenkel ja später einmal in London angestellt. Potential dazu hatten die beiden Männer auf jeden Fall. Da war es quasi Katies Pflicht, sie mit einer Lektion auf Mädelsangriffe im 21. Jahrhundert vorzubereiten.

Verstohlen blickte sie sich um. Die Halle war weitestgehend leer. Mit den Fingern auf Nase und Augenlidern schnitt sie eine alberne Grimasse. Der Wachmann vor ihr rührte sich nicht. Sie versuchte es mit einem Witz. Immer noch nichts. Dann fing sie an, schaurig wie eine Hexe zu lachen, einen Zombiegang einzulegen, eine Micheal Jackson-Tanzeinlage zu imitieren, eine haarsträubende Story über die stumme Kindheit des Wachmanns zu erzählen und einen hysterischen Weinanfall vorzutäuschen, wie ihn nur die treuesten Justin Bieber Fans auf einem seiner Konzerte hinbekamen. Nicht einmal das kleinste Zucken konnte sie den Wachen entlocken.

»Was macht Ihr da?« Katie fuhr erschrocken zusammen. Sie hatte sich so sehr auf die Wachen konzentriert, dass ihr nicht aufgefallen war, dass sich ihr jemand näherte. Ertappt drehte sie sich um. Zwei eisblaue Augen schauten sie amüsiert an.

»Äh, wie lange stehst du denn schon hier?«

»Zu lange.« Röte schoss ihr ins Gesicht.

»Das war zu rein wissenschaftlichen Zwecken.«

»Schon klar.« Nicolas schüttelte entgeistert den Kopf, konnte aber nur schwer ein Schmunzeln verbergen. »Dafür könnte ich Euch hängen lassen. Ihr beleidigt meine Soldaten, also indirekt mich.«

»Geht leider nicht. Du hast mich ja schon so gut wie in den Kerker geworfen. Da kann ich nicht zeitgleich noch gehängt werden. Du musst dich schon entscheiden.«

»Dann hängen.« Ein entschlossener Blick lag in seinem Gesicht. Katies Augen wurden zu Schlitzen. Sie hätte schwören können, dass der Wachmann neben ihr ein bejahendes Nicken von sich gab.

»Großzügig, wie ich bin«, fuhr Nicolas unbeirrt fort, »werde ich ein letztes Mal ein Auge zudrücken. Lasst es mich nicht bereuen, Katie.« Es folgte eine angespannte Stille. Dann grinste Nicolas breit. »Euer verängstigter Blick ist tausend Taler wert.«

Schön, wenn er sich daraus einen Spaß machte.

»Nur tausend Taler?« Ihr sarkastischer Tonfall misslang. Sie musste ebenfalls grinsen. Erleichterung schwang in ihrer Stimme mit. Für eine Sekunde hatte sie wirklich geglaubt, er meinte seine Worte ernst. »Meine kleine Clownseinlage war übrigens dir gewidmet. Ich muss zugeben, deine Lakaien haben meinem unfassbaren Charme standgehalten. Sie sind verschwiegen wie ein Grab. Nicht einmal deinen Aufenthaltsort wollten sie mir sagen.«

»Ihr informiert Euch über mich? Habt Ihr etwa Sehnsucht nach mir … oder dem Kerker?« Wieder lachte er.

»Vergiss es, Casanova, keins von beidem.« Nicolas Gesicht nahm eine leicht enttäuschte Note an. »Ich brauche deine Hilfe.« Er verdrehte die Augen und trat einen Schritt zurück.

»Schon wieder?« Abwehrend hob er die Hände. »Was habt Ihr nun schon wieder angestellt?«

»Gar nichts.« Er klang schon wie ihr Vater. »Ich habe lediglich etwas verloren. Meinen Dolch, um genau zu sein. Du weißt schon, den ich im Stiefelschacht stecken hatte.«

Er tat für einen Moment verwirrt und musterte sie fragend. »Welchen Dolch meint Ihr?«

»Das weißt du ganz genau. Wegen dem hast du mich doch ins Studierzimmer geschleppt. Du konntest bei meinem Sturz deine Augen ja kaum von ihm lassen.«

»Von ihm oder Euch?« Ein verschmitztes Schmunzeln umspielte seine Lippen.

»IHM!« Katie kniff die Augen zusammen und verschränkte befangen die Hände vor dem Kleid. »Ich meine es ernst. Ich brauche ihn wieder zurück.«

»Um damit unschuldige Gäste zu bedrohen?« Er spielte auf die Bibliotheksszene an, was Katie wirklich nervte. Da hatte sie sich einmal im Eifer des Gefechts geirrt. Aber Mister Superdurchblick würde so etwas ja nie passieren.

»Krieg dich wieder ein, Sherlock Holmes. Der Dolch gehört meinem Vater. Wenn ich ihn morgen nicht wieder zurückgebe, dann stecke ich ernsthaft in Schwierigkeiten. Er ist zwar nur mit unechten Edelsteinen besetzt und im Prinzip wertlos, aber er ist ein Geschenk meines Opas und bedeutet ihm sehr viel. Wir müssen ihn wiederfinden.«

»Wir?« Begriffsstutzig deutete Nicolas mit dem Zeigefinger zwischen ihnen beiden hin und her. »Katie, ich habe größere Probleme als Eure verlorenen Waffen zu suchen. Wenn wir den Kürbisdieb nicht finden, dann werdet Ihr gar keine Chance haben, Euch vor Eurem Vater zu rechtfertigen. Denn dann gibt es kein Morgen mehr.«

»Ich weiß ungefähr, wo er ist. Während des Kampfes muss ich ihn in der Bibliothek verloren haben. Ich würde ja allein suchen, aber du weißt ja, wie das das letzte Mal ausging.«

»Ja, leider …« Er stieß geräuschvoll die Luft aus. »Na schön. Beeilen wir uns, bevor noch jemand auf die Idee kommt und sich den Dolch zu eigen macht und wer weiß was damit anstellt.«

Katie folgte Nicolas dankbar und wäre fast in ihn reingelaufen. Sie hatte vermutet, sie würden wieder den Weg durch die vielen anderen Räume nehmen, den sie das letzte Mal eingeschlagen hatten. Nicolas hingegen steuerte zielstrebig den langen Gang neben der Treppe an. Kurz vor der Terrassentür bog er nach links ab und führte sie über einen zweiten, kleineren Flur in die große Bibliothek. Katie erkannte sofort die beiden Lehnsessel wieder, nur dass sie dieses Mal links von ihnen standen. Also gab es doch noch eine zweite Tür. Katie hatte sie das letzte Mal nur nicht erkannt. Ihre hölzerne Seite ähnelte nämlich nicht einer durchschnittlichen Holztür, sondern war komplett mit einer großen Malerei überzogen, die aussah wie eins der großen Bücherregale in der Bibliothek. Mit dieser Tarnung passte sie sich perfekt an die restlichen Wände an und verschwand darin gänzlich.

Nicolas durchlief ohne Zögern das Regallabyrinth und hielt nach einigen Metern an. Katie hätte den Ort des Kampfes nicht wieder gefunden. Selbst jetzt war sie unsicher, ob Nicolas sich nicht geirrt hatte. »Bist du dir sicher, dass das die richtige Stelle ist?«

»Absolut. Allerdings scheint das Personal uns zuvorgekommen zu sein.«

Das Bücherchaos am Boden war verschwunden, die Regale fein säuberlich wieder eingeräumt und auch von Katies Schwert, das sie bei ihrem Aufbruch in den Dienstbotengang liegen gelassen hatte, fehlte jede Spur. Es wäre auch zu einfach gewesen, wenn der Dolch mitten im Gang gelegen hätte und nur darauf wartete, von ihr abgeholt zu werden.

»Könnten deine Bediensteten den Dolch gefunden und mitgenommen haben?«

»Fragwürdig. Wenn er wirklich hier war, hätten sie den Wachen Bericht erstatten müssen. Ich habe alle persönlich angewiesen, heute Abend bei der kleinsten Auffälligkeit Meldung zu machen.«

»Vielleicht haben sie ihn nicht bemerkt, weil er unters Regal gerutscht ist.« Sie ließ sich auf die Knie sinken und fasste mit der flachen Hand darunter. – Sie kam keine fünf Zentimeter, da stießen ihre Finger auf den Holzsockel des Regals. »Verflixt.«

Sie robbte weiter durch den Gang und inspizierte die anderen

Regale. Alle waren in der gleichen Art und Weise angefertigt worden. Nirgendwo konnte der Dolch darunter liegen.

Nicolas griff nach einigen Büchern im Regal und zog sie heraus. Mit der flachen Hand fühlte er dahinter und arbeitete sich so regalbrettweise vorwärts. Katie konzentrierte sich unterdessen auf sämtliche Ecken und jede noch so winzige Nische auf dem Fußboden. Mit jeder Minute, in der sie nichts fanden, wurde sie nervöser. Irgendwo hier musste er doch sein. Es hatte keinen anderen Zeitpunkt gegeben, außer dem Kampf mit dem Dieb, bei dem der Dolch aus ihrem Stiefel hätte rutschen können. Ihr Vater würde sie umbringen, wenn die Waffe nicht mehr auftauchte. Außerdem missfiel Katie der Gedanke, dass jemand sich des Dolches angenommen hatte und nun damit herumlief. Zwar trug Nicolas auch einen Degen mit sich, aber der Dolch war ein handlicher und unauffälliger Gegenstand, den man ungesehen einsetzen und wieder verschwinden lassen konnte und zu guter Letzt trug er IHRE Fingerabdrücke.

Katie verschärfte ihre Suche und breitete den Ring aus. Es konnte sein, dass sie ihn im Gefecht mit dem Fuß zur Seite getreten hatte. Dann war er selbstverständlich nicht an dieser Stelle zu finden. Sie kroch in die Sackgasse zur Ritterrüstung hinüber. Das glänzende Schwert steckte wieder zwischen ihren Handschuhen. Nur die Finger waren aufgrund des Rosts an den Scharnieren nicht mehr komplett darum geschlossen. Leider fehlte auch hier jegliche Spur des Dolchs.

Ein lautes Rumpeln ertönte. War der Dieb zurückgekommen?

Katie hielt angespannt inne und hörte Nicolas unterdrücktes Schimpfen. Was war da los?

Vorsichtig schaute sie um die Ecke und rechnete mit dem Schlimmsten.

Auf dem Parkett lagen drei dicke Wälzer verstreut. Einer davon sah übel mitgenommen aus und hatte einen großen Knick im Einband. Daneben hüpfte Nicolas auf einem Bein und fluchte leise vor sich hin.

»Alles klar bei dir?«

Blitzschnell ließ er von seinem Zeh ab und stellte sich wieder auf beide Füße. »Ich habe nur ein paar Dehnübungen gemacht.«

»Mhhh!« Katie grinste.

Er beugte sich vor und hob die am Boden liegenden Bücher auf. Bei dem dritten hielt er inne und betrachtete zweifelnd das Cover. »Des Jägers Freude«. Wer liest denn bitte so etwas?«

»Nicolas!«

»Was?«

»Wir sind nicht zum Lesen hier.«

»Findet Ihr jagen etwa ein derart unwichtiges Thema?«

»Ja, nein, keine Ahnung. Ich jage nicht. Du sollst den Dolch suchen.«

»Heißt das, Ihr habt noch nie an einer Jagd teilgenommen?« Er nahm das Buch zu den anderen auf seinen Arm und stellte sie der Reihe nach wieder ins Regal. Verblüfft schaute er dabei zu Katie auf den Boden.

»Nein.«

»Jagt man im 21. Jahrhundert etwa nicht?«

»Ob du es glaubst oder nicht: Wir kaufen unser Fleisch im Laden oder beim Schlachter. Es gehen nur noch wenige Leute zur Jagd.«

»Das erklärt Eure Ungeschicklichkeit mit dem Schwert.« Er griff nach einer neuen Ladung Einbände.

Katie war gerade dabei, in die nächste Ecke zu robben. Anklagend hielt sie inne. »Wie bitte?«

Er türmte weitere Bücher auf seinen Stapel. »Was ich nicht verstehe, ist die Tatsache, dass Ihr einen Dolch bei Euch tragt, obwohl Ihr doch überhaupt nicht damit umzugehen wisst.«

Katie fuhr sich durchs Haar. Ein paar Schweißperlen hatten sich auf ihrer Stirn gebildet. Wie ein Wischmopp mit dem Kleid über den Boden zu rutschen war fast noch schlimmer als damit zu laufen. »Wie ich dir bereits sagte, ist der Dolch Bestandteil meines Kostüms. Er ist quasi ein Accessoire. Damit sieht es einfach realistischer aus. Jede Schattenjägerin hat Waffen.«

»Also seid Ihr doch eine Jägerin.« Nicolas fasste hinter das Regal, zog ergebnislos die Hand wieder hervor, stellte die Bücher schwungvoll zurück und lehnte sich mit verschränkten Armen seitlich daran.

»Nur als Kostüm. Ich bin quasi eine Schauspielerin.«

»Keine überzeugende, wenn Ihr mich fragt.«

»Deswegen fragt dich niemand.« Er grinste über ihre Schlagfertigkeit, was Katie ärgerte. »Könnte vielleicht auch an deiner extremen Bescheidenheit liegen.«

»Jetzt klingt Ihr verbittert.«

Sie schnappte sich ein Buch aus dem untersten Fach hinter sich und warf es ihm entgegen. Gekonnt wich er aus.

»Nicht übel, aber auch im Werfen fehlt Euch die Übung.«

Ich zeig dir gleich, was mir fehlt.

Nicolas schien jetzt richtig Gefallen daran zu finden, sie belustigt zu mustern.

»Wenn du alles besser weißt, dann sag mir doch, was ich aus deiner Sicht bitteschön besser machen soll.« Niemals würde er sich darauf einlassen, ihr Kampfunterricht zu geben, davon war Katie zumindest ausgegangen. Doch schon strafften sich seine Schultern und ein Lächeln breitete sich auf seinen Lippen aus. Er streckte den Arm nach oben und zog eines der beiden gekreuzten Schwerter aus der Wandhalterung über dem Regal.

»Schön, ich gebe Euch eine kleine Unterrichtsstunde.«

Katie war zu entsetzt, um etwas zu erwidern. War das jetzt sein Ernst?

»Tipp Nummer eins: Im Sitzen seid Ihr leichte Beute für jeden Gegner.«

Katie hatte wirklich anderes im Kopf, als sich von Nicolas belehren zu lassen. Wenn sie seine Aufforderung aber ablehnte, würde er wahrscheinlich nie Ruhe geben und was schadete es schon, in Sachen Kämpfen dazuzulernen. Schließlich war der Abend noch lang. Da konnte der ein oder andere Tipp vielleicht noch hilfreich sein.

»Fein.« Nachgebend stand sie vom Boden auf und klopfte ihr Kleid sauber. Ein paar zerknitterte Stofffalten blieben hartnäckig bestehen. Sie pustete sich eine Haarsträhne aus dem Gesicht und richtete ihre Aufmerksamkeit nun voll und ganz auf Nicolas.

»Eigentlich sind die Lektionen mit einem Degen durchzuführen. Aber da Ihr zurzeit keinen zur Hand habt, müssen die Schwerter vorerst ausreichen.« Er drehte das Schwert einmal in seiner Hand, stellte sich ihr gegenüber und ging in Angriffsposition. Als Katie erstarrte und nicht reagierte, stöhnte er geräuschvoll auf, senkte das Schwert und zog auch das zweite aus der Wandhalterung. Mit Schwung warf er es zu ihr hinüber. Reflexartig packte Katies Hand danach, fing es gekonnt auf und entlockte Nicolas ein beeindrucktes Pfeifen. »Scheint, als ob doch nicht alles bei Euch verloren ist.«
Sie schnitt eine Grimasse und stellte sich vor ihm auf.
»Gut, passt auf. Euer Reflex ist nicht schlecht …«
»Für einen trägen Mehlsack!«, ergänzte sie.
»Aber wie Ihr gerade selbst sagt, für einen Kampf noch ausbaufähig.« Er spreizte die Beine. Sein rechter Fuß war zu ihr gerichtet, der linke befand sich versetzt dahinter und zeigte im rechten Winkel nach außen. »Zwar bedeckt das Kleid Eure Beine, doch ich erkenne an Eurem Rücken, dass Ihr im Hohlkreuz steht, die Knie steif durchdrückt und nicht die geringste Ahnung habt, wo Euer Schwerpunkt liegt.« Katie blickte an sich hinab. Woher wollte er das wissen? Das Kleid verdeckte fast alles von der Taille bis zur Schuhspitze. Nicolas registrierte ihre Skepsis, trat vor und stieß sie

mit einem kräftigen Ruck nach hinten. Katie stolperte, riss unkontrolliert das Schwert nach oben und stieß mit dem Rücken an eins der Regale.

Verärgert biss sie die Zähne zusammen. »Schön, was gedenkst du, soll ich verbessern?«

Er grinste. »Begebt Euch wieder in Position. Achtet dabei auf den Schwerpunkt Eures Körpers, auf ausreichend Abstand zwischen Euren Füßen und stellt sie wie ich auf. Das Knie sollte sich in etwa über Eurer Fußspitze befinden.« Katie tat wie geheißen und schaute kontrollierend an sich hinab. Aber das Kleid versperrte ihr die Sicht auf ihre Beine. »Den Kopf nach vorne richten. Schaut Euren Gegner an und beobachtet seine Bewegungen.«

Ihre Augen trafen sich. Katie achtete tunlichst darauf, Nicolas Blickkontakt zu halten, dabei aus dem Augenwinkel aber seine Bewegungen wahrzunehmen. Zwei lose Strähnen verdeckten zur Hälfte die linke Seite seines Gesichts. Winzige Fältchen umrahmten seine Augen. Katie entdeckte sogar einzelne blasse Sommersprossen auf seiner Wange. Dann zuckte plötzlich seine Hand und er griff sie mit dem Schwert an.

Dieses Mal war Katie schnell genug und parierte seinen Schlag. Die Klingen trafen aufeinander, ein metallisches Geräusch erklang und Katies Hand fing an zu vibrieren. Sie hatte den Eindruck, mit der Hand gegen eine Steinmauer zu schlagen. Nur mühsam schaffte sie es, ihr Schwert nicht fallen zu lassen. Nicolas verringerte den Druck und trat zurück.

»Je verkrampfter Ihr seid, desto steifer werden Eure Paraden und der Schmerz wird Euch keine zehn Sekunden lang durchhalten lassen. Noch einmal.« Wieder stellte er sich in Position. Katie tat es ihm gleich, jetzt allerdings deutlich weniger begeistert. Noch so eine Aktion und ihr sowieso schon lädiertes Handgelenk würde für den restlichen Abend den Dienst verweigern. Andererseits war nun ihr Ehrgeiz erwacht.

Nicolas atmete tief durch und griff erneut blitzschnell an. Katie reagierte sofort, riss ebenfalls ihr Schwert nach oben und wollte seine Attacke parieren. Doch ihr Schwert schlug ins Leere, als Nicolas unerwartet nach hinten auswich, sich ein Stück zur Seite drehte und seine Waffe auf ihre Taille richtete. Zu ihrer Verblüffung sah sie aus dem Augenwinkel seinen verdeckten Angriff wie in Zeitlupe ablaufen und verhinderte reflexartig seine Attacke, indem sie ihre eigene Klinge unter seine schob und sein Schwert kurz vor ihrer Hüfte stoppte. Die Spitze berührte leicht ihren Hüftknochen. Nicolas stutzte vor Verwunderung, was Katie die Gelegenheit bot, ihr eigenes Schwert in Windeseile an seinem entlang fahren zu lassen und dabei mit einem leichten Vorwärts-Seitwärtsschritt auf ihn zuzustoßen. Nicolas sprang in letzter Sekunde zurück, schlug Katies Waffe hart von sich weg und ging erneut in einen Angriff über. Katie wich zur Seite aus. Etwas, was man in einem echten Fechtduell allein aufgrund der Bodenmarkierungen bestimmt nicht machen durfte, aber es war durchaus ein hilfreiches Mittel bei einem Kampf auf Leben und Tod. Mit einem Umgehungsstoß bewegte sie das Schwert ein weiteres Mal nach vorne, wobei ihre Klinge eine schraubenartige Bewegung um die gegnerische Waffe machte. Direkt vor Nicolas' Brustkorb bremste sie die Schwertspitze ab.

Nicolas stoppte ruckartig in seiner Bewegung und schaute überrascht an sich hinunter. Seine Brust hob und senkte sich angestrengt und kleine Schweißperlen glitzerten auf seiner Stirn.

Katie war mindestens ebenso verblüfft wie er. Ihre Hand zitterte unter dem ungewohnten Gewicht des Schwertes und sie atmete stoßweise. Das allerdings lag nur zum Teil an der Anstrengung des Kampfes. Adrenalin schoss durch ihren ganzen Körper. Der schnelle Reflex und die plötzlich vertraute Technik waren so unerwartet gekommen, dass sie glaubte, den eben stattgefundenen Kampf geträumt zu haben. Sie fühlte sich auf einmal wie in einem

Rausch. Selbst ihr Handgelenk tat kaum noch weh. Ihre Augen fixierten Nicolas und ihr Gehirn nahm jede noch so winzige Regung in der Umgebung wahr. Ihr gesamter Körper war wie elektrisiert und bereit, um ihr Leben zu kämpfen, wenn es sein musste. Dieses Gefühl war einfach der Wahnsinn! Vor allem hatte Katie nicht damit gerechnet, als Siegerin aus diesem Duell hervorzugehen. Nicolas aufgerissene Augen sagten das Gleiche. Verwunderung spiegelte sich auf seinem Gesicht wider. Einen Moment lang standen sie einfach nur schweigend da.

Dann blickte Nicolas auffordernd auf Katies Schwert, das nach wie vor auf seine Brust gerichtet war. Eilig ließ sie die Waffe sinken und steckte sie zurück in die Wandvertäfelung.

»Wir sollten weiter nach dem Dolch suchen.« Das war alles, was sie über die Lippen brachte. In ihrem Kopf schwirrten unzählige Gedanken. Wie hatte sie es nur geschafft, Nicolas im Duell zu schlagen? Sie hatte noch nie zuvor eine Waffe in der Hand gehabt. Offenbar schien sie ein Naturtalent zu sein.

Katie machte ein paar ziellose Schritte durch den Raum, während Nicolas weiter in seiner Position verharrte. Unsicher warf sie ihm einen Seitenblick zu. Er hatte das Schwert gesenkt, seine Augen ruhten aber fortwährend auf ihr. Katie wich seinem Blick aus.

»Wenn der Dolch noch hier wäre, hätten wir ihn gefunden.«

»Aber wo ist er dann?«

Endlich löste er sich aus seiner Starre und steckte das Schwert ebenso zurück in die hölzerne Halterung. Seine linke Hand strich über die losen Haare an seiner Stirn und schob sie nach hinten. Seine Wangen glühten erhitzt. Das ließ Katie innerlich grinsen. Er hatte sie unterschätzt und nicht mit ihrem Sieg gerechnet. Seine Kiefermuskulatur spannte sich ein paar Mal an und ließ die Wangenknochen leicht hervortreten.

»Wir müssen herausfinden, wer hier aufgeräumt hat. Dann finden wir auch den Dolch. Ich werde mich persönlich darum kümmern.« Es schien, als wolle er noch etwas sagen, doch beließ es dann dabei und machte auf dem Absatz kehrt.

»Warte, Nicolas.« Sie hielt ihn am Arm fest, zog aber schnell die Hand zurück, als er verwundert auf die Stelle an seinem Ärmel schaute, an der sie ihn gerade berührt hatte. »Du musst mich zuerst noch zum goldenen Kürbis in den Ahnenraum lassen.« Verwirrt blieb er stehen und musterte sie fragend über die Schulter. »Ich habe mit Friedrich gesprochen und ihn nach dem goldenen Kürbis gefragt. Er hat mir eine wilde Story über dessen Proportionen erzählt. Der rechte Mundwinkel rage weiter nach oben als der linke. Das muss ich überprüfen.«

Seine Augen verkleinerten sich. »Das ist völliger Unsinn.«

»Aber Friedrich hat es behauptet.«

»Hat er das?« Katie meinte einen gereizten Unterton zu hören. Er reckte das Kinn ein Stück nach oben und sah sie durchdringend an. Ein Anflug von Härte und Abneigung lag in seinen Augen. »Katie, Ihr solltet nicht alles glauben, was man Euch erzählt.«

»Es ist eine Aussage, die ich überprüfen muss.« Sie hob ebenfalls den Kopf ein Stück höher. Einen Moment lang starrten sie sich an. »Kann es sein, dass du dich mit Friedrich nicht gut verstehst?« Er hielt ihrem Blick stand, doch das bedeutete nichts. Irgendetwas musste zwischen Friedrich und Nicolas vorgefallen sein. Das wiederum gab Friedrich ein Motiv, wie Katie ungewollt registrierte.

»Wir haben gewisse Differenzen, aber nichts von Belang.«

»Ach ja?«

»Ja.«

Sie war gewillt, noch etwas zu erwidern, tiefer zu bohren und ihn zum Sprechen zu bringen, da erklangen Schritte, die sich ihnen schnell näherten.

»Wenn du meinst.«

Der Kopf einer großen, dunkelhaarigen Wache tauchte hinter der nahegelegenen Regalecke auf. Nicolas fokussierte Katie noch

einen Augenblick lang, dann wandte er den Blick ab. »Richard, was
gibt es?«

Der breitschultrige Wachmann nickte Katie höflich zu, salutierte, beugte sich leicht zu Nicolas vor und sprach in leisem Ton
mit ihm. Seine braunen Haare waren zu einem Zopf im Nacken
zusammengebunden und seinen Kopf zierte ein Dreispitz mit einer
kleinen Feder. Seine Hand lag angespannt auf dem Degengriff und
ließ die scharfe Scheide hinter seinem Hosenbein hervorschauen.
Katie trat unruhig von einem Fuß auf den anderen. Der Rücken
des Wachmanns streckte sich nach hinten durch, als er den Kopf
zu ihr umdrehte und flüsternd zu Katie hinüberblickte. Schlagartig
fühlte sie sich noch unbehaglicher. Was gab es denn da zu tuscheln?

»Katie.« Sie machte einen kleinen Satz, als Nicolas ihren Namen
rief.

»Ja?« Widerwillig trat sie näher.

»Das ist Richard.« Er wies mit dem Finger auf den Mann neben
sich. »Ich habe ihn gebeten, Euch in den Ahnenraum zu begleiten.
Er hat meine Erlaubnis, Euch zu dem goldenen Kürbis zu führen.
Um möglichst wenig Zeit zu verlieren, werde ich derweil nach
Eurem verlorenen Wertgegenstand suchen.« Gekonnt vermied er,
dabei das Wort »Dolch« zu erwähnen. »Ich gebe Euch Bescheid,
sobald ich etwas herausgefunden habe. Tanzt doch am besten
ohne mich weiter. Ich stoße später wieder zu Euch.«

»Tanzen? Sollte ich nicht lieber …« Er kniff kaum merklich die
Augen zusammen. Sofort erkannte sie seinen alarmierenden Blick
und schwang in der Stimmlage auf fröhlich-unwissenden-Gast um.
»Sehr wohl, Prinz Nicolas. Habt vielen Dank. Ich weiß Eure Mühe
sehr zu schätzen und kann es kaum erwarten, Euch auf der Tanzfläche zu begegnen. Ein Tanz mit Euch ist für jede Hofdame hier
auf dem Ball eine Ehre.«

Nicolas presste die Lippen aufeinander und Katie wusste auch
ohne Worte, dass er sie am liebsten zum Schweigen gebracht hätte.

Was hatte er denn? Sie versuchte hier ihr Bestes im Lügen. Nicht jeder war so ein Naturtalent wie er.

Richard blickte für einen Moment skeptisch zu ihr hinüber und schaute sich rückversichernd zu Nicolas um. Dieser nickte auffordernd und schob Katie mit leichtem Druck in Richtung des Wachmanns. Richard wies auf den Ausgang und sie folgte mit einem letzten Blick zurück auf Nicolas. Seine Augen lagen im Schatten, aber sie spürte seinen intensiven, durchdringenden Blick auf sich.

KAPITEL 13

Die dunkelblaue Uniform des Wachmanns raschelte bei jedem Schritt in der stillen Bibliothek. In vielerlei Hinsicht unterschied sie sich von denen der anderen Wachen. Eine weiße Kordel ragte unter Richards rechter Epaulette hervor und verlief seitlich über der Brust bis zu den goldenen Knopflöchern. Daneben prangte ein kleiner Orden, der in der Form eines Wimpels gearbeitet war. Katie hatte keine Ahnung, wofür er verliehen wurde. Der militärische Gruß der anderen Wachen in der Halle und Richards befehlshabende Haltung ihnen gegenüber, zeigte jedoch ganz klar, dass Richard der erste Wachoffizier der Villa sein musste und damit auf einer höheren Rangstufe stand. Instinktiv fühlte sich Katie beschützt an seiner Seite. Sie warf ihm einen nachdenklichen Blick zu. Nicolas hatte gesagt, dass einige Wachen im Krieg an der Seite seines Vaters gekämpft hatten. Das bedeutete, dass sie diesen und somit auch Nicolas schon einige Zeit kannten. Vielleicht konnte sie ja von ihm mehr Informationen über Nicolas erhalten …

»Entschuldigt, Richard. Darf ich Euch etwas fragen?«

»Selbstverständlich, Lady Katie.«

»Kennt Ihr Nicolas schon lange?«

Seine Stirn legte sich in Falten. »Was meint Ihr damit, Lady Katie?« Sie machte sich verdächtig!

»Nun, ich habe Prinz Nicolas vor einer Weile auf einem Ball kennengelernt. Er ist sehr aufmerksam, intelligent und zuvorkommend.«

Richard schwieg, hörte aber aufmerksam zu.

»Ihr müsst wissen, ich finde ihn ausgesprochen interessant und … anziehend.«

Er schmunzelte.

»Allerdings habe ich das Gefühl, dass er Geheimnisse hat. Kann man ihm trauen?«

»Es liegt nicht in meiner Befugnis über die Großherzog-Familie zu sprechen. Verzeiht.«

Katie seufzte resigniert. »Nein, mir tut es leid. Das hätte ich wissen müssen.« Sie senkte beschämt die Augen und fasste sich schuldbewusst an die Brust. *Beiß schon an.* »Ihr müsst wissen, ich mag Prinz Nicolas sehr gerne. Doch damit bin ich natürlich nicht die Einzige hier. Wenn ich aber wüsste, dass er niemals Interesse an mir haben wird, dann würde ich meine Versuche unterlassen, ihn auf mich aufmerksam zu machen. Schließlich möchte ich nur sein Bestes und mich nicht unangenehm aufdrängen. Aber es ist selbstverständlich, dass Ihr, ehrenwerter Richard, nicht darauf antworten könnt.«

Richard ging nicht darauf ein, hüllte sich weiter in Schweigen und beendete hiermit das Gespräch. Katie hatte das befürchtet. Trotzdem, einen Versuch war es wert gewesen.

Sie erreichten den Gästezimmerflur im ersten Stock, in dem jetzt ein ziemlicher Tumult herrschte. Mehrere junge Frauen kamen kichernd und kreischend auf sie zugerannt und hasteten die Treppe neben ihnen hinunter, während ein Mann mit einer Tonne Pomade im Haar hinter ihnen hereilte und laute Kussgeräusche von sich gab. Katie wich erschrocken zur Seite, um nicht in die Finger des Casanovas zu geraten. Das schien den Mann jedoch nicht davon abzuhalten, weiter auf sie zuzustürmen. Spielerisch versuchte er sie zu fassen zu bekommen; ganz offensichtlich davon ausgehend, dass sie eine seiner Liebschaften war, die jetzt amüsiert kreischend ins Foyer flüchteten. Angewidert duckte sich Katie weg und wehrte mit erhobenen Händen seine gespitzten Lippen ab. Als auch das nichts half, stieß sie ihn bestimmt von sich. Den Mann schien das wenig zu belasten. Weiter Küsschen verteilend ließ er achselzuckend von ihr ab und folgte dem munteren Gelächter. Katie schüttelte sich irritiert und folgte Richard, der sie während der Szene nur still beobachtet hatte.

»Wollt Ihr immer noch den Kürbis sehen?«, fragte er nun.

Sie blickte ihn verdutzt an. »Natürlich. Warum sollte sich daran etwas geändert haben?«

Richard schwieg eine Sekunde lang, dann sprach er im Gehen leise: »Ihr könnt Prinz Nicolas vertrauen.«

Sie schaute überrascht nach oben in sein Gesicht. Ein Anflug von Freundlichkeit lag in seinen Augen. »Wie meint Ihr das?«

»Nun, Nicolas mag seine Geheimnisse haben, doch wer hat die nicht. Als Sohn des Großherzogs hat er eine verantwortungsvolle Aufgabe, die Euch nicht abschrecken sollte. Wenn ich Euch einen Rat geben darf, bleibt hartnäckig. Ihr würdet ihm guttun.«

»Wie bitte? Wieso ich? Ihr kennt mich doch überhaupt nicht. Woher wollt Ihr wissen, dass ICH für ihn geeigneter wäre als eine der anderen Damen auf diesem Ball?« Sie war nun sichtlich verwirrt. Gut, sie hatte als Ausrede angedeutet, Nicolas als potenziellen Freund erobern zu wollen. Was brachte Richard nun dazu, dass auch noch für realistisch zu halten? »Was wäre, wenn ich nicht von Adel wäre?« War sie ja auch nicht. Aber in den meisten Märchen sollte der Prinz immer eine von Stand heiraten.

»Ein Titel sagt nichts über die Persönlichkeit. Es sind Eure Entscheidungen, die Euch qualifizieren.«

»Ich habe doch überhaupt nichts entschieden?«

»Das sah Graf Ferdinand von Tun auf der Treppe gerade anders.«

Wieso glaubte Richard jetzt auf einmal, dass sie in Nicolas verliebt war? Hatte sie etwa so überzeugend geschauspielert?

»Grämt Euch nicht. Nicht jeder hat ein solch geschultes Auge wie wir Wachsoldaten und sieht Euch Eure Zuneigung für Prinz Nicolas an.«

Was?!

Sie hatte keine Zuneigung für Nicolas. Er war ja nicht mal ihr Typ. Na schön, ein bisschen. Aber ihre ZUNEIGUNG galt Friedrich. Katie war jetzt endgültig verwirrt.

Schon fast trotzig entgegnete sie ihm: »Woher wollt Ihr wissen, dass ich nicht eine Frau bin, die Nicolas nur wegen seines Titels mag?«

Er schmunzelte verschmitzt, zwinkerte ihr verschwörerisch zu und straffte wieder seinen Oberkörper. »Weil er etwas anderes behauptet hat.«

»Wie bitte?!« Was hatte Nicolas Richard in der Bibliothek erzählt? Wenn er schon eine Lügengeschichte strickte, in der sie eine entscheidende Rolle spielte, dann hätte er sie einweihen müssen.

Oder waren es gar keine Lügen, sondern die Wahrheit?

Auf der steilen Treppe hinauf zum Ahnenraum wusste Katie nicht, was oder ob sie überhaupt etwas auf diese Aussage erwidern sollte. Eigentlich hatte sie vorgehabt, Richard noch weiter über die Verdächtigen auszufragen und auch über Nicolas, doch seine Worte nagten an ihr. Wie kam er auf die Idee, dass sie sich zu Nicolas hingezogen fühlte? Hatte dieser etwa eine Liebesgeschichte zusammengestrickt, damit Richard ihr Zugang zum goldenen Kürbis gewährte, obwohl er noch morgens genau das strikt verboten hatte?

Weiter kam sie mit den Gedanken nicht, denn da erreichten sie den Vorraum des Ahnenraums. Erleichtert erkannte Katie, dass das Mehl am Boden noch unversehrt war. Weder hatte jemand unbefugt das Zimmer betreten, noch hatte er anschließend seine Spuren verwischt. Da war sie sich sicher.

In einem Film hatte sie einmal gesehen, wie ein Kommissar ein Pulver am Tatort verstreute und darin spezielle Markierungen hinterließ, die auf den ersten Blick rein zufällig angeordnet aussahen. Für den Fährtenleger waren sie jedoch ein Hinweis dafür, ob das Ursprungsmaterial verändert worden war und sich somit ein Eindringling am Tatort zu schaffen gemacht hatte. Diesen Trick hatte Katie sich abgeschaut und beim Verteilen des Mehls in regelmäßigen Abständen kleine Punkte und Striche mit dem Finger hineingemalt. Von weitem sah es aus wie willkürlich verteiltes Mehl. Katie bewies es aber, dass sich niemand der Tür genähert hatte. Der goldene Kürbis war also noch in Sicherheit.

Richard bemerkte ihren nach unten gerichteten Blick, entdeckte die hauchdünne weiße Schicht, hockte sich hin und rieb grübelnd etwas Mehl zwischen seinen Fingern. Bevor einer der beiden vor dem Raum postierten Wachen zu einer Erklärung ansetzen konnte, berichtete ihm Katie, dass Nicolas vorhin mit Mehl hantiert und offensichtlich hier welches verschüttet hatte. Als eine Art Witz deutete sie an, dass man damit ja Fußabdrücke sichtbar machen könnte. Richards Augen spiegelten Erkenntnis wider. Da er keine Ahnung hatte, dass das eigentlich Katies Idee gewesen war und Nicolas davon überhaupt nichts wusste, ließ sie ihn einfach in seinen logischen – wenn auch völlig falschen – Schlussfolgerungen. Er bat sie, möglichst nicht in die weiße Staubschicht zu treten, da sie hier eine Art Experiment durchführten. Katie nickte verständnisvoll, tat ihm den Gefallen und machte einen weiten Bogen darum, während sie sich innerlich ins Fäustchen lachte.

Als er ihr die Tür aufhielt und sie in den Ahnenraum einließ, wagte sie einen letzten Vorstoß. »Danke Richard, es ist sehr nett von Euch, dass Ihr mich zum goldenen Kürbis lasst.«

Er salutierte. »Das ist doch selbstverständlich.«

IST ES DAS?!

Am liebsten hätte sie sich die Haare gerauft. Was hatte Nicolas ihm bloß erzählt?

Leider konnte sie den jetzt nicht zur Rede stellen, kräftig durchschütteln und verlangen, zu erfahren, was für Lügenmärchen er herumposaunte.

Das hier war wahrscheinlich die einzige Chance, den goldenen Kürbis noch einmal in Ruhe zu untersuchen. Ein weiteres Mal würde Nicolas sie bestimmt nicht mehr hereinlassen.

Richard blieb an der geöffneten Tür stehen und ließ Katie allein den Raum betreten. Allerdings wartete er wachsam am Eingang und überblickte jede ihrer Bewegungen.

Katie fühlte sich unter seiner Beobachtung völlig verunsichert. Sollte sie sich jetzt selbstsicher präsentieren oder lieber ehrfürchtig auf das kleine Stück Gold zutreten? Was würde er dann mit seinem »geschulten Auge« in ihr Verhalten reininterpretieren? Diebin? Schwindlerin? Beeindruckte Goldschmiedin? Goldsüchtige Fanatikerin?

Katie hob sachte den Arm und zählte die Schlitze und Löcher im Gold ab. Machte sie das irgendwie verdächtig?

Himmel, in welcher Beziehung stand sie aus Richards Sicht zu Nicolas?!

Richard schien glücklicherweise nichts an ihrem Benehmen auszusetzen zu haben. Katie bemühte sich, ihre Nerven zu beruhigen. Wie auch immer sich eine von Nicolas' Angebeteten verhielt, sie musste den Kürbis untersuchen, egal wie anmutig oder verliebt sie dabei wirkte. Die Zeit drängte.

Tatsächlich besaß der Kürbis zehn kleine Öffnungen, aus denen das Kerzenlicht herausstrahlen konnte: Vier für das Gesicht, eine große zum Hineinstellen der Kerze und fünf kleine auf der Oberseite, durch die die erhitzte Luft entweichen konnte.

Als nächstes galt es, die Proportionen des Mundes auszukundschaften. Auf den ersten Blick wirkte das Gesicht ebenmäßig. Katie beugte sich tiefer hinab und nahm den Daumen als Maßband. Die Fingerspitze legte sie unterhalb der Nase des Kürbisses an. Dann überprüfte sie den Abstand bis zum linken Mundwinkel. Er betrug etwa eine halbe Daumenlänge. Das gleiche machte sie nun an der rechten Gesichtshälfte. Und tatsächlich. Die rechte Seite schaffte es gerade einmal auf zwei Drittel dieses Abstandes. Das hieß, der rechte Mundwinkel lag wirklich höher und somit hatte Friedrich Recht. Der goldene Kürbis hatte tatsächlich einen schiefen Mund!

Woher hatte er das gewusst, obwohl er den Kürbis doch gar nicht gesehen haben konnte? Und wieso war dieses Wissen Nicolas fremd? Irgendetwas war hier faul.

»Lady Katie, es wird Zeit. Ich muss leider weiter. Habt Ihr Euch den goldenen Kürbis angesehen?«

Katie bejahte und verließ das Zimmer. Sie musste unbedingt noch einmal Friedrich befragen.

Sie bedankte sich ein weiteres Mal bei Richard und ging hinunter in den Flur. Auf halbem Weg erblickte sie einen athletisch gebauten Körper mit braunen, langen Haaren, die etwas zerzaust aus einem Pferdeschwanz hingen. Der Mann war gerade dabei, eines der Gästezimmer zu betreten. Katie erkannte den vertrauten roten Justaucorps sofort wieder.

»Friedrich.« Sie war sichtlich erleichtert, ihm zufällig über den Weg zu laufen. Wer weiß, wo sie sonst hätte überall nach ihm suchen müssen.

Friedrich zuckte bei seinem Namen leicht zusammen und schaute sich hektisch um. Als er Katie erkannte, huschten Erkenntnis, Überraschung, Entsetzen und eine Lieblichkeit, die irgendwie aufgesetzt wirkte, über sein Gesicht.

»Lady Katie.« Seine Stimme wollte nicht recht fröhlich klingen. »Wieso seid Ihr hier?«

»Ich bin geladener Gast auf diesem Fest.«

»Hahahaha.« Friedrich lachte lautstark auf. Katie grinste.

»Naja, so gut war der Witz nun auch wieder nicht.«

Sie trat auf Friedrich zu, der ruckartig die geöffnete Tür hinter seinem Rücken zuschlug.

»Oh, ist das Euer Gästezimmer?«

»Jaaa!« Er griff nach ihrer rechten Hand und hauchte einen flüchtigen Kuss darauf. Katie fühlte sich überrumpelt und schaute schüchtern zur Seite. *OMG*, seine Lippen hatten sie schon wieder berührt. Na gut, nur auf der Hand. Aber hey, wo blieb der Optimismus?!

»Wo habt Ihr Euch die ganze Zeit versteckt? Ich habe Euch überall gesucht.« Seine braunen Augen blitzten verschmitzt auf und ein warmes Gefühl breitete sich in Katies Brust aus. Wieder war ihr Kiefer im Begriff, seinen Dienst zu verweigern. Mühsam zwang sie sich, den Mund einen spaltbreit aufzumachen.

»Ach wisst Ihr, ich musste mit Eurer Schwester Elizabeth sprechen. Wir haben uns angeregt über …«

Ein lautes Klappern ertönte hinter Friedrichs Rücken. Katie beugte sich zur Seite, um nachzuschauen, woher der Laut kam. Friedrich folgte ihrer Bewegung und versperrte ihr die Sicht.

»Worüber spracht Ihr mit meiner Schwester?«

»Sie hat mir ihre Fächerkunst nahegelegt.«

Wieder erklang das Geräusch. Katie glitt zur Seite und blickte auf die verschlossene Tür. Erneut tat Friedrich es ihr gleich, schaffte es aber nicht weit genug herum, da er weiter mit der linken Hand hinter dem Rücken den Türgriff fest umschloss.

»Ist alles in Ordnung mit Euch?« Katie war über sein seltsames Verhalten verwundert. Vielleicht ging es ihm nicht gut. Wenn er sich so krampfhaft festhalten musste, dann war ihm sehr wahrscheinlich schwindelig. Bestimmt von der stickigen Luft im Ballsaal. Oh Gott, und sie hielt ihn hier auch noch auf, obwohl er sich gerade in seinem Zimmer ausruhen wollte.

Ein tiefes, raubtierartiges Knurren drang durch die Zimmertür.

»Habt Ihr das gehört?«

»Gehört?« Friedrich reckte den Kopf und horchte demonstrativ auf. »Ach, Ihr meint das Fauchen und Kratzen. Ja, das ist meine Katze.«

»Eure Katze?« Katie riss überrascht die Augen auf. Sie hätte nicht gedacht, dass Friedrich ein Katzentyp war. Eher ein Hundemensch. Also wenn aus ihnen wirklich etwas werden sollte, dann musste er seine Katze aber außerhalb des Hauses halten. Katie war der Überzeugung, dass Lebewesen lieber in der freien Natur sein sollten. Vermutlich lag es auch ein bisschen daran, dass sie einmal einen Keks bei ihrer Freundin gegessen hatte, an dem kaum sichtbar Haare der Hauskatze geklebt hatten. Das Gebäck hatte ihren Magen nie erreicht. Unwillkürlich schauderte es Katie bei diesem Gedanken. »Wieso habt Ihr Eure Katze zum Fest mitgebracht?«

»Ich muss zugeben, es ist eigentlich die Katze meiner Schwester Elizabeth. Aber sie bat mich, einen Moment lang auf sie aufzupassen.«

»Ach so, weil sie gerade tanzt.« Katie begriff, was er meinte. Das arme Tier musste sich ganz allein und in der ungewohnten Umgebung völlig desorientiert fühlen. Friedrich drehte seinen Kopf zur Tür, ließ aber nicht von dem Knauf ab. Unter seinem gerüschten Hemdkragen tauchte auf seinem Hals ein roter Fleck auf. Erschrocken trat Katie heran, griff nach einem seidenen Taschentuch in ihrem Ärmel und tupfte es auf seine Wunde. Friedrich zuckte augenblicklich zusammen.

»Was tut Ihr da?«

»Ihr habt Euch verletzt. Die Katze hat Euch gekratzt. Lasst mich die Wunde säubern.«

Friedrich ließ die Tür los, griff nach ihrer Hand, drückte sie sachte beiseite und schob Katie den Flur entlang.

»Das ist nicht nötig. So schlimm ist es nicht. Ich spüre schon gar keinen Schmerz mehr. Wie wäre es jetzt mit einem Tanz? Schließlich schuldet Ihr mir noch einen.« Er lächelte verschmitzt und Katie schmolz bei seiner Berührung auf ihrem Rücken dahin. Seine warmen, großen Hände fassten sachte nach ihrer Taille und hinterließen das reinste Feuerwerk auf ihrer Haut. Nur mit allergrößter

Mühe schaffte sie es, den Blick von ihm loszureißen und ihre Gedanken ansatzweise zu sortieren.

»Friedrich, Ihr seid beeindruckend. Habe ich Euch das schon gesagt? Ganz besonders, weil Ihr den goldenen Kürbis bereits in Händen halten durftet. Diese Ehre gebührt nur den wenigsten unter uns. Und ich bin so fasziniert von Eurem Geheimnis, dass Ihr Kenntnis darüber habt, dass die Mundproportionen des Kürbis nicht symmetrisch sind.«

Er machte eine unbedeutende Bewegung mit dem Arm, schien aber von ihrem Lob sichtlich angetan zu sein.

»Nicolas hingegen behauptet allen gegenüber, dass der Kürbis gleichmäßig gearbeitet wurde. Ich, als einfaches Mädchen, kann das natürlich nicht genau wissen.«

»Ihr und einfach? Lady Katie, lasst Euch sagen, dass ich viele Menschen kennengelernt habe und Ihr gehört eindeutig zum Adel, zur oberen Schicht.«

Sie lächelte verlegen. Er hielt sie für eine Prinzessin. SEINE Märchenprinzessin.

»Wem kann ich glauben? Euch oder Nicolas?«

»Würde ich Euch je belügen?« Er senkte den Kopf und blickte tief in ihre Augen. Katie beugte sich weiter vor und der Geruch von teurem Parfüm mit Holzessenzen stieg in ihre Nase. »Nicolas hat keine Ahnung, wovon er spricht. Offenbar hat ihn sein Vater nicht in die Geheimnisse des goldenen Kürbis eingeweiht, so wie es mein Vater getan hat. Aber nur, weil ich durch ihn von den unregelmäßigen Proportionen weiß, heißt das nicht, dass ich den Kürbis nicht schon selbst gesehen habe und mir ein eigenes Bild machen konnte.«

»Ach tatsächlich? Woher weiß Euer Vater davon?«

»Lady Katie, versprecht mir, dass auch dies ein Geheimnis zwischen uns beiden bleibt.«

Sie nickte eifrig.

Er lehnte sich nach vorne und ihre Schultern berührten sich kaum merklich. In einer rauen, leisen Stimme fuhr er fort. »Als mein Großvater noch lebte, war er ebenfalls Gast bei der traditionellen Kürbiszeremonie. Der damalige Gastgeber war ein alter Freund von ihm und zeigte meinem Großvater den Kürbis unter vier Augen. So erfuhr er von dem Fauxpas des Goldschmieds. Das Wissen über die ungleichen Proportionen wurde zu einer Art Familiengeheimnis, das von Generation zu Generation weitergegeben wurde. Wenn Nicolas nicht darüber Beschied weiß, dann hat ihn sein Vater wohl nicht darüber aufgeklärt.«

Sein Blick wanderte über Katies Schulter. Seine Augen erfassten etwas in der Ferne. »Verzeiht, Lady Katie. Ich muss kurz mit meinem Vater sprechen.« Er wandte sich mit Handkuss und Verbeugung von ihr ab und eilte auf einen Mann in der Eingangshalle zu.

Katie schaute ihm hinterher und bemerkte, dass sie immer noch das weiße Spitzentaschentuch in der Hand hielt. Etwas Rotes schimmerte darauf, hatte aber nicht die Rückseite benetzt. Das war erstaunlich. Sie hätte vermutet, dass sich so ein Stofftuch mit Flüssigkeit schnell vollsaugen würde. Aber der Fleck erinnerte auch nicht unbedingt an Blut. Vielmehr glänzte er matt wie trocknende Farbe.

Katie roch vorsichtig daran. Ein Duft von Waldbeeren drang in ihre Nase. Wenn sie sich nicht täuschte, dann hätte sie auf Lippenstift getippt.

Wieso hatte Friedrich Lippenstift an seinem Hals? Ihr kam die merkwürdige Szene aus dem Flur wieder in Erinnerung. Verbarg sich hinter Friedrichs Zimmertür tatsächlich eine Katze? Oder war das Raubtier nicht eher menschlicher Natur gewesen? Katie spürte einen Kloß in ihrem Hals. Ein komisch taubes und gleichzeitig verletztes Gefühl breitete sich in ihrer Brust aus. Hatte Friedrich sie etwa betrogen? Naja, das hätte impliziert, dass sie schon fest zusammen waren, was ja nicht ganz stimmte. Trotzdem fühlte sich

Katie hintergangen. Nicolas hatte Recht. Sie hatte Friedrich blind vertraut. Angesichts des unwohlen Gefühls, das sich jetzt bei seinem Anblick in ihrer Brust ausbreitete, war das keine gute Entscheidung gewesen.

KAPITEL 14

Friedrich stand am anderen Ende der Eingangshalle neben einem groß gewachsenen Mann; seinem Vater. Was sie besprachen, konnte Katie aus dieser Entfernung nicht verstehen. Aber das war ihr im Prinzip auch egal. Sie wollte lediglich einen Blick auf Friedrich erhaschen, ohne gleich wieder seinem bezaubernden Charme und seinen umwerfenden nussbraunen Augen zu verfallen.

Tatsächlich prangte über seinem weißen Rüschenkragen etwas Lippenstift. Durch ihre Wegwischaktion hatte er an Intensität verloren und nur derjenige, der wusste, wo er hinblicken musste, fand die Stelle wieder. Aber es gab keinen Zweifel mehr. Der Abdruck hatte die Form eines Kussmundes, so wie man es von kitschigen Liebesbriefen kannte. Ganz offensichtlich war sie nicht die Einzige an diesem Abend, die sich von Friedrich angezogen fühlte.

Katie fühlte sich seltsam ertappt. Warum hatte sie auch Hals über Kopf mit ihm geflirtet? Sie kam sich dumm vor. Natürlich konnte sie ihm noch eine zweite Chance geben. Er war ein Märchenprinz! Aber ein sehr untreuer und da war das einzig Richtige, einen Schlussstrich unter diese kleine Romanze zu ziehen. Zumal sie sowieso nicht hier war, um einen Freund zu finden, sondern einen Diebstahl aufzudecken, um zurück ins 21. Jahrhundert zu kommen.

Wieder verfluchte Katie ihre Gedanken. Ständig diese Theorie mit der Zeitreise! Das war völliger Blödsinn. Warum weckten Gina und ihre Clique sie nicht endlich auf oder warum schrie der Arzt nicht »Weg vom Tisch!« und presste einen Defibrillator auf ihre Brust?

Eine Silhouette in goldblauem Jackett tauchte im Gedränge auf. Blonde, zerzauste Haare wanderten zwischen den Gästen hindurch und kamen bei Friedrich und dessen Vater zum Stehen. Nicolas. Katie war so froh, ihn zu sehen. Wenigstens EINER, der sie nicht hinterging. Gerne wäre sie zu ihm hinübergelaufen, hätte sich bei ihm ausgeschimpft oder hätte ihn um ein zweites Duell gebeten, um für einen Moment alles Geschehene zu vergessen und ihren Frust abzureagieren. Aber dazu musste sie Friedrich unter die Nase treten und dafür war gerade absolut kein guter Zeitpunkt. Wer weiß, ob sie nicht doch die Beherrschung verlor und sich wütend auf ihn stürzte.

Nicolas ließ kurz den Blick durch die Menge wandern, während Friedrich sich von seinem Vater verabschiedete und seinen Cousin lediglich mit einem Nicken grüßte. Also war ihr Verhältnis zueinander wirklich nicht gut. Katie konnte das gerade absolut nachvollziehen.

Friedrich wandte sich von den beiden ab und durchlief mit großen Schritten das Foyer. Dabei schaute er sich suchend um. Ganz offensichtlich gefiel es ihm nicht, dass Katie nicht wie versprochen auf ihn gewartet hatte. Schnell duckte sie sich hinter zwei Frauen und eilte hektisch weiter Richtung Wand. Durch die plötzliche Bewegung aufmerksam geworden, huschten Nicolas Augen über die umstehenden Gäste, streiften sie dabei kurz und ein erstaunter Ausdruck tauchte auf seinem Gesicht auf. Gerade als er sich zurück zu ihr drehte, warf sich Katie in eine scharfe Linkskurve und verschwand hinter ein paar Männern, die sich angeregt über ihre Ehefrauen und deren Essgewohnheiten unterhielten.

Erst nach ein paar Sekunden traute sie sich wieder dahinter aufzutauchen und einen Blick hinüber zu Nicolas zu werfen. Der große, schmächtige Mann zu seiner Linken war also sein Onkel.

Nicolas lächelte familiär, gab ihm die Hand, während dieser ihm freundschaftlich auf die Schulter klopfte.

Katie machte erneut Anstalten, sich näher heranzupirschen. Es war mit Sicherheit geschickter, sich noch ein bisschen hier im Foyer und vor allem in Nicolas' Nähe aufzuhalten und dabei Friedrich bestmöglich aus dem Weg zu gehen. Dieser würde sehr wahrscheinlich die ganze Villa auf den Kopf stellen, um sie zu finden. Allerdings wollte sie auch nicht, dass Nicolas sie entdeckte. Sein Onkel war schließlich einer der Verdächtigen. Falls Nicolas gerade ein Verhör mit ihm durchführte, dann war es ungeschickt, sie zu unterbrechen. Außerdem musste sein Onkel nicht auf die Nase gebunden bekommen, dass sie mit Nicolas zusammenarbeitete. Der Plan war, sich unauffällig den beiden zu nähern. Das war jedoch leichter gesagt als getan.

Um weder von Nicolas noch von Friedrich entdeckt zu werden, musste sie stets in der Nähe eines Verstecks bleiben und gleichzeitig durch das dicht gedrängte Foyer zu den beiden vordringen.

Mit schaufelartigen Bewegungen versuchte sie sich einen Weg zu bahnen. Das führte allerdings dazu, dass die umstehenden Männer irritiert ihr Gespräch unterbrachen und sie interessiert beobachteten. Sie schienen unentschlossen zu sein, ob sie Katie für übergeschnappt oder als lustige Unterhaltung sehen sollten.

Damit verursache ich viel zu viel Aufmerksamkeit.

Ganz besonders, weil sie keine Gewissheit hatten, dass Nicolas' Onkel der Täter war. Vielleicht war der Dieb einer der anderen Verdächtigen und befand sich ebenfalls zurzeit im Foyer, um Nicolas zu beobachten. Dann präsentierte sie ihm gerade auf dem Silbertablett, dass sie mit Nicolas zusammenarbeitete oder zumindest in engem Kontakt stand. Das hieß, dass der Täter ab sofort auch ein wachsames Auge auf Katie haben würde und sie nicht mehr undercover ermitteln konnte. Der Dieb würde gewarnt sein und sie wären wieder im Nachteil.

Mit der rechten Hand machte Katie eine fächelnde Bewegung.

»Puh, ganz schön warm hier.« Sie warf den Männern einen besonders erhitzten Blick zu und griff ausdrucksvoll nach einem Glas auf dem Tablett eines vorbeeilenden Kellners. Sie prostete in die schaulustige Menge und nahm einen großen Schluck. Nur mit Mühe schaffte sie es, das Zeug im Mund zu behalten und es irgendwie die Kehle hinunterzuwürgen.

Brrr! Widerlich. Was ist das für ein Zeug?

Das Getränk brannte auf ihrer Zunge und hinterließ einen ekligen, süßen Geschmack.

Die Männer wirkten jetzt sichtlich enttäuscht und verloren innerhalb kürzester Zeit das Interesse an ihr. Katie wollte kein Risiko eingehen und blieb lieber weiter in der Rolle der schwitzenden Diva. Sie tat geschäftig, nippte ein paar Mal am Glas, ohne nochmal etwas von der Flüssigkeit zu trinken, und trat näher an die beiden Sprechenden heran.

Nicolas Gesprächspartner hatte seine Maske nach oben geschoben. Das darunterliegende Gesicht gehörte eindeutig zu seinem Onkel. Unterbewusst wollte Katie bereits nach ihrem Handy greifen und trotz allem nachschauen, ob das Gesicht mit dem Bild vom Wandteppich übereinstimmte, als sie sich zur Vernunft rief. Sie konnte doch nicht in aller Öffentlichkeit ihr Handy zücken. Zwar zweifelte sie nach wie vor daran, sich wirklich im 17. Jahrhundert zu befinden und glaubte eher in einer Versteckten-Kamera-Show gelandet zu sein oder Wahnvorstellungen aufgrund einer Gehirnerschütterung zu haben, doch trotzdem durfte sie vorerst nichts riskieren. Vielleicht war das ganze hier ja eine Art LARP. Diese komischen Live-Action-Roll-Play-Aktionen wurden immer beliebter.

Katie kannte solche Events nur aus dem Fernsehen. Keine Ahnung, ob es irgendwelche Spielregeln und Strafen für Leute gab, die aus der Rolle fielen. Also besser anpassen und mitspielen. Das bedeutete, dass alle Technologie des 21. Jahrhunderts erst einmal geheim gehalten werden musste.

»Wie schön Euch hier anzutreffen, Onkel«, hörte sie Nicolas sagen.

»Die Freude ist ganz meinerseits, Neffe. Ein wahrlich einzigartiges Fest ist das, zu einem ganz besonderen Anlass.«

»Schön, dass es Euch gefällt. Der eigentliche Höhepunkt des Abends steht uns aber noch bevor.«

»Ihr meint die Zeremonie des Kürbis?« Der Mann lachte und machte eine ausladende Geste in Richtung der umstehenden Gäste. Katie drehte sich eilig zur Seite und betrachtete gespielt fasziniert ein Blumenbouquet auf einem der Tischchen. Es war wirklich schön.

Nicolas griff nach einem Getränk auf einem Tablett und reichte ein zweites Glas seinem Onkel. Dieser sprach mit stolzer Stimme weiter. »Ja, nach diesem Ereignis sehnt sich hier mancher bereits seit vielen Jahren. Noch nie ist unserem Familienzweig diese Ehre zuteilgeworden und nun hat der Rat der Zwölf meinen Bruder auserwählt.«

»Seid nicht so bescheiden, Onkel. Mein Vater hat mir berichtet, dass der Rat sehr angetan ist von Eurer wohltätigen Arbeit.«

Sein Onkel machte eine beschwichtigende Handbewegung. »Euer Vater hat mir bereits davon berichtet und ich muss gestehen, ich bin geschmeichelt. Es ist eine Anerkennung, dass der Rat der Zwölf meine Arbeit schätzt. Ich würde lügen, würde mich ein solches Lob nicht stolz machen. Doch vor allem freue ich mich, Menschen helfen zu können, denen das Leben nicht so viel Glück beschert hat wie uns.« Seine Mundwinkel zuckten und ein Schmunzeln trat auf seine Lippen. »Euer Vater leistet einen guten Beitrag im Rat der Zwölf. Da war es nur zu erwarten, dass man ihn dieses Mal ausgewählt hat, den Ball auszutragen.«

Ein Kellner umrundete die beiden und verteilte an nebenstehende Gäste Getränke. Katie wurde für einen Moment der Blickkontakt genommen. Halsreckend versuchte sie der Konversation weiter zu folgen. Der Kellner schien jedoch in keiner Eile zu sein und verteilte seelenruhig weiter Gläser an die Gäste. Schließlich kam er auch auf sie zu. Sie bedeutete ihm mit ihrem eigenen Glas, dass sie bereits glücklich versorgt war und schob sich eilig wieder in Hörweite von Nicolas und seinem Onkel.

»… Ideen gehört, dem Volk seltene Pflanzen zum Anbau zu schenken.«

»Das ist richtig. Auf einer meiner Exkursionen in die angrenzenden Länder habe ich von einem seltenen, knollentragenden Gewächs gehört, das im Boden wächst und sich vermehrt. Die Knollen sind gelblich und in gekochtem Zustand genießbar. Man nennt sie Erdäpfel …«

Wieder musste Katie einer Schar heiterer und ganz offensichtlich leicht angetrunkener Gäste Platz machen.

»… Solche Pläne würden meinen Vater sicher interessieren. Er könnte sie dem Rat vorlegen und Euch die Ideen präsentieren lassen.«

»Das ist ein guter Vorschlag, Nicolas. Wie der Vater, so der Sohn. Gerne werde ich meinen Bruder darüber unterrichten. Ich hatte sowieso vor, mit ihm über ein paar geschäftliche Dinge zu sprechen.«

»Das an einem so feierlichen Tag? Onkel, Ihr solltet Euch einmal ausruhen und das Fest genießen. Dieses Ereignis findet schließlich nicht alle Tage statt.« Sein Onkel tat gespielt schockiert über diese Worte. »Sagt, hat mein Vater Euch eigentlich schon den Kürbis gezeigt? Er sieht noch beeindruckender aus, als die Erzählungen sagen.«

»Bisher nicht. Euer Vater ist tunlichst darauf bedacht, den Kürbis sicher zu verwahren. Da scheint er auch bei seiner Familie keine Ausnahme zu machen. Aber ich werde trotzdem den restlichen Abend versuchen, ihn davon zu überzeugen, mir den goldenen Kürbis noch vor der Zeremonie zu zeigen.«

Nicolas lachte herzhaft auf. »Versucht es, Onkel. Aber seid nicht allzu gekränkt, falls es nicht klappt. Wenn Ihr mich jetzt entschuldigen würdet, die Pflicht ruft.«

Er deutete eine leichte Verbeugung an, die sein Gegenüber erwiderte. Eilig drehte sich Katie von den beiden weg und nahm automatisch einen Schluck aus ihrem Glas – den letzten, wie sie erschrocken feststellte. Wo war all die Flüssigkeit hin? Hatte sie etwa unterbewusst das ganze Glas leer getrunken? Ein eigenartig säuerlicher Geschmack breitete sich auf ihrer Zunge aus und brannte leicht im Hals. Was um Himmels willen war da drin gewesen?

Sie starrte auf das Glas, das aber keine Rückschlüsse auf die noch vor kurzem darin enthaltene Flüssigkeit gab. Argwöhnisch stellte sie das Gefäß auf einem kleinen Tisch ab und entfernte sich so weit wie möglich davon. Ein kindischer Gedanke natürlich, aber Katie hatte keine Lust, ein weiteres Mal unterbewusst etwas zu trinken, von dem sie keine Ahnung hatte, was es war.

Musik und aufgeregtes Stimmengewirr drangen aus dem Ballsaal. Die Gäste amüsierten sich. Die Stimmung war ausgelassen. Trotzdem lag über allem eine knisternde Spannung. Die Vorfreude der Feiernden auf die traditionelle Erleuchtung des goldenen Kürbis wurde mit jeder Stunde größer.

Katie blickte hinüber zur hölzernen Standuhr.

22:30 Uhr.

Wo war die Zeit geblieben? Langsam wurde es knapp. Wenn der Dieb den Kürbis an diesem Abend stahl, würde er bald seinen nächsten Versuch wagen. Bis dahin mussten sie den Täter kennen.

Nicolas' Onkel hatte auf den ersten Blick einen netten und unschuldigen Eindruck gemacht. Trotzdem war es wichtig, seine Kinder über ihn auszufragen, um einen bestmöglichen Eindruck von ihm zu gewinnen und eventuell ein Motiv ausfindig zu machen. Genau das galt es jetzt als nächstes zu erledigen.

Katie machte sich auf den Weg zu Elizabeth und ihrem ältesten Bruder. Kurz bevor sie jedoch den Ballsaal erreichte, trat Friedrich aus der Menge vor dem Eingang. Wieder bekam Katie bei seinem Anblick einen Kloß im Hals und hatte zeitgleich das Verlangen, ihm eine kräftige Ohrfeige zu verpassen. Der Anblick der Wachen vor den Türen ließ sie allerdings erahnen, dass diese ihre Geste womöglich falsch verstehen und sie wegen unbegründeter Gewaltanwendung in den Kerker sperren würden. Sie biss sich auf die Zunge, um nicht die Kontrolle zu verlieren. Noch hatte Friedrich sie nicht entdeckt. In geduckter Haltung sprang sie hinter eine Traube von Menschen und durchquerte die Halle in die entgegensetzte Richtung. Durch einen Umweg konnte sie einen drohenden Zusammenstoß mit ihm vermeiden.

Friedrich blieb am rechten Eingang zum Ballsaal stehen. Suchend überblickte er die Menschen im Foyer. Offenbar hatte er bemerkt, dass Katie sich nicht im Ballsaal befand und hoffte nun, hier mehr Glück zu haben.

Die ständige Bewegung der Gäste in der Eingangshalle machte es Katie fast unmöglich, immer verdeckt zu bleiben und zeitgleich unbemerkt nach dem miesen Verräter Ausschau zu halten. Dafür gab das Gewimmel ihren eiligen Schritten Deckung und sie schaffte es innerhalb kürzester Zeit ans andere Ende der Eingangshalle neben die Treppe.

Ziellos schlenderte Friedrich umher und entschied sich dann, auf eine kleine Schar junger Frauen zuzusteuern – ausgerechnet auf die, hinter der sich gerade Katie versteckte! Wie sollte es anders sein, war natürlich gerade jetzt niemand in der Nähe, sodass Katie schleunigst hätte weiter schleichen können. Friedrich war nun keine zwei Meter mehr von ihr entfernt. Wenn er noch drei Schritte machte, würde er den roten Stoff ihres Kleides hinter den Frauen entdecken.

Panisch schaute sich Katie nach allen Seiten um und hockte sich noch tiefer. Sie musste handeln. Jetzt. Wie ein hilfloses Reh sprang sie nach links ins Ungeschützte, spurtete, mit der Hand halb vor dem Gesicht, in den Flur unter der Treppe und flüchtete in die Deckung eines dort stehenden Liebespärchens. Das war jedoch wenig begeistert von Katies spontanem Besuch und zog verärgert von dannen.

Wieder stand sie für alle deutlich sichtbar im sonst menschenleeren Flur. Wenn Friedrich ihren Sprint gesehen hatte und ihr folgte, dann war sie geliefert. Ein ängstlicher Blick zurück zeigte, dass er von alldem jedoch nichts bemerkt hatte. Den Arm um die Taille einer der Frauen gelegt, führte er diese in den Ballsaal hinein. Ihre Freundinnen folgten mit neidischen Blicken.

Na klasse, Friedrich, mein Traumprinz, ist ein Frauenheld.

Ein Flüstern riss Katie aus den Gedanken. Verwirrt schaute sie nach rechts und links. Aber der Flur war leer.

»Toll, jetzt höre ich schon die Flöhe husten!« Sie wischte sich mit der Hand über die Stirn und hielt inne, als erneut eine leise Stimme sprach. Was sie sagte, konnte Katie nicht ausmachen. Sie kniff die Augen zusammen und blickte nach links. Wenn sie sich nicht täuschte, war die Stimme aus dieser Richtung gekommen. Doch da war niemand. Weit und breit war keine Menschenseele zu sehen. Waren das etwa Halloween-Gespenster? Katie schob diesen Gedanken eilig beiseite. Es gab für alles eine rationale Erklärung. Sie hatte eine Stimme gehört. Dafür musste es eine Erklärung geben.

Ein langer Schatten auf der Rückseite der Eingangstreppe weiter vorne machte die darunterliegende Ecke kaum einsehbar. Katie presste die Lider enger zusammen. Langsam gewöhnten sich ihre Augen an das wenige Licht und tatsächlich: Dort unter dem Treppenabsatz standen zwei Gestalten. Wenn sie die Schatten richtig deutete, waren das ein Mann und eine Frau.

»Gibt es hier eigentlich nur glücklich verliebte Pärchen?!« Sie war genervt. Reichte es nicht, dass sie einem nervigen Dieb hinterherrannte, der schuld daran war, dass sie angeblich in der Vergangenheit feststeckte? Nein, jetzt musste auch noch die Herzschmerznummer kommen.

Ungewollt fixierte Katie die beiden Gestalten unter der Treppe genauer. Die männliche Silhouette war ein Stück größer als sie, hatte die Haare zu einem Pferdeschwanz zusammengebunden und war, nach den Umrissen des Oberkörpers zu urteilen, sehr durchtrainiert. Das Mädchen neben ihm war ein Stück kleiner und trug ein ausladendes Kleid mit aufwendiger Maske. Die Kleiderfarben konnte man in der Dunkelheit jedoch nicht ausmachen. Schon beugte sich der Junge nach vorne. Katie verzog das Gesicht und wandte sich zum Gehen. Sein Oberkörper wanderte immer näher zu den Lippen des Mädchens und … an ihrem Mund vorbei. Statt sie wie erwartet zu küssen, griff er nach etwas auf dem Boden. Es war ein Beutel.

Katie zog überrascht die Stirn in Falten und stoppte. Sie schätzte die Größe des Inhalts auf etwa 30 cm in Höhe und Breite. Mehr Details konnte sie nicht ausmachen. Alle Alarmsirenen in ihrem Kopf begannen zu schrillen und eine unangenehme Vermutung machte sich in ihr breit.

Als ob er Katies Anwesenheit spürte, blickte sich der Mann absichernd um. Sofort drückte Katie sich in den Schatten einer Säule. Für einen Moment ruhten seine Augen auf ihrem Versteck. Ihr Herz begann schneller zu schlagen. Konnte er sie im Schatten des Mauerwerks sehen?

Langsam drehte er sich wieder zu dem Mädchen um und überreichte ihr den Beutel. Diese blickte sich ebenfalls nervös um und griff dann zögerlich danach. Der Inhalt schien schwer zu sein, denn ihre Arme spannten sich unter der Last an und ihre Muskeln kämpften mit dem Gewicht. Schnell drückte sie den Sack an ihren

Oberkörper, beugte sich vor, gab dem Mann einen flüchtigen Kuss auf die Wange und lief im Schatten der Treppe davon.

Der Mann verharrte reglos in seiner Position. Wieder wanderte sein Blick zu Katie und versetzte sie in Panik. Er musste sie gesehen haben, sonst würde er nicht ständig in diese Richtung schauen. So weit wie möglich drückte sie ihr ausladendes Kleid in die Ecke und hielt die Luft an. Vor ihr stand niemand anderer als der Kürbisdieb und der kannte sehr wahrscheinlich keine Skrupel, wenn es darum ging, Zeugen zum Schweigen zu bringen. Schnell ging Katie alle Verdächtigen im Kopf durch und suchte nach Übereinstimmungen mit der Silhouette. Friedrich konnte es nicht sein, den hatte sie gerade in den Ballsaal gehen sehen. Nicolas' Onkel war zu groß. Da sie Nicolas' Vater nicht kannte, konnte sie seine Größe nicht beurteilen. Aber die Person unter der Treppe schien nicht alt genug zu sein. Hektor, der Verwalter, war zu kräftig für die Gestalt und außerdem fehlte seine leicht gebückte Haltung. Blieb noch Nicolas' ältester Cousin. Von ihm kannte Katie bisher nur das Gesicht. Der Schatten machte es aber unmöglich, klare Konturen zu erkennen.

Katie wartete unsicher ab. Irgendwann musste der Mann aus dem Versteck kommen.

Einen Moment lang verharrte er noch in der Dunkelheit, dann trat er unter der Treppe hervor und das Licht gab sein Gesicht preis.

»Nicolas!«

KAPITEL 15

Geschockt schlug sich Katie die Hand vor den Mund. Zum Glück bemerkte Nicolas das nicht. Er wandte sich nicht einmal mehr um. Gemächlichen Schrittes verließ er den Flur, so als ob nichts geschehen wäre.

Katie atmete stoßweise. Unfassbar. Sie war gerade Zeuge geworden von … ja, was eigentlich?

Sie hatte zunächst geglaubt, dass sich in dem Jutebeutel der goldene Kürbis befand. Aber das war unmöglich. Niemals konnte Nicolas der Täter sein. Außerdem hatte sie vor kaum einer halben Stunde selbst vor dem Ahnenraum gekniet, das Mehl überprüft und den Kürbis auf dem roten Samt liegen sehen. Direkt danach hatte sie Nicolas im Gespräch mit seinem Onkel belauscht. Wann hätte er ihn stehlen sollen? Da fiel ihr auf, dass das so nicht stimmte. Nach ihrem Besuch im Ahnenraum hatte sie zuerst Friedrich getroffen. Das Gespräch hatte zwar nicht lang gedauert, aber ihre geistigen Aussetzer bei seinem hübschen Anblick reichten aus, dass sie alles um sich herum vergaß. Da war es kein Problem, mal eben den goldenen Kürbis zu stehlen. Zumal sie Nicolas ja auch noch darin eingeweiht hatte, dass sie ein weiteres Mal nach dem Kürbis schauen wollte. Unter dem Vorwand sich wegen ihres Dolches zu erkundigen, konnte er nach ihrem Duell in der Bibliothek in Ruhe alles vorbereitet haben und den richtigen Moment nach ihrem Verlassen des Ahnenraums abpassen. Bis sie den Diebstahl dann bemerkt hätte, hätte er – wie eben ja gerade gesehen – das Goldstück schon an seinen Mittelsmann weitergegeben. Warum tat er das?

Katie war hin- und hergerissen. Nicolas konnte einfach nicht der Dieb sein. Sie wollte ihm vertrauen und an seine Unschuld glauben, er war schließlich ihr einziger Verbündeter in diesem verwirrenden Spiel. ER hatte ihr doch von dem Fluch erzählt, die Verdächtigen gezeigt und mit ihr die Verhöre durchgeführt. Aber das waren scheinbar alles nur Tricks gewesen, um sie auf eine falsche Fährte zu locken. Ihr kamen die Aufeinandertreffen im Studierzimmer und in der Bibliothek in den Sinn. Nicolas hatte am Anfang kühl, berechnend und großspurig gewirkt. Er hatte sie ohne Gnade in den Kerker sperren wollen. Aber er hatte es jedes Mal nicht getan. Stattdessen war es Katie eher so vorgekommen, als ob er mit jeder ihrer Begegnungen seine kalte Fassade hatte fallen lassen. Er hatte Witze mit ihr gemacht und sie aus etlichen brenzligen Situationen gerettet. Es hatte gewirkt, als seien sie Freunde. Zumindest schien das bisher so. Die heimliche Übergabe änderte nun alles. Nicolas hatte offenbar selbst keine weiße Weste.

Katie raufte sich die Haare. Sie war Teil eines riesigen Cluedo-Spiels. Wer war hier wirklich der, für den er sich ausgab? Wer hatte ein Motiv und wer ein Alibi? Aber vor allem plagte sie die Frage, wem konnte sie noch trauen? Sie hatte Nicolas vertraut. Ein Fehler, wie sich jetzt herausstellte.

»Vertraue niemandem. Nicht einmal dir selbst.«

Nicolas hatte sich für die andere Seite entschieden.

Katie fühlte sich seltsam benommen. Die Erkenntnis, nun ganz auf sich allein gestellt zu sein, war beängstigend. Nicolas war ein Verräter. Er hatte sie schamlos ausgenutzt und ihr Vertrauen missbraucht. Was war sein Motiv? Sie wusste es nicht. Ihr Kopf schwirrte. Sie brauchte eine Pause, eine Auszeit, um wieder einen klaren Gedanken fassen zu können. Alles um sie herum schien in doppelter Geschwindigkeit abzulaufen. Ihr Blick wanderte ziellos umher, auf der Suche nach etwas oder nichts. Tränen brannten in ihren Augen.

Im Foyer erschien Friedrich, den Arm immer noch um die Taille des blonden Mädchens gelegt. Seine aufrechte und selbstsichere Körperhaltung, sein freundliches Lächeln, alles an ihm strahlte Sicherheit und Sympathie aus. Aber auch ihm konnte Katie nicht mehr trauen. Nur allzu gerne wäre sie zu ihm hinübergelaufen, hätte sich an ihn geschmiegt und zugehört, wie er ihr mit seiner weichen Stimme sagte, dass alles in Ordnung sei und er sie beschützte. Doch das konnte er nicht. Niemand konnte sie beschützen. Wenn Katie es nicht schaffte, den Dieb zu überführen und Nicolas' Schuld zu beweisen, dann nahm der Fluch erneut seinen Lauf. Dieses Mal mit ihr. Falls sie das überhaupt noch miterlebte. Wenn Nicolas herausfand, dass sie von seiner Tat wusste, dann würde er mit Sicherheit kurzen Prozess mit ihr machen. Es war mittlerweile unwahrscheinlich, dass Friedrich und Nicolas zusammen unter einer Decke steckten. Katie hatte ihre gegenseitige Abneigung selbst beobachtet. Trotzdem bildete auch er zurzeit keinen sicheren Hafen.

Wie aufs Stichwort blickte er zu ihr hinüber. Er lächelte glücklich, entschuldigte sich bei der Blondine und eilte auf sie zu. Katie schlug einen Haken und rannte in den Ballsaal. Bloß weg und so tun, als ob sie ihn nicht gesehen hätte. Hier im Getümmel würde er ihre Fährte verlieren.

Sie traute sich nicht, einen Blick nach hinten zu werfen und rannte stattdessen weiter in Höchstgeschwindigkeit an Kellnern und Gästen vorbei. Einige schrien erschrocken auf und warfen ihr verärgerte Blicke zu. Als Katie doch einen Blick über ihre Schulter warf, glaubte sie im Augenwinkel die Gestalt von Nicolas zu erkennen. Eine Hitzewallung überkam sie und ihr Magen verkrampfte sich. Nicht auch noch Nicolas!

Abgelenkt durch diesen Gedanken rannte sie ungebremst in einen Mann hinein, der sich gerade aus einer tanzenden Gruppe löste. Ihre Körper prallten aufeinander. Katie spürte, wie sie beide stolperten und zu Boden gingen. Ihr Kleid schwang nach oben und drohte ihren Po freizugeben. Reflexartig griff sie mit der einen Hand nach dem Unterrock, zerrte ihn wieder nach unten und verhedderte sich dabei mit dem Daumen im Schnürkorsett. Mit der anderen Hand ruderte sie wild, um einen schmerzhaften Aufprall auf ihre Schulter zu vermeiden. Vergebens. Sie würde wie eine Flunder auf dem harten Boden aufklatschen.

Mit einer einzigen präzisen Bewegung streckte der junge Mann neben ihr im Fallen seine Arme aus, griff nach ihrer Hüfte und zog sie schützend an seinen Körper. Katie spürte, wie sich kräftige Muskeln anspannten und den Sturz dämpften. Ineinander verhakt fielen sie aufs Parkett. Ein Geruch von Waldfrüchten und Pferdestall kam Katie entgegen. *Ein Glück, schon mal nicht Friedrich!*

Dank des schnellen Reflexes des jungen Mannes war der Aufprall kaum spürbar. Im Gegenteil, Katie landete weich und war wirklich froh, sich an diesem Abend nicht doch noch ernsthaft verletzt zu haben.

»Vielen Dank. Ich habe …«

Der üppige Stoff ihres Kleides wurde zur Seite geschoben und gab das Gesicht ihres Retters frei. Unter ihr lag kein anderer als Nicolas de Ribera.

»Also wirklich, Katie, warum beginnen unsere Begegnungen eigentlich immer mit einem Sturz?«

Erschrocken riss sie die Augen auf und begann sich schleunigst von seiner Brust zu wälzen. In jeder Sekunde, in der sie seinen Körper berührte, zog sich ihr Magen krampfhaft zusammen. Ihre Hände waren schweißnass und kribbelten so heftig, als fasse sie an einen glühenden Ofen, während eine innere Stimme immer und immer wieder rief: »Verräter!«.

Die umstehenden Tanzgäste schauten neugierig auf die dargebotene Szene. Katie achtete weder auf sie noch auf ihr kostbares Kleid, das sie nun vollends zerknüllte. Sie wollte einfach nur weg. Distanz zwischen sich und Nicolas bringen.

Hektisch wischte sie sich die Tränen von den Wangen. Es fehlte noch, dass Nicolas ihr nasses Gesicht bemerkte und misstrauisch wurde.

Freundlich lächelnd bedeutete dieser den Schaulustigen, dass es ihnen beiden gut ging und es hier nichts weiter zu sehen gab. Unterdessen richtete Katie ihr Kleid, knickste höflich, da sich das gaffende Publikum die Show natürlich nicht entgehen ließ, und setzte zum Sprint an. Nicolas ergriff jedoch ihren Arm und zog sie zurück.

»Ist alles in Ordnung mit Euch? Abgesehen von dem erneuten Sturz?« Er lächelte verschmitzt, doch in seinen Augen lag ein Anflug von Besorgnis. »Ihr seht erhitzt aus? Habt Ihr geweint?«

Katie presste die Lippen aufeinander und schüttelte energisch den Kopf. *Bloß nichts anmerken lassen.* Sie wagte einen erneuten Fluchtversuch, doch seine Hand hielt weiter eisern ihren Arm fest. Hatte er sie eben in ihrem Versteck gesehen oder nicht? Sie konnte es nicht feststellen.

Die Welt um sie herum begann leicht zu schwanken. Warum musste sie auch ausgerechnet Nicolas in die Arme laufen? Er hatte Recht, ihr war unnatürlich warm und das konnte nicht nur am Weinen und Rennen liegen. Gleichzeitig fühlte sie sich aufgedreht und positiv benommen. Kam das vom Sturz? Dem Schock der letzten Ereignisse? Seinem Verrat? Ihr fiel das Getränk ein, das sie in der Eingangshalle während seines Verhörs unbewusst zu sich genommen hatte. Vielleicht gab es in der Vergangenheit bereits Partydrogen wie Ecstasy, die man ihr ins Getränk gemixt hatte. Oder es war der Alkohol, der völlig ungewohnt für ihren Körper war und jetzt seine Wirkung zeigte?

Ihr Magen begann zu knurren. Wann hatte sie eigentlich das letzte Mal etwas Vernünftiges gegessen, außer den drei kleinen Törtchen? Alkohol wirkte bei leerem Magen doch noch schneller.

»Alles bestens!«, erklang ein heißeres Krächzen aus ihrem Mund. Sofort schlug sie die Hand davor. Nicolas zog die Stirn in Falten. Seine Augen wanderten ihr Gesicht entlang und musterten sie eindringlich.

»Ich dachte, Euch vorhin gesehen zu haben.«

Die Übergabe! Er hatte sie also doch bemerkt.

Katie setzte eine Unschuldsmiene auf und versuchte, sich unauffällig ein Stück von ihm zu entfernen.

»Ach ja? Ich kann mich gar nicht erinnern, dich gesehen zu haben. Wo soll das denn gewesen sein?« Ratlos kratzte sie sich am Kopf. *War das zu viel?*

Er schwieg. Seine Augen trafen ihre und beobachteten jede noch so kleine Regung ihres Gesichts. Katie zwang sich standzuhalten. *Nicht schlucken, nicht blinzeln und auf gar keinen Fall die Lippen bewegen.*

Seine Augenbraue zuckte, während sein Kiefer nachdenklich arbeitete. Nach einer gefühlten Ewigkeit öffnete er langsam den Mund, um etwas zu erwidern. Aus dem Effekt heraus beugte sich Katie vor, griff nach seinem Arm und zog ihn unvermittelt in die tanzende Menschenmasse. »Weißt du was, ich brauche mal eine kurze Pause von den vielen Verhören. Anstatt ständig zu reden, lass uns einen Tanz mitmachen. Dann nehmen uns die Leute wahr und wir haben ein Alibi, … nur falls wir später eins brauchen sollten. … Also nicht, dass ich etwas stehlen würde und eins bräuchte … oder du …«

Sein Blick wandelte sich von Überraschung zu Verwirrung und schließlich Misstrauen. Katie hätte sich am liebsten ins Bein gebissen. Konnte sie nicht einfach mal ihre Klappe halten? Körper und Geist gehorchten ihr nicht mehr. Ein überdrehtes Gefühl breitete sich in ihrem Kopf aus und sie hoffte, das Tanzen würde etwas Adrenalin abbauen.

Nicolas willigte zwar ohne Einwand ein und führte sie protokollgerecht auf die Tanzfläche, doch sein Gesicht blieb skeptisch.

Katie war es dieses Mal egal, wie oft sie ihrem Partner auf die Füße trat. Sie brauchte einen Moment Ruhe zum Nachdenken. War Nicolas wirklich der Dieb? Wer war sein Komplize? Friedrich hatte während ihres Verhörs nicht den Eindruck gemacht, als ob er wüsste, wo sich der Kürbis befand. Ihrer Forderung, sie dort hinzuführen, war er jedenfalls geschickt ausgewichen. Ihre spontane Behauptung, dass der Kürbis zehn Öffnungen habe, war reine Spekulation. Friedrich hatte ihr die Anzahl jedoch bestätigt und ihr von den falschen Proportionen des Mundes erzählt. Das hatte zufälligerweise gestimmt. Aber wie er behauptet hatte, war es eine Art Familiengeheimnis. Das wiederum sprach dafür, dass er dieses Wissen besitzen konnte, ohne den Kürbis jemals gesehen zu haben. Da Nicolas' und Friedrichs Verhältnis nicht das Beste war und Nicolas' Vater aus Sicherheitsgründen nicht einmal seinen Familienangehörigen den goldenen Kürbis zeigte, war es unwahrscheinlich, dass weder Friedrich noch der Onkel ihn bereits zu Gesicht bekommen hatten. Vermutlich kannten sie nicht einmal den genauen Aufenthaltsort des Kürbis.

Also blieb noch die Option, dass Nicolas mit Hektor, Elizabeth oder Gabriel, seinem älteren Cousin, gemeinsame Sache machte. Das Mädchen unter der Treppe hatte allerdings nicht wie Elizabeth ausgesehen und auch keinen Fächer bei sich getragen. Ohne den würde sie doch bestimmt nirgendwohin gehen. Wie sollte sonst die Gesellschaft ihre emotionale Verfassung lesen können? Selbst wenn sie mit Nicolas zusammenarbeitete, wie war es ihm möglich gewesen, mit Katie im Studierzimmer zu sitzen und zeitgleich die Küchenmagd im Dienstbotengang umzustoßen? Sie hatten ja bereits herausgefunden, dass dort zwei Personen zu Gange gewesen waren. Hatten etwa diese beiden Vorfälle nichts miteinander zu tun und in Wahrheit handelte es sich dabei gar nicht um die Diebe, sondern einfach um missmutige Partygäste? Oder waren es sogar drei Täter, die gemeinsame Sache machten?

Katie schwirrte der Kopf. Jetzt, da sich die Spielregeln verändert hatten, musste jeder Hinweis noch einmal ganz neu betrachtet werden. Um herauszufinden, mit wem Nicolas zusammenarbeitete, musste Katie sich wohl oder übel erst einmal mit ihm verbünden. Nur so hatte sie die Chance, freien Zugang zu allen Orten in der Villa zu bekommen und ihn dabei aus der Nähe auszuspionieren.

Sie lächelte ihm charmant zu und unterdrückte einen hysterischen Kicheranfall.

Wirklich? Jetzt auch noch Kichern?

Sie verfluchte das Getränk.

Der Tanz war zum Glück nicht sehr anspruchsvoll. Die meisten Figuren waren Bewegungen, die erneut wie ein Spiegelbild der Tanzpartner aussahen. Katie musste also lediglich Nicolas Schritte nachahmen und dabei möglichst nicht zu viele Leute anrempeln.

Es folgte eine Drehung. Sie genoss den aufkommenden Wind, der ihrem Gesicht etwas Abkühlung verlieh. Ihr Gleichgewichtssinn war darüber allerdings nur mäßig erfreut. Katie taumelte mehr, als dass sie sich damenhaft bewegte. Zu allem Überfluss verlor sie für einen Moment ihren Horizont und rotierte zu weit. Als sie wieder zur Ruhe kam, stand sie direkt vor Nicolas und starrte auf sein Jackett. Sanft hob und senkte sich sein Brustkorb. Schnell wandte sie den Blick ab – nach oben. Fehler! Nun erblickte sie Nicolas' Augen, die sie aufmerksam ansahen. Sie spürte, wie sich ihr Puls beschleunigte und ein innerer Drang sie aufforderte, schnellstmöglich aus dem Raum zu flüchten. Gleichzeitig breitete sich ein kribbelndes Gefühl in ihrem Bauch aus und durchströmte wohlig ihren Körper. Wieder bemerkte sie den Geruch von Waldfrüchten und Pferdestall. Nicolas' Atem war deutlich neben ihrem Ohr zu hören.

Seine Züge wirkten auf einmal unregelmäßig. Die kristallblauen Augen glänzten im Kerzenlicht und schienen sie regelrecht zu verschlingen. Katie spürte, wie sie sich automatisch weiter nach vorne lehnte.

Himmel, was tue ich da?! Flirte ich etwa gerade mit dem Feind?!

Eilig trat sie einen Schritt zurück und reihte sich wieder in die Bewegung der anderen Tanzpaare ein. Sie versuchte ihre zittrigen Knie ruhig zu halten. Mit dem nächsten Tanzschritt brachte sie so viel Distanz wie möglich zwischen sich und Nicolas. Schnell lenkte sie ihre Gedanken wieder auf die bisherigen Verhöre und vermied es tunlichst, noch einmal in seine Nähe zu kommen.

Sein Onkel, so konnte sie nur Vermutungen anstellen, hatte vorerst kein Motiv, den Kürbis zu stehlen. Er schien sich über die Ehre, die seiner Familie mit der Zeremonie zuteilwurde, sehr zu freuen. Natürlich konnte das vorgetäuscht sein, aber Katie wüsste nicht warum. Anscheinend leistete er mit dem Großherzog zusammen erfolgreich wohltätige Arbeit und war dafür hoch angesehen. Deswegen hatte dieser merkwürdige Rat der Zwölf sie ja in diesem Jahr als Gastgeber des Kürbisballs auserwählt. Das bedeutete, dass der heutige Abend auch für Nicolas' Onkel eine Auszeichnung war.

Elizabeth, Nicolas' Tante und Hektor, der Verwalter, waren ebenfalls vorerst als Hauptverdächtige aus dem Schneider. Keiner von den dreien passte zu dem Gegner, mit dem Katie noch vor kurzem in der Bibliothek gekämpft hatte und auch ihre Kleiderfarben stimmten nicht mit der Aussage der Küchenmagd im Flur überein. Größe und Statur passten dann schon eher zu Nicolas' Onkel. Dieser wirkte aber zu unversehrt. Auch ein Motiv war bei allen noch völlig unklar. Von dem, was sie bisher wusste, konnte nur Nicolas der Täter sein. Vielleicht hatte er ja niemanden aus seiner Familie um Hilfe gebeten, sondern gewöhnliche Handlanger engagiert. Was aber war sein Motiv? Welchen Vorteil brachte es ihm, den goldenen Kürbis zu stehlen? In diesem Punkt konnte Katie nur raten. Vielleicht wollte er aus irgendeinem Grund die Arbeit seines Vaters sabotieren. Oder er hatte einfach eine wahnsinnige Vorliebe für Gold. Wie eine diebische Elster für alles Glänzende. Möglicherweise steckte er in Schwierigkeiten und wurde erpresst. Diesen Gedanken schob sie sofort wieder beiseite, als sie seinen wachsamen Blick auf sich spürte und sein selbstsicheres Profil musterte. Er war definitiv nicht der Typ Junge, der sich leicht einschüchtern ließ. Da war es schon wahrscheinlicher, dass er den Kürbis als Geschenk an seine Angebetete unter der Treppe weitergegeben hatte. Aber was brachte es Nicolas, den Kürbis jedes halbe Jahrhundert immer und immer wieder zu stehlen, obwohl er doch wusste, dass der Fluch sie wieder treffen würde?

Näher als nötig zog Nicolas sie während des nächsten Schrittes zu sich heran. Die dunkelblonden Haare fielen ihm dabei ins Gesicht und sein Blick ruhte unverwandt einzig und allein auf ihr.

Katies Herz vollführte erneut einen Trommelwirbel. Am liebsten hätte sie ihn angeschrien und nachgehakt, was er dem Mädchen unter der Treppe gegeben hatte und ihm ins Gesicht gesagt, dass sie sehr wohl bei der Übergabe Zeuge gewesen war. Das war allerdings Wunschdenken. Sie durfte ihm nicht vertrauen und sich selbst nicht verraten. Solange er nicht wusste, dass sie die Übergabe beobachtet hatte, war sie im Vorteil.

Die Musiker gelangten zum Ende des Liedes und Katie stoppte nur wenige Zentimeter vor Nicolas.

»Katie, wir müssen reden.«

Eilig wand sie sich aus seinem Griff, so als habe sie seine Worte gar nicht gehört. »Unbedingt, aber zuerst sollten wir unsere Verhöre beenden. Später gerne.« Hastig raffte sie ihr Kleid und rannte mit schnellen Schritten aus dem Ballsaal.

»Wartet!« Sie dachte gar nicht daran. Zügig verließ sie den Saal, lief in die Eingangshalle und die Treppe hinauf. Immer zwei Stufen auf einmal nehmend, rannte sie in den Turm.

Verschwitzt und schwer atmend kam sie vor den Wachen zum Stehen, die sie erstaunt ansahen. Zum Glück waren sie mittlerweile an ihre Anwesenheit gewöhnt und schöpften keinen Verdacht. Das Mehl auf dem Fußboden war unberührt. Kein einziger Fußabdruck war darin zu erkennen. Wie konnte das sein? Die Tür bildete den einzigen Eingang zum Ahnenraum. Nicolas MUSSTE hier durchgekommen sein. Drüber springen konnte er nicht; das Mehl hatte ein Ausmaß von 2x2 Metern. Irgendetwas war doch hier faul. Ein Hinweis passte nicht zu dem anderen.

Der linke Wachsoldat räusperte sich. Katie verstand sofort, dass sie sich hier nicht aufzuhalten hatte. Unwillig verließ sie den Turm wieder und ging zurück ins Foyer. Ihr Puls hatte sich mittlerweile wieder etwas beruhigt und das taube Gefühl in ihrem Kopf schwand.

Die große Standuhr in der Eingangshalle zeigte zwanzig vor elf.

Bevor Katie mit ihren Recherchen weitermachte, musste sie einen freien Kopf bekommen. Auf dem Weg durch die Eingangshalle sah sie sich vorsichtig um. Nicht nur, dass sie vor Friedrich fliehen musste, jetzt galt es auch, Nicolas aus dem Weg zu gehen.

»Als hätte ich nicht schon genug zu tun. Aber mal ehrlich, so langsam könnten diese Fernsehfuzzis aus ihrem Versteck hervorkommen und ›Reingefallen!‹ rufen. Denn, dass ich wirklich in der Vergangenheit bin, ist ja wohl völliger Humbug. Pf!«

Sie ging ein Stück den angrenzenden Flur neben der Treppe entlang. Wenn sie sich nicht täuschte, stand dort in der Mitte der Längsseite eine kleine hölzerne Bank. Ein typisches Exemplar von Museumsausstellungsstück, das man in der heutigen Zeit nicht einmal berühren durfte, geschweige denn sich draufsetzen. Hier hingegen gab es weder ein »Achtung Verboten«-Schild noch ein Absperrband, das Katie daran hinderte, sich einen Moment darauf auszuruhen.

Immer noch schlenderten angeregt diskutierende Festgäste den Gang entlang, hinaus in die große Parkanlage. Neugierig reckte Katie ihren Hals, um einen Blick aus dem Fenster zu werfen. Draußen war es wie erwartet dunkel, aber nicht ganz. Man konnte von hier aus den vorderen Teil des großen Gartens einsehen. Zwar wurde die Sicht durch einen riesigen Rosenstrauch an der Fassade eingeschränkt, doch einige Gäste waren durch die Blätter auszumachen. Sie schienen die Zeit bis zur Zeremonie dafür zu nutzen, durch den Rosengarten zu flanieren. Die kleinen Wege zwischen den symmetrisch angelegten Beeten wurden von großen Fackeln im Boden erhellt. Friedrich hatte Recht, der Park sah einladend aus.

Katie stutzte. Warum konnten eigentlich alle Gäste die Villa verlassen, sie selbst aber war durch eine unsichtbare Kraft im Gebäude gefangen? Waren nicht alle Anwesenden gleichermaßen vom Fluch betroffen oder galten für Katie spezielle Regeln, weil sie ja quasi als Zeitreisende durch das Betreten der Villa in diese Schleife geraten war?

Ein bitteres Lachen entwich ihrer Kehle. *Ja, na klar: verflucht und in der Vergangenheit gefangen.* Konnte man ihr nicht endlich sagen, dass das Ganze »nur« ein Witz war?! Aber langsam bröckelte ihr Glaube daran. Die Tatsache, dass sie Schmerzen spürte und somit nicht tot sein konnte und auch nicht unbedingt im Koma lag und sich zudem schon seit drei Stunden hier aufhielt, ließ den Zeitsprung in die Barockzeit immer realistischer wirken. Ja, es klang völlig absurd. Aber was, wenn es stimmte? Würde sie überhaupt jemals wieder hier herauskommen und ihre Familie sehen? Katie schnürte es die Luft ab. Wusste überhaupt jemand aus dem 21. Jahrhundert, wo sie sich befand?

Das Klicken einer sich schließenden Tür schreckte Katie auf. Der Laut hatte sich sehr nahe angehört, kaum ein paar Meter von ihr entfernt. Eine Tür war ihr vorhin gar nicht aufgefallen. Auf der Suche nach einem Versteck vor Friedrich, musste sie diese wohl übersehen haben.

Katie stand von der Bank auf, um einen genaueren Blick in den Flur zu werfen. Ihr Weg führte an der großen Pflanze im Gang vorbei, hinter der sie das Mehl versteckt hatte. Mehl? Oje, lag das etwa immer noch verschüttet auf dem Boden? Das hatte sie in der Eile ganz vergessen.

Sie machte auf dem Absatz kehrt und ging auf die Pflanze zu. Es wäre ein perfektes Versteck für den Leinenbeutel gewesen, wenn nicht Friedrich mit seinen verführerisch braunen Augen gekommen wäre. Wie vermutet war der Mehlfleck hinter der Pflanze immer noch da … und noch etwas anderes.

Forschend kniete sich Katie hin. Die Oberfläche des Mehls war nicht mehr durchgehend glatt, sondern durchbrochen worden – von einem Fußabdruck. Er zeigte auf die Wand hinter der Pflanze. Seltsam. Wieso sollte sich jemand hier direkt hinter der Pflanze aufhalten und auch noch so dicht an der Wand? Hier war nicht einmal genügend Platz zum Verstecken.

Katie beugte sich weiter vor und betrachtete den Fleck genauer. Sonderlich weit kam sie nicht, da vernahm sie eilige Schritte, die von der großen Eingangstreppe hinunter ins Foyer stürmten. Die dunklen Uniformen der Wachen verschwammen im Farbenspiel der Kostüme. An ihrer steifen Haltung erkannte Katie sofort, dass etwas passiert war. Sie wollte ihnen hinterherlaufen, als plötzlich etwas Hartes gegen ihren Kopf schlug. Ein stechender Schmerz durchzuckte ihre Schläfen und ließ Sternchen vor ihren Augen tanzen. Ihr Blickfeld verengte sich und das Dröhnen im Kopf schwoll an. Katie stöhnte auf. Sie spürte, wie sie ihr Gleichgewicht verlor. Dann wurde ihr schwarz vor Augen.

KAPITEL 16

Übelkeit und Schwindel ließen Katie würgen. Der Raum schien sich zu drehen. Oder drehte sie sich? Sie konnte es nicht sagen. Das Gefühl, ungewollt Passagier einer wilden Karussellfahrt zu sein, ließ sie unverwandt aufstöhnen.

Kann denn niemand das verdammte Ding endlich anhalten?

Nur langsam kam ihre Orientierung zurück und sie realisierte, dass sie mitnichten auf dem Schaukelpferd eines Karussells saß, sondern mit dem Rücken auf dem kalten, steinernen Fußboden lag. Jetzt spürte sie auch, wie zwei warme, kräftige Hände auf ihren Schultern lagen. Die Erinnerung an den Überfall kam schlagartig zurück. Sofort riss Katie die Augen weit auf und wurde von dem grellen Licht im Flur geblendet. Mit allerletzter Kraft schlug sie um sich. Egal wer sie niedergeschlagen hatte, ein zweites Mal würde er es nicht schaffen.

»Hört auf, Katie!«

Unsicher verharrte sie in ihrer Bewegung. Diese Stimme klang vertraut. Blinzelnd drehte sie sich in die Richtung aus der der Laut gekommen war. Ein besorgt aussehender Nicolas schaute auf sie hinab. Hinter seiner Schulter war ein Wachsoldat zu erkennen, der angespannt mit den Augen die Gegend absuchte.

»Nicolas? Sag mal spinnst du? Wieso schlägst du mich nieder?«

»Was?« Er schaute entgeistert. »Ich habe gar nichts gemacht. Aber vielleicht solltet Ihr mir mal verraten, warum Ihr schon wieder auf dem Boden liegt?« Ein erleichtertes Lächeln huschte über sein Gesicht.

»Haha! Ich … weiß es nicht. Ich habe hier gekniet und auf einmal wurde ich von irgendetwas am Kopf getroffen.« Wie um sicher zu gehen, dass das gerade wirklich passiert war, berührte sie mit der flachen Hand die Stirn. Sogleich durchzuckte ein heftiger Schmerz ihre Schläfe und Katie schreckte zurück.

Sachte fasste Nicolas nach ihrem Kopf, streifte vorsichtig mit der Hand ein paar Haarsträhnen von ihrer Stirn und betrachtete die rötliche Stelle. Sein Blick traf Katies Augen und er nahm eilig seine Hand wieder zurück.

»Hört zu, Katie. Der goldene Kürbis wurde gerade gestohlen.«

»Was?« Katie sprang entsetzt auf. Das bereute sie allerdings sofort. Sie schwankte und wäre fast zur Seite umgekippt, hätte Nicolas sie nicht im letzten Moment am Oberkörper festgehalten. Die Neuigkeit, dass der goldene Kürbis verschwunden war, war ihr natürlich vertraut, aber das musste Nicolas ja nicht erfahren. Nichtsdestotrotz versetzten seine Worte sie tatsächlich einen Moment lang in Schock. Sie hatte gehofft, dass sich die heimliche Übergabe als großes Missverständnis herausstellte und der Kürbis in Wirklichkeit doch nicht von Nicolas gestohlen worden war. Diese Hoffnung war allerdings damit gestorben.

»Ich muss nach oben, um mich im Ahnenraum nach Spuren umzuschauen. Vielleicht ist es besser, wenn Ihr …«, begann Nicolas.

»Nichts da! Ich komme mit. Ich muss nur noch schnell …«

Sie hob eilig ihr Kleid ein Stück an und griff in ihren Stiefel, während Nicolas ungeduldig wartete. Katie hörte, wie er etwas zu dem Wachmann sagte. Erneut wurde ihr schwindelig, doch dieses Mal schaffte sie es, allein das Gleichgewicht zu halten. Langsam reichte es wirklich mit den Verletzungen und Stürzen. Sie konnte froh sein, dass sie sich bisher nichts Ernsthaftes zugezogen hatte.

Das hoffte sie zumindest. Denn dass sie nicht bereits eine heftige Gehirnerschütterung hatte, grenzte an ein Wunder.

Ein leises Räuspern lenkte ihre Aufmerksamkeit auf eine rundliche Frau, die auf sie drei zukam. Ihre schlichte Leinenkleidung und die weiße Schürze erinnerten Katie an ein Gespenst. Ihr feuerrotes, lockiges Haar hüpfte bei jedem Schritt auf und ab. Die dabei leicht geduckte Haltung bot einen deutlichen Kontrast zu den anderen stolzierenden Gästen. Wahrscheinlich war sie eine Angestellte aus der Küche, überlegte Katie. Die Kleidung ähnelte zumindest der der Magd aus dem Dienstbotengang. Ihre Vermutung bestätigte sich, als die junge Frau Nicolas ein kleines Tuch überreichte und dabei etwas von »Koch« murmelte. Nicolas gab das weiße Stofftuch an Katie weiter.

»Hier. Legt Euch das aufs Gesicht. Es wird die Schmerzen lindern und dafür sorgen, dass keine Schwellung entsteht.«

Neugierig griff Katie danach. Das Tuch war kalt und nass. Genau das Richtige. Zwar war es kein klassisches Coolpack wie sie es kannte, aber es würde trotzdem helfen, das Anschwellen der Beule zu verhindern. Alles war besser, als in wenigen Minuten zu einem Einhorn zu mutieren und weiter diese Kopfschmerzen aushalten zu müssen. Katie legte das Stück Stoff zu einem kleinen Quadrat zusammen und drückte es leicht gegen ihre Stirn. Sofort beruhigte sich der Schmerz und das Pochen im Kopf ließ etwas nach. Ein tiefer Seufzer entfuhr ihr. Beim Wiedereinatmen nahm sie einen starken Geruch von Kräutern wahr. Der Duft erinnerte sie an einen Tee, den ihre Mutter ihr immer zubereitete, wenn sie krank war und ihre angeschwollenen Mandeln sie quälten. Katie tippte auf eine exotische Mischung aus Baldrian, Pfefferminz, Lavendel und einigen anderen beruhigend und abschwellend wirkenden Pflanzen. Das war quasi eine schmerzlindernde Droge zu Zeiten, als es noch kein Paracetamol oder Ibuprofen gab. Ganz egal, sie fühlte sich schlagartig besser.

»Gut, lasst uns nach oben gehen.« Sie nickte der Frau dankbar zu, während sich Nicolas und der Wachsoldat bereits abwandten.

Die junge Dame lächelte freundlich, knickste und entfernte sich dann rückwärts von den dreien.

Katie schüttelte verwirrt den Kopf. Was sollte man davon halten?

Die kleine Gruppe setzte sich Richtung Ahnenraum in Bewegung. Nicolas und der Wachsoldat gingen voraus, während Katie mit etwas Abstand folgte. Immer noch hielt sie das Tuch gegen ihre Stirn gepresst und hatte das Gefühl, dabei mächtig dämlich auszusehen. Dankbar registrierte sie, dass ihnen keine Menschenseele im Flur begegnete, denn irgendwie war es doch ein sehr komischer Anblick, dass ein sechzehnjähriges Mädchen verwundet hinter einer Wache hermarschierte.

Außerdem wollte Katie gerne so unauffällig wie möglich bleiben, um weiter frei ermitteln zu können, ohne, dass sofort jemand Verdacht schöpfte, dass sie im engeren Kontakt zu Nicolas und dessen Wachen stand. Das war ihr allerdings, mal abgesehen von dem glücklichen Zufall des verwaisten Flures gerade, bisher nicht gut gelungen. Allein der Gedanke an die mittlerweile regelmäßigen Stürze im Ballsaal sorgte dafür, dass Katie verärgert ihren Kopf schüttelte. Hoffentlich hatte sie heute ihr Soll an Tollpatschigkeit erreicht.

Wenig später und unbemerkt von den Festgästen, betraten Nicolas, der Wachsoldat und Katie den Raum, in dem noch vor kurzem der goldene Kürbis aufbewahrt worden war. Das Mehl vor dem Eingang wies unzählige Fußabdrücke auf. Dieser mögliche Beweis war also schon einmal unbrauchbar.

Im Inneren des Zimmers hingegen sah alles so aus wie vor dem Diebstahl. Lediglich das nun verwaiste rote Kissen auf der Tischmitte zeugte von dem Einbruch. Drei weitere Wachsoldaten befanden sich im Raum und marschierten unruhig auf und ab. Einer von ihnen hinkte leicht und ein anderer hielt sich schmerzverzerrt wie Katie den Kopf. Nur der dritte schien unversehrt zu sein.

Katie ließ ihren Blick gründlich durch den Ahnenraum schweifen. Genau wie vor einer halben Stunde war nichts Auffälliges zu sehen, was einen Hinweis darauf geben könnte, wie es der Einbrecher geschafft hatte, hier hineinzugelangen und den goldenen Kürbis zu stehlen.

Als man die Anwesenheit der Neuankömmlinge bemerkte, empfing sie der hinkende Wachmann, den Katie als Richard wiedererkannte. Er marschierte auf Nicolas zu, während sich die restlichen drei Wachmänner in einem gebührenden Abstand aufreihten. Nicolas grüßte ihn kurz und kam dann direkt zur Sache. »Was ist passiert?«

»Wie befohlen haben wir hier beim Ahnenraum Wache gehalten: zwei Männer direkt vor der Tür und zwei im Raum. Der goldene Kürbis blieb dabei die ganze Zeit unter Bewachung. Es war durchweg alles ruhig; kein Anzeichen eines feindlichen Übergriffs oder eines Eindringens. Vor ein paar Minuten jedoch erlosch schlagartig das Licht im Raum. Franz und ich konnten aufgrund der plötzlichen Dunkelheit nichts mehr sehen, wussten aber sofort, dass etwas nicht stimmte. Wir gingen zum Angriff über und rannten mit gezogenen Degen in die Mitte des Raums, um den goldenen Kürbis in Sicherheit zu bringen. Dabei wurden wir angegriffen. Es kam zu einem kurzen Kampf im Dunkeln. Unsere Rufe hat man natürlich von draußen gehört. Die beiden Wachen außerhalb des Raums eilten uns sofort zu Hilfe. Da die Tür nun offen stand und etwas Licht hereinließ, konnten wir uns endlich einen Überblick verschaffen. Doch außer uns vieren befand sich niemand mehr in dem Raum. Vom Angreifer keine Spur. Dann sahen wir, dass der goldene Kürbis verschwunden war.«

»Habt ihr irgendetwas Ungewöhnliches bemerkt?«, fragte Katie hoffnungsvoll und schritt etwas näher.

»Das plötzliche Erlöschen der Kerzen ist durchaus rätselhaft, da es dafür keinen Grund gab. Schließlich waren die Fenster die ganze Zeit über geschlossen; ebenso die Tür. Es gab somit keinen Durchzug. Ohne Licht war es schwer, überhaupt etwas im Raum auszumachen. Aber jetzt, da Ihr fragt … mir kam es so vor, als hätte ich kurz nachdem die Kerzen erloschen und die Dunkelheit eintrat, einen Türmechanismus gehört. So als ob jemand eine Tür öffnete oder schloss. Da muss ich mich jedoch geirrt haben, sonst wäre ja ein Lichtschein aus dem Flur ins Zimmer gefallen. Es blieb aber durchgehend dunkel.«

»Danke, Richard«, schloss Nicolas und legte nachdenklich den Kopf schief. Während des Berichts hatte er mit Daumen und Zeigefinger an seinen Nasenrücken gefasst und ließ nun aufmerksam seine Augen durch den Raum wandern.

Unruhig verlagerte Katie ihr Gewicht von einem Bein aufs andere. Jetzt galt es, die Augen offen zu halten, wenn sie Spuren als Beweis für Nicolas' Schuld finden wollte.

Richard, der Wachmann, verstummte nach seiner Aussage und schaute neugierig zu ihr hinüber. Wenn sie sich nicht täuschte, verweilte sein Blick einen Moment lang auf ihrem kühlenden Tuch, das sie beim Betreten des Ahnenraums zwar von der Stirn heruntergenommen hatte, aber seitdem nervös in den Händen knetete. Schnell ließ sie es noch weiter sinken und setzte eine Unschuldsmiene auf. Es fehlte noch, dass er dachte, SIE wäre die Kürbisdiebin und hätte sich in dem eben stattgefundenen Kampf verletzt.

Nicolas fuhr sich durchs Haar. Eine Hand voll Haarsträhnen fielen ihm ins Gesicht. Als er keine Anstalten machte, weitere Fragen zu stellen, salutierte Richard und hinkte zurück zu den anderen Wachen.

»Was sagst du dazu?«

Nicolas drehte ihr als Antwort den Kopf zu und beobachtete sie aus halb geschlossenen Augen. Sein Ausdruck war unlesbar. »Es ist schon eigenartig. Erst gibt es keine Anzeichen eines Diebstahls, dann der plötzliche Lichtausfall im Raum, ein scheinbar unsichtbarer Dieb, der sich in der Dunkelheit einen Kampf leistet und wenige Augenblicke später samt goldenem Kürbis verschwunden ist.«

»… und das Gefühl, eine Tür gehört zu haben …«, ergänzte Katie.

Die Frage war, hatte Nicolas den Kürbis gestohlen oder war es ein Mittelsmann gewesen, weil er sich nicht selbst die Finger schmutzig machen wollte? Vielleicht wusste er tatsächlich nicht, wie der Diebstahl abgelaufen war und hatte dem Auftragsgangster zuvor nur allgemeine Instruktionen erteilt, den goldenen Kürbis aus diesem Raum zu entwenden. Wie er es anstellte, war wahrscheinlich ihm überlassen.

Nicolas verengte noch etwas weiter die Augen. »Was wollt Ihr damit sagen?«

»Dass ich, bevor ich eben im Flur am Kopf getroffen wurde, ein ähnliches Geräusch gehört habe. Anfangs dachte ich, das sei nur Einbildung, vielleicht eine Müdigkeitserscheinung. Denn eine Tür war weit und breit nicht zu sehen. Wenn aber außer mir noch jemand ein solches Geräusch gehört hat, dann frage ich mich, ob das ein Zufall ist. … Und sieh mal«, sie raffte schwungvoll ihren Rock mit den Händen zusammen, holte aus dem linken Stiefelschacht ihr Handy hervor und hielt es Nicolas unter die Nase, »das habe ich an der Stelle gefunden, an der ich niedergeschlagen wurde.«

Amüsiert schaute er auf ihr Kleid, das nun die schwarzen Schattenjäger-Stiefel darunter freigab. Ein schelmisches Schmunzeln umspielte seine Lippen. Schnell ließ Katie den Stoff los und der Rock bauschte sich wieder in seine normale Form um ihre Beine. »Es ist faszinierend, was Ihr so alles in Eurem Stiefel tragt.«

Sie spürte, wie ihre Wangen anfingen zu glühen und streckte ihm schnell das Handy noch etwas weiter entgegen. Dass sie noch viel mehr Gegenstände unter diversen Teilen ihres Kleides trug, musste er ja nicht erfahren.

Nachdem Nicolas noch einen Moment lang ihr offenkundiges Unbehagen genossen hatte, richtete er seine Aufmerksamkeit endlich auf das Handy in ihrer Hand. Sie begutachtete aufmerksam seine Reaktion.

»Ein Fußabdruck … in … Mehl? Dafür habt Ihr es also gebraucht.«

»Ja und nein. Eigentlich habe ich das Mehl vor dem Ahnenraum verteilt. Aber nach dem ganzen Durcheinander können wir dort keine brauchbaren Spuren mehr finden. Diesen Fußabdruck habe ich ungewollt erhalten. Ich war nämlich gerade dabei, das restliche Mehl … zu verstauen, als mich dein Cousin Friedrich von hinten überrascht hat. Der Beutel ist mir aus der Hand gerutscht und auf dem Boden hinter der großen, palmenartigen Pflanze unten in der Eingangshalle gelandet. Ich hatte keine Chance, es zu beseitigen und so lag es die ganze Zeit über noch dort. Nur, dass sich nun ein Fußabdruck darin befindet.«

Nicolas biss nachdenklich auf seine Unterlippe. »Dann sollten wir uns dort schleunigst noch einmal umsehen.«

Er griff nach ihrem Arm und zog sie hinter sich her. Mit der freien Hand gab er Richard ein Zeichen, ihnen zu folgen und eilte die Wendeltreppe, immer zwei Stufen auf einmal nehmend, hinunter. Katie stolperte den Gang entlang, immer darauf bedacht, Nicolas nicht während des Rennens auf die Fersen zu treten. Die Gästezimmer rauschten unscharf an ihr vorbei.

Unten in der Eingangshalle angekommen, versperrten einige Gäste mit Weingläsern den Durchgang. Endlich schaffte Katie es, eine kurze Pause einzulegen, um ihr Kleid anzuheben. Es fehlte noch, dass sie auf den Stoff trat und sich den Hals brach. Jetzt, da sie der Lösung immer näher kamen.

Nicolas schob sanft, aber bestimmt, die umstehenden Herrschaften mit seinem Ellbogen zur Seite. Sich höflich entschuldigend bahnte er ihnen einen Weg durch den Menschenandrang. Katies Blick fiel auf die Anzeige der großen Standuhr.

22:46 Uhr.

Sie hatten nicht mehr viel Zeit bis zur Zeremonie. Das schien auch Richard bemerkt zu haben, denn nun begann auch er beherzt mit den Händen einen Durchgang zu schaffen. Katie hätte ebenfalls mehr Körpereinsatz gezeigt, doch da Nicolas immer noch ihre Hand hielt und sie mit der anderen das Kleid zusammenraffte, war ihr Bewegungsradius ziemlich eingeschränkt.

Kaum dass er sie beide durch die Menschenmenge geleitet hatte, konnte sie die Führung übernehmen. Mit eiligen Schritten betrat sie den Flur unter der Treppe und lief auf die große Pflanze im beigen Kübel zu. Dort angekommen, hielt sie abrupt inne. Wo vor wenigen Augenblicken noch der Fußabdruck im Mehl zu sehen gewesen war, glänzte ihr nun marmorner Boden entgegen. Der Abdruck war verschwunden.

»Das gibt es doch nicht. Eben war er noch da!«

»Sicher, dass wir hier richtig sind?«

»Natürlich bin ich mir sicher.« *Oder?* schoss es ihr durch den Kopf. Vielleicht hatte sie sich vertan und das war wirklich nicht der richtige Ort. Ihre Augen huschten den Gang entlang. *Unsinn. Es war definitiv diese Stelle.*

»Genau hier habe ich das Mehl verschüttet und jetzt ist es samt Abdruck verschwunden. So eine Sch… ich meine Mist!« Sie boxte frustriert in die Luft. Endlich hatten sie womöglich eine Spur und schon standen sie wieder bei null. Obwohl, das stimmte nicht ganz. Nachdem Nicolas sie gefunden hatte und sie zusammen nach dem Kürbis schauen wollten, hatte Katie noch schnell ein Foto von dem Abdruck gemacht. Sie hatte das Gefühl gehabt, dass dieses Bild noch von Bedeutung sein würde. Zügig fingerte Katie zum zweiten Mal nach ihrem Handy.

»Auch wenn der Fußabdruck verschwunden ist, kennen wir nun das Profil des Schuhs und wissen, welche Schuhgröße die Person hat.« Mit vor Aufregung zitternden Fingern tippte sie auf das Display.

»Woher wollt Ihr das denn bitte schön wissen? Ich dachte, ein Foto ist nichts anderes als ein Bild. Dann kennt man den Maßstab nicht.«

»Das stimmt schon, aber dafür habe ich ja extra meine Hand neben den Fußabdruck gelegt. Siehst du? Nun können wir mit Hilfe der Maße meiner Hand die Schuhgröße ermitteln.« Geschwind ließ sie sich auf die Knie sinken und streckte ihre Hand neben Nicolas schwarzen Lackschuh aus. »Laut meinem Foto war der Fuß etwa 1½ Mal so lang wie meine Hand. Also hatte der Dieb etwas größere Füße als du. Damit wärst du schon mal aus dem Schneider. Ich hätte ja auf dich getippt.«

Sie stellte erleichtert fest, dass dieser Beweis Nicolas' Schuld schmälerte – zumindest vorerst. Dass man Beweise fälschen konnte, war schließlich ein ungeschriebenes Gesetz. Und nur weil Nicolas selbst offenbar den Kürbis nicht entwendet hatte, hieß das nicht, dass er nicht trotzdem etwas mit der Sache zu tun hatte. Die heimliche Übergabe unter der Treppe bewies schließlich das Gegenteil.

Er warf ihr einen grimmigen Blick zu und zog seinen Fuß zurück.

»Euer tiefes Vertrauen in mich überrascht mich.« Ohne näher darauf einzugehen, starrte er verblüfft auf die Wand vor ihnen. Vorsichtig griff er mit der Hand nach der Mauer. »Die Wand sitzt nicht richtig. Da ist ein kleiner Spalt.«

Jetzt sah es auch Katie. Hinter der Pflanze befand sich eine Art Riss in der Tapete. Nicht sonderlich groß; bei näherem Betrachten jedoch eindeutig erkennbar. Während die linke Seite der Wand ebenmäßig verlief, wirkte die rechte Hälfte leicht nach vorne versetzt. Durch das angeraute und verzierte Muster der Tapete bemerkte man dies allerdings nur, wenn man direkt davor stand.

Nicolas griff nach der rechten Wandseite und zog sachte daran. Zuerst tat sich nichts. Als er seinen Druck jedoch erhöhte, bewegte sie sich langsam in Richtung Flur und schwang schließlich wie eine Tür in der Wand auf.

Dunkelheit kam dahinter zum Vorschein. Eine etwa eins achtzig hohe Öffnung gab den Blick auf einen dunklen Gang frei. Die Wände und der Boden bestanden aus massivem Stein und zeugten hier und dort von Benutzungserscheinungen. Weit konnte man allerdings nicht in den Tunnel hineinsehen. Das Licht aus dem Flur verlor sich bereits nach dem ersten Meter.

»Wow!«, entfuhr es Katie. So etwas Verrücktes hatte sie bisher nur in Filmen gesehen. Kühle Luft strömte ihr entgegen und erinnerte sie an einen geöffneten Kühlschrank.

Vorsichtig drückte sich Nicolas an Katie vorbei und näherte sich der Öffnung. »Ich ahne, wohin dieser Geheimgang führt.«

»Das werden wir gleich ganz genau wissen.« Katie machte einen großen Schritt auf die Tür zu und wurde sogleich von Nicolas zurückgezogen.

»Es ist zu dunkel, wir werden uns alle Knochen brechen. Wir brauchen eine Fackel.«

»Ach was, wozu habe ich eine Taschenlampen-App!« Sie tippte mit geübtem Handgriff auf ihr Handy. Das Foto des Abdrucks verschwand und ein kleiner Lichtstrahl auf der Rückseite des Geräts begann zu leuchten. Nicolas trat erschrocken einen Schritt zurück. Argwöhnisch streckte er seine Finger aus und berührte mit äußerster Vorsicht das Display. Auch Richard machte den Eindruck, als könne er sich nicht recht zwischen Verwunderung und Missfallen entscheiden.

»Euer Handy überrascht mich immer öfter«, war schließlich das einzige, das Nicolas dazu sagte.

Katie grinste und gab den anderen ein Zeichen, ihr zu folgen. Mit vorsichtigen Schritten ging sie in den dunklen Gang hinein. Nicolas und Richard liefen hinterher. Das Licht der Taschenlampe reichte zwar nicht aus, um den gesamten Tunnel zu erhellen, doch es genügte, dass niemand über Unebenheiten stolperte.

Der Gang führte ein ganzes Stück geradeaus und endete dann in einer engen steinernen Wendeltreppe, die sich in kleinen Kreisen nach oben schlang. Hier war es schon deutlich komplizierter, den Weg für alle drei ausreichend zu beleuchten.

Schritt für Schritt wuchs in Katie das Gefühl, bereits zu wissen, wohin der Weg sie führte. Die Anspannung und Erkenntnis, auf das, was vor ihnen lag, wurden dabei immer unerträglicher.

Es dauerte eine ganze Weile, bis sie alle drei im Gänsemarsch die Treppe hinaufgestiegen waren. Oben angekommen, eröffnete sich ihnen ein kleiner, quadratischer Raum – eine Art steinerne Plattform. Fenster gab es keine. Das hätte Katie auch gewundert. Allerdings fehlte auch jegliches Anzeichen einer Tür, was sie stutzig werden ließ.

Im Schein der Taschenlampe glitzerte ihnen stattdessen eine goldene Heiligenstatue auf einer kleinen Säule hinter einer abgewetzten, hölzernen Kniebank entgegen. Eine Handvoll niedergebrannter Kerzen war auf Leuchtern darum herum aufgebaut und verwandelte die Plattform in eine provisorische Minikapelle. Die Wände waren blank und zeigten bis auf kleine Furchen und Unebenheiten, vermutlich entstanden durch die Arbeit mit einem Meißel, keine Öffnungen oder Spalten, die auf eine Tür oder Durchgang hätten schließen lassen. Lediglich an der linken Wand war etwa auf Augenhöhe eine Malerei angebracht. Die Zeichnung war trotz ihres scheinbar hohen Alters noch gut erhalten und zeigte ein religiöses Bild, auf dem Maria schützend die Hände über den sterbenden Jesus legte.

Katie trat näher an das Gemälde heran und begutachtete es genauer. Das Motiv kam ihr aus dem Kunstmuseum bekannt vor. Vorsichtig leuchtete sie mit der Taschenlampe einmal das gesamte

Bild ab und entdeckte einzelne, merkwürdig unpassende Striche und Punkte darin. Es machte den Anschein, als sei das Bild über ein anderes gemalt worden. Das schienen auch Nicolas und Richard bemerkt zu haben.

Nicolas drängte sich an Katie vorbei, näher an das Fresko heran. Auch er betrachtete skeptisch die Umrisse der Vorlage darunter.

»Das ist der Grundriss eines Raums … des Ahnenraums.« Nachdenklich ließ er seine Finger über das Gemälde wandern. »Der Ahnenraum besitzt zwar heute andere Möbel, aber die Proportionen stimmen. Ihr müsst wissen, diese Villa gehörte bereits meinem Großvater. Er und der Landgraf Greifenau haben sie zusammen erbauen lassen. So muss der Raum wohl früher ausgesehen haben.«

»Das Gemälde wurde bestimmt erst später über den Grundriss gemalt. Fragt sich bloß, warum?« Sie richtete den Lichtstrahl zurück auf die Plattform. »Dieser Geheimgang wurde wohl kaum grundlos errichtet. Vielleicht diente er als Rückzugsort. Zum Beten und in sich kehren. Der Grundriss deutet aber darauf hin, dass das bestimmt nicht die erste Intention des Bauherrn war. Bestimmt führt dieser Geheimgang in den Ahnenraum.«

Nun trat auch Richard näher an die bemalte Wand. »Aber es gibt hier keine Tür.«

Katie nickte und ging suchend an der Wand entlang. »Ich wette, es gibt einen versteckten Mechanismus. Wenn wir diesen finden, dann können wir durch eine weitere Geheimtür in den Ahnenraum gelangen.«

Das leuchtete Nicolas und Richard ein. Fieberhaft suchten sie nun zu dritt nach einem versteckten Riegel oder einem ähnlichen Mechanismus, der ihre Theorie bestätigte. Mit nur einer Taschenlampe gestaltete sich die Suche allerdings schwieriger als gedacht. Schließlich schlug Richard vor, das Handy zu halten und somit das Licht kontrollierter auf der Plattform zu verteilen.

Im matten Schein der Lampe suchte Katie angestrengt jede kleine

Unebenheit an den Wänden ab. Als sie nichts Auffälliges finden konnte, begann sie auf Knien den staubigen Boden abzutasten. Den schuldbewussten Gedanken an das schöne Kleid schob sie schnell beiseite. Jetzt war keine Zeit für Rücksichtnahme. Nach einer gefühlten Ewigkeit unterbrach Nicolas die Suche.

»Ich finde nichts.« Er atmete angestrengt und hustete die staubige, kalte Luft aus. In seiner Stimme konnte Katie einen Anflug von Panik hören.

Auch sie hielt inne und richtete sich wieder auf. So gut es ging, klopfte sie die Vorderseite ihres Kleides ab. Zwar blieben neben den Falten ein paar Flecken, doch sie stellte erstaunt fest, dass sie trotzdem besser aussah als Nicolas, dessen Haar nun vollends zerwühlt und mit einigen Spinnweben versehen war. An seiner Wange prangte sogar ein dunkler Streifen Dreck. Katie vermutete, dass er sich während der Suche unbewusst ins Gesicht gefasst hatte und sich nun dort der jahrhundertealte Staub verewigt hatte. Nur Richard war nach wie vor makellos.

»Aber die Tür muss aufgehen.« Katie ächzte. Trotz der Kühle war sie von der Suche verschwitzt und erschöpft.

»Vielleicht ist es ja doch eine Sackgasse«, warf Richard ein und reichte ihr das Handy wieder zurück. Er wandte sich an Nicolas und die beiden begannen miteinander zu diskutieren.

Katie ließ unterdessen gedankenversunken ihre Hand noch einmal über das Gemälde streifen. Der Geheimgang konnte unmöglich eine Sackgasse sein. Wer betrieb schließlich einen solchen Aufwand, um dann daraus keinen Nutzen zu ziehen? In den meisten Krimis entdeckten die Detektive einen geheimen Mechanismus genau dort, wo man ihn am wenigsten erwartete. Vielleicht war dieser Ort das Fresko?

Als sie die Lampe so nah wie möglich an das Gemälde hielt, fielen ihr zwei kleine Löcher in der Wand auf. Sie passten sich perfekt in das Bild ein und wirkten wie zwei schwarze Farbflecke – die Augen von Maria. Aus der Entfernung waren sie für den Betrachter praktisch unsichtbar. Zufrieden lächelnd drückte Katie ihre Finger in die kleinen Aussparungen. Es ertönte ein leises »Schnapp« und die Steinwand vor ihr schwang zur Seite.

Nicolas und Richard verstummten. Ein schwacher Lichtschein breitete sich vor ihnen aus. Anstatt jedoch wie erwartet in den Ahnenraum zu blicken, tauchte vor ihnen etwas Schwarzes auf.

KAPITEL 17

Etwas blockierte den Weg. Nicolas kam hinter Katie hervor und streckte seine Hand aus. Vorsichtig schob er ein großes Stück Stoff direkt hinter dem Ausgang zur Seite. Nun fiel ein deutlicher Lichtstrahl in den Geheimgang. Nicolas drehte das Stück Stoff in seiner Hand um, sodass Katie ein feines Muster von Ästen darauf erkannte, das mit Gesichtern und Namen bestickt war. Es war der große Wandteppich.

»Jetzt wissen wir auf jeden Fall schon einmal, wie der Dieb den goldenen Kürbis stehlen konnte.« Katie trat neben Nicolas an den Ausgang des Geheimgangs und ließ ihren Blick umherschweifen. An der Wand befand sich links und rechts in etwa zwei Metern Entfernung jeweils ein großer, metallener Kerzenhalter. Die Kerzen darin waren wieder angezündet worden und hüllten den Raum in ein warmes Licht. Die Entfernung zu den Halterungen schätzte Katie auf etwa 1,5 Meter.

»Von hier aus kann man problemlos mit einem Blasebalg oder Fächer die Kerzen an der Wand auspusten.« Katie demonstrierte ihren Gedanken und fächelte mit der Hand Luft bis die Flammen nervös aufflackerten. »Der Hohlraum zwischen Teppich und Mauerwerk ist groß genug, dass man von hier aus ohne Schwierigkeiten die Kerzenhalter erreicht. Das erklärt den plötzlichen Lichtausfall. Dank des Wandteppichs direkt vor der Geheimtür hat niemand den Eindringling bemerkt.«

Sie trat vollends aus dem Geheimgang heraus. Die drei verbliebenen Wachen im Ahnenraum schauten den Neuankömmlingen überrascht entgegen. Erst jetzt hatten sie ihr sonderbares Eindringen bemerkt. Der Teppich schien die Geräusche dahinter stark zu dämpfen. Nicolas schaute fassungslos auf den neu entdeckten Eingang.

»Das gibt es doch nicht. Ich wusste nichts von dem Geheimgang. Woher wusste der Dieb dann davon?« Er durchquerte kopfschüttelnd den Raum. Seine Schultern spannten sich unter der Jacke an. Die Wachen stoben auseinander und wandten sich irritiert an Richard, der sie über ihren Fund aufklärte. Nicolas ballte unterdessen die Hände zu Fäusten. Mit steifen Schritten wanderte er weiter im Raum auf und ab, während seine Augen jeden noch so kleinen Winkel absuchten. Unruhig zuckten seine Pupillen in alle Richtungen. Schließlich kam er vor dem großen Schreibtisch mit dem samtenen Kissen zum Stehen. Er lockerte seinen Griff, fasste den Tisch an den Kanten an, beugte sich vor und schaute gedankenversunken auf die leere Stelle, wo vor kurzem noch der goldene Kürbis gelegen hatte. »Der Dieb muss jemand sein, der sich hier sehr gut auskennt, der die alten Baupläne besitzt oder Gelegenheit hatte, hier einmal ungesehen herumzustöbern.«

Katie, die die ganze Zeit unverwandt vor dem Eingang zum Tunnel gestanden hatte, blickte sich gedankenversunken im Raum um. Sie musste zugeben, Nicolas spielte die unschuldige und ahnungslose Rolle sehr überzeugend. Wenn sie ihn nicht vorhin mit eigenen Augen unter der Treppe hervorkommen gesehen hätte, dann würde sie ihm diese verzweifelte Haltung auf jeden Fall glauben. Es war wirklich schwer, ihm die Tat nachzuweisen. Zwar hatte sie ein Foto von dem verdächtigen Fußabdruck vor dem Geheimgang, aber er passte nicht zu Nicolas Profil.

Katie schaute umher. Nirgendwo im Raum befand sich sonst ein Hinweis auf seine Tat oder ein großes Schild, das in leuchtenden Buchstaben »Achtung, hier ist ein Hinweis!« anzeigte. Es war reiner Zufall, dass sie bereits mehr über den Täter wusste als manch anderer in diesem Zimmer. Zumindest war nun klar, wie der Diebstahl abgelaufen sein musste.

Richard hatte sich mit den Wachen neben den Wandteppich postiert und beschrieb ihnen ihre Theorie.

Katie wandte sich von ihnen ab und durchquerte ebenfalls den Raum in Richtung Schreibtisch. Langsam wischte sie mit den Fingern über die Oberfläche neben dem Kissen und stoppte direkt gegenüber von Nicolas. Sehr leise sprach sie: »Was hast du denn bei deinen Befragungen herausgefunden?«

Er wandte ihr seinen Blick zu, verharrte aber nach wie vor in der gebeugten Haltung. »Leider nicht viel. Zuerst habe ich nach unserer ersten Besprechung hier im Ahnenraum die Wachposten draußen an den Toren überprüft. Sie haben keine Versuche eines gewaltvollen Eindringens bemerkt. Offenbar ist der Täter bereits im Haus und zählt somit zu den geladenen Gästen. Zuvor habe ich mit meiner Tante gesprochen. Sie hat sich wie immer verhalten, ist konkret auf meine Fragen bezüglich des Kürbis eingegangen und hat auch sonst keine Auffälligkeiten gezeigt. Sie scheint nichts mit dem Diebstahl zu tun zu haben. Auch die Suche nach Eurem Dolch ist bisher ins Leere gelaufen. Ich habe mit dem Personal gesprochen, das die Bibliothek nach Eurem Kampf mit dem Unbekannten wieder aufgeräumt hat. Einen Dolch, das beteuerten sie mehrfach, haben sie dabei nicht gefunden. Entweder habt Ihr ihn wirklich nicht dort verloren oder er wurde bereits vorher entwendet.«

Diese Aussage gefiel Katie ganz und gar nicht.

»Anschließend habe ich mit meinem Onkel Cedric gesprochen. Ich habe versucht ihn unauffällig wegen der Zeremonie zu befragen. Das ist mir auch gelungen. Aber er reagierte völlig normal. Seine Antworten klangen glaubhaft, seine Stimme war ruhig und seine Körperhaltung ließ auf keinerlei Unsicherheit schließen. Er sagte, dass er sich sehr freue, ein Teil dieses Ereignisses zu sein und dass es eine große Ehre für mich, meine Familie und damit für unseren gesamten Familienzweig, aber ganz besonders für meinen Vater, sei. Immerhin wird der goldene Kürbis nur jedes halbe Jahrhundert der Öffentlichkeit präsentiert und erleuchtet. Eine Tradition, die einen hohen Stellenwert in der Gesellschaft hat und die die entsprechende Familie auf besondere Weise ehrt.«

»Das mag sein … Aber ja, dein Onkel wirkte trotz dieser großen Ehre bescheiden und zurückhaltend.«

Nicolas schaute irritiert auf. »Wie bitte?«

Katie erschrak. »Ach, nichts.«

Er musterte sie skeptisch, fuhr dann aber fort. »Das Gespräch mit unserem Verwalter Hektor verlief ohne jeglichen Hinweis auf den Diebstahl. Natürlich übernimmt er bei diesem Ereignis ebenfalls eine große Rolle. Er ist schließlich der engste Berater meines Vaters und dadurch verantwortlich dafür, den goldenen Kürbis vom Rat der Zwölf entgegenzunehmen, ihn vor Diebstahl oder Zerstörung mit seinem Leben zu schützen und ihn nach der Zeremonie dem Rat wieder unversehrt auszuhändigen. Hektor ist quasi die rechte Hand meines Vaters.« Er richtete seinen Blick wieder auf den Tisch. »Wenn er den goldenen Kürbis stehlen wollte, dann hätte er schon viel früher eine passende Gelegenheit dazu gehabt.«

»Nicht zwangsläufig. Den goldenen Kürbis während des Festes zu stehlen, leitet die Fährte schließlich nicht sofort auf ihn, da sich ja noch viel mehr potenzielle Täter im Gebäude befinden. Vor ein paar Tagen hingegen war lediglich deine Familie in der Villa. Das hat vielleicht ein zu großes Risiko für ihn bedeutet.«

Nicolas warf ihr einen missbilligenden Blick zu. Katie verstummte. »Er hat Euch in der Bibliothek nicht angegriffen. Das bestärkt seine Unschuld.«

Sie konnte verstehen, dass er es nicht guthieß, wenn sie seine

Nachforschungen in Frage stellte. Aber sie musste jeder Spur auf den Grund gehen.

Ohne sich zu regen, sprach Nicolas weiter: »Wie lief es bei Euch?«

Katie verlagerte ihren Schwerpunkt auf das linke Bein. Jetzt war Vorsicht geboten.

»Naja, wie gesagt. Zuerst hat mich dein Cousin Friedrich überrumpelt und mir ausschweifend die Geschichte des Kürbis erzählt. Du hast mir ja gar nicht erzählt, dass er aus Gold gegossen ist, im Mittelalter von Hexen und Magiern eine heilende Kraft auferlegt bekommen hat und ich spreche hier nicht nur von dem Fluch.« Nicolas gab ein Grunzen von sich, das eher wie ein spöttisches Lachen klang als ein bestätigendes Ja. »Jedenfalls, hätte ich nicht die Flucht ergriffen, dann hätte mich Friedrich wahrscheinlich gar nicht mehr gehen lassen und nach draußen in den Garten geführt. Nur, dass ich es soweit mit der unsichtbaren Barriere niemals geschafft hätte. Ich glaube, er sucht immer noch im Ballsaal nach mir. Aber ich denke nicht, dass er der Dieb ist.«

Nicolas richtete sich abrupt zur vollen Größe auf. Katie wich erschrocken ein Stück zurück.

»Warum, weil Ihr ihn mögt?« Seine Frage kam unerwartet forsch. Sein Gesicht hatte einen ausdruckslosen, aber bohrenden Blick angenommen. Katie glaubte eine Sekunde lang, Missbilligung in seinen Augen aufblitzen zu sehen.

»Ja, das ist richtig. Ich wollte schon immer einen extrem anhänglichen Freund haben, der dazu noch untreu ist!«, entgegnete sie sarkastisch. »Nein, weil ich glaube, dass er viel zu beschäftigt damit ist, nach hübschen Frauen Ausschau zu halten. Es stimmt, ich dachte wirklich, er mag mich. Doch leider scheint seine Zuneigung nicht nur mir zu gelten. Übrigens dürfte er heute Abend bereits Erfolg gehabt haben, denn an seiner linken Wange und am Hals hatte er vorhin einen kleinen, roten Lippenstiftfleck. Natürlich könnte es auch sein eigenes Make-up gewesen sein, aber das scheint mir doch sehr unrealistisch. Wie sollte er sich schließlich selbst einen Knutschfleck am Hals verpassen?« Sie blickte Nicolas für einen Moment schweigend an. Er regte sich nicht, hatte aber einen merkwürdig zufriedenen Glanz in den Augen. Irritiert fuhr Katie fort: »Elizabeth dürfte es auch nicht gewesen sein. Ich kenne sie zwar erst seit ungefähr einer Stunde, aber sie erscheint mir zu nett und – tut mir leid, wenn ich das sage – etwas naiv und in sich gekehrt. Als ich den goldenen Kürbis erwähnte, ist sie gar nicht darauf eingegangen. Außerdem bin ich mir unsicher, ob sie überhaupt weiß, welche Kräfte er besitzt und welche Konsequenzen der Diebstahl mit sich bringen würde.«

Nicolas' Kopf zuckte zur Seite. Er schnaubte abwertend und verzog den Mund zu einem missbilligenden Lächeln. »Offenbar glaubt Ihr sehr schnell, Euer Gegenüber einschätzen zu können.«

Katie wusste nicht, was er damit meinte. Sie verharrte reglos in ihrem Stand und schaute kritisch zu ihm herüber. »Weder GLAUBE noch SCHÄTZE ich. Meine Theorien beruhen auf Fakten.«

»Die da wären?«

»Elizabeth zum Beispiel habe ich eine anderweitige Beschäftigung für diesen Abend besorgt. Wenn du es genau wissen willst: Er hat etwa deine Größe, braune Haare und himmelblaue Kleider. Sein Ego scheint auf jeden Fall nicht so groß zu sein wie das gewisser anderer Personen.« Zur Verdeutlichung ihrer Worte hob sie kurz die Augenbrauen. »Elizabeth hat während der Tat mit ihm auf dem Ball getanzt. Somit hat sie ein Alibi. Aber um ganz sicher zu gehen, werde ich das natürlich gleich nochmal überprüfen. Und vergiss nicht den Fußabdruck, den wir im Mehl vor der Geheimtür gefunden haben. Der stammt eindeutig von einem Mann.«

»Der zudem einen Riss in seiner Kleidung haben muss, vermutlich im Bereich des Oberkörpers«, ergänzte Richard.

Katie sprang überrascht ein Stück zur Seite. Sie hatte nicht bemerkt, wie sich der Wachsoldat ihnen genähert hatte. Offenbar hatte er die Untersuchung des Geheimganges mit den anderen Wachen beendet und ihr Gespräch aufmerksam verfolgt. Auch der Rest der Gruppe wandte sich jetzt vom Wandteppich ab. Richard stellte sich zu Katie und Nicolas an den Tisch. Einen Moment lang schwiegen alle im Raum. Katie hielt es allerdings nicht lange aus. Ihnen rannte die Zeit davon und kein Verdächtiger schien bisher auch nur ansatzweise ein handfestes Motiv zu haben oder überhaupt in dieses Puzzle zu passen. Vielleicht war es an der Zeit, die Karten offen auf den Tisch zu legen und den bisherigen Beweisen zu folgen. So unangenehm das auch war.

Sie räusperte sich kaum hörbar. Nicolas fokussierte sie sofort mit leicht zusammengekniffenen Augen. Auch Richards Aufmerksamkeit war geweckt.

»Nicolas, sag mal, wo genau warst du eigentlich in der letzten halben Stunde?« Ihr war es mehr als unangenehm vor den Wachen ihre Vermutung über Nicolas' geheime Aktion auszusprechen, da sie immer noch nicht sein Motiv für den Diebstahl kannte. Aber das würde sich jetzt vielleicht gleich ändern. Zudem würde es Nicolas schwerer fallen, vor Zeugen eine Lüge aufrecht zu erhalten. Dieser schaute sie jedenfalls nun verwirrt an.

»Ich habe meine Familie befragt, so wie abgesprochen. Das habe ich Euch doch gerade erzählt. Also, weshalb die erneute Nachfrage?«

Katie hatte das Gefühl, einen Funken Nervosität in seinen Augen zu erkennen. Jetzt hieß es, geschickt vorzugehen. Sie wusste, dass Nicolas clever war. Es würde ihm nicht schwer fallen, ein harmloses Wort ihrerseits umzudrehen und zu seinem eigenen Vorteil zu nutzen. Katie ließ sich von ihrer eigenen Unsicherheit nichts anmerken und trat einen Schritt näher an ihn heran. Dabei ließ sie ihre Fingerspitzen wieder über die hölzerne Oberfläche gleiten. Ihr Blick folgte der Bewegung.

»Weißt du, mir ist in den Kopf gekommen, dass wir bei unseren Befragungen noch nicht sonderlich viel herausgefunden haben, was uns weiterbringt. Vielleicht ja nicht grundlos. Rein theoretisch gesehen, hätte jeder von uns den goldenen Kürbis stehlen können. Wer zum Beispiel eine Berechtigung hat, diesen Raum hier zu betreten, der könnte den Kürbis ganz leicht ungesehen entwenden. Damit die Wachen den Diebstahl nicht melden, würde Bestechung weiterhelfen.« Schnell machte sie eine beschwichtigende Handbewegung in Richards Richtung. Noch glaubte sie nicht daran, dass die Wachen mit in den Diebstahl verwickelt waren. »Wer aber keine Befugnis hat, den Ahnenraum zu betreten, und das trifft auf die meisten von uns hier zu, der muss sich etwas anderes einfallen lassen. Zum Beispiel das Nutzen eines Geheimgangs. Genau das ist ja auch passiert, wie wir bereits herausgefunden haben. Eventuell ist der Dieb aber noch schlauer. Es wäre doch möglich, dass er trotz Zugangsberechtigung nicht ganz normal durch die Tür gegangen ist. Um von sich abzulenken, legt er eine falsche Fährte und nutzt den Geheimgang. Da stellt sich also für mich die Frage, wer konnte davon wissen? Am ehesten doch diejenigen, die in diesem Gebäude wohnen oder Einblick in die Baupläne haben. Ich weiß nicht, Nicolas, aber irgendwie, vielleicht Nicolas, fällt mir da der ein oder andere Name ein, Nicolas. Was meinst du?«

Nicolas zog schmunzelnd seinen linken Mundwinkel nach oben. Die kurzzeitige Nervosität war wie weggeblasen. Sein Ausdruck verriet, dass er ihre Anspielung genau verstanden hatte.

Katie jagte es einen Schauer über den Rücken. Er wirkte selbstsicher – zu selbstsicher. Sie bekam plötzlich das ungute Gefühl, dass diese Unterhaltung in eine falsche Richtung laufen würde, wenn sie jetzt ihr Ass nicht richtig ausspielte.

»Ach ja, meint Ihr? Aber vielleicht ist der Dieb auch eine Person, die als Fremde hier zur Zeremonie auftaucht und behauptet, aus einem völlig anderen Land zu kommen. Dabei bemüht sie sich, einen unschuldigen Eindruck zu hinterlassen, hat aber für ihr Alibi nur dürftige Beweise vorzulegen. Vielleicht verbergen sich in dieser gewissen Person ungeahnte Geheimnisse, die sie versucht zu verheimlichen.«

Sie sah aus dem Augenwinkel, wie Richard und die übrigen Wachen ihre Arbeit nun vollends niedergelegt hatten und gespannt dem Gespräch lauschten. Und offenbar konnten sie die kleinen Botschaften zwischen den Zeilen deuten, denn auf Nicolas' Worte hin rückte Richard automatisch einen Schritt näher an Katie heran. Diese zweifelte nicht daran, dass er bereit war, sie jeden Moment von der Seite zu ergreifen und festzunehmen. Am liebsten wäre sie ein Stück zurückgewichen. Aber das hätte den Verdacht erst recht auf sie gelenkt. Also blieb sie, wo sie war und konzentrierte sich nur auf Nicolas, der nun so ernst und selbstsicher dastand wie bei ihrem ersten Treffen im Studierzimmer. Sie schluckte. Ihre Chance stand 50:50.

Mit ruhiger Stimme fuhr sie fort. »Geheimnisse? Du sprichst wohl über dich selbst. Sag, was war das eigentlich für ein nächtliches Treffen mit diesem Mädchen unter der Treppe? Ja, ich gebe zu, es war sehr dunkel und du hast dir wirklich große Mühe gegeben, alles so ungesehen wie möglich durchzuführen. Aber wenn mich meine Hühneraugen nicht getäuscht haben, dann hat da eine Übergabe stattgefunden. So nervös wie ihr zwei euch umgesehen habt, ging es dabei um eine große Sache.«

Nicolas' rechtes Augenlid zuckte kaum merklich. Sein Blick hatte etwas Bedrohliches angenommen. Katie war sich sicher, dass er sie am liebsten zum Schweigen gebracht hätte. Da kam ihr der Vorteil mit den Zeugen zu Gute.

Sie genoss ihren kleinen Triumph. Ihre Worte hatten die gewünschte Wirkung gezeigt und sie konnte sich ein Grinsen nicht verkneifen.

Auch Richard schien Nicolas Unbehagen wahrzunehmen. Doch noch war Katie nicht fertig. Unterwürfig senkte sie den Kopf und blickte zu Boden. Wieder ließ sie die Fingerkuppen über den Tisch kreisen.

»Verzeih meine forsche Behauptung, da sprach wohl … die Eifersucht aus mir. Ihr zwei wolltet wahrscheinlich einfach eine ruhige Minute für euch allein haben und ich habe das alles völlig missverstanden. In Wirklichkeit hast du dem Mädchen nur einen Blumenstrauß und einen Kuss in einem ungesehenen Moment schenken wollen.«

Nicolas' Muskeln entspannten sich etwas, als sie mit diesen Worten ihre Anschuldigungen entkräftete. Er nickte langsam.

»Weißt du, aber ehrlich gesagt bin ich mir ziemlich sicher, dass du ihr keine Blumen, sondern einen Leinenbeutel überreicht hast, in dem gut der goldene Kürbis Platz gefunden hätte. Du hast Recht, ich bin hier fremd, aber ich denke, ich liege richtig, wenn ich sage, dass Blumen in einem Beutel auch in eurem Land ein sehr ungewöhnliches Geschenk darstellen, oder?«

Sie richtete sich nun zur vollen Größe auf, streckte automatisch ihren Rücken noch etwas weiter durch und lächelte gewinnend, als sie sah, wie Nicolas' Gesicht einen überraschten und panischen Ausdruck annahm.

Richard hatte sich während ihres Monologs von ihr abgewandt und schien nun kurz davor zu sein, Nicolas in Gewahrsam zu nehmen. Dieser trat abwehrend einen Schritt zur Seite.

»Das versteht Ihr falsch!«

»Ach ja?«

»Ich habe nur …«

Weiter kam er nicht. Aus dem Flur ertönte eine Stimme, die lautstark Nicolas' Namen rief.

Wieso werden wir eigentlich immer mitten im Gespräch unterbrochen? Kannte man im 17. Jahrhundert noch kein Anklopfen?

Alle Anwesenden im Ahnenraum drehten sich überrascht um. Niemand hatte während des Gespräches auf die Umgebung geachtet und bemerkt, dass die Tür des Ahnenraums sperrangelweit offen stand.

Ein hübscher, blonder Mädchenschopf tauchte im Türrahmen auf. Als sie Nicolas erkannte, kam sie eiligen Schrittes in den Raum gelaufen. Katie hatte das Gefühl, das Mädchen schon einmal gesehen zu haben. Diese lockigen Haare, der steife gerade Schritt und das grüne, schulterbedeckende Kleid. Als sie sich zu Nicolas umdrehte und Katie ihr Profil sah, fiel der Groschen. Es war das Mädchen von der nächtlichen Übergabe. Die Silhouette stimmte exakt überein.

»Prinz Nicolas, endlich habe ich Euch gefunden. Ich habe schon überall nach Euch gesucht. Es ist etwas Schreckliches geschehen.«

Verwirrt schaute Katie zu den Wachen hinüber. Woher wusste das Mädchen von dem gestohlenen Kürbis? Auch Richard stand das Entsetzen ins Gesicht geschrieben. Warum hatten sie nicht besser aufgepasst und die Tür geschlossen? Sobald die Ballgäste von dem Diebstahl erfuhren, würden sie aus Angst vor dem Fluch das Gebäude auf schnellstem Wege verlassen. Das jedoch würde bedeuten, dass der Dieb ein leichtes Spiel hatte, den Kürbis endgültig ungesehen verschwinden zu lassen und ungestraft davon zu kommen. Katie unterdrückte einen verärgerten Fluch. Unterdessen griff das blonde Mädchen nach Nicolas linkem Arm und legte theatralisch ihren Kopf auf seine Schulter. Am liebsten hätte sich Katie dazwischen gedrängt. Sie mochte den vertrauten Anblick der beiden nicht, genauso wenig wie den unschuldigen Gesichtsausdruck des Mädchens. Doch zu ihrer großen Überraschung schien auch Nicolas die Nähe unangenehm zu sein. Deutlich schob er sie ein paar Schritte von sich weg und legte seine Hände auf ihre Schultern. Ob aus Absicherung, um einen Mindestabstand in der Öffentlichkeit zu wahren oder um schneller das Gespräch mit ihr zu beenden, war nicht erkennbar.

»Was ist passiert, Charlotte?«

Charlotte ließ erneut den Kopf hängen. Nicolas jedoch lockerte den Griff um ihre Schultern nicht, sodass sie sich einen Moment später wieder zur vollen Größe aufrichtete und tief durchatmete. »Ein kostbares Diadem wurde aus meinem Gästezimmer gestohlen. Ich dachte erst, ich hätte es verlegt. Als ich aber bei anderen Gästen von weiteren Diebstählen gehört habe, wusste ich sofort, dass ein Dieb sein Unwesen treibt.«

Wunderbar, wir haben es hier also nicht nur mit einem Einmaltäter zu tun, sondern gleich mit einem Kleptomanen!

Nicolas warf ihr unauffällig einen verstehenden Blick zu, der verriet, dass er genau das Gleiche dachte. An Charlotte gewandt sprach er weiter: »Ich werde mich sofort darum kümmern. Ich verspreche Euch, dass wir den Täter umgehend ausfindig machen und Ihr Euer Diadem wiederbekommt.«

Charlottes Gesicht hellte sich schlagartig auf und ein Lächeln trat auf ihre Lippen. Plötzlich wirkte sie viel erleichterter, ja fast schon unnatürlich fröhlich. »Ich danke Euch vielmals. Das Diadem hat mir meine Mutter zum zwölften Geburtstag geschenkt. Es ist von hohem Wert für mich.«

Ein Diadem zum zwölften Geburtstag?! Welches Mädchen hätte das nicht gerne geschenkt bekommen. Wenn sie sich recht erinnerte, hatte sie damals »Harry Potter«-Fanartikel und Bücher erhalten. Definitiv coole Sachen, aber eben kein Diadem.

Erst jetzt schien Charlotte auch die umstehenden Personen im Raum wahrzunehmen. Mit einem Lächeln, das dem eines Engels glich, schaute sie die Wachen der Reihe nach an, nickte höflich Richard als erstem Offizier zu und blieb dann an Katie hängen. Das freundliche Gesicht wich einem erstaunten Ausdruck. Ihre Augen fokussierten Katies Kleid und sie legte interessiert den Kopf schief.

»Das ist wirklich ein schönes Kleid, das Ihr da tragt. Dieser leuchtend rote Stoff und die fein verarbeiteten Stickereien am Saum sehen einfach wundervoll aus. Verzeiht mein Interesse, aber mir kommt es so bekannt vor. Wisst Ihr, ich habe genau das gleiche Kleid … nein, natürlich nicht das gleiche. Meines befindet sich schließlich in dem großen Holzschrank in meinem Gästezimmer. Aber es ähnelt dem Eurem sehr.«

Katie kam eine böse Vorahnung. Das Zimmer, aus dem sie das Kleid gestohlen hatte, war offenbar Charlottes Gästezimmer und somit war das Kleid, das sie nun trug, Charlottes Eigentum.

Sie trat unauffällig einen Schritt hinter den Schreibtisch, um die Sicht auf das Kleid zu erschweren. Sie musste sich jedoch eingestehen, dass sie wohl kaum das ganze Kleid dahinter verstecken konnte. Hoffnung keimte in ihr auf. Wer kannte schließlich schon jede Naht und Falte seiner Klamotten. Charlottes verwunderter Blick verriet jedoch, dass sie scheinbar sehr wohl alle ihre Kleider bis auf das letzte Detail kannte. Den Gedanken, das alles als riesigen Zufall aussehen zu lassen, verwarf Katie sogleich wieder. Wie wahrscheinlich war es, im 17. Jahrhundert bereits Kleider von der Stange kaufen zu können? Richtig – null. Das Kleid war vermutlich extra für Charlotte angefertigt worden und ihr fiel bestimmt auf, dass Katies Proportionen darin nicht passten.

Als Charlotte interessiert näher trat, sprang Katie galant einen Schritt zurück. »Verzeiht, wenn ich unsere Unterhaltung hier unterbreche. Aber Nicolas und ich haben gerade etwas sehr Wichtiges zu besprechen. Da wir es eilig haben, müssen wir jetzt leider damit fortfahren. Gerne können wir zu einem späteren Zeitpunkt unser Gespräch über unsere bezaubernden Kleider fortsetzen. Ich würde mich sogar sehr darüber freuen.« Sie lächelte entschuldigend.

Charlotte hielt verständnisvoll in ihrem Versuch, näher zu kommen, inne, was Katie erleichtert aufseufzen ließ. An Nicolas gewandt bedankte sich das blonde Mädchen noch einmal für seine versprochene Hilfe, das Diadem zurück zu erlangen. Sie verabschiedete sich mit einem höflichen Knicks und lächelte Katie beim Hinausgehen noch ein letztes Mal zu. Dann war sie durch die offene Tür verschwunden.

Katie konnte kaum fassen, wie glimpflich sie davon gekommen war.

Nicolas wandte sich unterdessen wieder der kleinen Gruppe im Raum zu und trat ein paar Schritte an Katie heran. Sein Gesicht nahm eine ungewohnte Härte an. Seine Finger griffen nach ihrem Kleid und hielten es ein Stück nach oben.

»Ein wirklich komischer Zufall, das mit dem Kleid. Findet Ihr nicht auch?«

»Jap.«

Sie setzte ein ahnungsloses Lächeln auf. Nicolas' Gesicht verriet, dass er ihr kein Wort glaubte.

»Na gut, ich gebe es zu. Es ist Charlottes Kleid. Zufrieden?« Sie zog ihm den Stoff aus der Hand.

»Mitnichten!« Er schüttelte den Kopf. »Soeben habt Ihr zugegeben, bereits schon einmal am heutigen Abend etwas gestohlen zu haben. Warum solltet Ihr also nicht auch die Diebin des goldenen Kürbis sein?«

Katie funkelte ihn böse an. Das war ja zu erwarten. Hätte sie wegen des Kleides gelogen, dann wäre sie früher oder später mit Sicherheit aufgeflogen. Spätestens, wenn Nicolas aus Misstrauen Nachforschungen betrieben hätte. Also wollte es Katie lieber gleich mit der Wahrheit versuchen und schon erkannte er ein Schlupfloch, um von seiner eigenen Schuld abzulenken und ihr von hinten ein Messer in den Rücken zu stoßen.

Sie schnaubte verächtlich. »Ich habe mir lediglich das Kleid AUSGELIEHEN. Am Ende des Abends wird es wieder fein säuberlich in ihrem Kleiderschrank hängen. Ich hätte ja um Erlaubnis gefragt oder gleich eines meiner eigenen unzähligen Ballkleider aus dem 17. Jahrhundert angezogen, wenn nicht ständig ein gewisser jemand versuchen würde, mich festzunehmen. Glaub mir, außer dieser unsichtbaren Barriere hält mich hier nichts. Wenn ich also den goldenen Kürbis hätte, dann würde ich ja wohl alles daran setzen, von hier zu verschwinden und keine Zeit vergeuden.«

Eine unangenehme Stille breitete sich im Raum aus. Keiner der Anwesenden schien recht zu wissen, was jetzt zu tun war.

Richard hatte sich während der Diskussion unauffällig zurückgezogen und wartete nun zusammen mit den anderen Wachen auf Anweisungen. Er stand in der Mitte von ihnen und schaute unschlüssig von einem zum anderen. Nicolas gab jedoch keine Befehle. Das überraschte Katie. Noch vor ein paar Sekunden hatte es so ausgesehen, als würde der Kerker ihr zukünftiges Zuhause werden. Stattdessen stand Nicolas nun schweigsam vor ihr und musterte sie nachdenklich. Dabei schien er ausgiebig über das weitere Vorgehen nachzudenken.

»In Anbetracht der Tatsache, dass uns nur noch weniger als eine gute Stunde bleibt, werde ich Euren Worten Glauben schenken. Sollte ich aber herausfinden, dass Ihr gelogen habt und doch im Besitz des goldenen Kürbis seid oder mit seinem Verschwinden etwas zu tun habt, dann macht Euch auf das Schlimmste gefasst. Und vergesst nicht, ich habe ein wachsames Auge auf Euch!«

Katie reckte das Kinn nach oben. »Tu das. Aber vorher würde ich gerne erfahren, was bei der heimlichen Übergabe wirklich gelaufen ist?«

Er warf ihr einen gereizten Blick zu. »Das ist hier nicht von Belang.«

»Wirklich?«

Richard und seine Kollegen schauten fordernd zu ihm. Loyalität hin oder her. Katie zweifelte nicht daran, dass sie bereit waren, niemanden aus dem Raum gehen zu lassen, solange diese Frage nicht beantwortet war. Schließlich zweifelten sie mittlerweile, dank ihrer Anschuldigungen, ebenfalls an Nicolas' Unschuld.

Katie wusste nicht recht, was sie glauben sollte. Gerne hätte sie Nicolas eine weiße Weste gewünscht, doch war es nicht so, dass die nettesten Menschen meist die dunkelsten Geheimnisse hatten?

Resigniert sackte Nicolas sichere Haltung in sich zusammen und er machte deutlich, dass er diese Information nicht gerne preisgab.

»Was ich euch nun erzähle, unterliegt strengster Vertraulichkeit. Charlotte hat mich gebeten, ihr einen Fuchs von der heutigen Jagd mitzubringen. Traditionell wird vor der Zeremonie eine Jagd abgehalten. Charlottes Vater ist einer der zwölf Mitglieder im Rat und hofft inständig, dass sein Sohn Edward, ihr ältester Bruder, eines Tages seinen Platz im Rat übernehmen wird. Leider ist Edward in der Kampf- und Jagdkunst nicht sehr begabt. Da sein Vater hohe Erwartungen an ihn hat, bat mich Charlotte um Hilfe. Ich sollte ihr von der heutigen Jagd eine Trophäe mitbringen, die er dann morgen seinem Vater zum Geburtstag überreichen kann. Ich weiß, ein solches Verhalten ist nicht ehrenvoll. Schon gar nicht, wenn es dabei um den Rat der Zwölf geht. Aber Charlotte und ich sind seit Kindesbeinen an befreundet. Wir sind zusammen aufgewachsen. Es war ein Dienst, den ich jedem Freund erweisen würde.« Er schien nicht zu wissen, wohin er schauen sollte. Katie hingegen war völlig überrascht. Damit hatte sie nicht gerechnet. Ihre Augen trafen sich. Aus irgendeinem Grund fiel es ihr schwer, den Blick abzuwenden. Die Geschichte klang plausibel und auch der überreichte Sack passte zur Größe eines Fuchses. Das allerdings bedeutete, dass der wahre Kürbisdieb immer noch auf freiem Fuß war und sie nach wie vor am Anfang ihrer Ermittlungen standen.

Aus dem Augenwinkel nahm Katie ein zaghaftes Nicken von Richard wahr, der signalisierte, der Geschichte Glauben zu schenken. Dankbar amtete Nicolas aus. Katie seufzte. Es war die reinste Horrorvorstellung, dass sie nun wieder mit völlig leeren Händen dastanden. Andererseits musste sie sich eingestehen, dass sie diese Wendung auch erfreute. Das hieß nämlich, dass Nicolas unschuldig war und nach wie vor an ihrer Seite kämpfte und das ließ neue Hoffnung in ihr aufkeimen.

»Na gut, ich glaube dir. Aber ich warne dich. Ab sofort werde ich ein wachsames Auge auf dich haben!«

Verschmitzt grinste er. »Als ob Ihr das nicht schon die ganze Zeit über habt.«

Entgeistert starrte sie ihn an.

Für ihn schien das Thema damit beendet zu sein. Immer noch süffisant lächelnd wandte er sich Richard und den übrigen Wachen zu, um diesen neue Anweisungen zu geben.

Katie schluckte den auf der Zunge liegenden Kommentar herunter und trat zu ihnen.

»Eine verdächtige Person haben wir noch nicht befragt: meinen Großcousin. Katie, das solltet Ihr nach wie vor erledigen. Derweil werde ich mit meinem Vater sprechen. Früher oder später muss er von dem Diebstahl erfahren. Da ist es besser, wenn ich ihn sofort aufkläre. Außerdem werde ich ihn nach dem Geheimgang fragen. Vielleicht kann er uns einen Hinweis geben, wer Kenntnis darüber hat. In etwa fünfzehn Minuten treffen wir uns im Flur neben der Treppe.« Auffordernd schaute er in die Runde. Katie nickte zur Bestätigung, während sich Richard und die Wachen aufteilten, um den Ahnenraum noch einmal genauer zu untersuchen und im Gebäude nach dem Dieb sowie dem Kürbis Ausschau zu halten. Katie hatte vorgeschlagen, dass sie die Gäste beobachten sollten. Eventuell verriet sich der Dieb in einem unbedachten Moment zufällig selbst.

Sie wandte sich zum Gehen, als eine Hand sie zurückhielt. Verwundert schaute sie auf und sah Nicolas dicht neben sich stehen.

»Katie, hört zu. Es tut mir leid, dass ich so streng zu Euch bin. Jetzt, da der goldene Kürbis gestohlen wurde, dürfen wir keine

Fehler mehr machen. Es steht zu viel auf dem Spiel.« Er lockerte seinen Griff, zögerte kurz und ließ sie dann ganz los.

Katie verharrte in ihrer Position. Seine Nähe verursachte ein komisches Gefühl in ihrem Kopf. Dieses Mal allerdings ein positives. Trotzdem fiel ihr das klare Denken auf einmal viel schwerer. Eins wusste sie mit Gewissheit. Auch wenn Nicolas ein angeblich stichhaltiges Alibi zu haben schien, so galt es immer noch, Vorsicht zu wahren. Ein weiteres Mal durfte sie sich nicht täuschen, es ging hier um ihr Leben.

Traue niemandem, nicht einmal dir selbst.

Nicolas warf ihr noch einen letzten, forschenden Blick zu und verschwand dann durch die Tür. Katie folgte ihm mit etwas Abstand.

KAPITEL 18

Im Flur zum Gästezimmer begegnete Katie einigen aufgebrachten Gästen. Eine große, rundliche Frau in einem blauen, ballonförmigen Kleid diskutierte wild gestikulierend mit zwei anderen Damen. »Ich hatte mein Collier nur für einen Moment abgelegt und schon war es verschwunden.«

»Vielleicht habt Ihr es verlegt.«

»Sehe ich etwa so aus, als ob ich nicht wüsste, wo ich meinen Schmuck aufbewahre?«

Scheinbar ahnungslos ging Katie weiter. Es wurde wahrlich Zeit, dem Dieb endlich das Handwerk zu legen.

Unmittelbar vor ihr versuchte Nicolas zwei weiteren Frauen aus dem Weg zu gehen. Sein goldblaues Jackett wies ihn jedoch eindeutig als Mitglied der Großherzogfamilie aus, sodass er nicht mal annähernd eine Chance zur Flucht hatte. Aufgeregt winkten die Damen ihn hinüber und beklagten sich in lautstarkem Ton über ihre gestohlenen Kostbarkeiten. Der Versuch, sie unbeachtet zu passieren, handelte ihm noch mehr Gezeter ein.

Katie grinste in sich hinein. Während Nicolas sich widerwillig zu der Frauengruppe gesellte, ging sie in Seelenruhe den Gang entlang, an den Gästezimmern vorbei und hinunter in das Foyer. Sie vermutete Gabriel, ihren letzten Verdächtigen, im Ballsaal. Nicolas hatte gesagt, man könne ihn wegen seines alten Festgewands und seiner Versessenheit auf Bücher nicht übersehen. Vermutlich würde er also in einer Ecke sitzen und lesen. Allein durch die Beschreibung wirkte Gabriel schon einmal so gar nicht wie ein Krimineller, dachte Katie. Es hieß aber, jeder Spur nachzugehen. Nicolas Worte kamen ihr wieder in den Sinn. Sie durfte nicht ihren Gefühlen trauen, sondern lediglich den Fakten.

Der Ballsaal schien mittlerweile noch voller geworden zu sein. Gäste strömten aus allen Ecken durch die weit geöffneten Türen und auf die Tanzfläche. Jeder schien vor der Zeremonie noch einmal tanzen oder das Büffet aufsuchen zu wollen. Der Uhrzeit entsprechend war die Atmosphäre eine Mischung aus positiver Anspannung und aufgeregter Vorfreude.

Katie fiel es schwer, sich im Saal fortzubewegen. Das lag zum einen an den vielen Menschen und zum anderen an der Hitze, die sich im Saal angestaut hatte. Fieberhaft suchten ihre Augen den Raum ab. Ihr Hauptaugenmerk lag dabei auf den gedeckten Tischen und Stühlen, die sich an den Seiten des Saals erstreckten. Tatsächlich saß ein großer, schmächtiger Mann in der hintersten Ecke auf einem der Stühle und las in einem dicken Buch. Er war jung, hatte wirres, braunes Haar und auf seiner Stirn eine große Falte, die auf höchste Konzentration hindeutete. Katie musste lachen. Sie schien ihren letzten Verdächtigen gefunden zu haben. Nicolas Beschreibung passte perfekt zu Gabriel. Sein Festgewand war in der Tat etwas in die Jahre gekommen oder besser gesagt »retro«. Er saß allein an einem der vielen Tische und schien so in sein Buch vertieft zu sein, dass er Katies Räuspern gar nicht mitbekam. Obwohl die Musik des Streichorchesters laut war, meinte Katie sie mit ihrem Räuspern bei weitem übertroffen zu haben. Dennoch rührte sich Gabriel nicht. Auch als sie sich demonstrativ neben ihn an den Tisch setzte und ihn mit ihrem Blick durchbohrte, blätterte er seelenruhig in seinem Buch auf die nächste Seite.

»Entschuldigt bitte«, machte sich Katie schließlich deutlicher bemerkbar.

Erschrocken fuhr Gabriel in seinem Stuhl hoch. Sein Buch glitt ihm aus den Händen und fiel zu Boden. Hektisch sah er sich um und schien zum ersten Mal wieder Kontakt mit der Realität aufzunehmen. Sofort war Katie zur Stelle, beugte sich vor und hob den Wälzer vor ihren Füßen auf. Natürlich nicht, ohne auf den Einband zu schauen: »Astronomie« stand auf dem Cover. Schade. Sie hatte gehofft, dass es vielleicht ein Ratgeber zum Thema »Wie stehle ich am besten unbemerkt kostbare Gegenstände« war. Doch das wäre auch zu einfach gewesen.

Als sich Katie wieder aufrichtete, heftete sie ihren Blick auf Gabriels Füße. Unter seiner dunklen Hose blitzten schwarze Lackstiefel hervor. Er schien große Füße zu haben. Etwas mehr als 1½ ihrer Hände. Die Form der Sohle allerdings war zu schmal für den breiten Fußabdruck im Mehl.

Mit einem freundlichen Lächeln reichte Katie ihm das Buch. Gabriel schien beschämt und wusste offensichtlich nicht, was er sagen sollte, denn seine Mundwinkel zuckten zu einem Lächeln, doch seine Augen schauten überrascht zu ihr hinüber. »Entschuldigt, ich habe Euch nicht kommen hören.«

»Das lag wohl an der Musik«, antwortete sie höflich, obwohl das nicht stimmte.

»Was kann ich für Euch tun?«

»Ich habe Euch hier allein sitzen sehen und dachte, vielleicht braucht Ihr Gesellschaft. Ich bin zum ersten Mal in Eurem Land und extra für die Zeremonie angereist. Wird nicht gleich der goldene Kürbis erleuchtet?«

»Das ist richtig.« Gabriel schaute verstohlen auf das Buch in seiner Hand. Seine fehlende Freude an gesellschaftlicher Konversation überraschte Katie nicht.

»Ich bin schon sehr aufgeregt, schließlich ist es das erste Mal, dass ich den goldenen Kürbis sehen darf.«

Gabriel nickte nur. Sollte das jetzt etwa die ganze Zeit so weitergehen? Katie musste sich etwas einfallen lassen, damit er endlich mit der Sprache rausrückte.

Die Musik wechselte und einige Tanzpaare verließen das Parkett. Aus dem Augenwinkel sah sie Nicolas, der mit verhaltenen Gesten auf einen Mann am anderen Ende des Saals einredete. Das musste wohl sein Vater sein. Bevor Katie jedoch einen genaueren Blick auf die beiden werfen konnte, versperrten ihr neue Tanzpaare die Sicht.

Katie richtete ihre Augen wieder auf Gabriel. Sie hätte schwören können, ihn während ihrer kurzen Unaufmerksamkeit, in dem Buch blättern gesehen zu haben. Steckte nicht auch sein Finger zwischen zwei Seiten?

»Ich sehe, Ihr interessiert Euch für Astronomie? Das finde ich wunderbar.«

»Wirklich?« Eine Mischung aus Skepsis und anerkennender Verwunderung trat in sein Gesicht. Seine Wangen schienen ein leichtes Rosé anzunehmen. »Es interessieren sich nicht viele … Frauen für die Wissenschaft.«

Was sollte das denn jetzt schon wieder heißen? Katie musste ihren Unmut unterdrücken und schenkte Gabriel stattdessen ein geschlagenes Lächeln. »Es gibt für alles eine Ausnahme. Stehen nicht gerade heute die Sterne und Planeten in einer besonderen Konstellation?«

»Fürwahr!«, strahlte Gabriel und lehnte sich etwas weiter über den Tisch. Das Buch legte er unbeachtet zur Seite und begann, wilde Theorien über verschiedene Planetenkonstellationen und ihre Bedeutungen aufzustellen. Er berichtete von dem Naturphänomen in dieser Nacht, das man hervorragend mit einem entsprechenden Teleskop von der Erde aus sehen könne. Gabriel öffnete sich immer mehr. »Bedauerlicherweise haben meine Eltern darauf bestanden, dass ich heute an diesem Ball teilnehme. Ihr müsst wissen, ich kann mit Stolz sagen, dass ich auf unserem Landsitz ein Fernrohr besitze, mit dem man die Sterne und Planeten wunderbar beobachten kann. Leider bleibt mir dieses Vergnügen heute verwehrt.« Mit einem vor Zorn verzerrten Gesicht wandte er sich von Katie ab. Damit hatte er ein Motiv! Er könnte den Kürbis aus Wut auf seine Eltern gestohlen haben, durchfuhr es sie.

»Aber seid Ihr nicht gespannt, den goldenen Kürbis einmal selbst zu sehen?«

»Doch, natürlich. Aber ich interessiere mich mehr für die Astronomie. Ich möchte später einmal im Bereich der Wissenschaft arbeiten. Es gibt so viel Unentdecktes. Das Weltall ist in Wirklichkeit viel größer als Ihr es Euch vorstellen könnt. Man gedenkt sogar, eines Tages Menschen zum Mond zu schicken.«

»Ja, ich weiß … äh ich meine, was Ihr nicht sagt.«

»Lady Katie, dürfte ich Euch kurz sprechen?«, fragte plötzlich eine hohe Stimme hinter ihr.

Erschrocken fuhr Katie herum und erkannte Elizabeth, die fröhlich lächelnd an ihrem Stuhl stand.

»Würdet Ihr mich bitte für einen Moment entschuldigen«, sagte sie an Gabriel gewandt und verließ möglichst anmutig den Tisch. Von Elizabeth wurde sie ein Stück zur Seite gezogen. Ihr fiel auf, dass das Mädchen einen roten Kopf hatte und der Schweiß in kleinen Perlen auf ihrer Haut glänzte. Sie wirkte glücklich und hatte ein verträumtes Lächeln auf den Lippen.

»Ich wollte mich bei Euch bedanken. Ohne Eure Hilfe hätte ich Graf Alexander niemals kennengelernt. Er ist einfach unglaublich nett und aufmerksam und er liebt meine Fächersprache.«

Bedeutungsvoll spielte sie mit dem Fächer vor ihrem Gesicht, sodass nur noch ihre weit aufgerissenen Augen zum Vorschein kamen. Katie überlegte kurz. Drückte das nun Freude aus oder war das eine Abwehrhaltung, die einen unerwünschten Pickel im Gesicht verdecken sollte? Der Gedanke ließ sie laut auflachen.

Dass jemand Elizabeths Fächersprache verstand, konnte sie sich wahrlich nicht vorstellen.

»Das freut mich für dich.«

»Ich sehe, Ihr habt Bekanntschaft mit meinem ältesten Bruder gemacht. Ich hoffe, Ihr macht Euch nicht allzu große Hoffnungen.«

»Wie meinst du das?«, fragte Katie neugierig nach und blickte über ihre Schulter zu Gabriel hinüber, der bereits wieder in sein Astronomie-Buch vertieft war. Die kurzzeitige Redseligkeit war ihm nicht mehr anzusehen.

»Ach, wisst Ihr, Gabriel ist wirklich nett, aber er lebt in seiner eigenen Welt und die besteht leider nur aus der Wissenschaft und Büchern. Statt diesen Ball zu genießen und neue Bekanntschaften zu machen, hat er den ganzen Abend über nur in dieser Ecke gesessen und studiert.«

Katie horchte interessiert auf. »Wirklich? Den ganzen Abend? Ich meine ihn erst vor ein paar Minuten auf der Tanzfläche gesehen zu haben.« Das war eine glatte Lüge.

»Nein, da müsst Ihr Euch irren. Vielleicht habt Ihr ihn verwechselt, es ist schließlich ein Maskenball. Da sieht jeder irgendwie gleich aus. Aber glaubt mir, dieses Festgewand würde nicht unentdeckt bleiben.«

»Ja, was Ihr nicht sagt«, murmelte Katie. Elizabeth kicherte amüsiert über ihre eigene Erkenntnis, aber Katie wollte es jetzt genau wissen. Hatte Gabriel zur Tatzeit ein Alibi? »Verzeiht meine erneute Nachfrage, aber seid Ihr Euch ganz sicher, dass Gabriel die ganze Zeit hier saß? Ich dachte vor etwa einer halben Stunde einen Jungen auf der Tanzfläche gesehen zu haben, der genauso aussah wie er.«

Elizabeth nickte heftig und fächelte demonstrativ stark mit ihrem Fächer. »Ja, ich bin mir absolut sicher. Ich war erschöpft vom Tanzen. Also hat Graf Alexander angeboten, uns etwas zu trinken zu bringen. Derweil habe ich mich zu Gabriel gesetzt und mich mit ihm unterhalten. Es tut mir leid, ihn so einsam zu sehen.«

Katie wurde nervös. Gabriels Motiv hätte perfekt gepasst. Rache. Der Zorn auf seine Eltern, die ihm das nur alle halbe Jahrhundert auftretende Naturphänomen verboten, hätte als Grund für den Diebstahl gepasst. Es war schließlich ein gleichbedeutend wichtiges Ereignis für seine Familie, das er aus Rache hätte ruinieren können. Aber sein Alibi schien wasserdicht zu sein. Wieso sollte Elizabeth diesbezüglich lügen oder war sie etwa auch sauer auf ihre Eltern?

»Ich glaube, Gabriel interessiert sich nicht so sehr für die Zeremonie des goldenen Kürbis. Das ist sehr schade, da es doch ein einmaliges Erlebnis ist. Freut Ihr Euch denn wenigstens?«

»Ich kann es kaum erwarten!«, rief Elizabeth begeistert aus und hüpfte dabei wie ein kleines Kind von einem Bein aufs andere. »Ich bin wirklich froh, dass meine Eltern Gabriel nicht zu Hause lassen wollten. Er würde einen historischen Moment verpassen. Davon werden wir noch unseren Kindern und Enkelkindern erzählen. Wer eine Einladung zum zeremoniellen Festakt erhält, muss sie einfach annehmen. Schließlich werden nur ausgewählte Gäste zum Ball geladen und es wäre eine Beleidigung gegenüber dem Rat der Zwölf, sie abzulehnen. Natürlich tut es mir für Gabriel leid, aber seine Wissenschaft und die Sterne sind doch auch morgen noch da.«

Katie lächelte und nickte zustimmend. Elizabeths Verständnis für einmalige und zeitlich begrenzte Naturphänomene war offenbar nicht sonderlich ausgeprägt. Trotz allem hatte sie Gabriel ein Alibi gegeben. Also war er nicht der Dieb. Aber wer war es dann? So langsam hatte sie überhaupt keine Ahnung mehr. Dabei sollten sie mittlerweile eigentlich mit den Ermittlungen fertig sein. Mitternacht stand vor der Tür.

»Habt Ihr eigentlich ein Haustier? Zum Beispiel eine Katze?« Katie erinnerte sich an die Türszene mit Friedrich. Noch war nicht alles verloren. Vielleicht hatte er nicht gelogen und alles war ein großes Missverständnis. Eventuell gab es doch noch einen kleinen Funken Hoffnung für eine Beziehung mit ihm.

Elizabeth nickte aufgeregt. »Ich liebe Tiere und Katzen ganz besonders. Gerne hätte ich eine, aber mein Bruder Friedrich ist allergisch gegen sie. Er beginnt immer sofort zu niesen, wenn er in der Nähe von Katzen ist. Dafür besitze ich zwei Pferde. Sterntaler und Morgenröte. Sie sind zwei prächtige Stuten. Ihr solltet uns einmal besuchen kommen. Dann können wir zusammen ausreiten.«

Unsanft wurde Katie in den Rücken gestoßen und stolperte ungewollt auf Elizabeth zu, die einen erstickten Schrei ausstieß. Nur im letzten Moment konnte Katie einen Zusammenstoß mit ihr verhindern und ihr Gleichgewicht in dem schweren Kleid auf einem Fuß ausbalancieren. Elizabeth sah überrascht über Katies Schulter hinweg.

»Das ist aber eine hübsche Tasche«, äußerte sie entzückt. Von ihrem kurzzeitigen Schock war nichts mehr zu spüren. Stattdessen schaute sie nun einer etwa 1,70 Meter großen Frau mit einem ausladenden, rosafarbenen Kleid hinterher, die sich eilig einen Weg durch die tanzende Menge bahnte. Dicht hinter ihr folgte ein schlaksiger Mann, der eine auffällig große Maske trug. Geschickt schlängelte er sich hinter der Frau über das Parkett, wobei er sich immer wieder in alle Richtungen umsah.

»Wie wär's mal mit einer Entschuldigung!«, rief Katie ihnen gereizt hinterher.

»Habt Ihr das wunderschöne Kleid gesehen? Welch prächtige Farben und dieser ausgefallene Schnitt, einfach traumhaft. Ihre Tasche passt perfekt dazu, findet Ihr nicht auch?«

»Ja, niederschmetternd.« Katie rieb sich mit der Hand über den schmerzenden Rücken. Egal wie schön die Tasche auch äußerlich aussah, der Inhalt hatte ihr einen ordentlichen Bluterguss knapp oberhalb der Hüfte verpasst. Spätestens morgen würde sie dort wie ein Regenbogen schimmern. Katie bedauerte es, dass das kühle Tuch von vorhin mittlerweile zu warm geworden war, um jetzt auch den Schmerz am Rücken zu lindern. Vielleicht sollte sie Nicolas um ein weiteres bitten, bevor ihr Hüftknochen noch zu einem Tennisball anschwoll.

Was hatte diese Frau nur in ihrer Tasche? Ziegelsteine? Ein Brecheisen?

Bei diesem Gedanken fiel Katie der Diebstahl wieder ein. Skeptisch schaute sie dem hektisch davoneilenden Pärchen nach. Wieso hatten es die beiden so eilig? Eine nachträgliche Entschuldigung brauchte sie von denen jedenfalls nicht mehr zu erwarten. Warum schleppte diese Frau überhaupt eine Tasche mit sich herum? Sie schien nicht nur unhandlich und gemeingefährlich zu sein, sondern auch ein ordentliches Gewicht zu haben. Die Frau wankte vor Anstrengung regelrecht durch die Menschenmenge. Katie beschlich das Gefühl, diesen watschelnden Schritt schon einmal gesehen zu haben und auch das Kleid, das laut Elizabeths Aussage besonders ausgefallen war, kam ihr bekannt vor.

Ein Blick hinüber zu den Tischen und Stühlen zeigte ihr, dass Gabriel immer noch in seine Lektüre vertieft war. Von dem kleinen Zwischenfall schien er nichts mitbekommen zu haben. Sie entschloss sich, die Befragung hier vorzeitig zu beenden.

»Verzeiht Elizabeth, aber mir ist gerade etwas eingefallen, das ich noch dringend vor der Zeremonie erledigen muss. Wenn es Euch nichts ausmacht, würde ich mich daher auf den Weg machen.«

Elizabeth schüttelte verträumt den Kopf und verabschiedete sich mit einem leichten Fächeraufschlag. Dann setzte sie sich zu Gabriel an den Tisch.

Katie vertrödelte keine weitere Zeit und begann, sich ebenfalls durch die Menschenmenge zu drängen. Wohin war das Pärchen verschwunden? Weit konnten sie nicht gekommen sein, denn ein Durchkommen am Rand des Ballsaals war kaum möglich. Neidisch musste sie feststellen, dass die Leute in der Mitte des Parketts in fast schon unverschämter Geschwindigkeit an ihr vorbeizogen. Das Durchtanzen des Saals war offenbar eine deutlich vorteilhaftere Methode, als im Durcheinander am Rand des Raums vorwärts zu kommen. Aber allein die Tanzfläche zu bestreiten, war schwierig. Zum einen, weil man einige der Tanzfiguren nur zu zweit ausführen konnte. Zum anderen, weil es im 17. Jahrhundert scheinbar unüblich war, sich auf der Tanzfläche zu bewegen, ohne zuvor von einem Mann zum Tanz aufgefordert worden zu sein. Nicht umsonst schauten sich einige wenige Damen am Rand des Saals sehnsüchtig nach einem passenden Partner um.

Katie schimpfte leise. Warum forderte sie auch ausgerechnet jetzt niemand zum Tanz auf. Nicht, dass sie Lust hatte, sich erneut vor allen Anwesenden zu blamieren. Aber um die Verfolgung des Pärchens aufzunehmen, erschien es die vielversprechendste Alternative zu sein.

Gerade als sie ihre anstrengenden Versuche, durch die Massen zu kommen, aufgeben wollte, entdeckte sie an einem der Buffettische ein rotes Kostüm. Ohne lange zu zögern, eilte sie darauf zu.

KAPITEL 19

»Friedrich, da seid Ihr ja.«

Erschrocken drehte sich der junge Mann um. »Katie, wie schön!« Er schluckte hektisch etwas hinunter und musste kräftig husten. Er senkte kurz seinen Kopf, sodass ihm der lange Pferdeschwanz über die Schulter fiel. Schnell wischte er sich mit der Hand über die Augen, nur um ihr Sekunden später mit einem breiten Lächeln entgegen zu blicken. Bevor er jedoch mehr erwidern konnte, ergriff Katie seinen Arm und hakte sich bei ihm unter.

»Ich habe schon überall nach Euch gesucht.«

Friedrich schaute überrascht auf ihre ineinander verschlungenen Arme. Für einen Moment schwieg er verdutzt und bekam dann ein sehr zufriedenes Leuchten in den Augen. »Ich habe Euch ebenfalls gesucht.« Sichtlich erfreut legte er auch seine andere Hand auf ihren Arm. Katie spürte trotz ihrer langen Ärmel aus feinem, dünnem Stoff die Wärme, die von seinen Fingern ausging. Ein Schmunzeln umspielte ihre Lippen und sie merkte, wie sich plötzlich ein wohliges Kribbeln in ihrer Magengegend ausbreitete. Friedrich erwiderte ihr Lächeln. Ihre Augen trafen sich und ruhten dort einen Moment. Katie wollte wegschauen, doch ihr Blick wurde magisch von Friedrich angezogen. In ihrem Kopf fing sich alles an zu drehen und machte es ihr schwer, einen klaren Gedanken zu fassen. Sofort rief sie sich zur Vernunft. Vor ihr stand ein Frauenschwarm, der sich seiner Rolle durchaus bewusst war. Friedrich war zwar der perfekte

Märchenprinz, aber ein sehr untreuer dazu. Genau das brauchte sie beim besten Willen nicht.

Plötzlich wurde sie von einer kräftigen Dame zur Seite gedrängt. Die Frau war höchstens ein paar Jahre älter als Katie und hatte lange, blonde Haare, die sie in einer aufwendigen Frisur um den Hinterkopf gesteckt hatte. Katie erkannte das dunkelrote Kleid sofort wieder. Sie war eine der Frauen gewesen, die sich vorhin im Flur bei Nicolas über die Diebstähle beschwert hatten. Scheinbar stand sie gerne im Mittelpunkt.

Friedrich hatte vor Überraschung Katies Arm losgelassen. Dafür wurde er nun von der anderen Frau festgehalten, die sich mittlerweile bei ihm untergehakt hatte und munter auf ihn einredete. »Ein solch gutaussehender und starker Mann darf doch hier nicht so allein herumstehen. Das wäre eine Verschwendung des Abends. Selbstverständlich werde ich Euch aushelfen. Gerne begleite ich Euch auf die Tanzfläche.«

Katie blieb der Mund offen stehen. Sie bezweifelte stark, dass Friedrich vor wenigen Sekunden allein und verlassen ausgesehen hatte. Wenn sie sich richtig entsinnen konnte, hatte er sogar ihre Hand gehalten.

Als sie sich mit einem Räuspern bemerkbar machte, warf ihr die Frau einen abfälligen Blick zu.

»Worauf wartet Ihr noch? Lasst uns tanzen. Dieses junge Ding hier scheint wohl kaum die richtige Begleitung für einen solch erwachsenen Mann wie Euch zu sein, mein Herr.«

Katie konnte nicht anders als fassungslos dazustehen. Die Frau schien offenbar die Gina des 17. Jahrhunderts zu sein. Nur etwas breiter und mit altertümlicher Sprache. Da machte sie schon eine halsbrecherische Zeitreise, nur um auf die nächste unverschämte Zicke zu treffen.

Friedrich machte Anstalten etwas zu erwidern, schaffte es aber nicht, gegen die Frau anzukommen.

Katie erinnerte sich schlagartig wieder an den eigentlichen Grund, warum sie Friedrich aufgesucht hatte. Sie wollte das Pärchen mit der Tasche verfolgen und wenn sie Pech hatte, waren die schon längst aus dem Saal verschwunden. Jetzt hieß es, sich zu beeilen und zu versuchen zu retten, was noch zu retten war.

Angriffslustig trat sie auf Friedrich zu, der schlagartig verstummte, und griff nach seinem anderen Arm. »Sorry Schwester, aber das ist bereits mein Tanzpartner.«

»Ich denke nicht, dass wir verwandt sind.«

»Nein, sind wir nicht.«

»Ihr habt die Erlaubnis, uns nun allein zu lassen.«

Katie musste sich ein Lachen verkneifen, als die Frau eine auffordernde Handbewegung in ihre Richtung machte. Die Geste erinnerte allerdings eher an einen sterbenden Schwan als an eine ernstzunehmende Drohung. Unbeirrt blieb Katie, wo sie war und mimte einen beschämten Blick auf das Kleid der Frau gegenüber. »Das ist ein wirklich sehr schönes Kleid, das Ihr da tragt.«

Die junge Frau rümpfte die Nase und schaute mit zusammengekniffenen Augen eitel auf Katie hinab. Dabei reckte sie das Kinn noch ein Stück höher. »Dessen bin ich mir bewusst.«

»Verzeiht, wenn ich das sage, aber mir scheint, dass auf Eurer linken Seite oberhalb des Rocksaums eine Naht eingerissen ist.«

Bestürzt riss die junge Frau ihren Kopf nach unten. Panisch fingerte sie mit ihren Händen über sämtliche Nähte und Verschlüsse in dieser Region. Friedrichs Arm war nun wieder frei.

Katie ließ sich keine Zeit, den Anblick der verzweifelt suchenden Gina 2.0 zu genießen, sondern zog kräftig an Friedrichs Hand, um ihn aus seiner eigenen mitleidvollen Starre zu befreien. Er blinzelte einmal kurz, so als ob er wie Dornröschen aus einem Schlaf erwachte, dann realisierte er aber ihr Zeichen und eilte so schnell es ging auf die Tanzfläche. Katie ließ seinen Arm erst wieder los, als sie ein gutes Stück Raum zwischen sich und der nun vor Wut keifenden Frau gelassen hatten. Diese versuchte sich mit beeindruckender Beharrlichkeit durch das Gewühl zu drängen. Erste Gäste drehten sich neugierig um und suchten nach der Ursache für die rüden Beschimpfungen der kräftigen Dame. Katie hatte keine Lust, erneut im Mittelpunkt einer Diskussion zu stehen und ließ daher Friedrichs Arm endgültig los. Eilig passte sie sich an das Tempo der anderen Tanzpaare an.

Friedrich lächelte anerkennend. »Ich muss sagen, Ihr seid nicht nur eine fabelhafte Tänzerin, sondern auch eine wahre Heldin.« Er machte einen absichtlich großen Schritt auf sie zu und stand nun direkt vor ihr. »MEINE Heldin.«

Er beugte sich ein Stück zu ihr hinunter. Katie konnte förmlich seine Körperwärme spüren. Oder lag das einfach nur an ihrem erhitzten Kopf? Sie war froh, dass auch dieser Tanz ohne jeglichen Körperkontakt angedacht war, denn sie wusste nicht, wie viel Distanz sie zu Friedrich hätte wahren können. Seine Augen zogen sie wieder magnetisch an. Diese Wirkung hatte er aber mit Sicherheit nicht nur auf sie. Und genau darüber konnte sie sich jetzt nun wirklich nicht den Kopf zerbrechen.

Die Menschenmenge um sie herum beobachtend, versuchte Katie das Pärchen mit der Tasche ausfindig zu machen. Mit bewusst großen Schritten durchquerte sie möglichst schnell den Saal. Friedrich blieb dabei folgsam an ihrer Seite, offensichtlich ohne diese Veränderung wahrzunehmen. Sein Blick ruhte nach wie vor nur auf ihr. Katie musste sich zusammenreißen, um nicht an den unvergesslichen Moment von eben zu denken. Warum fühlte sie sich so zu ihm hingezogen? Das Beispiel von eben bewies doch, dass er ein Herzensbrecher war. Jemand, der gerne ungebunden blieb. Und Elizabeths Geständnis über seine Katzenhaarallergie unterstrich seine Lüge vor dem Gästezimmer. Warum zerbrach sie sich überhaupt den Kopf darüber? Sobald der Kürbisfluch gebrochen war, würde sie wieder ins 21. Jahrhundert zurückkehren und dann spielte weder Friedrich noch irgendjemand anderes aus dieser Zeit eine Rolle mehr in ihrem Leben. Ja, wenn! Dazu musste sie erst einmal den Kürbis finden.

Ganz am Ende des Ballsaals nahm Katie eine hektische Bewegung aus dem Augenwinkel wahr. Als sie hinüberblickte, konnte sie zuerst nichts Auffälliges entdecken. Doch dann erkannte sie den hochgeschossenen Mann. Nur knapp einen Meter vor ihm schien seine Begleitung in einen heftigen Streit verwickelt zu sein. Katie schnappte einzelne Wortfetzen auf. Scheinbar war sie nicht die Einzige, die von der Frau mit ihrer überdimensional schweren Tasche gestoßen worden war.

Katie nutzte die Gelegenheit und tanzte sich weiter zu den beiden vor. Der große Mann mit der auffälligen Maske entschuldigte sich gerade überschwänglich bei einem älteren Herrn und versuchte dann, seiner Frau hinterherzukommen. Diese steckte allerdings erneut in einem Menschenpulk fest und schaffte es nur sehr langsam, sich an einer Gruppe laut lachender Damen vorbei zu drängen. Als ihr die Sache zu schleppend vorwärts ging, brach sie seitlich aus und lief am Rand der Tanzfläche entlang.

Katie war sich mittlerweile sicher, dem Pärchen schon mindestens einmal an diesem Abend begegnet zu sein. Das rosafarbene Kleid und den ständig absichernden, nervösen Blick des Mannes: Sie mussten Dick und Doof sein. Am Anfang ihrer Zeitreise hatte Katie die beiden händchenhaltend im Gästeflur herumschleichen sehen. Damals hatte sie allerdings vermutet, dass sie auf der Suche nach einem ungestörten Plätzchen für sich waren. Nun schoss ihr jedoch ein ganz anderer Grund für das heimliche Fortschleichen durch den Kopf.

Als die Frau jetzt dicht an ihr vorbeieilte, begann Katie zu sprechen. »Friedrich, sagt, hat Euch eigentlich Prinz Nicolas de Ribera schon von dem neu errungenen SCHATZ erzählt?« Sie hatte bewusst laut gesprochen, damit nicht nur Friedrich ihre Worte mitbekam.

Dieser sah sie verständnislos an. Als er den Mund öffnete, um etwas zu erwidern, schnitt sie ihm eilig das Wort ab und redete noch etwas lauter und deutlicher weiter. »Ihr wisst schon, das historische Buch über die Sagen der kostbarsten Schätze der griechischen Mythologie.«

Friedrichs Blick wurde zunehmend verwirrter.

»Prinz Nicolas hat mir vorhin davon erzählt. Sein Vater, der Großherzog von Agravain, hat dieses Buch erst vor kurzem als Geschenk von Herzog Falkenauge erhalten.« Katie hoffte inständig, dass ihre Schwindeleien nicht allzu übertrieben klangen. Gab es im 17. Jahrhundert überhaupt einen Herzog mit diesem Namen? »Ich hatte die Gelegenheit, einen kurzen Blick darauf zu werfen. Ein kostbarer Gegenstand. Das Buch ist sehr alt und der Einband aus purem Gold. Außerdem befinden sich in ihm wertvolle Kupferstiche.«

Katie meinte aus dem Augenwinkel zwei Personen abrupt neben sich stehen bleiben zu sehen. Sie verkleinerte ihre Schritte, um von der tanzenden Menge nicht weiter abgetrieben zu werden.

Friedrich schien mittlerweile jeglichen Versuch aufgegeben zu haben, sie zu unterbrechen und hörte nun mit einer Mischung aus sorgenvollem, amüsiertem und interessiertem Blick zu.

»Was ich Euch erzähle, ist ein Geheimnis. Niemand darf von diesem Buch erfahren. Die Gefahr ist zu groß, dass es jemand stiehlt. Denn man hat bisher noch keinen sicheren Ort gefunden, an dem es aufbewahrt werden kann. Daher hat man sich entschieden, es zur Tarnung im STUDIERZIMMER in ein Regal mit vielen anderen Büchern zu stellen. Man hofft, dass es so unter der Menge an Lektüre nicht auffällt und nicht gestohlen wird.«

Katie traute sich nun doch, einen vorsichtigen Blick über ihre Schulter zu werfen. Sie sollte Recht behalten. Die junge Frau mit der großen Tasche hatte sich in unmittelbarer Nähe von ihr positioniert und auch der Mann stand jetzt direkt neben ihr. Beide tuschelten leise miteinander und schienen offensichtlich uneinig zu sein. Als sie Katies Blick bemerkten, wendeten sie sich von ihr ab und begannen, in langsamem Tempo weiter den Ballsaal zu verlassen. Katie atmete erleichtert aus. Wenn sie Glück hatte, schnappte ihre Falle schon sehr bald zu.

Sie wandte sich wieder Friedrich zu und stolperte rückwärts. Unbemerkt hatte er sich ihr genähert und stand nun direkt vor ihr. Sein Gesicht war nicht einmal dreißig Zentimeter von ihrem entfernt und seine Augen blickten sie besorgt an. Vorsichtig berührte er ihre Stirn. »Es tut mir leid, Lady Katie. Aber ich habe noch nie von einem solchen Buch gehört. Ist Euch wirklich wohl? Ihr seid so nervös.«

Sie lächelte schuldbewusst. Natürlich konnte Friedrich nichts von dem Buch wissen. Das hatte sie ja nur erfunden. Sein sorgenvoller Blick rief Schuldgefühle in ihr hervor. Gerne hätte sie ihm von ihrem Plan erzählt, aber sie durfte nichts riskieren. Woher wusste sie schließlich, wem sie trauen konnte und wem nicht?

»Ihr habt Recht, Friedrich, ich bin tatsächlich etwas erschöpft. Vielleicht sollte ich mich noch etwas ausruhen und frisch machen, bevor gleich die Zeremonie beginnt.«

»Dann begleite ich Euch hinaus an die frische Luft.« Er wollte wieder nach ihrem Arm greifen. Katie wehrte dankend ab.

»Das ist nicht nötig.«

»Nicht, dass Euch etwas passiert.«

Sie schüttelte entschieden den Kopf. »Friedrich, ich werde zu allererst einen Ort aufsuchen, an dem Frauen gerne unter sich bleiben.«

Sein Gesicht nahm eine rötliche Farbe an, als er begriff, dass sie die Toilette meinte. Er ließ von ihrem Arm ab und nickte verständnisvoll. »Dann werde ich hier an der rechten Saalseite auf Euch warten. Versprecht mir, zur Zeremonie wieder zu mir zu kommen.«

»Ich gebe mein Bestes«, antwortete Katie kurz angebunden und kreuzte hinter ihrem Rücken die Finger. »Entschuldigt mich.«

Sie drehte sich auf der Ferse um und bahnte sich einen Weg durch die Gäste hinaus ins Foyer. Dabei sicherte sie sich über die Schulter ab, dass ihr Friedrich auch wirklich nicht folgte. Er blieb an der vereinbarten Stelle zurück und verschwand im Gewimmel der Menschen.

Erleichtert amtete sie aus, beugte ihren Oberkörper vor und stützte sich einen Moment auf die Knie ab. Sie hätte niemals gedacht, dass ein solch prachtvoller Ball so anstrengend sein würde. Leider blieb keine Zeit, sich auszuruhen. Die große Standuhr gegenüber an der Wand der Eingangshalle verriet, dass es bereits zwanzig vor zwölf war.

Panik überkam Katie und ließ sie unwillkürlich nach Luft schnappen. Doch ihre Lunge schien keinen Sauerstoff mehr aufzunehmen. Bildete sie sich das nur ein oder bewegten sich die Wände auf sie zu? Das eben noch so große Foyer erschien plötzlich viel kleiner.

Gaaaannnnz ruhig, rief sich Katie in den Kopf. Für eine Panikattacke war es nun wirklich nicht der richtige Zeitpunkt. Was war nur los mit ihr? Sonst war sie doch nicht so labil. Aber der drohende Fluch, die Ungewissheit, was nach Mitternacht mit ihr passieren würde und die Geschehnisse der letzten Wochen zeigten wohl langsam ihre volle Wirkung. Eine nagende Hoffnungslosigkeit breitete sich in ihr aus. Katie atmete mehrmals tief durch, rappelte sich wieder auf und schaute sich im Foyer um. Es fehlte noch, dass sie jetzt die Kontrolle verlor.

Keine zehn Sekunden später war der Spuk vorbei und die aufkommende Angst überwunden. Katie schüttelte noch einmal kräftig ihre Arme und Beine aus und spürte, wie sich ihre eben noch verkrampften Muskeln allmählich wieder entspannten. Endlich konnte sie sich wieder auf das Wesentliche konzentrieren. Solange Friedrich ihr nicht folgte, musste sie auch nicht so tun, als ob sie die Toilette aufsuchen musste. Wo gab es hier überhaupt eine?

Ihr ehemaliger Geschichtslehrer hatte sich einmal einen Spaß daraus gemacht, seinen Schülern vorzuwerfen, wie verwöhnt sie im 21. Jahrhundert doch alle waren. Und das alles nur, weil ihre beste Freundin während seines Vortrags über barocke Architektur dringend auf die Toilette gemusst hatte. Ihr Geschichtslehrer hatte das als mangelndes Interesse an seinem Unterricht empfunden. Er hatte es sich daher nicht nehmen lassen, die restliche Unterrichtsstunde ausführlich über die Sanitäranlagen des 17. Jahrhunderts zu referieren und damit sämtliche Schüler aus ihrer Klasse zu schockieren. Zu der damaligen Zeit habe es nämlich noch keine Badezimmer oder Toilettenräume mit Kloschüssel gegeben. Während es im Volk üblich war, seine Notdurft im Freien zu verrichten, verwendete der Adel dafür eine Art Nachtstuhl und das durchaus in aller Öffentlichkeit. Denn das Beiwohnen eines solchen »Toilettengangs«, besonders dem von adligen Persönlichkeiten, war eine Ehre für jeden, der zusehen durfte.

Katie hatte aber wahrlich keine Lust, am stillen Örtchen beobachtet zu werden. Allein die Vorstellung gruselte sie. War ja klar, dass sich dieses verstörende Detail in ihren Kopf eingebrannt hatte. Manchmal war es vielleicht doch besser, in der Schule weniger aufzupassen. Wenn sie es jemals wieder nach Hause schaffte, würde sie diesen Vorsatz definitiv umsetzen.

Eiligen Schrittes ging sie auf die schmale, hölzerne Tür auf der gegenüberliegenden Seite der Eingangshalle zu. Hier lag das Studierzimmer. Dass sie ausgerechnet diesen Raum als Aufenthaltsort des imaginären, kostbaren Buches ausgesucht hatte, war reiner Zufall gewesen. Die Bibliothek wäre zu groß gewesen, um die Diebe darin nach einem Buch suchen zu lassen. Der Ahnenraum hatte sich ebenfalls als nicht geeignet erwiesen, da sich dort momentan zu viele Wachen aufhielten. Und da Katie die restliche Villa noch nie zu Gesicht bekommen hatte, war die Wahl nicht schwer gewesen.

Langsam und so unauffällig wie möglich schritt sie auf die Tür zu. Auf dem Weg dorthin kamen ihr mehrere Kellner entgegen, die ihr Getränke auf einem Tablett anboten. Sich bedankend nahm Katie ein Glas mit einer gelben Flüssigkeit. Nach ihrer letzten Erfahrung mit historischen Getränken, achtete sie jedoch penibel darauf, nicht ausversehen wieder davon zu kosten. Sie wusste immer noch nicht genau, was bei diesem Fest getrunken wurde, doch die matte, gelbliche Farbe und der leichte Duft von Apfel- und Zitrusfrucht, ließ sie auf Wein tippen.

Sich gespielt fasziniert nach den großen Gemälden im Foyer umschauend näherte sie sich immer weiter dem Studierzimmer.

Einige Paare wandelten ausgelassen lachend durch das Gebäude, hielten hier und dort an, um sich mit Bekannten zu unterhalten oder einfach nur, um die fröhliche Stimmung zu genießen.

Katie wartete auf einen unbeobachteten Moment, stellte sich scheinbar rein zufällig direkt neben die Tür an der Treppe und lauschte angespannt. Aus dem Inneren des Studierzimmers drang kein Laut. Sie hoffte, dass das ein Zeichen dafür war, dass sich niemand in dem Raum befand. Vorsichtig fingerte sie mit der freien Hand hinter ihrem Rücken nach dem Griff und prüfte, ob die Tür verschlossen war. Sie hatte Glück. Der Griff ließ sich herunterdrücken und ein Spalt zwischen Tür und Rahmen entstand. Noch einen letzten prüfenden Blick durch das Foyer werfend stellte Katie eilig ihr Glas auf einem Tisch ab und eilte geschwind rückwärts durch die Öffnung. Mit einer schnellen Bewegung schloss sie die Tür wieder und schaute sich hektisch im Raum um.

Ihre Sorgen waren unbegründet. Das Studierzimmer lag verlassen und menschenleer da. Nur das leise Knistern des Kaminfeuers war zu hören. Scheinbar hatte niemand mehr Holz nachgelegt, denn die hohen Flammen von vorhin waren verschwunden. Jetzt züngelten nur noch vereinzelte, kleine Feuerzungen um die verkohlten Scheite. Der Raum war dementsprechend dunkel. Nichtsdestotrotz reichte das Licht aus, um sich im Zimmer orientieren zu können. Das würde reichen, dachte Katie. Das Pärchen mit der großen Tasche sollte problemlos einen Blick ins Bücherregal werfen können und sich dabei sogar sicher fühlen, da man sie im Halbdunkeln nicht sofort entdeckte. Katie hoffte, dass die beiden bald kamen, denn die Zeit wurde knapp und das verbleibende Licht im Zimmer würde nicht ewig halten.

Sehr leise näherte sie sich dem großen Schreibtisch und passierte den kleinen Gästestuhl. Noch vor wenigen Stunden hatte sie hier ahnungslos gesessen und geglaubt, dass es entweder Kerker oder Freiheit hieß. Mittlerweile war so viel passiert, dass Katie den Kerker als interessante Alternative zu all dem Fluch-Chaos ansah.

Ein plötzliches Geräusch vor der Tür ließ sie zusammenfahren. Die Klinke wurde von außen heruntergedrückt. Panisch schaute sich Katie im Raum um. Natürlich hatte sie wieder rumtrödeln müssen und stand nun ungeschützt mitten im offenen Raum. In wenigen Sekunden würde sich die Tür öffnen und das Pärchen eintreten. Selbst wenn sie Katie nicht sofort im fahlen Licht wiedererkannten, so würden sie dennoch die Flucht ergreifen. Dann blieb Katie die letzte Chance verwehrt, den goldenen Kürbis zurückzubekommen. Schließlich war es mehr als eindeutig, dass die beiden den Diebstahl begangen hatten und den Kürbis in der großen Handtasche versteckten. Wer trug sonst so ein Monstrum von Tasche auf einem Ball mit sich herum? Außerdem passte ihre Verkleidung genau zu der Beschreibung der Küchenmagd. Sie beide mussten durch den Dienstbotengang geflohen sein und dort Unruhe gestiftet haben.

Hektisch sprang Katie in einem Satz zum Fenster. Sie könnte von außen aus dem Garten durch die Scheibe schauen und die Diebe von hinten überraschen. Doch schon fiel ihr wieder die unsichtbare Barriere ein, die es ihr unmöglich machte, das Haus zu verlassen.

Die Tür wurde aufgeschoben und ein Schemen war im Türrahmen zu erkennen. Katie riss sich im letzten Moment von dem Anblick los und ließ sich auf die Knie fallen. Noch während sie die Schritte der Diebe hereinkommen hörte, krabbelte sie so leise wie möglich unter den Schreibtisch und hielt den Atem an. Die Schritte wurden lauter, stoppten kurz, dann das Schließen einer Tür. Schlagartig fühlte sich Katie gefangen. Erneut vernahm sie Schritte. Sie traten näher an den Schreibtisch heran und blieben kurz davor stehen. Katie konnte das schwere Atmen der Eindringlinge hören – oder war das ihre eigene Lunge, die dieses erschreckende Röcheln von sich gab? Sie zwang sich, einmal tief durchzuatmen.

Vorsichtig schaute sie unter dem Schreibtisch hervor. Er war so konstruiert, dass die Vorderseite mit einer Holzplatte fast komplett blickdicht verdeckt war. Lediglich die letzten zehn Zentimeter über dem Fußboden bildeten einen freien Spalt. Und genau dort ragten nun zwei schwarze Schuhspitzen eines Mannes in ihr Versteck hinein.

Katie schlug sich mit der Hand auf den Mund, um keinen plötzlichen Laut von sich zu geben. Der Dieb schien direkt vor dem Schreibtisch zu stehen und, den Kratzgeräuschen über ihr nach zu urteilen, etwas auf dem Schreibtisch zu suchen. Schuhgröße und Form durften auf den ersten Blick zu dem Mehlabdruck passen. Katie zwang sich, der Versuchung zu widerstehen, ihm einfach auf die Zehen zu schlagen, unter dem Tisch hervorzuspringen und ihn zu überwältigen.

Ja, überwältigen! Wie hatte sie sich das eigentlich vorgestellt? In Anbetracht der Tatsache, dass ihr jegliche Kampfkunsterfahrung fehlte und es sich hierbei auch noch um eine Ausgangssituation von 2 gegen 1 handelte, musste sich Katie eingestehen, dass sie jetzt ein Problem hatte. Ihr Plan war zwar bis hierhin aufgegangen, doch wie sollte es jetzt weitergehen? Bevor das Pärchen merkte, dass das von ihr erfundene Buch gar nicht existierte, hatte Katie die beiden in ihrer Vorstellung überwältigt und festgenommen gesehen. Der goldene Kürbis war gefunden und mit dem Erleuchten während der Zeremonie der Fluch gebrochen. Es stellte sich allerdings die Frage, wie sie zwei Diebe auf einmal allein überwältigen sollte? Mit etwas Glück wäre es kein Problem, einen der beiden zu eliminieren. Aber gleich zwei? Wie handgreiflich oder gefährlich waren sie überhaupt? Warum hatte sie nicht die Wachen verständigt? Die hätten ihr wahrscheinlich nicht geglaubt, aber zumindest Nicolas Bescheid gesagt. Egal, jetzt half kein Wenn und Aber. Nun war sie allein mit den Einbrechern.

Der Mann hatte sich mittlerweile vom Schreibtisch abgewandt und wanderte im Raum umher. Katie konnte seine Schritte hören. Was um alles in der Welt machte er da? Das Buch sollte im Regal versteckt sein. Vielleicht hatte sie es nicht laut genug ausgesprochen oder der goldene Einband war nicht ausreichend für sie, sodass das Pärchen nun den ganzen Raum auf den Kopf stellte und mitnahm, was nicht niet- und nagelfest war.

Katie brach der Schweiß aus. Die Schritte kamen wieder näher zu ihr und blieben nun unmittelbar hinter dem Schreibtisch stehen. Katie presste sich so weit wie möglich an die Vorderseite des Tisches. Dabei umschlang sie mit beiden Armen ihren ausladenden Rock und zog den Stoff dicht an ihren Körper heran. Dank des fahlen Lichtes hatte man sie offensichtlich noch nicht in ihrem Versteck bemerkt. Das würde mit Sicherheit nicht ewig so bleiben. Sie war gezwungen zu handeln.

Allen Mut zusammennehmend riss sich Katie aus ihrer Position los und griff mit voller Wucht nach den Beinen des Mannes. Sie zerrte heftig daran und versuchte so, den Eindringling von den Füßen zu reißen. Dieser bekam jedoch im letzten Moment die Ecke des Schreibtisches zu fassen und taumelte nur etwas nach hinten.

Katie war in der Zwischenzeit komplett unter dem Tisch hervorgesprungen und versuchte sich in Windeseile einen Überblick zu verschaffen. Sie konnte allerdings nur den einen Eindringling vor sich sehen. Schnell rannte sie los und riss den Mann zu Boden. Mit der rechten Hand holte sie aus und wollte dem Brustkorb ihres Gegenübers einen Schlag versetzen, als ihr Arm mitten in der Bewegung unsanft gestoppt wurde. Der Mann hatte mit einer ruckartigen Bewegung seine linke Hand befreien können und hielt nun ihren Unterarm fest. Nur knapp oberhalb des Brustkorbes stoppte ihre Faust. Katie versuchte sich aus dem Griff zu befreien, doch der Dieb unter ihr war zu stark. Mit einer unerwarteten Bewegung bog er Katies rechten Ellbogen zur Seite. Nun war ihr Angriffswinkel stark eingeschränkt. Er versetzte ihr einen Stoß, schob sie unsanft von sich weg und drückte sie auf den Boden. Katie versuchte sich aus dem Griff des Mannes zu befreien. Dieser verstärkte seinen Druck auf ihren Arm, konnte jedoch nicht verhindern, dass Katie sich mit ihrer noch freien Hand auf dem Boden abstützte. Sie warf den Dieb zur Seite und drückte ihn wieder aufs Parkett. Ein schmerzhafter Stich durchzog ihre Hand. Sie fluchte.

»Katie?«, erklang eine dumpfe, atemlose Stimme unter ihr.

Sie stoppte in ihrer Bewegung. »Nicolas?« Perplex ließ sie ihre Arme sinken, um einen Blick auf das Gesicht des Diebes zu erhaschen. Tatsächlich lag unter ihr kein anderer als Nicolas de Ribera.

Verdutzt schaute er zu ihr auf. Seine Haare waren zerzaust. Auch sein sauberer Festanzug sah nach dem kurzen Kampf etwas mitgenommen aus. »Was macht Ihr hier und warum greift Ihr mich an?«

»Aber wieso bist DU das? Steckst du etwa doch mit denen unter einer Decke und wolltest das goldene Buch stehlen?«

»Goldenes Buch?«, verwirrt schaute er zu ihr hinauf. »Wovon redet Ihr da eigentlich und wer sind DIE?«

Ihr Knie lag direkt über seinem Magen und schien Nicolas im

Eifer des Gefechtes einen kräftigen Tritt verpasst zu haben. Er keuchte gepresst und hielt sich die Stelle mit der Hand fest. Ihr Arm drückte unterdessen immer noch fest gegen seine Schulter. Auf ihrem linken Handrücken glänzte ein feines Rinnsal Blut.

»Aber wenn du nicht das Diebespaar bist, dann ...« Geschwind rutschte sie von seinem Körper herunter. »Beeil dich, wir müssen uns verstecken. Sie können jeden Moment hier sein.« Hektisch zog sie ihn auf die Beine. Gerade als Nicolas aufrecht stand, sah sie, wie die Klinke der Tür erneut heruntergedrückt wurde. Panisch ergriff sie seine Hand und zerrte ihn mit sich unter den Schreibtisch. Keine Sekunde zu spät kamen die beiden unter der Tischplatte an.

Die Tür wurde geöffnet und leise Schritte ertönten an der Schwelle. Erschrocken sah Katie, dass ein Teil ihres Kleides seitlich unter dem Schreibtisch hervorschaute. Sie raffte den großen Unterrock mit den Händen zusammen und quetschte ihn zwischen sich und Nicolas unter den Tisch. Dieser schaute sie verständnislos an. Sein angespannter Gesichtsausdruck verriet ihr, dass er die Schritte ebenfalls vernommen hatte, aber nicht verstand, was hier vor sich ging. Gerade als er etwas sagen wollte, drückte sie ihm die flache Hand auf den Mund. Dabei rutschte ihr der ausladende Rock aus dem Arm und wischte mit einem leisen Geräusch über den Boden. Die Schritte verstummten und Katie verharrte mit weit aufgerissenen Augen direkt neben Nicolas Kopf.

»Was war das?«, flüsterte eine Frauenstimme.

KAPITEL 20

»Ich habe etwas gehört«, wiederholte die Frau panisch.

»Bestimmt nur das Feuer im Kamin.« Das war eine deutlich tiefere Stimme.

Katie platzte fast vor Anspannung. Einerseits wollte sie jubeln, dass endlich das Diebespärchen aufgetaucht war und nun mit Nicolas zusammen eine Chance bestand, sie festzunehmen. Andererseits war es fatal, dass ihr Rockzipfel unter dem Schreibtisch hervorlugte. Ihr Herz klopfte so wild, dass ihre Hände schwitzten und ihre Beine vor Anstrengung in dieser unbequemen Haltung wie Espenlaub zitterten. Sie wollte das Kleid erneut zusammenraffen, doch konnte es nicht, ohne dass sie den restlichen Berg an Stoff endgültig aus den Armen verloren hätte. In Sekundenschnelle griff Nicolas nach ihrem Unterrock und zog die hervorschauenden Rüschen vorsichtig wieder unter den Tisch.

»Wenn wir uns nicht beeilen, dann entdeckt man uns noch. Los jetzt!«, drängte der Mann.

Offenbar hatten sie von Katies kleinem Zwischenfall nichts bemerkt. Sie warf Nicolas einen dankbaren Blick zu. Erst jetzt spürte sie, wie eng gequetscht er neben ihr unter der Tischplatte saß. Ihre Knie drückten gegeneinander, damit nichts von ihnen darunter hervorschaute. Nicolas Kopf befand sich direkt neben ihrem. Der charakteristische Geruch von Waldfrüchten und Pferdestall strömte ihr in die Nase. Katie erwischte sich dabei, wie sie einen tiefen Atemzug nahm. Immer noch presste ihre Hand gegen Nicolas Lippen. Als sie aufschaute und ihre Augen sich trafen, realisierte sie, dass Nicolas ihr offenbar schon sie ganze Zeit Zeichen gab, dass sie die Hand durchaus wieder herunternehmen konnte. Sofort zog sie entschuldigend ihren Arm zurück.

»Was ist hier los?«, formte er mit den Lippen und verdeutlichte seine Frage mit einem verwirrt aussehenden Blick.

Katie beugte sich vorsichtig noch ein Stück weiter vor. Ihre Lippen berührten fast sein Ohr und sie spürte, wie seine Haare ihre Wange streiften. So leise wie möglich erklärte sie ihm in Kurzfassung ihren Verdacht und ihren Trick mit dem wertvollen Buch. Währenddessen war im Hintergrund das hektische Hin- und Herrücken von unzähligen Büchern im Regal wahrzunehmen. Nicolas schielte erstaunt zu ihr hinüber. Katie glaubte sogar ein beeindrucktes Schmunzeln auf seinen Lippen zu sehen.

»Ich finde es nicht«, keifte die Frau nervös.

»Sucht weiter. Es muss hier sein.«

»Vielleicht hat es der Großherzog doch eingeschlossen.« Die Stimme der Frau klang nun näher. Offenbar hatte sie sich vom Regal abgewandt.

Schritte ertönten und stoppten knapp vor dem Tisch. Katie traute sich kaum noch zu atmen.

»Was machen wir jetzt?«, formte sie mit ihren Lippen in Nicolas Richtung. Dieser schien ihre Anspannung nicht zu teilen. Mit einer knappen Geste bedeutete er ihr, sich still zu verhalten.

»Wenn wir noch länger hier verweilen, wird man uns finden. Lasst uns gehen. Das Buch ist nicht hier.« Gereizt schnauzte die Diebin ihren Komplizen an.

Katie schaute nervös umher. Wenn sie die Suche abbrachen und verschwanden, war ihre letzte Chance vertan, den goldenen Kürbis zurückzubekommen. Nicolas hingegen machte immer noch keine Anstalten einzugreifen. Katie spürte langsam Wut in sich aufsteigen. Warum tat er nichts? Steckte er etwa doch mit dem Diebespärchen unter einer Decke und sorgte jetzt dafür, dass sie nicht intervenierte?

»Meinetwegen, dann brechen wir eben auf. Das Wichtigste haben wir immerhin.«

Schritte ertönten. Erschrocken riss Katie die Augen auf. Sie mussten etwas tun. Ruckartig schwang sie sich nach vorne. Dann ging alles ganz schnell.

Gerade als sie unter dem Tisch hervorspringen wollte, wurde sie von einer kräftigen Hand wieder hinuntergezogen. Sie fiel zur Seite und der Rock flog nur so um sie und hüllte ihren gesamten Körper wie ein Schlossgespenst ein. Aus dem Augenwinkel sah sie gerade noch, wie Nicolas neben ihr zeitgleich aufsprang und sie mit der rechten Hand zurück unter den Tisch schob. Er selbst schoss nach oben und war Sekunden später um den Tisch herumgelaufen und aus ihrem Blickfeld verschwunden. Ein überraschter Schrei erklang. Im Raum wurde es schlagartig heller und etliche Füße waren zu hören, die über das Parkett rannten.

Katie warf den Stoff ihres Kleides von sich, sprang ebenfalls unter dem Schreibtisch hervor und blickte in ein wildes Durcheinander.

Nicolas hatte die Frau ergriffen und hielt sie nun, mit dem Rücken zu sich gewandt, an ihren nach hinten verdrehten Armen fest. Ihre verzweifelten Versuche, sich zu befreien, sorgten allerdings nur dafür, dass sie sich immer weiter vorbeugte und Nicolas ihr dadurch einen schlechteren Angriffswinkel erlaubte. Der Mann hingegen versuchte zu fliehen, kam jedoch nicht weit, denn drei Wachen rannten durch die nun geöffnete Tür in das Zimmer und umzingelten ihn. Ein vierter kam Nicolas zu Hilfe. Katie erkannte Richard. Binnen weniger Sekunden waren die Diebe gefangen und auf zwei Gästestühle gesetzt. Katie eilte zu Nicolas, der in schnellen Worten zu Richard sprach und sich dabei die linke Schulter massierte.

»Woher kamen auf einmal die Wachen?«

Nicolas grinste sie schief an. »Ich hatte mich mit Richard hier verabredet. Dass er Verstärkung mitgebracht hat, war allerdings glücklicher Zufall.«

»Ach, deswegen bist du eben so ruhig geblieben.« Katie schüttelte den Kopf. Nicolas hatte gewusst, dass Richard früher oder später im Studierzimmer auftauchen würde und hatte daher in ihrem Versteck ausgeharrt, bis die Unterstützung da war.

»Eigentlich wollten wir uns ja vor acht Minuten wieder im Flur neben der Treppe treffen. Aber Ihr seid nicht gekommen.«

»Das habe ich wegen des Fallenstellens ganz vergessen. Tut mir leid.« Sie schlug sich die Hand vor die Stirn.

»Schon gut. Aber beinahe habt Ihr das große Finale ruiniert.«

Katie riss die Augen weit auf und zog die Brauen nach oben. »Du hast mich einfach wieder unter den Tisch gestoßen.« Sie wies energisch mit dem Finger auf den Schreibtisch.

»Das war zu Eurer Sicherheit.«

»Sicherheit? Dass ich mir, anstatt den Dieben gegenüber zu treten, den Kopf anschlage, findest du also ›sicher‹?«

»Ich habe von Eurer Qualität hinsichtlich der Verteidigung gesprochen.«

Katie stockte ungläubig. »Ja klar, du sprichst mal wieder über die Tatsache, dass ich ein Mädchen bin und gegen dich beim ersten Kampf verloren habe. Das heißt aber nicht, dass ich dumm und hilflos bin. Darf ich dich vielleicht an den Ausgang unseres zweiten Duells erinnern? Und außerdem: Wegen dir hätten wir die beiden fast verloren. Was hättest du gemacht, wenn Richard und seine Mannschaft nicht genau im passenden Moment aufgetaucht wären, Mister Ego-Kampfsportmaschine!« Katie schüttelte genervt den Kopf. Ihre Worte schienen Nicolas jedoch zu treffen und sehr zu missfallen. Mit zusammengebissenen Zähnen strich er sich die Ärmel sauber und kam auf sie zu.

Sofort trat Richard zwischen beide und zeigte auf die Stühle an der Wand. Darauf saßen nun die beiden Diebe, die Katie bereits am frühen Abend als Dick und Doof charakterisiert hatte. Sofort fiel ihr die ausladende, rosafarbene Abendgarderobe der Frau ins Auge und auch den dunklen Mantel des Mannes erkannte sie wieder. Lediglich der nervöse Blick fehlte. Dieser war stattdessen einem wutverzerrten Ausdruck gewichen.

»Wenn es den Herrschaften nichts ausmacht, würde ich eine schnelle Befragung vorschlagen. Es sind nur noch fünfzehn Minuten bis Mitternacht.«

Katie erschrak, als Richard die Uhrzeit erwähnte. Auch Nicolas presste die Lippen aufeinander. Offenbar schluckte er seine restlichen Kommentare herunter, räusperte sich und wandte sich dann, mit einem letzten, nicht deutbaren Blick auf Katie, dem Pärchen zu. Sie konzentrierte sich ebenfalls darauf, ihre Verärgerung über seine »Besorgnis« hinunterzuschlucken.

Endlich konnte sie das Pärchen aus der Nähe betrachten. Ihr fiel auf, dass die Frau ihre große Tasche nicht mehr bei sich trug. Katie ging einen Schritt seitwärts, um einen Blick unter den Stuhl der Diebin zu werfen, doch auch dort war weit und breit keine Handtasche zu erkennen. Während Nicolas mit dem Verhör begann, blickte sich Katie unauffällig im Raum um. So gut es ging, versuchte sie sich ihre plötzliche Nervosität nicht anmerken zu lassen. Nur schwer konnte sie sich auf das Verhör konzentrieren. Was sie mitbekam, klang ihr sehr vertraut und erinnerte an ihr eigenes vor wenigen Stunden, als Nicolas drauf und dran war, sie in den Kerker werfen zu lassen. Geschickt versuchte er ein Geständnis aus den beiden Verdächtigen herauszukitzeln.

Katie drehte ihren Kopf langsam nach links und ließ ihre Augen scheinbar rein zufällig durch den Raum wandern. Die Diebe sollten nicht mitbekommen, dass sie aus der jetzigen Sicht einen klaren Vorteil hatten. Nämlich als Einzige das Wissen über das Versteck ihrer Beute. Es war unwahrscheinlich, dass die Frau die Tasche irgendwo anders im Gebäude abgelegt oder versteckt hatte. Wenn sie darin wirklich die vielen gestohlenen Kostbarkeiten aufbewahrte, dann würde sie diese wohl kaum unbeaufsichtigt lassen. Schließlich bestand immer die Gefahr, dass jemand das Versteck zufällig entdeckte und sich der Beute annahm. Nein, die Tasche musste in der Nähe sein. Das verriet auch die selbstsichere Haltung der jungen Dame. Mit zusammengekniffenen Augen und erhobenem Kinn saß sie Nicolas gegenüber, der mit verschränkten Armen auf den Mann einredete. Dieser hingegen schien weniger gelassen zu sein als seine Begleitung. Die Maske hatte er mittlerweile abgenommen, sodass nun sein wutverzerrtes, eingefallenes Gesicht zum Vorschein kam. Sein buschiger Vollbart bebte mit jedem Wort, während seine Augen angewidert umhersahen.

In Gedanken begann Katie das Szenario von eben noch einmal durchzuspielen. Das Pärchen hatte sich sehr wahrscheinlich unauffällig vor der Tür zum Studierzimmer postiert, ähnlich wie sie kurz zuvor. Nachdem die übrigen umstehenden Gäste abgelenkt waren, konnten sie unbemerkt in das Zimmer eindringen. Ab da konnte Katie nur Vermutungen anstellen. Unter dem Tisch hatte sie Schritte hereinkommen hören, die kurz darauf stoppten. Offenbar hatten sich die Diebe einen kurzen Überblick verschafft und sich dann dem ersten Regal gewidmet. Eine schwere Tasche hätte dabei gestört, daher musste die Frau sie abgelegt haben. Katies Blick wanderte weiter und hielt am Schreibtisch an.

»Das ist eine Unverschämtheit. Wir werden uns beschweren, darauf könnt Ihr Euch verlassen, Prinz Nicolas. Wir sind Ehrenbürger wie jeder andere hier auf diesem Ball.« Der Mann auf dem Stuhl war wütend und versuchte aufzustehen. Demonstrativ legte eine Wache die Hand auf seine Schulter.

Nicolas meldete sich mit ebenfalls aufgebrachter Stimme zu Wort. Als er sprach, zuckte Katie zusammen. Sie hatte ihn bereits verärgert erlebt. Der nervöse Unterton verriet aber, wie angespannt er war. »Ihr wurdet gerade dabei beobachtet, wie Ihr einen erneuten Raubzug begehen wolltet.«

»Erneut? Wo sind die Beweise für diese Anschuldigungen?«

Nicolas antwortete für einen Moment nicht, was den Mann verächtlich lachen ließ. Sein siegessicheres Lächeln strahlte förmlich die Umstehenden im Raum an und sorgte dafür, dass Nicolas kurzzeitig seine selbstsichere Haltung verlor. Seine Schultern senkten sich um wenige Zentimeter und ein nervöses Zucken trat in seine Augen. Die Frau setzte in das schallende Gelächter ein und griff nach der Hand ihres Mannes. Beide machten Anstalten, aufzustehen. Widerwillig lockerte Richard seinen Griff von der Schulter des Diebes und wartete zögerlich auf einen Befehl von Nicolas. Katie wusste, dass er gerne etwas erwidert hätte, aber nicht konnte. Ohne Beweise war die Festnahme ein Skandal, der mit Sicherheit noch ein Nachspiel haben würde. Mit leicht geneigtem Kopf gab Nicolas mit der Hand ein Zeichen, woraufhin die Wachen endgültig zurücktraten und das Pärchen von den Stühlen aufsprang.

»Halt, einen Moment noch!« Erschrocken fuhren die Anwesenden herum. Katie hatte ihre Worte viel lauter ausgesprochen als geplant. Sie stand dicht neben Nicolas und fixierte das Diebespärchen mit ihren Augen. Die Aufmerksamkeit aller war auf sie gerichtet. Im Raum war es mucksmäuschenstill. Nur ihren eigenen Herzschlag konnte Katie laut und deutlich in ihren Ohren vernehmen. Sie merkte, wie Nicolas sie verständnislos musterte, hielt aber standhaft ihren Blick weiter auf das Pärchen gerichtet, das nun erneut verärgert schimpfte. Sie waren die Ersten, die sich aus der Starre lösten und auf die Tür zustürmten. Mit einer Kopfbewegung verdeutlichte Katie den Wachen, niemanden aus dem Raum gehen zu lassen.

»Was willst du ungezogenes Ding?«, blaffte der großgewachsene

Mann, als er von Richard an der Tür abgefangen wurde. Auch die Frau begann nun leise vor sich hinzufluchen.

»Verzeihung.« Katie platzierte sich neben dem Schreibtisch. Sofort verstummte die Frau und starrte sie mit aufgerissenen Augen an. »Ihr habt etwas vergessen.«

Katie griff nach der großen Tasche, die im Schatten des Schreibtisches direkt neben einem der Tischbeine lag und hievte sie auf die Platte. Mit einem lauten »Klong« landete sie dort. Katie hatte gewusst, dass die Tasche schwer war, aber das Gewicht kam dennoch überraschend. Hoffentlich hatte sie mit dem kräftigen Aufsetzer nicht den Kürbis beschädigt. Der Mann vor der Tür gab nun einen erstickten Aufschrei von sich und riss die Augen soweit auf, dass das Weiße seines Augapfels hervortrat. Nicolas hingegen grinste über das ganze Gesicht und nickte ihr anerkennend zu. Katie öffnete, unter lautem Protest der beiden Diebe, die Tasche. Im letzten Lichtschein des Kaminfeuers glitzerte und funkelte ihnen Gold entgegen. Für einen Moment hielt Katie fasziniert den Atem an. Als Nicolas ein aufforderndes Räuspern von sich gab, griff sie in die Tasche und durchsuchte den Inhalt. Ihr fiel ein spitzer Gegenstand in die Hand. Sie richtete ihn ins Licht und schnappte nach Luft. »Mein Dolch.«

Nicolas erkannte die Waffe ebenfalls, grunzte verächtlich in Richtung der Diebe und ließ Katie weitersuchen. Doch so sehr sie auch grub, der goldene Kürbis befand sich nicht unter dem Diebesgut. Ein zweites und ein drittes Mal wühlten ihre Hände in dem Berg an Schätzen. Der Kürbis blieb verschwunden. Entsetzt schaute sie zu Nicolas hinüber, der ihren Ausdruck sofort erriet und sich dem Diebespaar zuwandte. »Wo ist der goldene Kürbis?«

»Woher sollen wir das wissen?« Der Mann hatte mittlerweile seine laut schluchzende Frau zur Seite geschoben und wehrte sich mit Händen und Füßen gegen die Wachen, die ihn nach dem Fund sofort in Sicherheitsgewahrsam genommen hatten.

»Leugnet Eure Tat nicht weiter. Das Diebesgut ist bereits gefunden. Ein vollständiges Geständnis könnte Eure Strafe vielleicht mindern.«

»Dass ich nicht lache.« Der Mann kämpfte unbeirrt weiter gegen die Wachen an, obwohl eine Flucht mehr als aussichtslos war.

In beeindruckender Geschwindigkeit bewegte sich Nicolas auf den Mann zu, griff nach seinem Revers und zerrte ihn ganz nah an sein Gesicht heran. »Wo habt Ihr den goldenen Kürbis versteckt?«

Der Mann lachte erfreut auf. »Er ist also wirklich gestohlen worden. Ha, recht so. Schade, dass ich nicht zuerst auf diese Idee gekommen bin.« Hämisch kichernd, wie ein kleiner Junge, drehte er sich von Nicolas weg, der ihn rüde nach hinten stieß und seine Hände verzweifelt und frustriert durch das Gesicht fahren ließ. Auch Katie war am Schreibtisch wie zu Stein gefroren. Konnte man dem Pärchen glauben? Hatten sie den Kürbis wirklich nicht? Wer sollte ihn dann gestohlen haben?

Mit einem kräftigten Stoß wurde die Tür zum Studierzimmer geöffnet und Katie riss überrascht den Kopf nach oben. Im Türrahmen stand ein großer, durchtrainierter Mann in einem feinen, dunkelblauen Anzug, der Nicolas' Gewand sehr ähnelte. An den Schultern trug er mit Gold verzierte Epauletten und an seinem Gürtel hing eine prunkvolle, goldene Schnalle. Ein Stück dahinter steckte ein langer Degen. Der Mann blickte überrascht in den Raum. Seine braungrünen Augen glänzten im Schein des Feuers und gaben Katie das Gefühl, in einen dichten Wald zu blicken. Er trug einen Vollbart und seine braunen, langen Haare wehten sachte im Durchzug. Auf seiner Stirn breitete sich eine tiefe Falte aus.

»Was ist hier los?« Seine tiefe, donnernde Stimme ließ Katie einen Schauer über den Rücken laufen.

Nicolas hatte sich als Erster aus seiner Überraschung befreit und eilte auf den Mann zu. »Vater.«

Katie kniff interessiert die Augen zusammen. Da hätte sie auch von allein draufkommen können. Das Gesicht des Mannes ähnelte sehr dem von Nicolas und auch seine dominante Körperhaltung war die gleiche. Beide waren groß gewachsen und hatten einen muskulösen Körper. Vielleicht vom Reiten oder Kämpfen.

»Es gibt ein Problem, Vater. Wie ich Euch bereits unterrichtet habe, ist der goldene Kürbis gestohlen worden. Die gute Nachricht ist, wir haben die Diebe gefasst. Allerdings fehlt von dem Kürbis weiter jede Spur. Wir befragen gerade die Diebe, aber sie wollen das Versteck nicht preisgeben.«

Nicolas' Vater hob interessiert die Augenbrauen, fasste nach dem Türgriff und schloss die Tür hinter sich vollständig. Dann ließ er seinen Blick genauer durch den Raum wandern und stoppte bei dem Pärchen, das mittlerweile seine Befreiungsversuche aufgegeben hatte.

»Gerlach von der Graben und seine Frau Juliana. Wie schön Euch einmal wiederzusehen.« Er trat näher an das Paar heran.

Nicolas blickte verwirrt von ihnen zu seinem Vater. »Ihr kennt sie?«

»Natürlich. Sie sind altbekannte Diebe, die vor einigen Jahren des Landes verwiesen wurden. Ihr Drang zum Gold war schon immer sehr groß.«

»Es freut mich ebenso, Euch wiederzusehen, Königliche Hoheit.« Der Mann machte eine höfliche Verbeugung.

Nicolas trat neben seinen Vater. »Ich verstehe nicht.«

Dieser legte seine linke Hand beruhigend auf die Schulter seines Sohnes. »Die beiden haben in ihrer Vergangenheit schon einige Diebstähle begangen. Dabei haben sie es immer auf die reichsten Familien abgesehen. Gold und Perlen sind ihr Ziel. Vor einigen Jahren wurden sie im Haus des Landgrafen von Greifenau auf frischer Tat ertappt und festgenommen. Der Rat der Zwölf setzte sich damals dafür ein, sie nach wiederholtem, wirkungslosem an den Pranger stellen, endgültig der Stadt zu verweisen, um nicht noch weiteren

Schaden anzurichten. Wie es mir scheint, hat diese Strafe sie nicht davon abgehalten, heute ungebetene Gäste auf unserem Ball zu sein. Wie sie das geschafft haben, ist mir jedoch ein Rätsel.«

»Ja, da staunt Ihr.« Grinsend drehte der Mann seinen Kopf in die Richtung von Nicolas und seinem Vater.

»Dann habt Ihr also doch den Kürbis gestohlen.« Nicolas spie seine Worte verächtlich dem Gefangenen entgegen.

»Aber, aber, wo sind Eure Manieren? Da habt Ihr Euren Sohn nicht gut erzogen, Königliche Hoheit.«

»Berechtigte Fragen zu stellen, empfinde ich eher als Tugend«, entgegnete dieser ruhig. »Ihr habt also den goldenen Kürbis gestohlen?«

»Mitnichten. So gern ich dieses Verbrechen auch mein Eigen nennen möchte, diese Tat haben wir nicht begangen.«

Nicolas' Vater betrachtete das Pärchen einen Moment lang schweigend. An Richard gewandt, ließ er auf ein Zeichen die beiden von den Wachen abführen.

»Aber Vater. Ihr könnt sie nicht einfach wegbringen lassen. Sie sind immer noch im Besitz des goldenen Kürbis.« Ungläubig blickte Nicolas hinter den beiden her und richtete sich dann mit einem schockierten Blick an den Großherzog.

»Das denke ich nicht, mein Sohn.«

»Was?« Nicolas stockte sichtbar der Atem. Sein Körper bebte leicht und sein Gesicht verriet eine Mischung aus Irritation und Verzweiflung. »Ihr begeht einen großen Fehler. Der goldene Kürbis ist gestohlen worden und wenn wir ihn nicht in den nächsten Minuten finden, wird der Fluch erneut über uns hereinbrechen!«

»Erneut?« Der Großherzog von Agravain warf seinem Sohn einen verwunderten Blick zu. Nicolas atmete einmal tief aus, lockerte seine Hände, die er unbewusst zu Fäusten verkrampft hatte und schüttelte leicht den Kopf, so als ob er dadurch wieder klarer denken könnte. Sein Unterkiefer zuckte. Katie hatte gedacht, der Großherzog wusste längst über alles Bescheid. Doch offenbar hatte Nicolas ihm nur von dem Diebstahl erzählt und dabei nicht erwähnt, dass sie in einer Zeitschleife festhingen und den Kürbis bereits zum sechsten Mal seit 350 Jahre suchten.

»Als wir auf der Suche nach dem Täter des gestohlenen, goldenen Kürbis waren, haben wir einen Geheimgang entdeckt, der in den ersten Stock führt.«

»Ja, das hattet Ihr mir erzählt.« Nicolas' Vater nickte und schien mit jedem Wort nachdenklicher zu werden. Die Falte auf seiner Stirn trat erneut in Erscheinung.

»Es ist ein schmaler Gang, der vom kleinen Flur unter der Treppe hinauf in den Ahnenraum führt. Über einen versteckten Mechanismus gelangt man hinter den Wandteppich. Auf diesem Weg wurde der goldene Kürbis gestohlen. Richard weiß bereits darüber Bescheid und hat den Gang ausgiebig untersucht. Aber es fehlt weiter jede Spur von dem Dieb. Wir müssen ihn ausfindig machen. Andernfalls werden wir erneut für das nächste halbe Jahrhundert verflucht sein und in einer Zeitschleife weiterleben, in der wir uns bereits seit 350 Jahren befinden.« Nicolas warf seinem Vater einen ernsten Blick zu. Auf dessen Stirn bildete sich nun eine tiefe Sorgenfalte.

»350 Jahre sagt Ihr?« Trotz dieser schockierenden Neuigkeit blieb der Großherzog erstaunlich ruhig. Für einen Moment schien er in Gedanken zu versinken.

Katie musterte ihn beeindruckt. Sie selbst hatte diese Tatsache weniger souverän und beherrscht aufgenommen. Vielleicht glaubten die Menschen in der Barockzeit noch an Magie und Zauberei, weshalb der Fluch des Kürbis keine große Sache mehr darstellte.

Stille erfüllte den Raum und nur das leise Knistern des restlichen Holzes im Kamin war zu hören.

»Ich verstehe«, erwiderte er schließlich. »Dennoch glaube ich an die Unschuld der von Grabens.«

»Warum, Vater?« Nicolas sah ihn verständnislos an. »Sie haben etliche Diebstähle heute Abend begangen. Da liegt es doch nahe, dass sie auch den goldenen Kürbis haben. Katie ist auf ihr auffälliges Verhalten aufmerksam geworden und hat sie kurzerhand hier in eine Falle gelockt.«

Als ihr Name fiel, zuckte Katie leicht zusammen. Nicolas' Vater schien sie erst jetzt zu bemerken, denn mit einem interessierten Blick drehte er sich zu ihr um und musterte sie eingehend. Nervös nestelte Katie am Saum ihres Korsetts. Sie hasste diese Musterungen. Sie wusste nie, wie sie darauf reagieren sollte. Brav stehen blieben und dümmlich lächeln oder vielleicht doch etwas erwidern und freundlich grüßen? Immer noch unentschlossen grinste sie schief und entschied sich für einen kleinen Anstandsknicks. Der Großherzog zeigte darauf keine Reaktion.

»Vater, wer weiß von diesem Geheimgang?«

»Ich habe keine Ahnung. Mir war er nicht bekannt.« Der bauschige Bart zuckte unruhig, als sein Besitzer die Mundwinkel nachdenklich hin und her bewegte.

»Wir haben vermutet, dass es jemand aus unserem engsten Familienkreis ist.«

»Nicolas, das ist lächerlich. Wieso sollte ein Familienmitglied das tun?«

»Wer sollte denn dann von dem Geheimgang gewusst haben?«

Eine unangenehme Spannung baute sich zwischen den beiden auf. In Anbetracht der Tatsache, dass ihnen keine Zeit mehr blieb, wagte sich Katie hinter der sicheren Deckung des Schreibtisches hervor und stellte sich neben Nicolas. Sein Vater behielt sie mit unlesbarer Miene im Auge. Nicolas hingegen drehte seinen Kopf zu ihr und schenkte ihr ein zuversichtliches Lächeln.

»Königliche Hoheit, Sir. Bitte verzeiht, wenn ich mich einmische …«

»Wer seid Ihr?« Seine Stimme klang ruhig, aber bedrohlich.

Kaum merklich schob sich Nicolas einen Schritt vor sie. »Das ist Lady Katie. Katie Williams. Sie ist durch Zufall in diese Lage hier geraten und nun ebenfalls vom Fluch betroffen.«

»Ich kenne Euch nicht. Wer sind Eure Eltern? Sind sie zum Fest geladen?«

Nicolas schüttelte den Kopf und wollte antworten, als Katie mit einem dankenden Blick in seine Richtung wieder einen Schritt vortrat. »Nein, Ihr kennt meine Familie nicht und weder sie noch ich sind zu diesem Fest geladen. Ich komme aus der Zukunft, genauer gesagt aus dem 21. Jahrhundert, und bin durch Zufall in diese Zeitschleife geraten. Leider kann ich nicht wieder zurück in meine Zeit, da der Fluch des goldenen Kürbis mich hier in dieser Villa gefangen hält und ein Entkommen verhindert. Ich weiß, auf Euch erwecke ich eventuell den Eindruck einer potenziellen Diebin, doch lasst mich Euch versichern, dass ich unschuldig bin. Den ganzen Abend habe ich mit Nicolas zusammen versucht, den goldenen Kürbis zu finden.«

Der breitschultrige Mann sah unbeeindruckt auf sie hinab. Katie bezweifelte, dass er ihren Worten Glauben schenkte.

»Vater, es stimmt, was Lady Katie sagt.«

»Wie könnt Ihr Euch sicher sein, Sohn? Gleich beginnt die Zeremonie. Jetzt ist keine Zeit für Freundschaftsdienste, Heldentaten oder leichtfertige Entscheidungen. Der Rat der Zwölf hat durchaus Feinde. Vielleicht wurde sie geschickt und sollte sich mit Euch gutstellen.«

Nicolas brachte ihn mit einer Handbewegung zum Schweigen. Er schritt selbstbewusst nach vorne und schob sich wieder zwischen Katie und seinen Vater. »Vater, so ist es nicht.«

»Ach ja?«

»Ich bürge für sie.« Dieses Mal sprach er die Worte ohne Zögern.

Der Großherzog starrte ausdruckslos auf seinen Sohn. Nicolas plötzliche Verteidigung war ein großes Opfer, das er für sie brachte und ein Zeichen tiefen Vertrauens. Das wusste Katie mittlerweile. Niemals hätte sie gedacht, dass er sich gegen seinen Vater und auf IHRE Seite stellen würde. Aber so war es.

Beherrscht hob und senkte sich das goldblaue Jackett auf seiner Brust im Rhythmus seiner ruhigen Atemzüge. Einzig die aneinandergepressten Fingerkuppen gaben Nicolas' wahren inneren Gemütszustand preis.

Katie hielt es dieses Mal für angebracht, lieber hinter ihm stehen zu bleiben und sich nicht in das nun folgende Blickduell einzumischen. Es herrschte elektrisiertes Schweigen im Raum.

Als die Stille immer unerträglicher wurde und Katie vor Anspannung kaum noch Luft bekam, atmete Nicolas' Vater hörbar aus und straffte seine Schultern. »Schön, wenn Ihr diesem Mädchen vertraut, dann werde ich es auch tun. Zumindest vorerst. Aber vergesst nicht, ich verlasse mich auf Euch, Nicolas. Ein Fehler und das Unheil wird über uns hereinbrechen.«

Katie biss sich auf die Lippen. Der Großherzog hatte trotz seiner freundlich wirkenden Grübchen und Falten rund um Mund und Augen eine bedrohliche Wirkung. Nicolas hingegen schien seine Drohung weniger zu beeindrucken oder er hatte einfach ein Talent dafür, seine eigene Angst geschickt zu überspielen. Denn als Antwort nickte er entschlossen. Damit war das Gespräch beendet. Der Großherzog musterte Katie noch einmal abschätzend und ließ sie beide zurück.

Nicolas drehte sich zu ihr um. Katie wusste nicht, was sie erwidern sollte. Das Gefühl vom Anfang des Abends kam zurück und brach wie eine riesige Welle über ihr zusammen. Wieder traute man ihr nicht und sie konnte es dem Großherzog nicht verübeln. Um ehrlich zu sein, wusste sie ja selbst nicht einmal mehr, wem sie hier überhaupt noch vertrauen konnte und wem nicht. Doch Nicolas hatte sich für sie eingesetzt. War das nur Tarnung oder schien sie tatsächlich endlich einen wahren Verbündeten zu haben? Katie schluckte und wand sich unter seinem Blick.

Nicolas' Vater hatte sich in der Zwischenzeit zur Tür begeben, durch die nun Richard hineinschritt.

»Danke.« Katie blickte schief lächelnd auf und entdeckte ein Fragezeichen in Nicolas' Gesicht. »Äh danke, dass du mich verteidigt hast.«

Er schaute sie eingehend an und nickte. Warum erwiderte er denn nichts? Anstatt auf Katies Dank einzugehen, schob Nicolas sie ein Stück zur Seite und rieb fahrig die Hände aneinander. »Auch wenn mein Vater Euch vorerst vertraut, so fehlt immer noch jede Spur des Kürbis.« Katie hatte bei seinen Worten unweigerlich einen Blick zu dem Großherzog werfen müssen. Dieser stand immer noch außer Hörweite und sprach jetzt mit Richard und zwei weiteren Wachen.

»Heißt das, er wird mich in den Kerker werfen?« Sie bemühte sich um eine klare, feste Stimme. Die Frage klang dennoch brüchig. Im Prinzip stand sie wieder am Anfang, ohne jegliche Ahnung, wie es zu dieser verrückten Zeitreise gekommen war, mit der Aussicht auf lebenslängliches Gefängnis. Wenn der goldene Kürbis nicht erleuchtet wurde, trat der Fluch in Kraft. Alle Gäste aus dem Jahr 1670 würden weitere fünfzig Jahre in der Zeitschleife hängen bleiben und in einem halben Jahrhundert diese Halloween-Nacht erneut durchleben. Das war ja nichts Neues für sie, auch wenn Katie ein gewisses Mitgefühl Nicolas gegenüber nicht leugnen konnte. Aber was passierte mit IHR, wenn der Morgen kam? Sie war schließlich in der Schicksalsnacht im 17. Jahrhundert nicht dabei gewesen und nur durch einen Zufall in diese Parallelwelt hineingerutscht. Würde das eine gesonderte Auswirkung auf sie haben? Vielleicht wachte sie kurz darauf unversehrt in der Villa wieder auf und konnte ihr normales Leben weiterleben. Was aber, wenn nicht?

Die Luft um Katie herum wurde dünner oder bildete sie sich das nur ein? Auch der Raum begann sich zu drehen. Wieder bekam sie nur schwer Luft und hörte ein erbärmliches Keuchen, das, wie sie erschrocken feststellte, aus ihrer eigenen Kehle kam. Als der Sauerstoff in ihrer Lunge schlagartig zur Neige ging, versuchte Katie sich mit den Händen Luft zuzufächeln. Was war nur los mit ihr? Der Raum verengte sich, ihr Körper brach in Schweiß aus, gleichzeitig übermannte sie eine Welle von kräftigem Schüttelfrost. Ihr Gesichtsfeld bekam dunkle Ränder und hinterließ üble Magenkrämpfe, die Katie zusammenkrümmen ließen.

»Katie?«

Nur von weitem nahm sie Nicolas' Stimme wahr; falls er das überhaupt war. Denn unter ihren lauten, hechelnden Atemzügen konnte sie dies nicht mit Gewissheit sagen. Ihr Hirn verweigerte den Dienst und sie verlor jegliche Kontrolle über ihren Körper. Ein kräftiges Rütteln durchstob sie.

»Ganz ruhig, Katie. Ihr müsst langsam atmen.«

Ja, das waren Nicolas' Worte, da war sich Katie sicher. Der warme Klang seiner Stimme und die so geschwollene Sprache ließen sie für einen Augenblick lächeln. Der restliche Körper blieb hingegen unbeeindruckt. Horrorszenarien schossen ihr durch den Kopf.

»Was ist, wenn ich nie wieder nach Hause komme?« Das Zittern wurde heftiger. Nur unterbewusst realisierte sie, dass sie den Gedanken laut ausgesprochen hatte. »Was, wenn der Kürbis nach Mitternacht nicht erleuchtet wird und der Fluch eintritt; muss ich dann vielleicht sogar sterben?« Ihr Hals schnürte sich zu. Der letzte Rest Sauerstoff reichte nicht mehr für weitere Überlegungen. Ein stechender Schmerz breitete sich in ihrem Brustkorb aus, als ihre Lunge verzweifelt nach Luft rang. Die Kraft in ihren Beinen schwand unter dem schweren Kleid.

»Verzeiht mir.«

Verzeihen? Was meinte er? Was sollte sie ihm verzeihen? Eine Sekunde später wusste Katie, was Nicolas gemeint hatte. Eine satte Ohrfeige traf sie auf der rechten Wange und ließ ihren Kopf zur Seite schnellen. Ihr Genick knackte unschön und Katie atmete keuchend aus. Ein glühender Schmerz durchschoss ihren Kopf und sorgte für Orientierungslosigkeit. Ihre Sicht schärfte sich jedoch erstaunlicherweise wieder und auch der Raum schwankte nicht mehr ganz so stark. Adrenalin schoss in ihren Körper und aktivierte den Blutfluss. Das taube Gefühl in den Gliedern ließ nach. Halb benommen merkte Katie, wie sie zwei starke Hände aus ihrer gebeugten Haltung zogen. Wieder begann der Raum zu schwanken. Dann spürte sie plötzlich etwas Warmes und Weiches an ihrem Gesicht. Sie klammerte sich daran fest, bis der Schwindel nachließ. Ein vertrauter Geruch strömte in ihre Nase. Ihr Gehirn wusste ihn allerdings nicht zuzuordnen.

Vorsichtig öffnete Katie die Augen und sah blauen Stoff, der an manchen Stellen mit goldenen Fäden fein durchwebt war.

»Alles ist gut.«

Oh Gott. Der Stoff hatte natürlich einen Besitzer: Nicolas de Ribera. Katie machte sofort Anstalten, Nicolas loszulassen. Sogleich drückte er sie zurück an seinen Oberkörper, während er mit der anderen Hand sanft über ihre Haare strich. Katie legte dankbar ihren Kopf wieder an seine Schulter. Er passte sich perfekt an die Stelle an, als hätte ihr Kopf dort schon immer hingehört. Wärme durchströmte sie und das Zittern ließ endlich nach.

»Was ist passiert?« Immer noch orientierungslos hob Katie das Kinn an, um zu Nicolas aufzuschauen.

»Geht es Euch besser?«

»Ich denke schon.«

Besorgt schaute er auf sie hinab. Sein vertrauter, warmer Blick ließ sie ruhiger atmen. Seine Augen leuchteten im verbliebenen Feuerschein des Kamins wie zwei kleine Sterne. Einzelne weiße

Sprenkel zeichneten sich in seiner blauen Iris ab und erinnerten Katie an schneebedeckte Eisschollen in einer arktischen Landschaft. Ganz im Gegensatz dazu verströmte sein Körper eine wohlige Wärme, die dafür sorgte, dass ihre verkrampften Muskeln sich entspannten.

Nach einer schier endlos langen Zeit ließ Nicolas vorsichtig seine Hände sinken und sie trat wie hypnotisiert einen Schritt zurück.

»Katie, gerne würde ich Euch noch etwas Ruhe gönnen, aber es sind nur noch vier Minuten bis Mitternacht. Mein Vater ist bereits im Ballsaal, um mit der Zeremonie zu beginnen. Wenn wir den goldenen Kürbis und den Dieb noch finden wollen, müssen wir uns beeilen.«

»Finden?« Katie lachte bitter auf. VIER Minuten. War das sein Ernst? Mit dieser schlechten Ausgangssituation, den tausend nicht zusammenpassen wollenden Indizien und einem Diebespärchen, das ganz offensichtlich alles in dieser Villa gestohlen hatte, außer den Kürbis, schaffte es vielleicht gerade noch Justus Jonas von den drei Fragezeichen, diesen verzwickten Fall zu lösen. Aber sie war kein Supergenie, egal wie viel sie ihre Unterlippe knetete. »Wie sollen wir das in vier Minuten anstellen? Das ist lächerlich. Sieh es ein: Wir haben verloren. Der Fluch ist unaufhaltbar.«

»Das stimmt nicht und das wisst Ihr.« Nicolas schloss die Lücke zwischen ihnen wieder und ergriff mit seinen Händen ihre Arme.

»Nicolas, begreif es endlich. Wir haben versagt.«

Er schüttelte heftig den Kopf und erhöhte den Druck auf ihre Arme. »Was ist los mit Euch? Ich erkenne Euch überhaupt nicht wieder.«

»Weil du mich ja auch gar nicht kennst!«, schrie sie ihn mit erhobener Stimme an. Tränen füllten ihre Augen und drohten die Wangen hinunterzulaufen. Mit letzter Kraft versuchte sie, Distanz zwischen sie beide zu bringen, aber Nicolas blieb beständig neben ihr.

»Ja, das stimmt, ich kenne Euch noch nicht sehr lange. Doch in den letzten drei Stunden habe ich mehr über Euch erfahren, als Eure Familie und Freunde es vielleicht je werden. Ich weiß, dass Euch der Umzug in eine neue Stadt schwergefallen ist. Ihr musstet alles Bekannte zurücklassen, dem Ungewissen gegenübertreten, Freunde und Verbündete finden und wurdet dabei immer und immer wieder verraten und verletzt. Mit jeder neuen Wunde schwand Euer Vertrauen in andere und auch in Euch selbst. Nach außen hin wirkt ihr tapfer und unerschütterlich. Aber meint Ihr etwa, ich habe Eure Zweifel nicht gesehen? Eure Augen verraten Euch; sie spiegeln die ständige Frage wider ›Kann ich meinem Gegenüber trauen?‹. Und ich wette, mein Einsatz für Euch eben hat Euch sehr überrascht.«

Katie hatte längst aufgegeben, sich gegen seinen Griff zu wehren und fühlte sich von seinen Worten eigenartig getroffen. Seine Annahme war richtig. Sie hatte nicht geglaubt, dass er, wenn er die Möglichkeit dazu hatte, sich für sie einsetzen würde.

Nicolas brauchte dieses Mal offensichtlich nicht in ihre Augen zu schauen, um diese Erkenntnis bestätigt zu bekommen. »Katie, es ist in Ordnung, wenn Ihr verletzt und enttäuscht seid. Das ist Euer gutes Recht. Aber der Schmerz ist ein trügerischer, vorübergehender Zustand. Er schwindet mit der Zeit. Die Narbe jedoch bleibt. Sie ist eine Erinnerung an das, was Ihr verloren, aber auch an das, was Ihr gewonnen habt. Das solltet Ihr Euch stets vor Augen halten, denn ansonsten wird Euch die Unsicherheit verschlingen und vom restlichen Leben abhalten. Es ist nicht Eure Schuld, wenn Ihr jemandem Euer Vertrauen schenkt und er es missbraucht. Das gehört zu diesem Bündnis dazu. Wenn Ihr aber deshalb alles anzweifelt, werdet Ihr ein Leben lang auf der Flucht vor Euch selbst sein.« Er drehte den Kopf zur Seite und blickte sie sogleich mit neuer Intensität in den Augen an. »Ehrlich gesagt, bin ich froh, dass Ihr mit dem Fluch in unsere Zeitschleife geraten seid.«

Katie starrte schockiert zu ihm auf. *Warum? Damit du jemanden hast, über den du lachen kannst?*

»Nicht aus den Gründen, die Ihr glaubt, da ich schon wieder sehen kann, wie Ihr meine Loyalität zu Euch anzweifelt. Sondern weil ich weiß, dass Euch diese Herausforderung stärker machen wird als je zuvor.« Er machte eine lange Pause. Seine Augen nahmen eine Wärme an, als erblicke er zum allerersten Mal im Leben etwas Faszinierendes und Kostbares zugleich. Er hob seine Hand, strich liebevoll mit dem Daumen über Katies Wange und zeichnete die Konturen ihres Gesichts nach. Katie folgte gebannt seinem Finger und schaffte es nicht, sich von dem Anblick loszureißen. Ein Schauer überkam sie und verursachte eine Gänsehaut auf ihrem Körper. »Ihr habt einen unfassbar strebsamen und aufopfernden Charakter, Katie. Niemand behauptet, dass diese Hingabe nicht auch große Mühe und Willensstärke kostet. Das wäre eine Lüge. Aber Ihr dürft eins nie vergessen: Ihr seid nicht allein. Ihr habt eine Familie, die Euch über alles liebt und Freunde, die stets an Eurer Seite stehen … und jetzt gerade habt Ihr mich. Was auch kommen mag, vergesst nie: Den Weg, den Ihr geht, nehmt Ihr nie allein. … Ihr müsst es nur zulassen.«

Stille breitete sich im Raum aus. Ihre Blicke ruhten aufeinander, unmöglich sich zu trennen. Katie war gleichzeitig verärgert und berührt von seinen Worten. So ungern sie es auch zugab, er hatte in so vielem Recht. Sie merkte, wie viel Nerven sie der Umzug, die neue Schule und auch Gina gekostet hatte. Sie hatte dies nie zugeben wollen und alles unbemerkt in sich hineingefressen, ständig darauf bedacht, einfach so weiter zu machen wie bisher. Die Tatsache, dass das nicht funktionierte, war für sie keine Option gewesen. Aber Nicolas' Worte erinnerten sie daran, dass auch ihre Eltern keine leichte Zeit haben mussten. Jeder von ihnen hatte einen Teil seines alten Lebens verloren und die beiden mussten sich ebenfalls an die neue Situation gewöhnen. Aber Katie gestand sich ein, dass sie bereits neue Freunde gefunden hatte und trotz dieser misslichen Lage gerade ein unvergessliches Abenteuer erlebte, das sie ohne den Umzug nie gehabt hätte. All diese Dinge waren auf einmal viel erträglicher, wenn man wusste, dass man nicht allein war. Sagte das nicht auch das Sprichwort: Geteiltes Leid ist halbes Leid?!

Bevor Katie überhaupt registrierte, was sie tat und es verhindern konnte, umschlangen ihre Arme Nicolas und drückten ihn fest. »Danke.«

Er erwiderte die Umarmung und Katie vergrub ihr Gesicht in seiner Schulter.

Als sie sich schließlich von ihm löste, hatte er wieder sein süffisantes Grinsen im Gesicht und lächelte ihr schelmisch entgegen. Katie zog grimmig ihre Augenbrauen zusammen. Er lachte.

»JETZT seid Ihr wieder die alte Katie. Wenn ich richtig liege, dann haben wir nach meiner großartigen Rede noch genau 30 Sekunden, bevor es Mitternacht schlägt. Wenn Ihr also soweit seid …«

Ohne auf eine Reaktion zu warten, nahm er ihre Hand wieder in seine und zog sie hinaus in das nun fast menschenleere Foyer.

KAPITEL 21

Katie stolperte bei Nicolas schnellem Marsch mehr hinter ihm her, als dass sie wirklich lief.

Der Zeiger der Wanduhr in der Eingangshalle tickte gnadenlos weiter gen zwölf Uhr. Noch während sie die Halle durchquerten und auf den reichhaltig gefüllten Ballsaal zueilten, rief Nicolas über seine Schulter: »Was habt Ihr über Gabriel erfahren? Könnte er der Dieb sein?«

Katie schüttelte niedergeschlagen den Kopf, bis sie merkte, dass Nicolas vor ihr lief und dies nicht sehen konnte. »Nein, leider nicht. Gabriel hat während meiner Befragung keine Anzeichen von Unsicherheit gezeigt. Wie du gesagt hast, war er mehr auf seine Bücher fixiert als auf mich und auf seinem Tisch lag ein großer Stapel Dessertteller, dessen Anhäufung mit Sicherheit eine ganze Weile gedauert haben dürfte. Dass da noch Zeit für einen Diebstahl war, bezweifle ich. Gabriel hat zwar ein Motiv, nämlich Rache an seinen Eltern zu nehmen, weil er das Naturphänomen nicht zu Hause in seiner Mini-Sternwarte beobachten darf. Aber Elizabeth hat ihm ein Alibi gegeben, das wasserdicht zu sein scheint.«

»Woher wollt Ihr das wissen?«

»Ich habe sie mit einem gutaussehenden Jungen namens Graf Alexander zusammengebracht.«

Nicolas warf einen kurzen Blick über seine Schulter, während sie sich gemeinsam durch das aufgeregt tuschelnde Volk drängten.

Katie war dankbar, dass er immer noch ihre Hand hielt, andernfalls hätte sie ihn mit Sicherheit in dem Gedränge verloren.

Nun begannen die Gäste, die letzten zehn Sekunden bis Mitternacht wie einen Countdown laut herunterzuzählen. Der Lärm um sie herum war ohrenbetäubend und Katie musste ihre letzte Luft dazu aufwenden, ihre Worte Nicolas zuzurufen. Sein Gesichtsausdruck schien bei der Erwähnung von Alexander für einen Moment kühler geworden zu sein. Als sie weiterredete, war davon jedoch nichts mehr zu erkennen. »Sie haben die ganze Zeit zusammen getanzt. Beweise dafür sind ihre erhitzten Wangen, der Schweiß auf Gesicht und Körper und ihr strahlendes Lächeln. Elizabeth scheint ihn sehr zu mögen. Als ich dann auf dem Weg zu dir war, ist mir Alexander begegnet und er sieht genauso aus. In den Pausen zwischen ihren Tänzen hat Elizabeth Gabriel Gesellschaft geleistet. Sie kann es also auch nicht gewesen sein.«

»Was ist mit Friedrich?«

Mittlerweile hatten sie die Hälfte des Raums durchquert und steuerten auf das kleine Podest zu, auf dem Katie bereits den Großherzog von Agravain und einige Wachen erblickte. Unsanft stieß sie mit der Hüfte eine Gruppe Männer zur Seite, die mit besonders lautem Rufen die letzten drei Sekunden herunterzählten.

»Friedrich? Wenn mich nicht alles täuscht, scheint er mich wirklich zu mögen. Sogar etwas mehr als seine unzähligen anderen Liebhaberinnen auf diesem Ball. Seit ich das erste Mal mit ihm geredet habe, scheint er förmlich nach mir zu suchen. Ich denke nicht, dass er Zeit hatte, sich Gedanken über einen Diebstahl zu machen. Er scheint viel mehr Interesse an Mädchen zu haben.«

Endlich hatten sie das Podest erreicht und kletterten mit Richards Unterstützung hinauf. Völlig außer Atem gingen sie auf den Großherzog zu, der sich langsam in die Mitte der Bühne begab. Im Saal brach ein lauter Jubelchor aus, als die Uhren den zwölften Schlag erklingen ließen. Mitternacht!

Katie beeilte sich, den Rest ihrer Entdeckungen Nicolas im Schnellverfahren mitzuteilen. »Als ich Friedrich später begegnet bin, hatte er noch Überreste von Lippenstift auf seinem Hals. Er hat zwar alles geleugnet, aber kaum eine Stunde danach waren es schon zwei Kussflecken. Die Farbe diesmal wesentlich pinker. Scheinbar hatte er heute schon mehr Erfolg als manch einer hier.«

Nicolas schaute skeptisch auf sie herab. Sie glaubte sogar zu sehen, dass sein Blick kurz auf ihren Lippen verweilte.

»Also von mir stammt der Fleck an seiner Wange bestimmt nicht. Falls es dir noch nicht aufgefallen sein sollte, ich trage momentan keinen Lippenstift und sehe ich etwa so aus, als ob ich mit jemanden zusammen sein will, der mich offenbar nicht zu schätzen weiß?« Mit ihrem Finger deutete sie auf einen jungen Mann im roten Kostüm, der dicht neben einer hübschen Frau in Gelb stand und ihr zärtlich seine Hand auf ihren Arm legte.

Eine peinliche Stille trat zwischen Nicolas und ihr ein. Katie warf ihm einen anschuldigenden Blick zu. Seine Mundwinkel zuckten und ein freches Schmunzeln umspielte seine Lippen. Sie wusste nicht genau, was sie davon halten sollte und entschloss sich, ihre Aufmerksamkeit wieder ihrer Umgebung zu widmen.

Die wartende Menge vor dem kleinen Podest wurde bereits unruhig. Bisher hatte der Großherzog die Zeremonie noch nicht eröffnet. Zügig trat er neben die beiden und schaute ihnen hoffnungsvoll entgegen.

»Habt ihr noch etwas herausfinden können?« In seiner Stimme lag eine Verzweiflung, die sich innig nach einer guten Botschaft sehnte. Nicolas schüttelte widerwillig mit niedergeschlagenem Gesichtsausdruck den Kopf.

»Es tut mir leid, Vater.«

Der Großherzog atmete einmal tief aus und warf dann einen unergründlichen Blick auf Katie. Ein ungutes Gefühl breitete sich in ihr aus, das sie nicht zu greifen vermochte.

Nicolas trat noch ein Stück näher an seinen Vater heran und sprach leise weiter. »Was machen wir jetzt? Wenn der Kürbis nicht bald gefunden wird, ist der Dieb nach seinem Triumph über unser Versagen damit verschwunden und wir haben ein gewaltiges Problem.«

»Das Volk muss die Wahrheit erfahren. Die Zeremonie wird traditionell zu dieser Zeit eröffnet. Wenn wir also nicht gleich den goldenen Kürbis entzünden, wird man sowieso Verdacht schöpfen. Vielleicht hat jemand der Gäste etwas bemerkt und kann uns einen entscheidenden Hinweis geben.«

Nicolas nickte gedankenverloren. Seine Augen wanderten über die immer lauter werdende Menge an Gästen. Katie verließ jegliche Hoffnung. Wie wahrscheinlich war es, dass jemand im festlichen Durcheinander etwas Ungewöhnliches bemerkt hatte? Zumal der Dieb bestimmt nicht mit einem Pappaufsteller durch den Saal gewandert war und gerufen hatte: »Übrigens, ich habe den goldenen Kürbis gestohlen!« Dennoch war es einen Versuch wert. Der letzte, den sie hatten.

»Hoffen wir mal, dass es wegen der Angst vor dem Fluch zu keiner Massenpanik kommt. Das könnte sonst sehr ungemütlich werden.«

Alle drei standen einen Moment lang schweigend auf der Bühne. Jeder war dabei in seine eigenen Gedanken vertieft.

Einzelne laute Rufe ertönten im Saal, die den Beginn der Zeremonie forderten. Der Großherzog hob besänftigend eine Hand und die Menge beruhigte sich wieder, bis sie schließlich ganz verstummte. Ein letztes Mal wandte er sich an seinen Sohn. »Meine nächsten Worte werden unserer Familie leider nicht die erhoffte Anerkennung zugutekommen lassen. Dabei hat mein Bruder Cedric so viel in unsere gemeinsamen Projekte investiert. Es ist eine Schande.«

»Ihr hättet seinen vielen Bitten, den Kürbis bereits vor der Zeremonie sehen zu dürfen, nachgeben sollen. Dann hätte er ihn zumindest einmal kurz in Händen halten können, bevor er verschwunden ist.«

Nicolas' Vater sah ihn irritiert an. »Er hat mich nie darum gebeten, den goldenen Kürbis sehen zu dürfen. Ich hätte ihm diesen Wunsch niemals abschlagen können und das weiß er. Schließlich haben wir BEIDE mit unserer Arbeit dafür gesorgt, dass unserer Familie dieses Jahr die Ehre der Zeremonie zuteilwird. Er hat das gleiche Recht auf ihn wie ich.«

»Aber …« Nicolas schaute nun ebenfalls völlig verdattert. »Er hat doch gesagt, er versucht Euch umzustimmen und hätte Euch bereits mehrfach an diesem Abend darum gebeten.«

»Nein, mein Junge.« Mit diesen Worten drehte sich der Großherzog der wartenden Menschenmenge zu, hob die Hände wie ein Präsident, der zu seiner Nation sprach, und begrüßte die in Jubel ausbrechenden Gäste. Die meisten hatten mittlerweile ihre Masken abgenommen, um ihm die gebührende Ehrerbietung zu erweisen. Ein Meer fremder Gesichter blickte erwartungsvoll auf das kleine, rote Kissen in der Mitte der Bühne. Der goldene Kürbis fehlte.

»Vielleicht habe ich meinen Onkel falsch verstanden …«

Heftig schüttelte Katie den Kopf und trat dicht an ihn heran, damit niemand ihre Worte mithören konnte. »Auf keinen Fall, ich habe doch genau gehört, wie er zu dir sagte, dass er nicht aufgeben wird, deinen Vater zu bedrängen, ihm den goldenen Kürbis noch vor der Zeremonie zu zeigen.«

»Moment mal, woher wisst Ihr davon?« Nicolas sah sie durchbohrend an.

»Ach, ich bin rein zufällig bei deiner Unterhaltung vorbeigekommen, da habe ich das aufgeschnappt.«

Nicolas schien diese Ausrede wenig zu überzeugen. Er begriff, dass Katie weit mehr als nur ein paar Worte gehört hatte. »Das bedeutet, dass er gelogen hat. Aber warum …?«

»Vielleicht, weil er kein Alibi hat und dich auf eine falsche Fährte lenken wollte.« Mit einem vorsichtigen Blick schaute sie zu Nicolas hinüber, der genauso fieberhaft nachdachte wie sie selbst. Seine Haltung war steif, sein Kiefer malmte gedankenverloren und seine Augen wanderten unruhig von seinem Vater zu der begeisterten Menge und verharrten dort. »Natürlich …«

Ohne weitere Erklärungen sprintete er zu seinem Vater. Katie blieb verblüfft stehen und sah, wie er leise mit dem Großherzog sprach, der seine Rede unterbrochen hatte.

Was hast du vor, Nicolas?

Nach einem kurzen Moment gab er ihr ein Zeichen und Katie eilte ebenfalls hinüber. Sie hatte Auftritte vor Publikum noch nie gemocht. Eine erhöhte Bühne vor einem komplett gefüllten Saal voller Fremder war daher also für sie wenig reizvoll. So gelassen und grazil wie möglich glitt sie in ihrem Kleid in die Mitte des Podests. Nicolas' irritiertem Gesichtsausdruck nach zu urteilen, schien dieses Vorhaben wenig gelungen zu sein. Vermutlich war sie in Wirklichkeit wie eine steifbeinige Ente gewatschelt.

»Alles in Ordnung bei Euch?«

Sie nickte Nicolas eilig zu, der nun ernsthaft besorgt aussah, und zwang sich, nicht komplett rot anzulaufen. Undeutlich nuschelte sie eine Antwort. »Alles okay, hatte nur was im Schuh.«

Da Nicolas' Blick noch einen Moment auf ihr haften blieb, so als wolle er sich wirklich versichern, dass ihr nicht doch vielleicht ein Bein abgefallen war, drehte sich Katie unschuldig zur Seite und erstarrte beim Anblick des Publikums. Die etwa fünfhundert Gäste schauten erwartungsvoll zu ihnen auf und Katie spürte, wie ihre Knie zu zittern begannen. Aber nicht nur aufgrund ihrer Bühnenangst, sondern auch wegen eines neuen Gedankens, der ihr bei diesem Anblick in den Kopf schoss. Einer von diesen kostümierten und maskierten Gästen musste der Dieb sein und er wartete nur auf die große Blamage von Nicolas und seinem Vater. Ob ihm bewusst war, dass er mit dem Diebstahl auch den Fluch über sich selbst brachte und genauso wie alle anderen weitere fünfzig Jahre hier gefangen sein würde? Vermutlich nicht, sonst hätte er die Tat bestimmt nicht begangen.

Katie spürte eine Bewegung hinter sich, als der Großherzog den Kreis verließ und in einem scheinbar unbekümmerten Tonfall weitersprach. »Bevor wir den goldenen Kürbis hereinholen und die Zeremonie traditionell beginnen wollen, möchte ich meine Familie zu mir bitten. Ganz besonders meinen Bruder. Unser Vater hat uns als kleine Kinder jedes Jahr am einunddreißigsten Oktober die Legende des goldenen Kürbis erzählt und er wäre stolz, jetzt hier mit uns feiern zu können.«

Katie überblickte die begeisterte Menge, die in Jubelrufe und Applaus ausbrach und versuchte, Nicolas' Familie darin ausfindig zu machen. Auf der linken Seite des Saals kam Bewegung in die Menge. Fünf undeutliche Gestalten lösten sich aus der Masse und wanderten in Richtung Bühne. Edle, bunte Kleider wurden sichtbar und Katie erkannte Nicolas' Onkel unter ihnen. Dicht hinter ihm folgte eine Frau, die vermutlich seine Ehefrau war. Wie auch Elizabeth, die sich hinter ihrer Mutter einen Weg durch das Gedränge bahnte, hielt sie einen halb geöffneten Fächer in der rechten Hand und fächelte sich damit Luft zu. Dahinter betrat Friedrich das Podest, dicht gefolgt von Gabriel, der als letzter unwillig hinterherstiefelte. Auch er schien nicht viel von großen Auftritten vor Publikum zu halten, was ihn in Katies Augen sehr sympathisch machte.

Ihr fiel sofort auf, dass Friedrichs Aufmerksamkeit weder den Festgästen noch seiner Familie galt, sondern einzig und allein ihr. Wie gebannt schaute er sie an. Unwillkürlich wand Katie sich unter seinem Blick und versuchte Sichtschutz hinter Nicolas und seinem Vater zu finden. Mit eiligen Schritten marschierte Friedrich über das Podest hinter seiner Familie her, die sich nun auf der Bühne in einer Reihe aufstellte. Schnurstracks kam er auf Katie zu. Seine nussbraunen Augen fixierten sie. Sofort fühlte sich Katie an das Verhalten eines Raubtiers erinnert. Eine Hitzewelle brach über sie herein, als Friedrich nun sein 100-Watt-Lächeln aufsetzte und mit ausgebreiteten Armen auf sie zusteuerte. Schon spürte sie, wie sein Charme auf sie übergriff. Spätestens wenn er direkt vor ihr stand und sie in den Arm nahm, würde sie wieder dümmlich den Verstand verlieren, auf seine unglaublich gut funktionierende treuer-Hundeblick-Masche hereinfallen und sich wahrscheinlich vor Hunderten von Leuten zum Affen machen, während er innerlich auf seiner Mädchen-Trophäen-Liste einen Haken hinter ihren Namen setzte.

Verzweifelt schaute sie sich nach einem geeigneten Versteck um. Es gab keins. WIESO GAB ES KEINS?

Das hatte wohl auch Friedrich bemerkt, denn sein Lächeln wurde noch etwas breiter. Mit raumfüllenden Schritten überquerte er unnatürlich schnell die Bühne und versperrte ihr den mittlerweile einzigen Fluchtweg, die Treppe vom Podest herunter. Jetzt hatte sie keine Möglichkeit mehr zu fliehen. Wie versteinert verharrte Katie in ihrer Position. Ihr Atem stockte, sie kniff die Augen zusammen und rechnete jeden Moment damit, von Friedrich umarmt zu werden. Doch dazu kam es nicht.

In letzter Sekunde spürte sie, wie jemand nach ihrem Arm griff und sie eng an sich heranzog. Es war Nicolas. Geschickt schob er sie dicht an seinem Körper entlang auf seine linke Seite, wo sie zwischen ihm und dem Großherzog zum Stehen kam. Hier war sie fürs Erste vor Friedrich geschützt. Überrascht schaute Katie auf und blickte direkt in Nicolas' kristallblaue Augen, die sie aufmerksam beobachteten.

»Danke«, formte sie erleichtert mit den Lippen.

»Ihr wiederholt Euch.« Sein Blick verweilte noch einen Moment auf ihr, dann wandte er sich an seinen Onkel und gab ihm zur Begrüßung die Hand, wie dies zuvor bereits sein Vater getan hatte.

Sofort fiel Katies Blick auf dessen Jackenärmel. Er hatte einen langen Riss bis zum vorderen Saum. Ihr stockte der Atem. Die angespannten Kiefermuskeln auf Nicolas' Wange verrieten, dass auch er den Riss bemerkt hatte. Sich nichts anmerken lassend und immer noch freundlich lächelnd ließ er die Hand seines Onkels los, drehte sich zu seinem Vater um und nickte kaum merklich. Katie sah, wie dieser eine kleine Bewegung mit der rechten Hand machte und drei Wachen hinter ihnen das Podest betraten. Einer davon war Richard, dessen Hand angriffsbereit auf seinem Degenknauf ruhte. Unbemerkt von den anderen Gästen blieben sie wachsam am Rand stehen.

»Liebe Freunde, liebe Gäste!« Nicolas' Vater wandte sich wieder der wartenden Menge zu, so als ob nichts von alldem eben passiert wäre. »Leider muss ich zuerst eine traurige Mitteilung machen. Der goldene Kürbis wurde vor einer Stunde gestohlen.«

Schlagartig brach Unruhe im Saal aus. Lautes Gemurmel und vereinzelte, entsetzte Schreie waren zu hören. Zwei Frauen in der vordersten Reihe fielen in Ohnmacht und mussten von ihren Tanzpartnern aufgefangen werden.

Katie trat nervös von einem Bein auf das andere. Warum gab denn niemand den Wachen ein Zeichen? Wenn nicht gleich etwas passierte, drohte vielleicht wirklich noch eine Massenpanik und das wollte sie definitiv nicht miterleben.

Die Leute redeten laut durcheinander, als die Nachricht die Runde machte.

Plötzlich spürte sie, wie sich Nicolas' linke Hand um ihre schloss. Der sanfte Händedruck beruhigte ihre Nerven etwas und gab ihr das Gefühl, dass sich gleich alles zum Guten aufklären würde.

»Es gibt keinen Grund zur Beunruhigung«, rief Nicolas' Vater laut in die Menge und hob bedeutungsvoll die Hände.

»Was soll das heißen? Der goldene Kürbis wurde gestohlen. Das ist eine Katastrophe!«, ertönte eine grollende Stimme hinter Katie und ließ sie zusammenfahren. Die Worte kamen von Nicolas' Onkel, der außer sich war und seine Hände zu Fäusten geballt hatte. Von dem liebenswerten und gutmütigen Mann, den sie vor nicht einmal zwei Stunden kennengelernt hatte, war nun nichts mehr zu sehen. »Wenn der Rat der Zwölf davon erfährt, wird Eure Familie nicht länger dem Kreis der Geschworenen angehören.«

Nicolas' Griff wurde fester um Katies Hand. Seine Muskeln verkrampften und sein Atem beschleunigte sich. Der Druck wurde so hoch, dass Katie Angst hatte, er zerquetsche ihr jeden Moment die Hand oder würde wutentbrannt auf seinen Onkel losgehen. Blitzschnell machte sie einen Schritt auf ihn zu und stand nun so dicht neben ihm, dass sich ihre Oberarme und Knie berührten. Unter dem dünnen Stoff ihres Kleides fühlte Katie seine ausgeprägten Muskelpartien an Armen und Beinen und jede einzelne angespannte Sehne. Die Bewegungen seines Brustkorbs übertrugen sich wie eine Schallwelle auf ihren Körper und erschütterten sie so sehr, dass Katie sich zur Selbstbeherrschung zwingen musste, um nicht von der plötzlichen Unruhe angesteckt zu werden. Jetzt die Nerven zu verlieren, wäre wahrlich ungeschickt. Nicolas' Blick wurde fahrig und er schaute schwer atmend zu ihr herüber.

Aus dem Augenwinkel erkannte sie, dass der Großherzog dieses Mal ein deutliches Zeichen in Richtung der Wachen gab. Binnen Sekunden war Nicolas' Onkel in Gewahrsam genommen.

»Verehrte Gäste, es gibt keinen Grund zur Beunruhigung, weil wir den Täter bereits kennen. Er steht genau hier.« Er deutete auf seinen Bruder. »Das, mein lieber Bruder, wird den Rat noch mehr interessieren.«

Nicolas' Onkel schaute kurz überrascht drein, schlug dann aber mit Händen und Füßen um sich und starrte hasserfüllt zu seinem Bruder. »Ihr könnt nicht einfach unschuldige Menschen festnehmen lassen und behaupten, sie hätten den goldenen Kürbis gestohlen. Wo sind Eure Beweise?«

Nicolas ließ Katies Hand los, schob sie sachte, aber bestimmt zur Seite und baute sich neben seinem Vater auf. Katie bemerkte, wie er seine Schultern straffte, seinen Oberkörper zur vollen Größe aufrichtete und seine Augen zu Schlitzen verengte. Auf die entsetzten Aufschreie über das Verschwinden des Kürbis und die Enttarnung des angeblichen Diebes folgte Totenstille im Saal. Katie sog scharf Luft durch die Zähne.

»Ihr wollt Beweise? Von mir aus gerne. Der goldene Kürbis war sehr gut von uns bewacht«, begann Nicolas zu sprechen. »Wir hatten jede Möglichkeit eines Diebstahls bedacht. Nur eine einzige nicht, nämlich den Diebstahl durch einen Geheimgang.« Ein ungläubiges Raunen ging durch die Reihen. »Niemand von uns wusste, dass es einen geheimen Zugang zum Raum gibt, in dem der goldene Kürbis aufbewahrt wurde. Und das, obwohl wir hier schon sehr lange wohnen und uns die Dokumente des Grundrisses vorliegen. Der Dieb musste also aus unserer Familie stammen. Jemand, der sich in dieser Villa genauso gut auskennt wie wir oder sogar noch besser. Jemand, der an Unterlagen gelangen konnte, die Informationen über die Existenz eines solchen Geheimganges preisgaben. Doch das Glück kam uns zugute. Kurz nach dem Diebstahl haben wir einen Fußabdruck direkt vor der Geheimtür gefunden, der, wenn mich nicht alles täuscht, perfekt zu Eurem Stiefel passt, verehrter Onkel. Mal ganz davon abgesehen, dass sich an Eurer Schuhsohle an einigen wenigen Stellen verdächtig weißer Staub befindet. Aber Ihr habt Recht, das reicht nicht als Beweis aus. Schuhe können ausgetauscht werden und den Verdacht auf eine unschuldige Person lenken. Daher folgt nun mein nächster Beweis: Kurz bevor der Diebstahl stattfand, erlosch plötzlich das Licht im Raum. In der Dunkelheit kam es zu einem Kampf zwischen dem Dieb und unseren Wachen.« Nicolas wandte sich an das schweigende Publikum, das wie gebannt auf die kleine Gruppe auf der Bühne starrte. Katie erinnerte diese Szene an einen Kinosaal mit erwartungsvoll dreinblickenden Zuschauern, nur dass das hier weitaus lebendiger war, als 3D es jemals sein könnte. »Dabei gelang es einem unserer Wachen, den Dieb mit dem Schwert am Arm zu streifen. Sagt, Onkel, woher kommt der Riss an Eurer Jacke? Als ich kurz vor dem Diebstahl mit Euch sprach, war er noch nicht dort. Außerdem habt Ihr mich während unseres Gesprächs belogen, als Ihr behauptet habt, meinen Vater mehrfach darum gebeten zu haben, den goldenen Kürbis bereits vor der Zeremonie sehen zu dürfen. Er kann sich nämlich an ein solches Interesse Eurerseits nicht erinnern. Im Gegenteil, er hätte Euch den Wunsch sofort erfüllt.«

Nicolas' Onkel schäumte vor Wut. Seine Augen wechselten von engen Schlitzen zu wutverzerrt aufgerissen. Friedrich, Elizabeth und Gabriel schauten ungläubig von Nicolas auf ihren Vater. Elizabeths Fächer hing leblos an ihrem Handgelenk hinab.

»Warum sollte ich den goldenen Kürbis stehlen? Das ist doch lächerlich!«

»Ich denke, ich weiß warum, Cedric, auch wenn ich es nicht verstehen kann.« Der Großherzog trat einen Schritt auf seinen Bruder zu. »Ihr habt bereits selbst die Antwort gegeben. Der Verlust des goldenen Kürbis hätte für mich und meine Familie die Höchststrafe bedeutet: der Ausschluss aus dem Kreis der Geschworenen und damit einhergehend die Beendigung einer langen Familienfreundschaft mit dem Rat der Zwölf. Das wiederrum hätte positive Auswirkungen für Euch. Ihr hättet meinen Platz im Kreis einnehmen können, da Ihr der unmittelbare Nachfolger seid – unverdient.«

»Unverdient?«, schrie Nicolas' Onkel auf. »Wenn jemand diesen Platz verdient hat, dann ICH. Vater hat Euch doch immer mehr gemocht als mich und Euch nach seinem Tod alles vermacht, was er besaß. Dabei stand das Erbe mir zu, seinem ältesten Sohn, so wie es rechtmäßig vorgesehen ist. Aber was habe ich bekommen? Nichts, einen Haufen wertlosen Dreck. Er änderte alles in seinem

Testament und der Rat ließ ihn gewähren. Dabei hätte ich derjenige sein müssen, der Land und Vermögen erhält, der den guten Ruf der Familie auferlegt bekommt und vor allem der, der seinen Platz im Rat einnimmt. Aber jetzt ist endlich meine Zeit gekommen. Vielleicht glaubt Ihr zu wissen, dass ich den goldenen Kürbis gestohlen habe. Aber wo ist er dann jetzt?«

Nicolas' Onkel lachte höhnisch auf. Katie lief es kalt den Rücken herunter. Er hatte Recht. Endlich hatten sie den Dieb gefunden und sogar gefangen. Doch das eigentliche Problem blieb bestehen. Wenn sie den goldenen Kürbis in dieser Nacht nicht erleuchteten, dann würde der Fluch wieder in Erfüllung gehen. Was würde dann mit ihr passieren? Musste sie dann auch fünfzig Jahre warten, bis sie noch einmal versuchen konnte, den goldenen Kürbis zu finden?

Verzweifelt schaute sie zu Nicolas hinüber. An seiner eingesunkenen Körperhaltung erkannte sie, dass er das Gleiche dachte. Sie waren davon ausgegangen, dass das Überführen des Täters sie auch automatisch zum goldenen Kürbis brachte. Ein Denkfehler, der sich nun böse auszahlte.

Ein entsetztes Raunen ging durch den Saal. Fieberhaft dachte Katie nach. Sie musste etwas unternehmen. Irgendwo mussten sie ein winziges Detail übersehen haben.

»Ich weiß, wo sich der goldene Kürbis befindet«, rief sie laut und versuchte dabei so selbstsicher wie möglich zu klingen. »Nämlich bei mir. Ich habe ihn mir kurz vor der Zeremonie zurückgeholt.«

Ihr Adrenalinpegel versetzte, wie schon so oft an diesem Abend, ihr Herz in einen rasenden Zustand. Wenn sie das jemals überleben sollte, dann würde sie vermutlich kurz darauf an einem Herzinfarkt sterben. Angstschweiß rann ihr den Nacken hinab. Alle starrten überrascht zu ihr und Katie nahm Nicolas' Stimme ganz dicht an ihrem rechten Ohr wahr.

»Katie, was wird das?« Seine Worte klangen streng, aber auch besorgt.

Sie antwortete nicht, konnte nicht. Unverwandt schaute sie zu Nicolas' Onkel und Tante. Deren rote Gesichtsfarbe verblasste und der Zorn wich Entsetzen. Besorgt blickte der Mann hinüber zu seiner Frau und dann auf ihr Kleid.

»Bingo!«, entfuhr es Katie und stürzte auf die beiden zu. Kurz vor ihnen blieb sie stehen und riss Nicolas' Tante das Kleid hoch. Ein empörtes Murmeln ging durch die Menge und einige Männer machten für dieses Jahrhundert sehr anzügliche Laute. Katie lächelte zufrieden. An ihrem Bein war eine Art Korb befestigt, in dem der goldene Kürbis lag.

»Woher wusstest Ihr das?« Mit offenem Mund verharrte Nicolas ungläubig in der Bewegung.

»In einer Gefahrensituation schaut eine Mutter immer zuerst nach ihrem Kind. Das ist ein Instinkt. Als ich sagte, ich hätte mir den Kürbis zurückgeholt, haben dein Onkel und deine Tante automatisch auf das Versteck geschaut und sich dadurch verraten.«

Sie hielt mit der rechten Hand das Kleid nach oben und griff mit der linken nach dem goldenen Kürbis. Als Katie ihn aus dem Korb hob, schmetterte plötzlich etwas Hartes gegen ihre Wange. Der Angriff kam zu überraschend. Für einen Moment verlor sie die Orientierung und wankte benommen nach hinten. Wie aus weiter Ferne spürte sie, wie eine Hand nach dem goldenen Kürbis griff und ihn ihr zu entreißen drohte. Instinktiv schloss sie die Finger noch fester um das kleine Stück Gold. Der Schmerz in ihrer Wange trieb ihr Tränen in die Augen und versperrte ihr jegliche Sicht. Die Ohrfeige brannte höllisch.

Nach einigen Sekunden hatte sich Katies Gesicht ansatzweise an das schmerzende Gefühl gewöhnt und sie bekam endlich wieder etwas von ihrer Umgebung mit. Ihre Sicht schärfte sich und ihr Kopf wurde wieder klar. Sofort dämmerte ihr, wer sie geschlagen hatte. Nicolas' Tante wedelte wie eine Furie mit dem zusammengeklappten Fächer um sich. Gerade traf sie Richard damit am Kopf und stieß Katie zeitgleich mit dem Fuß erneut zu Boden. Mit einem entsetzten Aufschrei verlor der erste Wachoffizier den Griff um Nicolas' Onkel. Das genügte, damit dieser sich mit einem kräftigen Ruck auch von den anderen beiden Wachen losreißen konnte. Vor Zorn traten an seiner Stirn und seinem Hals die Adern hervor. Erschrocken sah Katie, wie er einen Dolch aus dem Stiefelschacht zog und ihn geschickt in die Hand gleiten ließ. Gab es im 17. Jahrhundert etwa noch keine Waffenkontrolle beim Einlass? Klar, Degen hatten hier scheinbar alle, aber einen Dolch? SIE sollte dafür in den Kerker geworfen werden, was war dann bitte schön seine Ausrede?

Katie öffnete den Mund und wollte den anderen eine Warnung zuschreien, doch sie konnte nicht. Sie war vor Schock wie erstarrt, denn in diesem Moment rannte Nicolas' Onkel mit erhobenem Dolch genau auf sie zu. Sie spürte, wie ihr das Blut in den Adern gefror und der Atem stockte. Verzweifelt rang sie nach Luft, schmeckte aber nur einen bitteren, metallischen Geschmack auf ihrer Zunge. Blut. Ihre Nase pochte und schien die Ohrfeige nicht gut überstanden zu haben. Ihr Griff um den goldenen Kürbis verstärkte sich, bis ihre Fingerknöchel weiß hervortraten und ihre Muskulatur sich schmerzlich verkrampfte. Für Katie schienen die Ereignisse wie in Zeitlupe abzulaufen. Sie sah jeden Schritt von Nicolas' Onkel, seine Hand mit dem Dolch, die immer näher auf sie zuraste und binnen weniger Sekunden nur noch Zentimeter von ihrem Oberkörper entfernt war. Langsam, viel zu langsam drehte sie sich zur Seite. Es fühlte sich an, als hätte sie einen schlimmen Albtraum, in dem sie verfolgt und gejagt wurde, doch sich selbst nicht von der Stelle rühren konnte, egal wie sehr sie es auch versuchte. Der Dolch schnitt in ihr Kleid, durchtrennte den roten Stoff und Katie spürte, wie die Klinge millimetertief in ihren linken Oberarm einschnitt. Ein brennender Schmerz durchzuckte ihren Arm und erneut griff eine Hand nach dem goldenen Kürbis. Katie dachte nicht daran, ihren Griff zu lockern.

Aus der Ferne rannte Nicolas auf sie zu. Er schwang einen glänzenden Degen in der Hand und kämpfte gegen seinen Onkel, der den Dolch in den Gürtel gesteckt hatte und nun ebenfalls einen Degen ergriff. Die Hand hatte er erfolglos wieder von dem Kürbis zurückgezogen. Nicolas hieb in geübter und schneller Abfolge seine Waffe gegen die des Angreifers und parierte leichtfüßig dessen Rückschläge.

Katie drehte leicht den Kopf und erkannte, dass die Wachen Nicolas' Tante gefangen genommen hatten und sie mit vereinten Kräften vom Podest zerrten. Für einen Moment schien sie sich aus den Fängen der Wachen befreien zu können. Richard griff verzweifelt nach ihrem Arm, bekam ihn aber nicht zu fassen. Da schnellte der Großherzog seitlich auf die Gruppe zu und sorgte mit einer ausholenden Bewegung seines Armes für Einhalt. Er knockte seine Schwägerin mit einem Seitenhieb seines Ellbogens aus, sodass sie bewusstlos zusammensackte.

Katies Blick fiel auf ihren eigenen verletzten Arm. Das Blut rann in einem feinen Rinnsal an ihrem Ärmel herunter und tränkte ihr Kleid mit neuer roter Farbe. Doch den goldenen Kürbis hielt sie immer noch fest in ihrer Hand.

Plötzlich wurde sie von hinten völlig überraschend auf die Beine gerissen. Sie spürte etwas Spitzes an ihrem Hals, fühlte einen warmen Atem in ihrem Nacken und hörte die tiefe Stimme von Nicolas' Onkel direkt neben ihrem Ohr. »Ja, da schaut Ihr, was? Wenn Ihr die Kleine hier lebend zurückhaben wollt, dann übergebt mir den goldenen Kürbis!«

Katie stockte der Atem. Das Gold in ihren Händen schien auf einmal zu glühen. Ihre Finger waren mittlerweile schweißnass, aber der Griff fortwährend fest. Die Dolchklinge von Nicolas' Onkel drückte ihr unnachgiebig in den Hals und jeder Atemzug schnitt ihre Haut weiter ein. Katie bemühte sich, möglichst ruhig dazustehen und nur flach zu atmen, aber ihre heftig schlagende Pulsader interessierte die Bedrohung durch die scharfe Klinge wenig. Mehr Blut tropfte auf ihr Kleid. Mit aufgerissenen Augen schaute Katie sich hilfesuchend um. Ihr Blick kreuzte den von Nicolas. Seine blauen Augen blitzten vor Wut. Genau wie sie hatte er am Arm eine Schnittwunde. Diese schien zum Glück nicht tief zu sein, denn nur ein winziger, roter Fleck war auf seiner Haut und dem Ärmel zu erkennen. Angriffsbereit hob er den Degen und machte eine entschlossene Bewegung auf seinen Onkel zu. Angespannt musterte er das Szenario und wog seine Chancen ab. Weitere Wachen hatten sich um Katie und ihren Geiselnehmer versammelt. Sie waren umzingelt und doch hatte Katie das ungute Gefühl, dass Nicolas' Onkel nicht so schnell aufgeben würde.

»Noch einen Schritt weiter, Nicolas, und Eure kleine Freundin ist einen Kopf kürzer.«

Nicolas hielt inne und schaute zu Katie. Verzweiflung und Ratlosigkeit standen ihm ins Gesicht geschrieben. Sein Onkel lachte heißer auf. Katie musste etwas einfallen. Solange sie als Geisel diente, würde sich niemand trauen, anzugreifen. Nicolas ließ den Schwertarm langsam sinken.

»Nicht, Nicolas!«, krächzte sie und spürte sofort, wie der Griff um ihren Hals sich verengte. Sie bekam keine Luft mehr. Sternchen tanzten vor ihren Augen und ihr Gesichtsfeld wurde erneut an den Rändern unscharf. Der Griff um den goldenen Kürbis lockerte sich zunehmend. Der wenige Sauerstoff zwang ihre Muskulatur nachzugeben.

Denk nach, befahl sie sich. Sie spürte, wie ihr eigener Dolch in dem langen Stiefelschacht ruhte und das kalte Metall ihre Haut berührte. Wenn sie sich nur etwas weiter vorbeugen könnte … Aber es war unmöglich, ihn zu erreichen. Es sei denn, sie hatte Lust, ihren Kopf künftig unter dem Arm mit sich herumzutragen. Ihr musste etwas anderes einfallen.

»Katie!« Sie schaute wieder auf und erblickte Nicolas, dessen

Degen mittlerweile fast seine Hüfte passiert hatte. Noch zehn Zentimeter tiefer und er gab sowohl Deckung als auch Verteidigung auf. »Gebt ihm den Kürbis.«

»Nein.« Die Worte gingen in ein röchelndes Husten ihrerseits über.

»Wir werden den goldenen Kürbis wiederbekommen. Ich verspreche es Euch. Lasst jetzt los.«

Sie schüttelte entschieden den Kopf, was den Schmerz an ihrem Hals unerfreulich verstärkte. Ein eindringliches Flehen trat in Nicolas' Augen, als er sah, wie ein weiteres Rinnsal Blut ihr Kleid benetzte. »Vertraut Ihr mir?«

Sie vertraute ihm.

Doch es stand zu viel auf dem Spiel, um eine weitere Hetzjagd durchzuführen. So sehr sie Nicolas auch glaubte und vertraute und so sehr sie auch endlich einen seiner Wünsche erfüllen wollte, die Chance, den Kürbis noch vor Sonnenaufgang zurückzuerlangen, war viel zu gering und gegen den Preis, das Schicksal aller hier anwesenden Menschen für weitere fünfzig Jahre aufs Spiel zu setzen, nicht akzeptabel.

Mit der letzten Kraft, die Katie aufbringen konnte, holte sie Schwung und warf den goldenen Kürbis nach oben in die Luft. Ein entsetzter Schrei von Nicolas' Onkel erklang hinter ihr. Mit Wucht schleuderte sie ihren Kopf nach hinten in die Richtung, in der sie die Stirn ihres Geiselnehmers vermutete. Dadurch wurde der Schnitt an ihrem Hals zwar tiefer und begann wie ein wild loderndes Feuer zu brennen, doch Nicolas' Onkel lockerte beim Aufprall vor Schmerz und Überraschung seinen Griff. Das genügte Katie. Sie machte sich schwer und ließ sich fallen. Endlich entglitt sie den Fängen ihres Angreifers, fing im Sturz den goldenen Kürbis auf und prallte mit dem ganzen Körper auf das Podest.

Sofort stürmten Wachen auf Nicolas' Onkel zu und überwältigten ihn. Vor Wut schäumend und fluchend wurde er in Gewahrsam genommen.

Katie selbst lag keuchend und in Blut getränkt auf dem Boden. Ihre Muskeln brannten wie Feuer und sie konnte nur schwer einschätzen, wo sie überall verletzt war, da ihr ganzer Körper wehtat. Halb zusammengekrümmt blieb sie reglos auf den Holzbrettern liegen. Da wurde ihr Kopf sachte hochgehoben. Ängstlich schaute sie auf. Noch einen weiteren Kampf würde sie nicht überstehen. Doch als sich ihre Augen scharfstellten, blickte sie in Nicolas' vertrautes Gesicht. Erleichtert seufzte sie. Er zog sie vorsichtig näher zu sich heran und bettete ihren Kopf auf sein Bein. Mit einem weißen Stofftaschentuch begann er auf die Wunde an ihrem Hals zu pressen. Katie konnte die Wärme spüren, die sein Körper ausstrahlte.

»Wir müssen Euch zu einem Arzt bringen.« Er strich eine Haarsträhne aus ihrem verschwitzten Gesicht.

Katie versuchte etwas zu sagen, aber ihr Kopf schmerzte zu sehr. Ihr wurde schwindelig und schwarz vor Augen. Dann verlor sie das Bewusstsein.

KAPITEL 22

Das Nächste, was Katie wahrnahm, war leises Flüstern. Nur undeutlich konnte sie zwei Stimmen ausmachen, deren Worte jedoch nicht zu verstehen waren. Panik überkam sie, als sie nichts als Dunkelheit um sich herum erkannte. Wo um alles in der Welt war sie? Im Hinterkopf schob sich das Bild eines Kerkers in ihre Erinnerung. Das Letzte, an das sie sich erinnern konnte, war Nicolas' besorgtes Gesicht, als er neben ihr kniete und ihren Kopf vorsichtig festhielt. Nur langsam kamen die Erinnerungen des Überfalls und des Kampfes zurück in ihr Bewusstsein.

Etwas kribbelte an Katies Fuß. Sofort zog sie die Beine an.

Ratten!

Im nächsten Augenblick bemerkte sie jedoch, dass sie sich keineswegs in irgendeinem dunklen, mit Ungeziefer verseuchten Loch befand, sondern lediglich ihre Augenlider geschlossen waren und sie daher nichts als Schwärze sehen konnte. Unter ihr fühlte es sich komisch vertraut, warm und weich an. Was auch immer an ihrem Fuß gekitzelt hatte, es waren keine Nagetiere.

Vorsichtig öffnete Katie ihre Augen und das Geflüster verstummte. Sie lag zugedeckt unter einer dicken, weichen Daunendecke in einem üppigen Himmelbett. Vom Fußende aus schaute ihr ein Mann in schwarzer, offener Jacke mit unzählig vielen goldenen Knöpfen entgegen. Auch die Weste darunter und seine Hose waren aus dem gleichen dunklen Stoff. Lediglich ein weißer Kragen und dicke Rüschenärmel boten eine Abwechslung zu dem sonst trauer-florartigen Outfit. Argwöhnisch musterte der Mann sie, griff nach ihrem Handgelenk und fühlte nach ihrem Puls. Seine Hände waren eisig und ließen ihr das Blut in den Adern gefrieren. Mit einer be-deutungsvollen Kopfbewegung legte er ihre Hand zurück auf die Daunendecke und verließ dann, ohne ein Wort zu sagen, den Raum durch eine kleine Tür auf der linken Seite. Katie schaute ihm ver-dutzt nach.

Eine Regung in ihrem Augenwinkel ließ sie den Kopf zur ande-ren Seite drehen. Nicolas trat in ihr Blickfeld und schaute ihr mit besorgter Miene entgegen. Sofort entspannte sich Katie etwas. Im-merhin lief er nicht auch sofort aus dem Zimmer, sondern umrun-dete leichtfüßig das monströse Bett, in dem sie lag, und kam neben ihr zum Stehen.

»Wie geht es Euch?« Sorgenvoll schauten seine kristallblauen Augen auf sie hinab. Katie musste lächeln. Nach ihrer ersten Be-gegnung hätte sie sich nicht träumen lassen, dass Nicolas jemals wegen ihr besorgt sein würde. Das war erst wenige Stunden her … oder länger?

»Wie lang liege ich schon hier?« Ihre raue Stimme erschreckte sie. Ein Reibeisen war dagegen pure Musik. Automatisch begann sie zu husten.

»Etwa eine halbe Stunde.«

Sie hob den Kopf ein Stück an und spürte einen Verband um ihren Hals. Der größte Schmerz hatte allerdings zum Glück nach-gelassen. »Was ist passiert?«

»Der Arzt hat mir gesagt, dass Ihr Euch wahrscheinlich nicht mehr erinnern könnt. Nachdem Ihr Euch aus den Fängen meines Onkels befreien konntet, seid Ihr ohnmächtig geworden. Wahr-scheinlich aufgrund von Erschöpfung und einer leichten Verletzung am Kopf. Aber etwas Schlaf und Erholung werden Euch schnell wieder auf die Beine bringen.«

»Er hat vergessen, Trinken zu erwähnen. Ich sterbe vor Durst«, krächzte sie immer noch. Nicolas schmunzelte verschmitzt und griff nach einem Wasserglas, das auf einem kleinen, sauber polierten Tischchen neben ihrem Bett stand. Vorsichtig reichte er es ihr. In seinen großen Händen wirkte das Glas eigenartig zerbrechlich. Katie nahm das Wasser dankend entgegen und trank gierig die gesamte Flüssigkeit.

»Geht es Euch besser?«

»Auf jeden Fall besser als vor einer halben Stunde.« Mit Entsetzen fiel ihr der goldene Kürbis ein. Wo war er? Hatten sie es geschafft, ihn zu entzünden oder war es bereits zu spät für eine Rettung?

Erschrocken setzte sie sich auf. Der schlagartig eintretende Schwindel ließ sie jedoch gleich wieder zurückfallen. Sofort griff Nicolas nach ihr und hielt sie fest.

»Was ist mit dem goldenen Kürbis?«

»Keine Sorge. Er ist in Sicherheit und wartet im Ballsaal auf die Zeremonie.«

Katie machte große Augen. Dann war es also doch noch nicht zu spät, den Fluch zu brechen.

Nicolas Blick wurde ernst. »Ihr wart mutiger, als ich gedacht habe.«

Sie spürte, wie ihre Wangen zu glühen anfingen und hielt ihren Kopf gesenkt. Die meiste Zeit hatte sie mehr Glück als sonst etwas gehabt. Von Mut konnte da wohl kaum die Rede sein. »Warum habt ihr den Kürbis denn noch nicht entzündet? Nicht, dass es zu spät wird und unsere ganze Mühe umsonst war.«

Er legte besänftigend seine Hand auf ihre Schulter. Ein warmes Gefühl durchströmte sie, ausgehend von der Stelle, an der Nicolas sie berührte. Verwundert kniff Katie leicht die Augen zusammen und musterte den großen, dunkelblonden Jungen vor sich abschätzig. Sein Haar war immer noch zerzaust, sein Jackett nach wie vor mitgenommen, aber seine Augen, die sie aufmerksam beobachteten, hatten einen intensiven Glanz angenommen, den Katie zuvor noch nie so ausgeprägt gesehen hatte.

»Mein Vater besteht darauf, dass Ihr bei der Zeremonie dabei seid. Das heißt, falls Ihr Euch gesundheitlich dazu im Stande fühlt. Aber keine Angst, die Sonne geht erst in mehr als sechs Stunden auf.«

Sie nickte und bettete ihren Kopf zurück auf das Kissen. Eine peinliche Stille legte sich über den Raum. Es gab so vieles, das sie Nicolas gerne gefragt hätte, doch Katie konnte einfach keinen klaren Gedanken fassen. Obwohl ihr Schlaf und Ruhe gutgetan hätten, setzte sie sich vorsichtig wieder auf. Ihre Wunden waren verbunden worden und der Schmerz hatte mittlerweile deutlich nachgelassen. Trotzdem sollte sie nach ihrer Rückreise ins 21. Jahrhundert wohl besser einen modernen Arzt aufsuchen, der ihre Wunden fachmännisch versorgte. Katie wusste nicht, wie es um die Hygiene in der Barockzeit stand, doch sie hatte wenig Lust, dies demnächst mit einer Blutvergiftung herauszufinden. Allerdings würde es interessant werden, wie sie ihre vielen Wunden erklären sollte.

»Langsam, Katie«, warnte Nicolas und baute sich vor ihr auf, sodass sie keine Chance hatte, aus dem Bett aufzustehen.

Katie lachte auf und schob ihn sanft ein Stück zur Seite. »He, ich bin kein kleines Kind mehr, Mami.«

In seinen Augen blitzte es schelmisch und er blieb konsequent weiter vor ihr stehen.

Katie unterbrach ihre Anstalten auf die Füße zu kommen. »Was passiert jetzt mit deinem Onkel und deiner Tante?«

Nicolas verschränkte die Arme vor der Brust und schaute mit einem unlesbaren Blick auf sie herab. Sie erinnerte sich an ihr erstes Gespräch im Studierzimmer, als er an den Tisch gelehnt über ihr gestanden und sie wütend ausgefragt hatte. Nun war seine Stimme deutlich wärmer. »Sie sind festgenommen worden und warten darauf, dass der Rat der Zwölf ein Urteil über ihr Vergehen fällt. Danach wird sich zeigen, was mit ihnen geschieht.«

Katie dachte an Elizabeth, Gabriel und sogar an Friedrich. Was wohl jetzt mit ihnen passieren würde? Nicolas musste ihren Gedanken erraten haben, denn er ließ seine Arme sinken. »Macht Ihr Euch Sorgen um meine Cousins und Elizabeth? Und das, obwohl Ihr sie gerade erst kennengelernt habt?«

»Das hat doch damit nichts zu tun. Schließlich stehst du ja auch hier an meinem Bett und dabei haben wir uns ebenfalls gerade erst kennengelernt, wenn ich dich daran erinnern darf.«

»Ihr seid schließlich verletzt und wer weiß, was Ihr alles anstellen würdet, wenn ich nicht da wäre, um auf Euch aufzupassen.« Sie setzte zum Protest an, erkannte dann aber, dass Nicolas sie frech angrinste. »Und außerdem ist das nicht Euer Bett, sondern meins.«

»Deins?« Katie blickte von dem roten Himmelbett durchs Zimmer. Es glich einem typisch adligen Schlafzimmer aus der Barockzeit, wie sie es schon mehrfach in Büchern und bei Schlossführungen gesehen hatte. An den Wänden prangten Portraits und Landschaftsbilder, die prächtige Waldtiere, Pferde und Motive der Jagd zeigten. Eine große Kommode säumte die gegenüberliegende Wand.

»Wie ich sehe, gefällt Euch mein Zimmer.«

Katie schielte etwas peinlich berührt zu ihm hinüber. Die Vorstellung, in Nicolas' Bett zu liegen, verwirrte ihre Gedanken vollkommen. Wahrscheinlich war das früher ganz normal gewesen, Freunde und Gäste im Schlafzimmer zu empfangen und sie auch auf dem Bett Platz nehmen zu lassen. Aber hallo? Sie stammte aus dem 21. Jahrhundert. Da hieß das irgendwie was anderes!

»Was hast du Richard eigentlich vorhin in der Bibliothek nach unserer kleinen Kampfeinheit erzählt? Das Gespräch mit ihm anschließend nahm sehr seltsame Formen an.«

Er grinste breit. »Was soll ich denn Eurer Meinung nach gesagt haben?«

»Auf jeden Fall Dinge, die so nicht stimmen.«

»Ach wirklich?«

»Ja, ›ach wirklich‹.« Sie warf ihm ein großes, weißes Kissen aus dem Bett entgegen. Es prallte an ihm ab und seine Schultern zuckten, als er begann, in sich hineinzulachen. Es steckte Katie an. »Hör auf, so hinterhältig zu lachen. Es war echt unangenehm, mit deinem ersten Offizier zu sprechen, während er mich angestarrt hat, als sei ich ein sonderbares Wesen oder noch verrückter: deine feste Freundin.«

»Na, vielleicht habe ich etwas Ähnliches erwähnt.«

»Was?!«

»Vielleicht habe ich Euch ja als meine heimliche Geliebte vorgestellt? Trifft das etwa nicht zu? Eure mich ständig anhimmelnden Blicke beweisen zumindest das Gegenteil.«

»Ha!« Sie schnaubte beleidigt und warf ihm auch das zweite Kissen entgegen. »Ich sollte wohl öfter in den Spiegel schauen. So viel, wie du in meine Blicke hineininterpretierst, scheine ich doch eine weitaus bessere Schauspielerin zu sein, als du es in der Bibliothek glauben wolltest.« Überlegen verschränkte sie die Arme vor der Brust. Dabei achtete sie darauf, einen guten Zentimeter neben seine Augen zu schauen. Nicht, dass er wieder etwas in ihr las, das gar nicht da war. Oder zumindest nicht da sein sollte.

Aber Nicolas bemerkte ihre Bemühungen sofort. Er unterdrückte ein Lachen und wedelte mit seinem Zeigefinger wissend in Katies Richtung. Eilig blickte sie zur Seite.

Themenwechsel!!!

»Du hast mir auf meine Frage bezüglich Elizabeth, Gabriel und Friedrich nicht geantwortet.« Sie versuchte so belanglos wie möglich zu klingen, aber Nicolas breit grinsendes Gesicht machte klar, dass er ihr Ablenkungsmanöver sehr wohl durchschaut hatte. Er schnaubte lachend, schüttelte den Kopf und schien sich sichtlich über ihre immer röter werdenden Wangen zu amüsieren. Gerne hätte Katie noch ein drittes Kissen nach ihm geworfen, wenn in dem Bett noch eins gewesen wäre.

Nicolas genoss noch einen Moment ihr Unbehagen und nahm dann wieder seine stolze Haltung ein. »Ganz ruhig, Katie. Habt Ihr etwa einen so schlechten Eindruck von mir? Da scheine ich mir nicht besonders viel Mühe gegeben zu haben, Euch zu beeindrucken …« Sie wusste nicht, was sie darauf erwidern sollte, doch zum Glück redete Nicolas unbeirrt weiter, ohne auf ihren noch peinlicher berührten Gesichtsausdruck einzugehen. »Natürlich wird sich meine Familie um Elizabeth, Gabriel und Friedrich kümmern, egal was passiert. Auch wenn Friedrich mir wohl nie verzeihen wird, dass ich an diesem Abend so oft mit Euch allein war.«

Sie spürte, wie ihr Gesicht wieder zu glühen begann und schob Nicolas zur Seite, um endlich aus dem Bett aufzustehen. Aus der Ferne beäugte er kritisch ihre ersten Gehversuche. Katie reckte nach ein paar unsicheren Schritten den Kopf und meinte mit feierlicher Stimme: »Ich wäre bereit für die Zeremonie.«

Er sah sie noch einmal forschend von Kopf bis Fuß an und kam dann auf sie zu.

»Darf ich Euch begleiten, Lady Katie?«, fragte er mit tiefer Stimme. Katie überkam eine Gänsehaut, was sie automatisch zu Nicolas hinüberschauen ließ. Auch er blickte sie an, streckte seinen Arm aus und wartete, bis sie ihren eigenen darauf legte. Katie kam sich vor wie in einem der alten Schwarz-Weiß-Filme, in denen eine Dame stets an der Seite eines gutaussehenden Gentleman herumgeführt wurde. Normalerweise hatte sie sich immer mit ihren Freundinnen über solche Szenen totgelacht. Aber jetzt gerade fühlte es sich einfach nur aufregend an, neben Nicolas in ihrem prächtigen Ballkleid zu laufen. Auch wenn die Robe inzwischen ziemlich in Mitleidenschaft gezogen worden war und deutliche Falten und

Schmutzflecken am unteren Saum aufwies. Das schien Nicolas nicht zu stören. Mit leicht erhobenem Kopf und selbstsicherem Gang führte er sie aus seinem Schlafzimmer und durch einen menschenleeren Flur zur großen, marmornen Treppe in der Eingangshalle. Die große Standuhr zeigte auf ihrem Zifferblatt zehn vor eins.

Von weitem konnte Katie die ihr mittlerweile schon vertraute klassische Musik hören. Ganz offensichtlich hatte der Großherzog die geladenen Gäste über die Freude des wiedergefundenen Kürbis zu einem verlängerten Tanzabend aufgerufen, bis Katie wieder an den Feierlichkeiten teilnehmen konnte.

Je näher sie den offenen Türen des Ballsaals kamen, desto lauter wurde die Melodie und desto deutlicher vernahm Katie aufgeregtes Gemurmel. Doch als Nicolas und sie den Saal betraten, wurde es schlagartig still und die Gäste stoppten in ihren Schrittfolgen. Katie fühlte sich unwohl unter all den neugierigen Blicken und fühlte Nicolas' Griff um ihren Arm stärker werden. Sie spürte seinen Blick auf sich und wandte ihren Kopf in seine Richtung. Mut machend nickte er ihr zu, während ein kleines Schmunzeln seine Lippen umspielte. Seine Hand unter ihrem Arm umschloss ihre und drückte zuversichtlich ihre Finger. Sofort verschwand ein Teil der Anspannung und Katie zwang sich, mit möglichst geradem und entspanntem Schritt den Raum zu durchschreiten und nicht in ein hysterisches Mädchenkichern auszubrechen. Nicolas' Nähe beruhigte sie auf der einen Seite ungemein, auf der anderen hatte er eine nervös machende Wirkung auf sie. Eine positive Aufgeregtheit.

Ein helles Schimmern glänzte von der Bühne aus. Katie reckte ihren Kopf etwas und entdeckte in der Mitte des Podests den goldenen Kürbis, der dort auf seinem roten Samtkissen aufgebaut war. Ein Funkeln breitete sich von der goldschimmernden Oberfläche aus, das an eine altertümliche Diskokugel erinnerte. Mit Adleraugen bewachten drei Soldaten das Goldstück. Immer wenn sich auch nur jemand in unmittelbare Nähe des Podestes begab, zuckten ihre

Hände an den Degenknauf und sie beobachteten die Bewegung der Person ganz genau.

Nicolas' Vater stand am Rand des Podestes und unterhielt sich leise mit Richard und zwei weiteren Männern. Diese trugen reich verzierte und in Katies Augen unbezahlbare Justaucorps. Ganz offensichtlich waren sie wichtige Persönlichkeiten, denn bei ihrem Anblick richtete sich Nicolas noch etwas mehr auf. Als der Großherzog sie kommen sah, breitete er erfreut die Arme aus. Katie musste gestehen, dass diese Geste bei ihm deutlich angenehmer wirkte als zuletzt bei Friedrich. Anstatt also wie vorhin von einem Panikanfall übermannt zu werden, spürte sie auf einmal eine wohlige Vertrautheit und Geborgenheit. Seine anfänglichen Bedenken ihr gegenüber und die Kerkerdrohungen schienen wie weggeblasen zu sein, als Nicolas' Vater sachte seine Hände auf ihre Schultern legte.

»Wie können wir Euch je danken, Lady Katie?« Seine Stimme klang liebevoll und hatte einen angenehmen Basston, der Katie an einen netten Märchenonkel erinnerte. Jetzt von Nahem fiel ihr erst auf, wie ähnlich Nicolas und er sich sahen. Nur die Augen hatten eine andere Farbe, nämlich braungrün statt kristallblau. Automatisch musste Katie lächeln.

Der Großherzog ließ von ihr ab und drehte sich der leise tuschelnden Menge zu. »Liebe Freunde und liebe Gäste! Endlich ist es soweit. Die Zeremonie kann beginnen!«

Beifall brandete auf und die Schar geladener Menschen schaute erwartungsvoll auf die Mitte des Podestes, wo der goldene Kürbis würdevoll aufgebettet war. Auf Katie wirkte er noch schöner als je zuvor. Eigentlich war es kein Wunder, dass jemand diese Kostbarkeit stehlen wollte. Allein die – fast – perfekte Ausarbeitung des Gesichts musste unbezahlbar sein und als handgefertigtes Kunstwerk einen unbezahlbaren Wert im 21. Jahrhundert haben. Sammler würden sich ein Bein ausreißen, den goldenen Kürbis ihr Eigen nennen zu können. Selbst Katie, die sich wahrlich nicht eine erfahrene Kunstsammlerin nennen konnte, juckte es in den Fingern, den Kürbis einfach zu schnappen und ihn sich heimlich unters Kopfkissen zu legen. Auch wenn er dafür natürlich zu groß war.

Nicolas griff nach ihrer Hand und zog sie sachte mit sich auf die Bühne zum Ständer mit dem samtenen Kissen. Seine Hand war angenehm warm und verursachte ein Kribbeln in Katies Fingerspitzen. Sie schaute auf ihre ineinander verschlungenen Finger und musste ein Lachen unterdrücken. Die Vorstellung, dass sie Nicolas' Hand hielt, war vor wenigen Stunden noch undenkbar gewesen. Vermutlich hätte er ihr bei einem solchen Versuch den ganzen Arm abhacken lassen und sie wegen Belästigung und anzüglichen Körperkontakts eingesperrt. Nun schien es für ihn jedoch selbstverständlich zu sein, sie in seiner Nähe zu haben.

Auf einem kleinen Tischchen neben dem Kürbis stand eine mit feinen, goldenen Wachsstreifen verzierte Kerze, die bereits angezündet war. Ihre Flamme züngelte leicht im Luftzug, der durch ihr Ankommen verursacht wurde. Erst jetzt fragte sich Katie, was eigentlich passieren würde, wenn der goldene Kürbis durch die Kerze erleuchtet wurde. Die ganze Zeit hatte sie sich nur Gedanken über sein Verschwinden und Wiedererlangen gemacht und was passieren würde, wenn der Fluch auch sie träfe. Doch mit dem Erleuchten des Kürbis hatte die Zeremonie den abschließenden Höhepunkt erreicht und der Bann war gebrochen. Das bedeutete, dass die Dinge wieder ihren Lauf nahmen. Aber welchen Lauf? Vermutlich würde der Fluch sie zurück ins 21. Jahrhundert schicken und damit die Zeit ganz normal weiterlaufen.

Katie ließ Nicolas Hand los.

»Was ist los?« Er hielt inne und schaute zu ihr, in der rechten Hand die goldverzierte Kerze haltend. Seine Augen waren ergründlich, doch Katie wusste, dass er die Antwort auf diese Frage bereits kannte.

»Was glaubst du, wird passieren, wenn der Kürbis vom Licht der Kerze erleuchtet wird?«

»Der Fluch wird gebrochen und wir sind erlöst!«

Sie nickte. Nicolas griff erneut nach ihrer Hand. Sein Blick ruhte auf ihren Augen und sein charakteristisches, gewitztes Lächeln trat in sein Gesicht. »Habt Ihr etwa ernsthaft, nach all dem, was wir gerade durchgemacht haben, Angst?« Er lachte kurz ausgelassen auf. Katie verdrehte genervt die Augen und grunzte missbilligend. Sein Griff um ihre Finger verstärkte sich jedoch. Sanft zog er sie zu sich heran und zwang sie so, ihm wieder in die Augen zu schauen.

»Ihr wisst nicht, was Ihr für mich und meine Familie getan habt. Für uns alle hier in dieser Villa. Endlich sind wir nach 350 Jahren von dem Fluch des goldenen Kürbis befreit. Ohne Eure Hilfe hätten wir das niemals geschafft ... hätte ICH es nicht geschafft ...« Er zog sie noch ein Stück weiter zu sich und Katie konnte das abenteuerliche Glitzern in seinen Augen sehen, dass sie schon so oft an diesem Abend an ihm bemerkt hatte. Ihre Gesichter waren nur noch wenige Zentimeter voneinander entfernt. Nicolas senkte den Kopf und seine Lippen streiften ihre. Behutsam küsste er sie, als wäre sie so zerbrechlich wie Porzellan. Katie war überrascht über die plötzliche Vertrautheit, wollte aber definitiv nichts dagegen unternehmen. Stattdessen schloss sie die Augen und versank in seinen weichen Lippen, die zärtlich ihre eigenen berührten. Sie konnte Nicolas schweren Atem hören, seinen Puls spüren und nahm erneut den angenehmen Geruch von Waldfrüchten und Pferdestall wahr. Ein warmes, kribbelndes Gefühl breitete sich in ihrer Magengegend aus und durchströmte in kürzester Zeit ihren ganzen Körper. Sie hatte den Drang, ewig so dazustehen. Doch nach einer viel zu kurzen Weile löste sich Nicolas schließlich aus dem Kuss. Katie öffnete die Augen und sah, wie er sie mit einer Mischung aus Zufriedenheit und Ungewissheit forschend anschaute. Sie konnte nicht anders als zu lächeln und ertappt auf den Boden zu schauen. Scheinbar erleichtert über ihre Reaktion atmete Nicolas hörbar aus. Erneut umspielte ein Lächeln seine Lippen und er drückte sanft ihre Hand, die er die ganze Zeit über festgehalten hatte.

»Egal, was jetzt passieren wird, es musste eines Tages geschehen. Aber vergiss nicht, Katie, ich werde immer bei dir sein und auf dich aufpassen.«

Katie sah überrascht auf. Hatte er sie gerade geduzt? Nicolas schmunzelte und sie nickte, während ein Kloß in ihrem Hals anschwoll. Er hatte Recht. Was auch immer jetzt passierte, es musste passieren. Trotzdem wusste sie ganz genau, dass sie Nicolas nicht für immer verlieren wollte. Jetzt, da sie ihn gerade erst kennengelernt hatte, gab es noch so viel über ihn und über die Barockzeit zu erfahren.

Ein letztes Mal schmiegte sie sich an seine Brust. Obwohl sie sich erst vor ein paar Stunden das erste Mal begegnet waren, wirkte Nicolas auf sie plötzlich so vertraut und beschützend, als würden sie sich schon ein Leben lang kennen. Seine Umarmung tat ihr gut und Katie wünschte sich, dass dieser Moment niemals enden würde. Doch sie wusste, dass es Zeit war, den goldenen Kürbis zu erleuchten. Die Menge wartete bereits ungeduldig und es war nicht fair aus eigennützigen Gründen das Schicksal so vieler Menschen erneut für fünfzig Jahre aufs Spiel zu setzen.

Nicolas schob sie sanft von sich weg, hielt aber ihre Hand weiter fest umschlossen. Leises Rascheln ertönte, so als ob ihre Kleider aus einem einzigen Stoff bestünden und nun in der Mitte getrennt wurden. Mit der anderen Hand stellte Nicolas die goldverzierte Kerze vorsichtig in das Innere des Kürbis. Ein helles und funkelndes Leuchten ging von ihm aus und durchflutete den großen Ballsaal. Ein erstauntes Raunen entfuhr der Menge und Katie konnte nicht anders als ehrfürchtig grinsen. So etwas Schönes hatte sie noch nie gesehen. Es war wie ein Feuerwerk, Laserstrahlen und

Wasserspiele zusammen. Quasi eine Disneyland-Lichtilluminations-show ganz allein ausgehend von dem Kürbis. Etliche intensive Lichtstrahlen traten aus den zehn Öffnungen hervor und breiteten sich unnatürlich weit im Raum aus. Physikalisch gesehen unrealistisch weit. Katie tippte auf eine raffinierte Anordnung von Prismen und Spiegeln im Gehäuse des Kürbis, die das Licht geschickt bündelten und verstärkten. Denn anders konnte sie sich diese einzigartige Lichtintensität, die jeden Blick magisch anzog, nicht erklären. Als sie neugierig den Kopf senkte, um einen Blick in das Innere zu erhaschen, konnte sie jedoch keine spezielle Technik erkennen. Der Kürbis war hohl wie jedes andere normale Tongefäß für Teelichter.

Der Saal war nun in ein warmes Licht getaucht, das augenblicklich ein Gefühl von Hoffnung und Zuversicht verströmte. Der Großherzog gab mit der rechten Hand ein Zeichen und eine fanfarenartige Musik ertönte. Die Menge jubelte und begann zu feiern. Ein Lied erklang und es kam Bewegung in den Saal.

Neben ihr griff Nicolas in seinen Jackenausschnitt und zog eine Kette hervor, die um seinen Hals hing. Vorsichtig streifte er sie über den Kopf und legte sie Katie um. Die Kette schimmerte golden im Kerzenlicht und Katie erkannte, dass ein Anhänger daran befestigt war: ein Wappen mit einem großen Löwen in der Mitte, dessen seitliches Profil abgebildet war und der in kampfbereiter Haltung verharrte. Unter dem Löwen erstreckte sich ein langes Schwert.

»Das ist unser Familienwappen. Behaltet es als Dankeschön und als Erinnerung an mich.«

Nicolas' Vater begann eine Rede zu halten, aber Katie bekam davon nichts mehr mit. Ihre Finger umschlossen den Anhänger und ihr Blick war auf Nicolas gerichtet. Sie versuchte etwas zu sagen, doch bekam kein einziges Wort über die Lippen. Sie wollte so viel antworten, so viel fragen, schaffte es jedoch nicht einmal, ein einfaches Dankeschön hervorzubringen. Aber Nicolas schien auch keine Erwiderung zu erwarten. Sanft zog er Katie zu sich heran und drückte sie fest. Seine Umarmung war stark und beschützend. Katie genoss das Gefühl von Geborgenheit.

Als sie aufschaute, erblickte sie glücklich strahlende, kristallblaue Augen. So wie beim allerersten Mal, als Nicolas sie gesehen und ihr nach ihrem Zeitsprung aufgeholfen hatte. Hätte sie damals nicht ihr bewaffnetes Kostüm angehabt …

Nicolas Umarmung wurde lockerer. Katie schaute sich verwundert um. Warum ließ sein Griff nach, obwohl er doch immer noch vor ihr stand und sich überhaupt nicht rührte? Wie durch einen Filter schauend begann das Bild vor ihren Augen zu flimmern und zu flirren. Die Umgebung war nur noch verschwommen zu erkennen, so als würde der Boden aufgrund von starker Hitze beginnen zu glühen und die Luft darüber in wellenförmige Wallungen bringen. Nicolas' Gesicht wurde immer durchsichtiger und der helle Glanz um sie herum verblasste mit jeder Sekunde mehr. Katie versuchte angestrengt, sich an seiner Umarmung festzuhalten, doch sie spürte ihn kaum noch. Sein Körper war ein geisterhafter Schemen. Panik und Verzweiflung stiegen in ihr auf.

Von weitem erklang Nicolas' Stimme: »Vertrau mir. Ich bin bei dir.«

Dann war er ganz verblasst und Katie stand mit ausgestreckten Armen in völliger Dunkelheit. Der erleuchtete Ballsaal war verschwunden und vor ihr lag das dunkle Innere der verlassenen und heruntergekommenen Gruselvilla. Nichts deutete mehr darauf hin, dass hier gerade noch ein Ball in vollem Gang gewesen war.

Katie atmete schwer aus. Langsam senkte sie die ausgestreckten Arme. Der Fluch war gebrochen. Und damit war auch alles andere verschwunden. Ihr Herz verkrampfte sich und ein tiefer Seufzer entfuhr ihren Lippen. Sie blinzelte mehrmals kräftig mit den Lidern und hoffte inständig, dass ihre Augen ihr einen Streich spielten und sie sich in Wirklichkeit immer noch auf dem Ball in Nicolas'

Armen befand. Doch die Dunkelheit um sie herum blieb bestehen. Nicolas‘ Nähe war nur noch eine Erinnerung, sein Kuss ein
Traum, der sich wohlig in ihre Seele eingebrannt hatte.

Verzweiflung und Trauer stiegen in ihr auf. Katie spürte, wie ein
Kloß in ihrem Hals anschwoll und eine Träne über ihre Wange
rollte. Sie hätte niemals gedacht, dass sie Nicolas so sehr vermis-
sen würde. Ganz besonders, weil er sie zu Beginn eigentlich lieber
im Kerker gesehen hätte als in seinen Armen. Katie musste bei
diesem Gedanken schluchzend auflachen. Wenn sie nicht selbst
dabei gewesen wäre, dann würde sie die Geschehnisse der letzten
Stunden nicht glauben wollen. Die Zeitreise, Friedrichs aufdringli-
che Liebesbekundungen, der Diebstahl, das Gangsterpärchen, das
alles geklaut hatte, außer den goldenen Kürbis … und der Kuss.
Alles schien auf einmal so weit entfernt. Lediglich die Erinnerung
an Nicolas‘ Nähe und seine weichen Lippen auf ihren hatte sich
tief in ihre Seele eingebrannt und hinterließ immer noch ein aufgeregtes Kribbeln in Katies Magengegend. Es war das Unbeschreib-
lichste, das ihr je passiert war. Doch der plötzliche Verlust von
Nicolas gab ihr das Gefühl, einen Teil von sich selbst verloren zu
haben, von dem sie vorher nicht einmal gewusst hatte, dass er existierte. »Vertrau mir. Ich bin bei dir.« Nicolas‘ Worte hallten in ihrem
Kopf nach. Katie lächelte. Sie vertraute ihm. Mehr denn je zuvor.
Und insgeheim spürte sie ein magisches Band, das sie beide miteinander verband. Er war bei ihr. Katie griff nach Nicolas‘ Kette
um ihren Hals und strich mit dem Daumen über den Anhänger.

Ihr Blick wanderte durch den Raum. Die weißen Laken über
den Tischen und Stühlen wehten leicht im Wind. Zu Beginn des
Abends hatten sie Katie noch in Angst und Schrecken versetzt.
Jetzt wirkten sie wie vergangene Geister, die eine Geschichte er-
zählten, aber niemand vorbeikam, um sie zu hören. Katie strich
über eines der Tücher und glaubte förmlich, die klassische Musik
wieder im Saal zu hören. Die bunten Kleider der tanzenden Gäste

wirbelten vor ihrem inneren Auge vorbei. Das Licht des Kürbis war warm und kraftspendend.

Der Ruf einer Eule ließ Katie schlagartig in die Realität zurückkommen. Sie blinzelte einen Moment lang orientierungslos und hatte den Eindruck, aus einem Traum aufzuwachen. Vielleicht war das alles ja gar nicht passiert. Möglicherweise hatte sie sich einfach den Kopf an einem morschen Balken gestoßen und die Geschehnisse der letzten Stunden gar nicht wirklich erlebt. Ihr Blick glitt an sich hinab und sie hielt enttäuscht inne. Das prachtvolle Ballkleid war verschwunden. Stattdessen steckte sie wieder in ihrer vertrauten Schattenjäger-Kluft. Auch ihr Handy, der MP3-Player, die Armbanduhr und der Dolch befanden sich wieder an ihren gewohnten Stellen. Katie war froh, dass der Dolch nicht verschwunden war. Andernfalls hätte sie sich eine kräftige Standpauke von ihrem Vater anhören dürfen. Diese Tatsache machte sie aber auch traurig. Offenbar waren die Ereignisse der letzten Stunden doch nicht real gewesen.

Da spürte sie wieder auf das Amulett um ihren Hals – Nicolas Kette! Ihr Herz machte einen freudigen Sprung, als sie realisierte, was das hieß. Sie hatte das Ganze also doch nicht geträumt! Die Kette war der Beweis dafür, dass sie tatsächlich in der Zeit gereist war und sich im 17. Jahrhundert befunden hatte. Unfassbar! Sofort dachte sie wieder an Nicolas und ein leises Seufzen entwich ihrer Kehle. Zumindest war die Kette als Erinnerung an ihn geblieben. Ein letztes Mal umschlossen Katies Finger liebevoll den Anhänger mit dem Löwen. Dann verstaute sie das Amulett behutsam unter ihrem schwarzen T-Shirt. Dabei stieß sie versehentlich an ihre Wunde am Hals. Ein brennender Schmerz durchschoss ihre Schulter. Erschrocken zuckte Katie zusammen. Natürlich. Ihre Verletzungen hatte sie schon fast wieder vergessen. Sofort spürte sie auch die anderen Wunden und Blessuren an ihrem Körper. Zwar waren sie nach wie vor sauber verbunden und schmerzten nur noch wenig, doch die Spuren der Kämpfe waren noch zu sehen. Hätte der Fluch diese nicht auch behalten und ihr wieder ihren gesunden Körper zurückgeben können? Aber so funktionierte die Zeitreiselogik wohl nicht. Blieb also die Frage, wie sie ihre Verletzungen ihren Eltern erklären sollte? Doch dazu konnte sie sich später Gedanken machen. Die Zeit drängte. Sie musste los.

Zwar hatten sich ihre Augen mittlerweile an die Dunkelheit in der Villa gewöhnt, doch es erschien Katie zu gefährlich, den Rückweg ohne Taschenlampe anzutreten. Wo hatte sie die nur zuletzt hingesteckt? Sie griff auf gut Glück in ihre linke Jackentasche und bekam die kleine Taschenlampe zu fassen. In ihrem Schein gelang es ihr schnell, das zerbrochene Fenster wiederzufinden, durch das sie am Abend in die Villa eingestiegen war. Ein letzter wehmütiger Blick zurück und Katie sprang aus dem Fenster, hinein in die nächtliche Kühle und Dunkelheit, ohne von einer Barriere festgehalten zu werden.

Sie war frei.

KAPITEL 23

Wie Katie bereits vermutet hatte, waren Gina und ihre Clique verschwunden. Das war ihr nur recht, denn sie hätte nicht gewusst, wie sie den anderen ihre plötzlichen Verletzungen erklären sollte.

Ein Blick auf ihre Armbanduhr ließ sie verwundert stocken. Die Zeiger standen auf zehn nach acht. Das konnte unmöglich sein. Sie hatte über fünf Stunden in der Vergangenheit verbracht, also musste es bereits nach Mitternacht sein. Aber auch ihr Handy bestätigte die Uhrzeit. Offenbar hatte der Fluch einen Bruch in der Zeitlinie verursacht, der die Zeit für Katie angehalten hatte, während sie im 17. Jahrhundert auf der Suche nach dem Dieb gewesen war. Nachdem sie den Fluch gebrochen hatte, war sie einfach wieder in der Villa »aufgewacht«, ohne dabei auch nur eine Minute verloren zu haben. Also hätte sich Katie Tage oder sogar Monate im Jahr 1670 aufhalten können und niemand hätte ihr Verschwinden bemerkt. Diese Tatsache entsetzte Katie und sie fragte sich ernsthaft, warum Gina nicht mehr vor der Gruselvilla stand und auf sie wartete. Immerhin war Katie nur gute zwanzig Minuten auf dem Grundstück gewesen. Angenommen, sie hätte keine Zeitreise gemacht – wovon ja jeder Mensch ausging – und sich in der Villa verletzt – schließlich herrschte eine große Einsturzgefahr – dann hätte es niemand bemerkt und ihr geholfen.

»Ts, unfassbar. Die hätten mich hier einfach sterben lassen.«

So sehr sie sich auch freute, einen Moment allein sein zu können, so schockierte sie der Gedanke an die rücksichtslose Clique.

Der Rückweg zum Gartentor verlief ohne besondere Vorkommnisse. Alles, was Katie zuvor noch geängstigt hatte, schien ihr nun gewohnt und vertraut. Nicht einmal die wabernden Schatten hinter den Bäumen versetzten sie in Panik. Stattdessen hoffte sie bei jedem Geräusch und jeder Bewegung, Nicolas oder ein anderes Zeichen aus der Barockzeit zu entdecken. Dies blieb allerdings nur ein Wunsch.

Katie warf einen letzten Blick über das Gartentor, das sie wieder sorgsam geschlossen hatte. Die Villa war in der Schwärze der Nacht nicht mehr auszumachen.

Im Schein der Taschenlampe lief Katie zurück zur Kleinstadt. Das Gehen fiel ihr unnatürlich schwer. Sie merkte erst jetzt, nachdem alles vorüber war, wie anstrengend die letzten Stunden gewesen waren. Trotz der Verbände begannen ihre Verletzungen wieder mehr zu schmerzen. Die Aussicht auf ihr bequemes, weiches Bett war verlockend. Doch Katie wusste, dass ihre neuen Schulfreunde beim Halloween-Ball der Schule auf sie warteten und sie würden vor Sorge im Dreieck springen, wenn sie dort nicht bald auftauchte. Sie hatte ihnen schließlich versprochen zu kommen, aber angedeutet, sich etwas zu verspäten, da sie vorher noch etwas erledigen müsse. Das Detail mit der Mutprobe hatte sie jedoch ausgespart. Gina hätte die Aufgabe sonst sicherlich als ungültig erklärt.

Katie zog ihr Handy aus der hinteren Hosentasche und wählte eine Nummer. Vielleicht konnte sie ihr Kommen einfach absagen. Keiner ihrer Freunde schien jedoch das Klingeln zu hören. Also musste sie wohl oder übel doch zum Schulball gehen. Der Gedanke daran, Gina dort wiederzusehen, machte Katie wütend. Der würde sie etwas erzählen. Am liebsten hätte sie Gina mit ihren Schwertern bedroht, wären diese nicht aus Plastik gewesen. Trotz der Erschöpfung war sie bereit für eine kleine Dämonenjagd.

Es war nicht weit bis zur Schule und Katie konnte bereits wenige Straßen entfernt die Elektromusik eines DJs hören. Normalerweise freute sie sich über diese Musik, aber im Moment hätte sie eindeutig ein Chanson von einem Streichorchester bevorzugt. Ihr fiel Elizabeths Fächersprache wieder ein. Wie hätte diese wohl »Missfallen« dargestellt? Das Gesicht abgewandt hinter dem Fächer versteckt? Oder doch lieber zusammengeklappt und die Augen zu schmalen Schlitzen zusammengekniffen? Katie musste lachen.

Die Luft in der bunt geschmückten Sporthalle war warm und stickig, aber durch die Klimaanlage angenehmer als im Ballsaal des 17. Jahrhunderts. Katie drängte sich durch Schülermassen mit bunten Kostümen und angelte sich eine Limonade von einem Getränketisch. Sie brauchte jetzt dringend Zucker, um nicht doch noch vor Müdigkeit einfach im Stehen einzuschlafen.

Ohne lange suchen zu müssen, wurde sie bereits wenige Sekunden später von ihren Freunden entdeckt. Aufgeregt durcheinanderschreiend umringten sie fünf bunt verkleidete Mädchen.

»Um Gottes Willen, Katie! Wo hast du gesteckt?«

»Wir haben uns echt Sorgen um dich gemacht. Besonders als Gina und ihre Clique ohne dich hier aufgetaucht sind.«

»Ja, wollest du nicht vorher noch etwas mit denen machen? Das meinte zumindest Nate?«

»Genau, aber Gina sagte nur, du würdest bestimmt jeden Moment nachkommen.«

»Cooles Schattenjäger-Kostüm. Aber warum die vielen Verbände? Wolltest du es noch etwas mehr aufpeppen und verwegener aussehen?«

»Das hast du damit auf jeden Fall geschafft. Boah, du siehst echt überzeugend aus. Dieser erschöpfte, aber siegessichere Blick. Einfach der Hammer!«

Katie wehrte die Fragen mit einer einfachen Handbewegung ab. »Hey, Leute. Die Bandagen gehören zwar nicht zu meinem ursprünglichen Kostümvorschlag, aber danke für das Kompliment. Ich war mit Gina und ihrer Clique in der Villa der de Riberas, … äh in der alten Gruselvilla, meine ich. Und dort ist mir tatsächlich etwas passiert. Aber das ist nicht weiter von Belang.« Sie wollte auf keinen Fall näher auf ihren Zeitsprung eingehen. Ihre Freunde hätten sie für verrückt erklärt und das eigentliche Thema aus den Augen verloren. »Viel interessanter ist, dass Gina, kaum dass ich in der Villa war, offensichtlich einfach abgehauen ist. Denn als ich zwanzig Minuten später wieder draußen war, fehlte jede Spur von ihr und ihrer Clique.«

»Was?«, schrien die anderen durcheinander. Eine Welle des Entsetzens ging durch die Runde.

»Das wird ihr noch leidtun. Die Tussi spinnt doch. Ich wusste ja schon immer, dass sie ein Miststück ist, aber einfach abzuhauen!« Maggies Kopf lief rot an vor Wut. Ihre glühenden Wangen machten ihren roten Haaren fast schon Konkurrenz. »Die mache ich fertig, wenn ich sie in die Finger bekomme.«

Abby wandte sich Maggie zu und schaute verschwörerisch drein. »Warum warten, wenn sie gerade hinter dir vorbeiläuft.«

Sofort schauten alle in die Richtung, in die Abby zeigte. Tatsächlich sah Katie Gina und ihre Clique auf sich zukommen. Sie bezweifelte jedoch stark, dass diese sie bemerkt hatten. Gina war nicht so dumm, Katie im Kreis ihrer Freunde zu begegnen und damit direkt ins offene Messer zu laufen. Doch diesen Vorteil nutzte Katie aus. Gerade als Gina geistesabwesend an ihnen vorbeimarschieren wollte, stellte sie sich ihr in den Weg. Überrascht stoppte Gina, sodass ihre zwei Busenfreundinnen mit voller Wucht von hinten in sie hineinliefen. Katie setzte ein unschuldiges Lächeln auf, straffte aber gleichzeitig ihre Schultern. Mit einer selbstsicheren Haltung und einem Pokerface, so wie sich Nicolas regelmäßig vor ihr aufgebaut hatte, blockierte sie der Clique den Weg. Sie wusste, dass ihre Freundinnen sich mittlerweile hinter Ginas Clique bereitgestellt hatten und ihr keine Fluchtmöglichkeit mehr offen ließen.

»Hallo, Gina. Schön dich hier wiederzusehen.« Katie säuselte ihre Worte, als bestünden sie aus reinem Honig. Doch ihre Augen funkelten angriffslustig. Sie spürte Nicolas' Kette auf ihrer bloßen Haut liegen. Das kühle Metall schien sich schlagartig zu erhitzten. Ein Gefühl von Stärke durchströmte ihren Körper und Katie glaubte förmlich, Nicolas neben sich stehen zu sehen.

»Katie, da bist du ja endlich. Hattest dich wohl verlaufen, was?« Gina setzte ein mitfühlendes Gesicht auf. Ihre Freundinnen lachten heiser. »Naja, du bist ja auch noch neu hier. Da muss man sich erst einmal an die übersichtlichen Straßen gewöhnen. Ist hier halt keine Großstadt mit tausenden von engen, dunklen Gassen, in denen Kanalratten wie du sich zurechtfinden.«

»Die einzige Ratte, die ich hier sehe, bist du!«, rief Maggie neben Katies rechter Schulter.

»Verlaufen?« Katie lachte auf. Doch das Lachen hatte keine Freude in sich, sondern klang kühl und erstaunlich beängstigend. »Das ist nicht unbedingt der richtige Ausdruck dafür.«

»Ich habe beim besten Willen keine Ahnung, was du da von dir gibst, Williams.« Gina verdrehte genervt die Augen, winkte jemandem hinter Katie zu und rammte sie im Losgehen fest an der rechten Schulter. Gina wollte fliehen, das war klar. Aber so leicht würde Katie sie nicht entkommen lassen.

Neben Gina tauchten drei Jungen auf. Katie kannte sie nur flüchtig. Wenn sie sich nicht täuschte, waren es drei Footballspieler der Mannschaft ihrer neuen Schule. Die Red Dragons! Sie trugen Kostüme der drei Musketiere mit identischen Handschuhen, Stiefeln, Federhut und Degen.

»Was geht, Gina?«

»Hi, Aaron. Alles bestens, nur die Neue macht ein bisschen Ärger.«

Die Jungs starrten zu Katie hinüber. Diese erwiderte den Blick und merkte, wie sich ihre Freundinnen hinter ihr aufbauten.

»Was hat die denn für ein Kostüm an?« Das musste der Linebacker sein. Ein Eins-A-Sportler, aber in der Schule nicht der Hellste. So viel wusste Katie.

»Keine Ahnung, Dash. Vielleicht die neue Variante von Mülltüte.« Die drei Footballspieler und Gina samt Freundinnen lachten. Aaron, einer der Defense-Spieler, machte einen Schritt auf sie zu und zückte seinen Degen. Spielerisch stach er damit in Katies Richtung, machte ängstlich grunzende Geräusche als sei sie ein Müllmonster und genoss sichtlich die Freude der anderen.

»Hör auf, bevor du noch jemanden verletzt«, blaffte Abby hinter Katies Schulter, während auch die anderen in wütende Rufe verfielen. Ein Wortgefecht brach aus, dessen Lautstärke es sogar über den Techno-Beat des DJs schaffte. Mehrere Mitschüler blickten neugierig zu ihnen hinüber.

Katie bekam von alldem nicht viel mit. Wachsam behielt sie Aaron im Blick, der die Aufmerksamkeit seiner Freunde sichtlich genoss und sie unbeirrt weiter mit dem Degen spielerisch bedrohte. Als er den Abstand immer mehr verringerte und die Degenspitze nur noch Zentimeter an ihrem Bauch vorbeistach, ging ein Ruck durch Katies Körper. Ohne es zu wollen, schnellte ihr rechter Arm reflexartig nach hinten, ergriff eins der beiden Schwerter an ihrem Rücken und zog es aus der Halterung. Plastik oder nicht. Mit einem Satz sprang sie nach vorne und ging gekonnt in die Knie. Ihre Füße landeten in der Viertelstunden-Stellung und federten den Sprung galant ab. Simpel parierte sie den erneuten Angriffsversuch des Defense-Spielers und stach ihm ihre eigene Klinge in den Magen. Schockiert starrte er an sich herunter. Dieses Überraschungsmoment nutzte Katie, um ihm mit einem finalen Schlag den Degen von oben aus der Hand zu schlagen. Sofort kam Dash, der Linebacker, hinübergerannt, um seinem Kumpel zu Hilfe zu eilen. Wie ein Gladiator schwenkte er seinen Degen und fuchtelte damit wild durch die Luft. Katie schüttelte irritiert den Kopf. Seine Technik war ein Witz. Und das kam von ihr, obwohl sie selbst kaum Ahnung hatte! Wie in Zeitlupe realisierte sie seine viel zu langsame Handbewegung und wehrte einen Angriff seines Degens leichtfüßig ab. Dash war davon jedoch deutlich weniger beeindruckt als Aaron zuvor und ließ seine Klinge erneut mit Schwung nach vorne schnellen. In die Enge getrieben wich Katie zurück. Sie fürchtete, über ihre eigenen Füße zu stolpern. Aber dieses Mal blieb sie tief genug in den Knien, um die Balance halten zu können und setzte zum Gegenstoß an. Sie brachte Dashs Degen zum Vibrieren, schlug ihn gekonnt zur Seite und stach mit der Spitze ihres Schwerts durch den weißen Handschuh in seinen Daumen. Der Junge schrie überrascht auf und ließ den Degen fallen. Blieb nur noch eines der drei Musketiere übrig. Dieser machte allerdings erst gar keine Anstalten zu kämpfen, sondern wandte sich eilig an seine Freunde und zog sie von Katie weg.

»Die spinnt doch, die Tussi.«

»Die hat mir in den Daumen gestochen!«

»Verschwinden wir.«

»He, wo wollt ihr hin, Jungs?« Das war Ginas verzweifelter Ruf. Es war deutlich zu sehen, dass ihr die Show nicht gefallen hatte. Besonders der Ausgang.

»Abgefahren, Katie. Woher kannst du das?«, ertönte der überraschte Ausruf von Maggie.

Mit erhobenem Haupt wandte sich Gina, unter Verstärkung ihrer zwei Freundinnen, wieder an Katie. »Geht's noch? Stichst hier wahllos mit dem Schwert herum. Das sollte ich wohl besser einem Lehrer melden. Du bist eine Gefährdung für die gesamte Schülerschaft.«

Katie realisierte erst jetzt richtig, was gerade passiert war. Wie in Trance hatte sie die letzten zwei Minuten miterlebt und ganz offensichtlich reflexartig gehandelt. Denn sie hatte keine Ahnung, wann sie sich jemals so schnell und zielsicher bewegt hatte. Erstaunt ließ sie die angestaute Luft aus ihrer Lunge entweichen und blickte auf das nun leblos wirkende Schwert in ihrer Hand. Sie war völlig perplex über den plötzlichen Kampfinstinkt in sich.

Gina zeterte unterdessen unbeirrt weiter. »Vielleicht solltest du mal nach einem Kostüm Ausschau halten, das aus einer weißen Weste mit zusammengebundenen Ärmeln besteht. Wäre wohl in deinem Fall das passendere.«

Ihre Clique lachte schallend auf, doch Katie blieb gelassen. Sie steckte die Waffe zurück in die Halterung und verschränkte selbstsicher die Arme vor der Brust. Der eben gewonnene Kampf füllte ihren Körper erneut mit Adrenalin und gab ihr ein unfassbar lebendiges Gefühl, mit einer großen Portion Mut und beeindruckender Stärke. Aus dem Augenwinkel sah sie, wie ihre Freundinnen zu ihrer Verteidigung bedrohlich näher an Gina heranrückten.

»Mein Kostüm finde ich eigentlich sehr gelungen. Du scheinst ja schließlich auch irgendwie eine Art Dämon zu sein, sonst hättest du mich ja wohl kaum einfach allein in der Villa zurückgelassen. Sag, hast du überhaupt eine Sekunde lang in Erwägung gezogen, nach mir zu suchen, als ich nicht mehr herauskam? Oder darüber nachgedacht, dass mir etwas passiert sein könnte?« Gina verzog keine Miene und starrte sie weiter hasserfüllt an. »Und da ich eine Schattenjägerin bin, sollte ich dich vielleicht einfach aus dem Weg räumen …«

»Ach und weil du noch nicht trainiert genug bist, um magische Waffen zu benutzen und gegen Dämonen zu kämpfen, hast du jetzt deinen Beschützer in Form eines Märchenprinzen im Schlepptau, oder was?«

Katie schaute verdutzt zu ihrer Erzfeindin hinüber, behielt ihre Bewegungen aber weiter wachsam im Auge. »Was meinst du damit?« Sollte das jetzt eine Falle sein und Gina wollte sie erneut mies linken?

»Ach, tu doch nicht so. Du fuchtelst wie eine Verrückte mit deinem Plastikschwert herum, als hättest du das Schattenjägergen geerbt, und versuchst einen auf unbesiegbare Soldatin zu machen. Und der Typ hinter euch schaut amüsiert zu. Klar gehört er zu euch. Er starrt dich doch schon die ganze Zeit an. Aber ich dachte, ein Schläger hüpft nicht in Strumpfhosen durch die Gegend. Pf, das ist so peinlich.«

»Tja Gina, die Einzige, die ab heute peinlich berührt sein wird, bist du«, rief Abby siegessicher grinsend. »Der ganzen Schule erzählst du, dass alles, was mit Schatten- und Monsterjägern zu tun hat, nur Fantasy-Mist für Nerds sei. Aber offenbar kennst du dich selbst ganz schön gut damit aus und spätestens morgen wissen das alle …«

Katie bekam nichts mehr von Abbys Drohungen mit. Was hatte Gina gemeint mit Beschützer als Märchenprinz in Strumpfhosen? Verwirrt drehte sie sich um und blickte direkt in zwei kristallblaue Augen, die sie aufmerksam musterten. Ein verschmitztes und amüsiertes Lächeln umspielte die Lippen des dunkelblonden Jungen, der keinen Meter entfernt von ihr stand und die Arme vor der Brust verschränkt hatte. Seine Haltung ähnelte sehr ihrer eigenen von eben.

Der Junge setzte sich in Bewegung, überquerte die kurze Distanz zwischen ihnen beiden und berührte vorsichtig das Wappen an Katies Kette. Der Anhänger musste während des Kampfes aus ihrem Hemdkragen herausgerutscht sein und hing nun sichtbar um ihren Hals. Der Blick des Jungen ruhte jedoch unverwandt auf ihren Augen.

»Nicht schlecht für einen trägen Mehlsack. Endlich geht Ihr in die Knie.«

Danksagung

»Der goldene Kürbis« wäre nie das geworden, was er jetzt ist, ohne die vielen lieben Menschen, die mich auf meinem Weg bis zum fertigen Buch begleitet haben.

Zu allererst möchte ich mich beim Isegrim Verlag und dessen gesamtem Team bedanken. Danke, dass ihr mir und meinem Manuskript die Chance gebt, andere Leser mit meiner Geschichte verzaubern zu dürfen. Besonders möchte ich Sigrid Müller erwähnen, die mir stets bei jeder Frage mit Rat und Tat zur Seite stand und mir zu jedem Zeitpunkt das Gefühl vermittelt hat, beim Isegrim Verlag gut aufgehoben zu sein. Vielen Dank auch dem Lektorat und dem Korrektorat, die meiner Geschichte den perfekten, letzten Schliff verpasst haben. Ich kann es kaum erwarten, die Leserstimmen zu hören.

Danke auch dir, liebe Ria Raven, für das schöne Cover. Ich habe schon einige tolle Coverdesigns aus deiner Hand gesehen und war dementsprechend aufgeregt, was du für meine Zeitreise-Geschichte zauberst.

Ein weiteres, gigantisch großes Dankeschön gilt meiner Familie. Egal ob als Testleser, Berater, Motivationscoach, Lektorat, Ideensammler, Snack-Zubereiter, … ihr wart immer für mich und meine verrückten Ideen da. Das ist nicht selbstverständlich und verdient ein großes »Vielen Dank. Ich habe euch sehr lieb!«. Vor allem dir, beste Schwester auf der ganzen Welt, gebührt ein riesen Dankeschön. Ohne dich hätte ich mich vermutlich nie getraut, meine Geschichten mit der Welt zu teilen.

Zu guter Letzt will ich mich bei euch bedanken, liebe Leser! Danke, dass ihr meinem Buch eine Chance gebt. Ich wünsche euch ganz viel Spaß mit Katie, Nicolas und einer unvergesslichen Zeitreise ins 17. Jahrhundert.